油爆香菇 著

下册

青岛出版集团 | 青岛出版社

第十七章
糟了，土匪竟是我自己

还不待首领思索出个所以然来，逃兵跟下饺子一样从天而降，一个个跟人肉沙包般摔在沈棠脚边不远处，口中哀号不断，轻则鼻青脸肿，重则骨折、脑震荡。

他们竟都是被人丢过来的！

少数几个没有遭毒手的土匪勉强还能站着，像是看到了什么恐怖的东西，被逼着一步步向后倒退。那股强大而纯粹的霸道气势将他们压制得毫无战意，两股战战、抖如筛糠。

首领面色惨白，试图屈肘撑地起身，奈何浑身哪里都疼，数次尝试都以失败告终。

"怎么了？"翟乐自树冠跃下，来到沈棠身边。

沈棠挑眉，道："这一晚上真不平静啊。"一波未平，一波又起。

翟乐闻言将视线落向黑暗处，一扫之前的轻松，上扬的唇角逐渐没了弧度，那双桃花眼也罕见地流露出凝重之色。

随着那人的靠近，他耳边的声响越发清晰。这声音他一点儿不陌生，分明是甲胄关节碰撞特有的动静。来人脚步沉稳有力，节奏轻缓悠闲，看似随意，实则每一步都在积蓄气势，节节拔高。他有预感，倘若来人气势蓄足，哪怕自己处于最佳状态也挡不住！这绝对是个劲敌！

翟乐斜上前一步，正好挡下沈棠半个身体，压低声音："来人危险，倘若待会儿起了冲突，还麻烦沈兄委屈一二，以文心辅助我。"

沈棠听后，脸色有一瞬间的古怪："恐怕……不用了。"

翟乐正要问为什么，一道逼近两米的魁梧身影逐渐自黑暗中走来，那人头戴黑色虎头兜鍪，头顶一束红缨，所穿铠甲皆以黑色"山"字甲片串联而成，美观而不失霸气，双腕戴虎头纹护臂，胸背甲覆盖整个上身，甲裙长至小腿，腰间戴着威风凛凛的虎头护腰，脚踩黑色皂靴，活像个刚从战场上下来的将军。

沈棠凑近翟乐耳边道："是那个窃贼！"

翟乐一看，好家伙，果然是共叔武先生。

不只共叔武，其身后还跟着两个脸色比墨汁白不了多少的文士，一个是祈元良，另一个是褚无晦，脸色一个比一个黑，几乎要跟夜色融为一体。

双方碰面，共叔武放心地舒了口气，甲胄化为黑色武气回到腰间的武胆虎符里。没了那身四五十斤的甲胄，共叔武脚步都轻快不少，上前道："可算找到你们了。"

翟乐苦笑道："共叔先生，对付几个土匪，用不着穿上武铠吧？你刚才可真是把我吓到了，差点儿也准备套上武铠跟你打一场。"

他走的是灵便路线，跟同等级其他路线的武胆武者相比，他的耐力和力气并不是很充足，连武铠也相对轻便，宜速战速决，忌久战恋战。若真碰上个劲敌，还是那种慢热蓄力的，他不先下手为强，等着人家正面将自己劈死吗？

共叔武只道："谨慎为上。"毕竟两位文士先生也跟着来了。

说起那两位先生……共叔武跟翟乐齐刷刷地看向沈棠。

沈小郎君正一只手提剑，另一只手叉腰，下巴微仰，眉宇间满是理直气壮。面对两位先生无声的询问，她也毫不示弱，不觉得自己夜不归宿还跑到山上跟人打打杀杀哪里不对，既能替天行道，惩恶扬善，还能劫富济贫——不用怀疑，这个"贫"就是她自己，一箭双雕的妙事，傻瓜才不干呢。

而且她也不是一个人"创业"，不是还带着翟乐吗？

若祈善因此生气……沈棠叹气，用宽慰小孩儿的口吻说："下次我一定带你来，好吧？"她深刻地反省自己，诚恳而认真。

担心了一整夜的人平安地出现在自己眼前，祈善本该开心，但看到沈小郎君这副模样，他又觉得自己的肠胃有点儿疼，火气到处乱窜。

这时翟乐跳出来解释："祈先生，沈兄喝醉了。"

祈善一听这话，再看沈棠不同于平时的神态，眼角狠狠地抽了抽，声音也怪异了好几个度："你说他又喝酒了？"

翟乐道："一开始的酒不知道沈兄是在哪里喝的，但上了山之后，至少喝了三斤……"

祈善默然。

褚曜轻咳，拍拍祈善的肩膀宽慰："罢了罢了，五郎安然无恙就好。"

祈善做了数个深呼吸才勉强压下乱窜的火气，暗暗告诉自己不要跟醉鬼争论。至于他们仨为了此事奔波，翻遍几个山头，摸黑找了一整晚这事，待沈小郎君酒醒，再慢慢清算。

共叔武发现不远处的林间有动静，浓眉微拧，正欲上前一探究竟，却见林间走出来个年幼矮小的女孩儿，形容憔悴。

翟乐也注意到她，喊了一声："林小娘子，你醒了？"

林风听到翟乐的声音才放心地上前。

众人的视线都聚拢在她身上。

林风年幼却并不怯场，行了一礼，起身行至沈棠的身侧才回答："听到动静便醒了。"

其实她一整晚都没睡，也睡不着，听着外边的打斗声，吓得瑟瑟发抖，脑海中不断浮现出不久前家人被护卫屠杀的场景。

可动静并未持续多久又归于平静。她放心不下，偷摸过来看情况。

祈善问："这位是……？"

沈棠道："她是林风。"

"林风？"

"嗯，她以后跟着我。"

跟着？祈善用古怪的眼神暗暗打量沈棠。

翟乐补充："祈先生，林小娘子前不久遭逢大难，亲眷遭了贼人的毒手，如今孑然一身，沈兄怜惜她的遭遇，才准备将她带在身边照顾。沈兄是一片好心，并无他意。"

他不说还好，这一说，祈善也忍不住想歪了。

沈棠直接吐槽翟乐："翟笑芳，你刚才这话'茶'味好浓啊。你倒是说说，我有什么'他意'？"

翟乐虽然不懂"'茶'味好浓"是什么意思，但用脚想也知道不是啥好词儿，在求生的直觉下选择转移话题："这些土匪怎么处置？"

沈棠道："命大能活下来的就收编，若是熬不住死了，尸体就地埋掉，还能沃土。"

褚曜敏锐地捕捉到一个词儿："收编？"

沈棠有点儿骄傲地仰头："我现在也有几十号小弟了。"

褚曜弯了弯眸子,夸赞:"五郎英勇。"

祈善白眼能翻上天灵盖。

这时,祈善注意到那位受伤的土匪首领,靠着过目不忘的能力,轻而易举地认出其身份,略一挑眉:"这位不是押送龚氏的官差吗?大小也是个官,怎么变成这副模样了?"

听到"龚氏"二字,共叔武脊背一僵,锐利的眼神几乎要射穿此人。

土匪首领也没想到自己会成为焦点,看了一眼说话的祈善,隐约觉得这人面善。待看到祈善身侧的沈棠,他才蓦地想起:这不是那天救下"龚氏逃犯"的文士吗?

真是冤家路窄,土匪首领内心暗骂,面无表情地道:"正是在下。至于个中缘由,实在是一言难尽。"

沈棠好奇:"什么一言难尽的缘由,能让有着大好前途,吃着官家饭的人选择落草?"她这话明摆着是想追根究底满足好奇心。

被揭伤疤的土匪首领无语。

沈棠不待他开口,抬手指着营地方向,说道:"此处不是说话的地方,去那里再谈。"

先前的动静并不小,营地里的混混儿们睡得再死也都醒了,本以为要跟土匪血战一番才能捡回小命,谁知睡意刚散去,战斗已经结束了。

沈棠毫不客气地指挥他们去干活。

干什么活?那些土匪的尸体不得埋了?还剩一口气的土匪小弟,不得统一看管?最后那几个没受伤的俘虏,不得抓起来?这些活,混混儿们不干谁去干?

祈善眼神变得越发微妙:"这些人又是怎么回事?"

沈棠道:"新收编的马仔!"

祈善是想着培养、催生沈棠的野心,推着沈小郎君走上他期许的那条路,但他也知道以沈小郎君的天真单纯、年轻稚嫩,这事儿还有的磨。他都做好打持久战的心理准备了,谁知就一天没盯着,沈小郎君已经收编几十号人,还都是青壮年。

祈善疑惑:究竟是哪一步快进了?

"沈小郎君怎么突然想收编这些人?"

沈棠诚实地回答:"我本来没想收编。收编有什么用?养这些人得花钱,还不如杀了一了百了,干脆利落还省事儿。但是笑芳把我的台阶拆了,我要是不收编感觉没面子……"

每个字祈善都听得懂,但凑成句子再从沈小郎君口中说出来,他怎么就听不懂了呢?什么拆台阶?什么没面子?

祈善再次疑惑:究竟是哪一步快进了?

沈棠莫名其妙地跃跃欲试:"要是元良觉得收编这些人不妥当,我可以送他们上黄泉路。"

杀了这些人,她就不用花钱养他们,能省好大一笔开支。开源、节流,双管齐下,她很快就能脱贫。

祈善有些头痛地掐着眉心,摆手阻止道:"不用,不用,既然已经收编了,那就用着吧。"

祈善选择放弃探究醉鬼的逻辑,结果符合预期就好,其他的都不重要。

沈棠看着不大情愿地道:"哦。"

丝毫不知自己在鬼门关前绕了一圈的混混儿们,抢着将营地拾掇一番,重新点起篝火。

林风爬上马车,搬来几个马扎供沈棠几个人落座。

沈棠让林风别忙活,坐下来烤饼吃。

有饼吃着,有酒喝着,还有仇人的落魄史听着,沈棠觉得不管是精神还是身体都能获得愉悦。

提供"落魄史"素材的土匪首领不赞同,奈何形势所迫,不想配合也得配合。

土匪首领道:"那日,我们将那批龚氏犯人全部押送到孝城,依次与接收女犯的教坊曜灵阁、接收男犯的孝城驻军核对人数,确认无误,准备暂歇两日再回去复命……"说是暂歇,其实就是体验孝城特色行业,押送犯人这一路可把不少人憋坏了。

沉溺于温柔乡不可自拔,他们磨磨蹭蹭又拖了两日,刚出孝城,半路碰见几个神色不正常的土匪,顺手杀了,从几个土匪身上搜到一封加急密信。正是信函的内容让土匪首领决心落草为寇。

祈善皱眉:"密信上写着什么?"

土匪首领攥紧了双拳,面皮受情绪影响,不受控制地颤抖,额头的青筋若隐若现。

良久,土匪首领才勉强稳定情绪,吐出一口浊气,道:"说是有百姓不满暴政,欲私下密谋造反,国主郑乔闻言大怒,下令让心腹镇压那些暴民。为平息郑乔的怒火,负责督办此事的心腹是宁可错杀一千也不肯放过一个……"

结果他们并未抓到什么密谋造反的人。

但郑乔并不相信，数次给心腹施压。

心腹也是狠人，为了交差，用十几座村落百姓的人头充数。

郑乔龙颜大悦，大肆嘉奖这位忠心能干的心腹。

但纸包不住火，这事儿像一根导火索，再加上郑乔那些羞辱辛国王室、旧臣、遗民的操作，彻底引爆了百姓的情绪！原先只是谣传造反，现在真有人造反。

这封密信是八百里加急传递给四宝郡郡守的，讲明了前因后果，让其调兵，防备四宝郡境内可能发生的内乱。奈何传信的倒霉，被土匪干掉了，而土匪又倒霉地撞到他手中。

"因为这个，你就落草为寇？"

反正各地又有作乱的苗头，郑乔国主的地位又不太稳当，他干脆一不做二不休，落草为寇当山大王？

土匪首领道："这只是原因之一。"

还有一个原因——被屠杀的几座村落，其中便有他的老家，他的家人、亲族都在那里。

与他同乡的几个差役也接受不了这个结果，跟随他一块儿落草。其他差役继续返程。

"这么巧合？"

祈善道："是有心为之。"

褚曜闭眸思索，手指有节奏地点着膝盖。听到祈善这句话，褚曜也睁开眼附和："被屠杀的几座村落，全部散落在临时行宫附近，谣言也是从这一带传出的，五郎不觉得有意思吗？以郑乔多疑又暴戾的脾性，骤然知道此事，不管真假都会下令调查，将一切不安定、威胁他的不利因素扼杀在萌芽状态。负责督办此事的郑乔的心腹，本也不是什么好东西，以普通百姓的人头冒充军功的事没少干……"

嗯……应该说跟随郑乔打仗的那些人都没少干这些事。

祈善继续道："若有人在那名心腹身侧稍加暗示，屠杀村民，将他们指认为暴民，拿去跟郑乔交差也不是不可能发生……郑乔入主辛国后的一系列举动早就将上至世家贵胄，下至平民百姓，得罪了个彻底，造他的反是迟早的事。"

以此为契机，各地陆陆续续有势力造反也不是什么稀奇的事情。此事唯一的巧合就是土匪首领的家乡也在那一带，其他的全都有推手暗中推动，精心谋算，搅乱整个局势！

沈棠不由得发出来自灵魂的感慨："郑乔可真是个矛盾重重的人物！"

祈善道："矛盾重重？"

"他身上有些东西让我费解。"

褚曜道:"让五郎费解?"

"说郑乔愚蠢吧,他又是卧薪尝胆又是忍辱负重,若没点儿脑子,别说在辛国旧臣手中活下来,估计连内廷都走不出去。但要说此人聪明,又看不出他聪明在哪儿,大好的局势能糟蹋成这个鬼样子。辛国本身国运将尽,因此庚国灭辛国并未耗损多少,若能休养生息,没那些纵容帐下兵马屠城劫掠、羞辱辛国王室的蠢事,未必不能图谋西北全境……"

或许是本性如此,又或许是自小在内廷长大,郑乔见惯了后宫争斗的阴私之事,所以耳濡目染下也喜欢用那些不入流的阴毒手段。但不管怎么说郑乔赢了,也爬到了万人之上的位置。结果大好的局面郑乔非得作死,将一手好牌打成了这样。

褚曜笑了笑,道:"因为郑乔相当自负。他是很聪明,少时天资极高,不然怎会有名士名家不顾他的出身,愿倾囊相授?倘若不是被辛国国主收入内廷,以其资质,或许这会儿他也是誉满天下、位极人臣之名士了。但越是如此,他被毁后越容易作茧自缚。"

沈棠:"自负?自缚?"

褚曜不知想到什么,眼中似有讥讽一闪而过:"他未必不清楚自己在做什么。辛国旧臣也好,遗民也罢,不过是被他践踏在脚底下的蝼蚁。蝼蚁即便倾巢而出也难成气候,只消放一把火就能烧个干净。蚍蜉撼树,不自量力。天下人都知道他在辛国内廷不光彩的过去,所以他为了极力遮掩这些,便要向全天下展示他肆意作践、玩弄仇人的手段……"

今天将这家夷三族,明天把那家抄家流放,后天嘉奖胡作非为的心腹,纵容他们为非作歹,被损害利益的蝼蚁再怎么抗议、挣扎,在他统御的势力战车之下,统统被碾为肉渣。

而且褚曜看得透彻:"虽然不知'临时行宫附近有暴民造反'的谣言是谁散播的,但从郑乔癫狂、歇斯底里的反应来看,他兴许也意识到自身的处境岌岌可危,所以一个没根据的谣言就能让他草木皆兵。只是,五郎觉得郑乔走到如今这一步,还有回头是岸的可能吗?"

沈棠思忖后摇头:"任由愤怒、仇恨支配理智,将自己的生路斩尽。即便他想回头,也得看看那些被他得罪的人愿不愿意给他浪子回头的机会。他明白这点,索性就癫狂到底?"

褚曜淡淡地道:"慎独自律,修己安人,正身而天下归之,郑乔则是背离天下的那个。"所以郑乔注定没好下场。

这时，沈棠注意到一旁的林风格外沉默，于是轻声问她是哪里不舒服，还是困了，毕竟八九岁的孩子精力有限。

林风醒过神，抬头才发现大家都在看着她，低头嗫嚅道："奴家是突然想起在家乡听过的一段坊间唱词，其中有一句是'伪女娇作伥乱北辰，二十路烟尘冲紫宫'。"

祈善、褚曜二人还真没听过这唱词，毕竟凌州离这里也不近。

只是祈善似笑非笑地调侃："传出这段唱词的人，倒是一点儿不给郑乔面子。"

世人皆知郑乔曾被辛国国主赐名"女娇"，"北辰"代指"帝星"或者"帝王居所"，"紫宫"也有"帝王宫禁"的意思。前一句骂郑乔坏事做尽乱了内廷，得位不正，后一句就有点儿耐人寻味了。"烟尘"即烽烟征尘，代指势力。二十路势力冲击紫宫，绝对是郑乔听了辗转反侧的消息……不，或许他已经睡不着了。

祈善道："你从凌州来，那边局势如何？"

小手抓着衣摆，林风神情难过："奴家不清楚，只是听仆妇谈起外头又开始打仗。"正因如此，林家才会选择避祸南下。

祈善看着狼狈的土匪首领，想到遭难的林家一门，心下了然。凌州境内出现那段唱词，跟着出现内乱，谣传临时行宫附近有暴民，结果闹腾下来真有人造反……

郑乔已失民心，各方势力都想要他的命，倒是四宝郡还算安静些，打仗的消息也未传来。

祈善与褚曜暗中交换了个眼神。这局面的确是他们想看到的，但他们没想到这天来得这么早。他们原以为郑乔的江山还能撑个五年，战乱的苗头会从四宝郡开始。五年，足够他们布局谋划了，也给了沈小郎君成长的时间。

没想到其他人比他们俩还会来事。窥一斑而见全豹，从这些唱词、谣言出现的时机和地方也看得出来，"恶人"有点儿多啊。

沈棠宽慰地拍了拍小丫头的发顶，忽然想到什么，摸出了几块饴糖递给她："喏，甜的。"小孩儿爱吃糖，林风应该也不例外吧？

看着手心里躺着的饴糖，林风眼眶微热。

翟乐叹道："打不打仗，苦的都是百姓。"

庚、辛两国打仗，战场就放在辛国，辛国百姓的日子可想而知。战争结束后，安定还没大半年，战乱又起。这回不知要打几年，这片土地上的百姓又要花多少时间平复疮疤？

翟乐转念想想，岂止辛国如此？辛国百姓只是整个大陆的一片缩影。

沈棠见众人神色悲伤，情绪低沉，感觉不自在，想出声找个话题活跃一下气氛。

共叔武忽然道："五郎，在下有一个不情之请。"

"什么不情之请？直言便是。"

共叔武指了指土匪首领，还有几个被俘虏的土匪："我有些事情想跟他们谈一谈。"

"谈谈？"

共叔武眸中闪过冷意："对。"

沈棠稍微一想便懂了共叔武的意思，正色道："你们随便聊。"共叔武送他们下去跟阎王聊天她都没意见，还帮她省了几张吃饭的嘴。

虽说官差押解犯人属于"公务"，他们也是秉公办事，但流放路上那些折磨可不在"公务"的范畴。不知有多少龚氏子弟、亲属死在这些差役手中，共叔武的要求合情合理。

土匪首领迷惑不解。

待所有土匪都被拉到偏僻的小角落里，保证此处的动静不会惊扰沈棠等人，共叔武才冷笑着问土匪俘虏："你们之中，哪些曾参与押解龚氏族人？"

闻言，土匪首领心头"突突"几下，不由得问："你是……？"

共叔武继续冷笑："在下龚文，龚义理！"

土匪首领只知龚氏有个在逃的九等五大夫，不知其名讳，听到共叔武的真名也没想到这层。可即便如此，光听"龚"这个姓氏，他就感觉有股寒气从脚底板直冲天灵盖。

几个幸存的差役吓得面皮轻抖：龚……龚氏的"龚"？

祈善无奈地目送共叔武带人离开，"啧"了一声，道："可惜了，可惜了。"

沈棠一只手撑着额，浑身潮热，黏腻的汗液湿了内裳，双颊不知何时染上一层薄红。奈何篝火旺盛，火光照在她脸上盖住了肌肤由内向外透出的红，无人发现她细微的异常。

"什么可惜了？"沈棠勉强打起精神，试图让自己清醒些。

"那些差役啊，可惜了。"祈善笑着回答，"寻常末流公士能对付两三个成年男子，为首的那个又是三等簪袅，虽说实力不如何，但当个部曲小教头教教新人不成问题。"他们一下子都被共叔武干掉，岂不是损失？

沈棠揉着太阳穴，道："那几张吃饭的嘴哪里抵得上一个共叔武？二者有仇，不死他们死谁？又不亏……"

"此话有理，如此一算的确不亏。"

祈善说完这话，沈棠身侧的林风抖了抖。在小丫头的视角里，祈善说这话时的模样太诡异、可怕了，眉眼满是发自内心的愉悦，看着沈棠的目光活像重慈院中爱偷吃的老嬷嬷盯着一盘美食，不似个正经人。她抿了抿唇，又往沈棠身侧凑了凑。

没一会儿，肩膀突然一沉，她惊愕地扭头，只看到一个黑漆漆的发顶，些许不听话的发丝儿顺着她扭头的动作从她的脸颊上滑过，带来密密麻麻、丝丝缕缕的痒意。因为凑得近，她还能嗅到沈棠呼吸间飘来的酒味。

原来是沈棠太困睡着了，脑袋一歪，正靠着林风的肩膀。

翟乐注意到这边的情况，出手抓住沈棠的另一侧肩膀，解了林风的窘境。

祈善起身将沈棠搀扶起来，不可思议地道："这就睡了？"沈棠刚才还说着话呢。

沈棠双目紧闭，呼吸平稳轻缓，若凑近仔细听，还能听到些许鼾声，的确是睡着了，完全没一点儿预兆，脑袋一歪秒睡。

褚曜忍俊不禁地说道："睡着了才好啊。"若沈棠继续醉着，他担心祈善能少活好几年。

祈善无奈地"啧"了声，弯腰将睡死过去、半点儿知觉没有的沈棠扛在肩上，搬进车厢里，吩咐跟上来的林风："这里不用你伺候，去睡吧。"

林风迟疑："可是……"

祈善失笑："你一个八九岁的孩子怎么照顾人？且去睡，养好精神，其他的白日再说。"

祈善只看林风的装扮也知道她以前只有被人伺候的经验。照顾一个精力充沛的醉鬼，成年男子精力都跟不上，更何况是她？看她一脸的倦意，面颊泛着青白，祈善便知她状态很不好，与其强撑着表现自己的用处，不如好好休息。

林风神色倔强，抿了抿唇，没选择其他车厢，而是在沈棠的车厢里找了个角落坐着。

祈善见她执拗，也不好再坚持。

出乎意料，醉鬼睡着了反而很安分，而且安分得吓人，倘若不是胸口还有起伏，乍一看还以为此人已经去世了。

祈善盯了一会儿，确认沈棠不会突然蹦起来闹事，松了口气，临走前还不忘给沈棠下一道"明哲保身"的保护，保护人的同时还能使沈棠免受蚊虫的叮咬，睡得安稳些。

祈善下了马车，只见共叔武已经一身血地回来，结果不消说。

共叔武一上来就提建议："土匪窝的位置已经问到，他们为了今夜的偷袭，将寨子里的大部分精锐带了出来，留守的都是些老弱病残。先生，我等明日便去将它端了？"

因为翟乐在，共叔武有些话不好说：攻下位置隐蔽的土匪窝，他们就有了个落脚处，回头劫了税银，也有地方安置。孝城城内是郡守的地盘，不安全。

祈善垂眸思忖，摆手："不妥。"

共叔武诧异："不妥？"

共叔武盘问过那些土匪，知道林家有不少财产被土匪劫走，若不抢回来，岂不便宜了他们？

祈善摇头："不能等明日。"

共叔武道："今夜就动手？"

"对，待明日再动手恐生变。"

至于是什么"变"，祈善却没有说。

在场的众人只有褚曜知道：这个"变"自然是他家五郎啊。

通过上次的醉酒乌龙事件，二人便知道五郎不仅酒量极差、酒品极差，酒醒后还会忘记醉酒时干过的事情。也就是说她只会记得跟混混儿们打群架，打群架之后干的事儿一件不认，自然也包括收编混混儿、找土匪的晦气。他们倒不如趁着五郎还未酒醒将土匪窝攻下来，生米煮成熟饭，到时候五郎想抵赖也不成。

褚曜笑眯眯地对翟乐道："今夜便麻烦翟小郎君镇场，待明日五郎醒来，必有重谢。"

翟乐并不觉得这话哪里不妥，只是好奇："不用在下去帮忙吗？"

褚曜道："土匪窝里只剩老弱病残，不足为惧，有共叔壮士就行。这些混混儿、土匪还未真正归心，五郎又宿醉不醒，总得留个人在这里盯着，以免他们恶向胆边生，暴起造反。"

翟乐一听，觉得也是这个道理，共叔武是九等五大夫，若是连共叔武都搞不定一个精锐尽失的土匪窝，实在是可笑，更别说祈善先生也会跟着过去。这个阵容，即便单挑一个千人规模的匪寨也不虚。所以翟乐当即同意了安排。

所有人当中最累的应该是褚曜。他文心被废多年，再加上在月华楼的后厨干杂活的消磨，身体、精力都大不如前。安排好诸事后，他便在沈棠睡着的马车外小憩，闭目养精神。

但他眯眼没多久，就听到些许异动。

翟乐隔得远也被惊动了，循声看了过来。

褚曜皱眉，一边抬手示意翟乐先不要动，一边掀开车帘，借着篝火的光，勉强看到车厢内的情形，只见林风抱膝瑟缩着，肩膀微颤。

褚曜压低声音问她："发生何事了？"

林风嗫嚅道："光，发光了……"

"什么发光了？"

林风指着沈棠哆嗦地道："郎君的文心花押印，方才突然有光飞过来，奴……奴家怕……"

明明身体很困，精神却很亢奋，林风根本睡不着，蜷缩在角落里，下巴抵着膝盖发呆消磨时间，直至开始发昏。就在她以为自己能睡着的时候，那枚文心花押印突然飞起来。

隐约看到一道光冲自己撞来，她吓得一个激灵，瞬间清醒。

褚曜皱眉："确信不是祈善留下的文气？"

林风咬着唇："不是文气……"文气是黑、白二色，她是知道的，但刚刚那道光是金色的……细长，像是某种动物。

林风摸了摸额头，又没任何异样的感觉，不禁怀疑自己是迷糊之下产生错觉了……

褚曜闻言，给沈棠把脉。

沈棠脉象强健有力，气血旺盛澎湃，明显属于壮实得能徒手干死好几头牛的健康状态，并无任何异常。他不放心，又换了一只手给沈棠把脉，还是同样的脉象。

这打消了他心中的疑虑与担心。他宽慰林风："五郎一切安好，许是你太困乏产生幻觉了。早些睡，养足精神再说。"

林风放下抚摸额头的手，神情闪过一瞬间的迷茫和怀疑：难道真是她太累产生幻觉了？

本着不给人添麻烦的原则，林风咽下了质疑的话，乖顺地点了点头，将此事揭过去。

褚曜见状，放下车帘，恢复先前小憩的姿势，闭目养神。

林风双手抱膝，下巴抵着膝盖。

不知道是真困了还是别的原因，她这次闭眼很快酝酿出睡意，竟然一觉无梦睡到日头高悬。

跟她一样一夜好梦的，还有沈棠。不过沈棠属于睡觉的时候香甜，睡个昏天暗地不想醒，可一睁开眼浑身上下都跟上了刑一样痛苦。

沈棠微微蹙眉，睫毛微颤，非常缓慢地睁开眼，初时双目看着虚空，毫无焦点，但随着意识的回笼，目光凝聚，身体的感知飞速地归位。

这可让她遭了大罪：浑身都疼，但最疼的是几欲炸开的脑袋。

"谁打我的头？"

不不不，她更想问是不是有人趁着她睡觉给她做了开颅手术！

饶是意志力强大如她，也有种双手抱头撞地缓解疼痛的冲动。沈棠从标准的仰躺、双手交叠放在小腹上的睡姿改为蜷缩着跪在床上。

"不是……这……这里又是什么地方？"沈棠倒吸一口冷气，好不容易将剧痛压制下去，一抬头，发现自己又跑到了一个陌生的环境里，这回不是打群架现场了，而是一间空荡荡的土瓦房，唯有"家徒四壁"能形容。

她茫然地环顾四周，跽坐在简陋的榻上。

窗外明媚的阳光透过粗陋的窗布，在地上投下一道扭曲、抽象又滑稽的影子。沈棠抬手用腕部捶了捶额头，试图回想起自己睡觉前的记忆，自己又是怎么来到这个地方的……

结果……她完全想不起来。

她最后的记忆是什么来着？一幕幕画面在她的脑海中飞速地掠过，混混儿、翟乐、酒摊、掀酒摊、打架……然后呢？

然后她的酒摊没了！她猛地打了一个激灵，愤怒瞬间爆表直冲天灵盖，蹦跳下床，口中骂骂咧咧："老子的酒摊！一群混混儿也敢掀老子的摊子！真是找死啊！"

她还未迈出步子，大门被人从外向内推开。她的视野里骤然撞入一双圆滚有神的眸。

眸子的主人正微张着嘴，惊诧地看着她。

二人面面相觑。

然后小姑娘端着盛满水的木盆走了进来："郎君醒了？"

话音落下，沈棠听到拧湿布巾的声音。

沈棠恢复常色，起身坐回床榻上，目光追随着这个陌生的小姑娘，问："是女郎救了我？这里是哪里？"

林风被沈棠问蒙了，但想到祈善他们的吩咐，暗想：果然如此，郎君酒醒后还真不会记得醉酒后干的事情。林风回忆家中丫鬟伺候自己的动作，将拧干的布巾递给沈棠:"不是奴家救了郎君,是郎君昨夜救了奴家。此处是孝城外的土匪寨,具体在哪儿奴家也不知。"

这话的每个字沈棠都懂,但组合起来她就蒙了。

"土匪寨?"她傻愣愣地接过布巾,习惯性地擦脸。

冰凉的泉水刺激肌肤,残余的困意消失无踪,她问:"我……我救了你?"这些事情她一点儿印象都没有。

小姑娘又端来一碗汤。

看着汤汁的颜色,沈棠抗拒。

林风似读懂她的沉默,道:"这是褚先生煮的醒酒汤,郎君宿醉一夜,醒来肯定不舒服。"

沈棠怔了下:"宿醉?我没喝酒啊。"

对此,林风显然不是这么认为的。

小姑娘不说还好,一说沈棠还真闻到自己身上残存的酒气,混合着湿汗,发酵发酸,气味不太好。沈棠嗅了嗅汤汁的气味,发现的确是醒酒的,一饮而尽。

沈棠问:"小娘子叫什么?"

"林风,'林下之风'的林风。"说完,林风顿了下,暗中看着沈棠的神色,又咬着下唇补充了句,"这是昨夜郎君给奴家取的名儿。"

沈棠拊掌赞道:"林风?好名字!"果然,她真的有才华,即便醉酒也不影响她超常发挥!

"我救了你……那你的家人呢?"刚问出口,她就后悔自己嘴快。

林风小姑娘穿着富贵,生得精致漂亮,特别是那一口含雪皓齿,贝联珠贯,寻常人家没这个财力养出来。不管小姑娘是与家人一块儿遭遇危险,还是被劫匪劫掠到这里,倘若家人还在,照顾人的活儿怎么也轮不到她,更遑论让救命恩人给家中的掌上明珠取名了,多半家人已经遭遇不幸。

林风的回答也证实了她的猜测。

听了林家一门的遭遇,沈棠很是怜惜、同情这个小女娃,声音也软了几分:"你莫怕,你的家人……回头我下那处山崖看看,若能将他们安葬便安葬了,你日后便跟着我。"

也不知道她的哪句话惹了小姑娘,小姑娘那双黑白分明、滚圆可人的眼睛浮现出一层水雾。林风垂首"嗯"了一声,软软地道:"多谢郎君。"

沈棠以为自己莫名其妙地醉酒后干的事情应该就这么一件,救人一命胜造七级浮屠,权当自己做好人好事。

因为宿醉刚醒，她脑子有点儿转不过弯，所以就没注意到林风先前提过的一处细节——既然是她救下林风，为何她们俩会在土匪寨？

直到她走出土瓦房，看到外面的场景，她明白了。

屋外有几十……不，足有一百多号人！男的、女的、老的、少的、健康的、残疾的。还有五十来个大小不一的箱子，只看木料的颜色、质地便知里面装的是好东西。

这伙人统一蹲在屋外那片扬着黄沙、坑坑洼洼的空地上，被太阳暴晒，浑身挂着热汗，一动也不敢动，面上挂着一个模子刻出来的惧色。

他们恐惧的源头，沈棠还认识，不正是共叔武、翟乐、祈善以及褚曜吗？

全员恶人？沈棠张了张口，不知该问什么，良久，干巴巴地问道："你们这是……做什么？"

"五郎醒了？"褚曜转过头，笑容慈和，目光带着几分看小辈的"怜爱"，"头可还痛？"

沈棠莫名其妙地打了个激灵，道："不痛了。"

虽然褚曜的笑容跟平时一样，但今天格外……热情、愉悦、开心？她不知道该用什么词语形容，但被这么盯着，莫名其妙地有种被人丢进冰窖里，寒气裹体，后颈发凉的感觉……

"你能别这么笑吗？我看着瘆得慌……"

褚曜笑容微僵。

一侧的祈善开腔："方才闹出那么大的动静，只听声音都知道沈小郎君中气十足，肯定是好得不能再好了。"

沈棠这才看到祈善左手端着一本册子，右手提着一支笔，埋头不知在写什么东西。

"你……你们都听到了？"

"沈小郎君为什么会以为我们听不到？"

沈棠默然。

也是，除了褚曜老先生，他们不是有文心就是有武胆，各个耳聪目明，她醒来后那番"惊天动地"的骂骂咧咧，一点儿没控制音量，被听到正常，他们听不到才有问题。

沈棠问："这些人在干吗？"

沈棠佯装一副没事人的样子加入他们的聊天。

褚曜笑眯眯地道："这些人在等五郎发落。"

沈棠语塞，半晌才道："等……等我发落？"跟她有什么关系啊？

祈善"啪"的一声将手中的册子往一脸蒙的沈棠的手心里一拍，悠悠地道出实情："自然是等你。因为这些都是沈小郎君的战利品，除了你，无人能决定他们的未来……沈小郎君也请放心，属于翟小郎君的那一份已经清点好。"

翟乐也笑道："出来玩了一趟，没想到还能'满载而归'。不过我与阿兄在外游历，身边也带不了太多黄白之物，便将属于我那份折算成欠条，日后有缘再向沈兄讨要。"

他与沈棠拿下了那些护卫，按功劳，那一部分林家的财产他也能分一半。只是翟乐本身并不缺钱，老家又在千里之外的东南，不可能带着这批东西上路，索性就说不要了。

只是祈善先生较真儿不肯。

翟乐盛情难却，便提出打个欠条，以后有机会再来取这笔钱。

翟乐的建议正中祈善的下怀——祈善本来也没打算让翟乐将这些财物带走。

于是这个提议得到双方的一致赞同。

祈善草拟了欠条，一式两份，还用沈棠的文心花押印在欠条上面盖了戳。

这个话题沈棠没法参与，因为全是她不知道的事。

她低头翻了翻祈善写好的账目，一目十行地看了几页，顿时有些坐立难安，余光左右偷瞧，发现林风不在，"啪"的一声合上账册，心虚般压低声音："这些都是林风的吧？"占人家孤女的财产不怕天打雷劈吗？

虽说一觉醒来天降巨富是她做梦都想的事情，但她一想到这些财产原来的主人，就不太舒服。

祈善道："郎君何出此言？"

沈棠支吾："本……本来就是……"

褚曜插了一句："此话差矣。郎君从林氏家贼手中取得一半资产，又从盗匪手中取得另一半，并非从林小娘子手中夺得，资产缘何会是林小娘子的？且在当下的世道，八九岁的稚童身揣巨富，如何立身？这不是巨财，而是索命的剧毒！"

沈棠张了张口："可……"

不能说祈善、褚曜二人的话不对，但她也无法说他们对。以当下的世界观，这俩人所说的肯定没毛病，但沈棠作为一个遵纪守法、朴素善良的"新时代宅女"，肯定不能这么说啊。

被入室抢劫的杀人犯抢走的财产，又被黑吃黑之后，就不属于受害者了吗？

沈棠过不去心里那道坎儿。

褚曜和祈善二人暗中对视了一眼。

大概他们也没想到，醉酒时候一派匪气、说劫就劫的沈小郎君，醒来后会浑身洋溢着正气。

不过这根本难不倒二人，可以同样用"打欠条"的方式解决——既然沈小郎君觉得这么做会亏欠林家小娘子，不如等以后她出阁时，准备差不多的嫁妆将她风风光光地嫁出去，在她出阁前则保证她的安全。

这办法两全其美！

沈棠想了想，觉得也是这个道理，于是芥蒂全无："行，那我去打欠条。"

收到欠条的林风哭笑不得，只是心头越发熨帖。

沈棠打完欠条，感觉很不对劲，看着这群在太阳底下暴晒的人，怎么觉得自己被绕进去了？

偏偏这时祈善那催魂似的声音又闯入沈棠的耳里："沈小郎君打算如何处置他们？"

沈棠感觉耳朵发痒，忍不住与他拉开距离。

但祈善的声音还是传来："放了？卖了？埋了？屠了？"

第十八章
携手共赴奔小康村

不待沈棠回答,祈善说道:"放了不妥,这些土匪本就是没生路才落草为寇的,放出去不过是让他们另起炉灶,而这些老弱病残……手脚完好的青壮年尚且只有落草一条路,他们的下场如何可想而知。"

沈棠听到后半句,心口堵得难受,道:"放走这条路,不可取。"

祈善见沈棠有回应,便又笑道:"是极不可取。我不杀伯仁,伯仁却因我而死。若放了这些土匪,以后死在他们手中的百姓何其无辜?那……不如卖了?这里不少人还年轻,有力气,能卖点儿钱,其他的只能贱卖。"

余光瞄了眼褚曜,沈棠断然否决:"不成,不成!"他们是人又不是牲口!祈善真是越说越过分了!

谁知祈善还火上浇油,冷冷地道:"埋了?"

沈棠道:"活埋?"

"屠了再埋也行。"

见祈善越说越不像话,沈棠脸上罕见地出现怒容,逼近几步,仰头质问:"祈元良!你知道你在说什么吗?"

另外几个人都没说话。

那些在太阳底下晒着的人更加不敢吱声。几个胆小的已经吓白了脸,气息起伏不定,仿佛下一秒就能翻白眼昏厥过去。

"在下知道。"

"我看你是不知道!"

祈善当即反问："既然在下提的意见，沈小郎君都反对，那沈小郎君说说该怎么处置他们？"

沈棠无语：她能有什么办法？总不可能给这些人一笔钱财让人下山从良，安生生活吧？呸——真这么干，沈棠都想给自己做个开颅手术倒一倒脑子里的水。孝城商贩、林家老弱，前者遭地痞欺辱，后者枉死他乡只剩一个林风……哪一桩哪一件跟眼前这些看似无辜的人无关？

眼前这些人杀不得，放不得，卖不得……沈棠颇为头痛地抚额，内心抱怨醉酒后的自己干吗留着这些麻烦，反正都不是啥好东西，都杀那么多人了，为什么不趁醉全杀了……

当这个想法跳入脑海的时候，她自己都惊了一跳：她怎么会有这样可怕的念头？她怎能生出三观如此扭曲的想法？

沈棠震惊自己的可怖，越想越慌。尖锐、绵密、无法忽视的刺痛从脑海深处传来，疼得她眉峰聚拢，咬紧牙关，不知不觉额头上布满了细密的汗珠，原先红润的面颊一片煞白，嘴唇发白，仿若大病了一场。

祈善第一时间注意到沈棠的异样，抬手扶住摇摇晃晃的沈棠，声音里带着几分不易察觉的急迫："幼梨？幼梨？何处不适？"

"我没事……"

熬过那阵刺痛，沈棠感觉脑子轻松了许多。

几个人担心地围上来。

她摆摆手，示意不用太担心，道："应该是宿醉，突然就头痛了……但不碍事，现在不痛了……至于这些人，全部留下吧，也别活埋了，好歹也是人命，长这么大不容易，让他们干点儿能干的活儿……我去补个觉。"

"元良，你认识五郎时间久，可知他有这个顽疾？"褚曜看着沈棠的背影，很是忧虑：这明显不是宿醉头痛那么简单，怕是什么病症啊。

祈善摇头："以前未曾有过此类症状。"

"安顿好这里后，去孝城请个人来看看？"

"嗯。"

几个人散了后，祈善脚步一顿，转了个方向。

沈棠说是去睡觉，其实一点儿困意没有，正坐在树下发呆。一听脚步声她就知道是祈善来了，头也不抬地道："元良找我有事？"

"我为先前的事情道歉。"

"道歉？"

"我虽有意激你，但没想到会牵动你的旧疾。"

沈棠蒙了一下，一时忘了反驳自己没有旧疾，好奇地道："你激我？你激我作甚？"

祈善默然。

沈棠眯了眯眼："直觉又一次告诉我，你跟无晦都有事情瞒着我……你激我，只是为了让我想办法处理这些人？为什么？"

祈善还是不说话。

沈棠说道："哦，我明白了。"难道是祈善平日黑心惯了，拉不下面皮做好事，但又怕她跟醉酒状态一样杀人不眨眼，所以故意唱反调，激怒她答应留下这些人？

祈善不信："你明白了？"

沈棠却坚持说："嗯，明白了！"

祈善摇头："幼梨，你还不明白。"

"好，你说得对，我不明白。那你说出来，我听！你总得跟我解释清楚我哪里不明白。我不怕猜来猜去，但怕猜错啊……"要是会错意，她不是很尴尬？

听着少年雌雄难辨的声音，祈善尴尬地意识到一点——这位沈小郎君真的还很小，肩膀稚嫩。

但不管是沈棠还是他，都没的选。

祈善斟酌着说："希望幼梨学会扛事。"

沈棠眼神幽幽："我还不会扛事吗？你还好意思说，文心言灵专坑队友……你就在一旁看着，光我一个人挨揍了……这还不能扛？"

"不是这个扛。"祈善尴尬地咳嗽，含糊着跳过这段，"在下是希望幼梨将这些人的命，不——应该说是天下受苦受难之人的命，他们的前途、命运，扛在肩上……尽可能吧。善也知道这实在是强人所难，但不管是你还是我，都没有退路了……"

沈棠瞠目："合着你让我当保姆？"林风也就罢了，毕竟是债主，还是个漂亮可爱的小姑娘，其他人又凭什么？

祈善问："保姆？"

沈棠道："就是老嬷嬷。"

眼看祈善的目光越来越不善，沈棠便知道自己又领会错误，在求生欲的催动下，急忙改口道："村长，不不不，里正……你是想让我当个类似里正的角色吗？"

祈善缓慢地点了点头："嗯。"将一国百姓喻为村民，国主喻为村长（里正），似乎也说得通，大致就是这么个意思吧。

沈棠擦了把冷汗："好家伙，合着我拿的剧本是带领村民奔小康，创立桃源村。"

至于作为桃源村创始人却要违法犯罪去劫税银什么的，她暂时还没想起这事，只是感慨祈善原来也有这么柔软、善良的一面。

沈棠又忍不住发散思维："如此，那我们给村子取个名字吧？"

祈善已经习惯沈小郎君飘忽不定的思维方式："取名？沈小郎君想取什么名儿？"

沈棠一脸沉重："全员恶人村？"整个村子里里外外没一个好人，全员恶人实至名归。

祈善无语。

"不对，不对，这名字会把新人吓跑，乍一听还以为是什么非法组织。要不叫'洗心革面村'？这也不行，听着还是不怎么正派。要不叫'携手共赴奔小康村'？"

祈善觉得果然不能对沈小郎君抱多大的希望。

祈善似笑非笑地道："沈小郎君喜欢哪个都行。"反正以后也用不上。

沈棠将选择权交给老天爷，随便抓了把野草，数了数一共九根，于是选择第三个——携手共赴奔小康！

这就是天意啊！

她拍了拍衣服上沾的草屑，回到那片空地。

空地上的人已不足三成，清一色手脚健全的青壮年。

共叔武正双手负背，巡视众人。

沈棠总觉得哪里不太和谐：共叔武是要安排他们劳改，让他们洗心革面，重新做人？那其他人呢？其他人去了哪里？

"元良他们呢？"

"祈先生刚刚点了几个人下山采买去了。"

沈棠好奇："采买？"

"嗯，褚先生带林小娘子清点东厨的储粮，发现供应不足三日。正好翟小郎君也要下山与其阿兄会合，祈先生便领了这个差事，下山去了，明儿一早便归。"当然，最重要的是接他家素商。

"共叔先生这又是作甚？"

若是劳改，沈棠更倾向于将他们丢去盖房子或者开垦荒田种东西，自给自足才是王道，若每次都下山采买，哪有那么多钱挥霍？一旦四宝郡开战，物价飞涨，金山银山都扛不住。

共叔武想起两位先生的叮嘱，并未将话说得太直白，生怕吓到沈棠："世道不太平，若想安稳生活，武力傍身少不得。这些青壮年资质差，但多多操练，勉强也能用。"

"原来如此，还是元良他们思虑周全。"

山里头的土匪肯定不止这一窝。在这个到处打仗的危险世界里，想要缔造一座小康村，仅凭经营、种田是无法实现的，他们还要培养一定的武装力量保证村落周边安全，避免被其他眼红的村落打劫。

"对了，那些老弱去哪里了？"

"褚先生给他们安排了其他活儿。"也不轻松，打扫、砍柴、伐木、搬石头。

"林小娘子呢？"

共叔武道："应该还在东厨。"

沈棠转道去了趟东厨，大老远就看到褚曜和林风一人一个马扎，紧挨着低头看着账册商讨什么。林风时而摇头，时而蹙眉，时而拿出一把老旧的算盘，手指灵活地拨弄几颗算珠……

沈棠心头莫名其妙地涌出一股羞愧感，感觉自己成了无所事事、游手好闲的无业游民。

连林风都被安排了活儿啊，负责管理被俘虏的十几个女性——有上了年纪的，有年纪正好的，也有年纪比林风还小的，让她们干点儿浆洗、做饭、裁衣的活儿。

严格说来，林风属于童工吧？关键是她还一点儿都不怯场。

沈棠转念一想又觉得这是理所应当的。凌州林家虽然不是什么高门大户，但也属有头有脸的富裕之家，算上庄园别府的产业，光是奴仆便有两百多个人。这样的家庭，若没发生那场变故，正常来讲林风应该十三岁物色门当户对的人家，十五岁及笄许嫁，去另一个家族做宗妇或者当一家主母。按照这个时代的内宅女性教育，林风五六岁就可能被林家主母带在身边学内宅庶务，学如何管家、人情世故，哪怕她只学了皮毛，管理十来个人也够用了。

褚曜也是冲着这点才让林风来帮忙的，一接触，发现此女悟性极强，学什么都很快，内心不由得暗道可惜。

可惜什么？可惜林风不是男儿身。女子无法开拓丹府，自然也没文心、武胆。

商量得差不多了，褚曜终于记起身边还有个眼巴巴地看着林风的沈棠，收起账册:"五郎有事?"

"自然是借林小娘子一用呀。"

褚曜拉下脸来,哪怕知道沈棠根本没那意思:"五郎,用词要谨慎,不可冒犯。"

林风初时不解褚曜为何黑脸,一听这话才知哪里不妥当,羞窘得用册子遮住半张脸。

沈棠无语:脑子清醒一点儿啊,林风妹妹才多大?

"行行行,我谨慎,我谨慎,不能再耽误了,再耽误天又要黑……"沈棠火烧屁股一般拉着人离开了。

林家护卫抛尸的地点并不高,下面是一条河,水流湍急。一些尸体坠落在河滩上,被闻着血腥味过来的野兽当成了美餐,一些则坠入河中顺着河水漂走,还有一些比较幸运,挂在山壁长出的藤蔓和树杈上,保存完好。沈棠爬上去将尸体放下来。

那些面目全非的尸体,只能根据主人的衣物、装扮辨认身份。

最后找到的尸体十不足六。

看着无声地哭泣成泪人的小姑娘,沈棠想宽慰但又不知该从何说起,觉得这时候说什么都是苍白无力的,只得干巴巴地道:"先将你祖母她们安顿好,晚点儿我再带你去河道下游找找……她们若看到你这副模样,走也走得不安心。"

林风没什么反应,哭得更凶了。

沈棠顿时一个头两个大:这样可爱、懂事又漂亮的孩子在她面前哭,她真的扛不住啊!

看着面容还算安详的老夫人,沈棠心一横,郑重地道:"倘若老夫人还未走远,且听晚辈一言,从今往后,晚辈会将林风当作妹妹看待,不敢说衣食无忧,但只要我还活着,她一定也会活着!"

"老师,你看!"

河边停着一辆灰扑扑的马车,不远处生着一团篝火,有一名老者在烤鱼。

听到动静,老者起身走去,顺着徒儿的小手所指的方向,看到河中央漂浮着数具尸体。他抬手捂住阿宴的眼睛,叹息道:"阿宴,不要看。"

阿宴仰头看着他:"不是,有个活人。"

老者道:"活人?"

阿宴道:"有一个还活着。"

一老一少下水,将还有一口气的男人捞了上来,一番检查后可算知道这人为何命大还活着了：此人的心室比旁人偏斜不少，胸口那道贯穿伤恰好避开了要害。

这人身上还有不少摔伤，肋骨骨折，手臂、小腿骨折，又不知在水中漂了多久，失血过多，还能存着一口气全赖文心文士身体好！

阿宴问："老师，他会死吗？"

老者将手覆盖在男人丹府的位置上，试图用自身的文气激发对方的文心，奈何此人伤势严重，经脉、丹府一片虚软，连文心也萎靡不振。他叹道："听天由命吧，为师也说不好。"

阿宴抿着唇，神情似有几分失落。

老者安慰："不过，他既然是阿宴救下的第一个人，想来老天爷也会网开一面吧。"

阿宴眼睛亮了两分："会吗？"

老者道："自然会。"

他将男人身上的湿衣裳脱得只剩亵裤，又让阿宴去马车上取来药箱，从中拿出一大堆瓶瓶罐罐，每一个都贴着具体的药名——阿宴要习武，少不了磕碰，因此药品准备得齐全。

看着被河水泡得红肿溃烂的伤口，老者翻出药箱底层的刀子，割去坏肉、上药、喂药、正骨、包扎，将人搬到马车上。

他们一番忙碌下来，天色已暗。

阿宴在一侧帮不上什么忙，便几次下水将其他尸体拖上岸。他们跟男人一样，身上都有多处骨折、摔伤，不是被人砍掉了半个脑袋就是被割断喉咙、刺穿心脏，应该是遇到了同一伙歹人。

"能做的老夫都已经做了，剩下的——能不能让阎王爷网开一面放过你这条小命，全看你自己了。"嘀咕完，听到车帘外传来阿宴喊吃饭的声音，老者立刻应道："这就来。"

一老一少师徒二人享用了一顿飧食。

林风起初的哭声是压抑、克制的，强忍着无法诉说的悲恸，逼迫自己将所有的酸苦都咽进肚子里，唯余溢出唇角的呜咽。沈棠那番话却让她失控，号啕痛哭，好似所有的负面感情都有了宣泄口，一股脑儿地往外冲，止都止不住。

她伏在母亲的残躯上，见者为之心酸。

沈棠动了动唇，最后还是咽下了宽慰的话，选择当安静的背景板。

直到林风哭得精疲力竭，几乎要昏厥过去，沈棠抬头看了眼天色，轻声道："天要暗了，我们先回家吧。"

回家？林风一听这个词，滚烫的泪珠又滚了下来，沙哑地应了一声"嗯"。

沈棠还在絮叨："回去看看东厨有没有鸡蛋、鸭蛋，煮两个敷一下眼睛，不然明天怕是连眼睛都睁不开了。"

林风哭了那么久，不只喉咙沙哑，连那双滚圆有神的黑眸也红得像是兔子眼睛，眼皮又红又肿，看着既可怜又狼狈。

林风上下眼皮打架，起身的时候一个趔趄差点儿摔倒。

沈棠抓住她的手腕："困了？"

林风惨白着唇，逞强地摇头："不困……"

沈棠无奈：站都站不稳，走路发飘，这叫不困？

她默念言灵将摩托拉了过来，道："坐上去。"

尸体被搬上木推车，由共叔武派过来的人运送回土匪窝……哦，不，应该是新鲜出炉的携手共赴奔小康村。她则带着精力耗尽、神情疲累的林风坐着摩托，慢悠悠地返程。

远远就看到袅袅炊烟，炊烟之下有一道人影伫立，沈棠走近了挥手："无晦，我回来了。"

看到人回来了，褚曜才松了口气。

虽然祈善一再表明沈棠某些地方反应慢，且胆大包天，但褚曜还是忍不住担心。担心啥？担心他家天命会被吓得半道跑路。毕竟整顿青壮武力，还有劫税银计划，怎么看都不像是安分的人能干出来的事情，反应稍微快点儿的人就会发现不妙，暗暗准备跑路了。

不过五郎显然是个例外。

看到沈棠嘻嘻哈哈地回来，好似这个土匪窝只是个普普通通的落脚处，不慌不忙也不怕，褚曜就彻底信了祈善那厮的结论。

"无晦，东厨开伙了没？我好饿啊。"

褚曜道："给五郎留了一大碗热面。"

他准备上前接过熟睡的林风，谁知沈棠动作比他快一步，将人打横抱下来，也不准备转交给他。

褚曜脚下一顿，道："五郎。"

"嗯？"

褚曜语重心长地说道："林小娘子要伺候五郎的起居洗漱，你们俩是不用讲究'男女七岁不同席'，但你既已决定以后用'义兄'的身份送她出阁，一些比较亲密的举动还是少些为妙……"

沈棠无语。

褚曜比画了个"八":"她已经八岁。"五郎跟她年龄差不多,的确不宜太亲密。

沈棠眼神微妙:"无晦啊。"

褚曜应道:"我在。"

沈棠认真地许诺:"我相信言灵是万能的,磨片对光、随目对镜之类的技术也会实现,回头要是能搞到玉石、翡翠或者水晶石之类的好东西,我给你磨个单片眼镜。"褚曜年纪大,老花眼,她能体谅。

其实只有三十四岁的褚曜默然。

孝城,民宅。

祈善回来的时候,金乌还未真正落山,但奇怪的是民宅的门闩已经落下,推也推不动。

他只得敲门。

"咚、咚咚咚、咚咚、咚咚、咚。"这是他与老夫妇约好的暗号,倘若屋内有危险他们便回答"谁啊,乱敲门作甚",若没有危险便回答"稍待,来了"。

没一会儿,门内响起老妇人的声音:"稍待,来了。"

脚步声愈来愈近,紧跟着是门闩被挪动的动静,只听"吱呀"一声,木门被人打开。老妇人看着眼前陌生的布衣青年丝毫不惊讶,轻声道:"郎君快些进来。"

祈善进了院子后,她又往外张望了两眼才关上门。

"今日有生人来过吗?"见老妇人谨慎的样子,祈善便知不对劲。

"有,似乎是来找郎君的。"

祈善闻言拧眉:"是谁?"

老妇人将他领进屋里,担心地道:"这个不知,但看他们的衣着打扮,倒像是哪家养的门客,还用借水的借口来院中坐了坐,话里话外都在打听郎君的身份。郎君,您看这……"

祈善道:"没事。"

老妇人又道:"有人进过郎君的屋子。"

自从恩人住进来后,只要他们出门,老妇人就会在客舍窗户的窗沿、大门门框处抹点儿米灰。若外人潜入,必会留下痕迹。祈善几个人昨日离去,一夜未归,那拨儿生人过来后,窗沿、门框处就出现陌生的印子,让老妇人心惊胆战。他们倒不怕牵连自个儿,就怕恩人出事。

祈善心态稳得很:"不慌,无妨。"

老妇人把悬着的心放下:"如此便好。"

祈善回了房间,果然发现被翻动的痕迹,查看了下,只少了一张练字用的废纸。

祈善不知想到什么,唇角溢出一声不屑又轻蔑的嗤笑,眸底寒光凛凛,竟是杀意毕现,但眨眼又恢复面无表情。

"喵呜……"小小的素商扒拉他的衣摆。

他一低头,目光便撞上那双湿乎乎的水绿眸子。这双眼睛的主人正软软地"喵呜"着,似乎在问他这一整天跑到哪里去了。

祈善弯腰将素商抱起来,笑着用鼻尖碰了碰它的小鼻子:"素商啊,有没有想阿爹?"

猫听不懂人话,只是用猫爪抓他的袖子。

祈善哑然失笑:"行行行,就你鼻子灵,真是藏到哪儿都能被闻到。吃吧吃吧,暂时别打搅阿爹,明儿阿爹就带你去新宅子里住着。"说着,他从袖中掏出路过集市时买的小鱼干。

祈善先给素商铲了屎,再收拾行囊。

他刚将行囊打了结,屋外传来慌乱的脚步声。

老妇人急切地道:"祈郎君,不好了!"

"哪里不好了?"

老妇人急得额头冒虚汗,拉着祈善的手腕要将他送去后门:"屋外来了一伙人,指名道姓要请郎君。"

祈善想将手抽回来,没有成功,又试了一次,还是不行,只得道:"莫要自乱阵脚,老夫人且放宽心。跟屋外的人说,容我换一身衣裳。"

老妇人急得想跺脚,但也清楚来者不善,后门多半也有人堵着,只得听从祈善的吩咐。

来人表示无妨:"祈先生多久出来都行。"

当然,若是不出来,就别怪他们不客气了。他带来的人俱是武胆武者,最低也是末流公士,最高是五等大夫,是郡府高薪供着的客卿。这间民宅已经被层层包围,保证连一只蚊子都飞不出去,更遑论一个大活人了!

过了约一刻钟,祈善恢复众人熟悉的外貌,特地穿了身茶白色的儒衫,头戴玉冠,腰佩深青色文心花押印。

他甫一出现,数十道气息便将他锁定。

他怀中的素商紧跟着发出凄厉的叫声。

感受到手掌下的素商不安地麦毛,祈善收起浅笑,盈满星光的眸子突然转冷,语气森冷:"劳烦诸位收一收气势,莫要吓我家素商。"

"您便是祈善,祈元良先生?"

"是。你又是哪家的?哪有请人连个拜帖都不送的?这就是贵府教的规矩礼仪吗?"

"小的是郡府侍奉的管家,奉府里主家之命,请先生过府一叙。"这人嘴上将自己放得很低,但那盛气凌人的姿态和眉眼间流转的不屑,显然不是这个意思,"还请先生移步。"

祈善嗤笑道:"行,请领路。"

管家惊愕,似乎没想到祈善这么好说话。据郡守的态度来看,他要请的"祈善"应该不是善茬。

管家侍奉郡守这么多年,从未见过郡守这么忌惮某个人,恨不得将全身的刺都竖起来。

不多时,轿子在郡府门前停下。

几个人在侍女的领路下穿过九曲回廊,终于来到此行的目的地。

远远便看到厅内烛火通明,悦耳的丝竹声乘着风飘入耳朵里,祈善唇角噙着浅笑,浅笑中又带着几分讥诮。

管家快走几步,先祈善进入厅内通传。

丝竹停下,歌舞退场。

祈善迈入正厅,绕过屏风,将厅内众人的神情收入眼底。

坐在上首的,正是四宝郡郡守——祈善的老仇家。六张客席,有五张坐着陌生的面孔,看穿着打扮和年纪,那五个人多半是孝城本地世家的名流、名士,唯一的熟人便是翟乐的堂兄翟欢。

后者也以惊诧的目光望着他。

祈善冲翟欢微微颔首,算是打过招呼。

翟欢还以微笑。

"草民祈善,祈元良,见过郡守。"祈善将视线转向主位上的四宝郡郡守。

厅内响起细小的议论声。众人不解,郡守郑重其事地邀请的贵客竟然是个陌生的平民文士,看着也没什么特殊的。

郡守的视线扫过祈善腰间的文心花押印,深青色的花押印在茶白色衣摆的衬托下格外醒目。郡守目光一滞,又在祈善的脸上打转,看不出丝毫熟悉的痕迹,迟疑地道:"你叫祈善,字元良?"

祈善恭敬地垂首："正是。"

"先生可否上前？"

祈善又上前十数步，距离郡守仅有数步之遥，大大方方地抬起头。

他怀中的素商好奇地探出脑袋，看了看又将脑袋缩了回去。

郡守看到素商，瞳孔一缩："这是你养的狸奴？"

祈善笑道："正是。"

许是听到熟悉的发音，素商也"喵呜"着回应了一声。

席间安静一片，好似被按下了静音键：他们没想到会有人带猫来赴郡守的宴。

郡守又接连问了几个问题，例如是何处人士，多大年龄，家中几口人。

其他人越听越迷糊，闹不明白郡守玩哪出，忍不住暗想：盘问得这么清楚，郡守是准备给祈善保媒啊？

这时，一只不知从哪里蹿出来的橘黄色大猫几个灵活的走位，直扑祈善。

众人吓了一跳。

"这……"

"哪儿来的猫？"

侍女也被吓到，险些打翻端上来的果盘。

祈善道："无事，无事。"他从袖中摸出两条小鱼干，"大概是被草民袖中的气味吸引了。"

郡守看着祈善的手与橘黄色大猫的毛接触，而祈善毫无反应，才收敛异色，呵斥侍女看顾猫不利，惊吓了贵客，并让人将那只橘黄色大猫带下去，然后邀请祈善入席落座。

"不知郡守请草民过来所为何事？"

"仰慕先生的丹青久矣。"

祈善意味深长地笑了笑："草民的丹青？"

他封笔多年，最近的一幅画是帮沈小郎君代笔画的秘戏图，郡守仰慕那么一幅画？

"偶尔得见，喜爱不已。听闻先生途经孝城，这才冒昧地相请，想求墨宝，只是底下人会错了意。若有不周到之处，还请先生见谅。"

祈善起身，一副受宠若惊之态。

二人又是一番客气的寒暄。

听祈善说他准备这两日离开孝城，郡守乘势提出要求，希望祈善能当场作画，了却自己一桩心愿，若祈善愿意，自己有重金相酬。

祈善初时婉拒，直到看到侍女端上来的一盘金元宝，眼睛一亮，改口答应。

其他宾客见状，不屑地撇嘴：此等见钱眼开之徒，画技再好作品也充斥着世俗的铜臭味，难有灵气，真不知郡守图什么。

郡守图什么？郡守也不知道自己图什么。

郡守认识的那人，姓祈，名善，字元良，文心花押印是茶白色的，相貌丰神俊朗，身姿清逸翛然，脾性矜持傲气，眼里揉不得一粒沙子，最不能容忍旁人以金钱践踏他的画作。最重要的是他天生畏猫，被狸奴靠近便会浑身起红疹，严重一些甚至会昏厥、断气。这是打娘胎里带出来的病，无药可医。

侍女端着作画用具鱼贯而入。

饶是翟欢也忍不住微微变了脸色。翟欢沉着脸放下手中的酒盏，欲起身执言——这又不是娱乐性质的曲水流觞宴，若真是仰慕祈先生的丹青画作，大可以等宴会结束，携重礼登门求取，而不是用对待伶人一样轻慢的态度……郡守在拿祈善寻乐子吗？

不过这些念头只在脑海中盘旋，翟欢并未诉之于口，因为半途收到祈善的眼神暗示，示意不要插手。翟欢犹豫了一瞬，抿了抿唇，将酒盏中的酒一饮而尽，找借口去厅外透透气。

郡守将这一切尽收眼中，暗中嗤笑：年轻人还是太沉不住气。

见祈善右手执笔，姿势娴熟自然，落笔果断利落，郡守问："先生可会左手作画？"

祈善神色自然地回答："会，少时好奇学过一阵子，只是不如右手那么灵活。"

郡守用闲聊的口吻回忆："本府少时也认识一个会用左手作画的友人，不过他不是好奇学的，而是天生如此。对他而言，左手远比右手好用。说来巧合，他与你同名、同姓、同字。"

祈善淡淡地道："哦，这般巧合？"

郡守有些不好意思："先前看到先生的丹青，还以为是那位友人来孝城看本府呢。"

祈善闻言，将笔交到左手，作画同样如行云流水："郡守与友人感情甚笃，交情深厚？"

郡守叹道："是啊，可惜多年没见了！"

祈善笑而不语，把精力专注于画纸。

左手作画？席间的众人对此没什么兴趣。因为世人都是用右手，以右为尊，用左手的就成了特例。即便有些人生来就更偏向用左手，家中长辈也会用手段将其矫正。刻意去学左手作画,可不就是哗众取宠的小手段吗?

当即便有客人笑呵呵地闲聊:"依在下拙见,学画作画,三分天赋、七分苦练,画技扎实、根基夯实才是重中之重。用什么手去画是次要的。倘若天生善用左手,家中长辈也未及时纠正,倒没的说,可若是为了噱头去浪费精力,岂不是本末倒置?"

在这个世界上,"画"更多时候是用来消遣的,一般文心文士不会在这方面下很多功夫。有这个时间,多钻研言灵、打坐修炼不是更妙?沉迷太过还会被贴上"玩物丧志"的标签。

因为不清楚郡守和友人的关系有多好,这人便将那位"友人"撇出去,只踩寂寂无闻的祈善。

这人说完,便有相熟的客人笑着附和。

郡守不置一词。

宾客见状,便知道祈善在郡守眼里没分量,是一个可有可无、拿来取乐的玩意儿,无须多尊重,于是聊天内容便多了对"左利者"的议论,或是"奇闻异事",或是"绯闻闲谈"。

祈善始终不动如山,既没有遭到羞辱的愤怒,也没有被嘲笑的无地自容,仿佛绕在他耳边的全是聒噪的废话,与他本人没有丁点儿干系。

郡守一边品茗一边暗暗打量祈善,内心摇摆不定。

郡守倒不是怀疑祈善是自己认识的那个"祈善",见到人之前倒怀疑过,还为此寝食难安,恨不得派人将他暗杀掉,但又不敢轻举妄动。直到见了真人,郡守悬吊着的心才放下来:二人相差太大,不可能是一个人。

但郡守怀疑眼前这人可能是政敌派来恶心自己的,"祈善"也不是真名。如此,疑点便说得通了。

因此郡守才放任、暗示其他人嘲弄他,也有激怒、试探他的意思。

不多时,祈善交了画。

郡守也没细看,拊掌夸奖祈善画技了得。

其他宾客也很给面子地捧哏,仿佛前不久阴阳怪气、指桑骂槐的不是他们。

祈善也懒得应付计较,随便找了个借口带着那盘报酬走了。

出门不一会儿,祈善便遇上要回正厅的翟欢,问道:"翟大郎君在此做客吗?"

翟欢道:"拜访名士。"

名士?他的这位仇家?祈善歪头回忆了会儿,想起来了。他的这位仇家爬得快，会抱大腿，但名声不好，为了弥补短板，时常邀请四宝郡各地的名士一块儿玩，将"投其所好"四个字发挥到极致。有什么名士路过其地盘，他的这位仇家一个也不放过，让客人充分感觉到东道主的热情好客，送钱、送人、送温暖，为人仗义、热情大方，一来二去竟也成了远近闻名的名士，在名士圈蛮有存在感。

祈善笑眯眯地问道："其人如何？"

虽然翟欢没有回答，但那一言难尽的表情又像是将什么话都说了。

祈善看得心情愉悦了不少，拍了拍翟欢的肩膀，神秘地道："好好玩。"

翟欢道："玩？"

"听闻这位郡守后院养的姬室，各个尽态极妍、姿色无双，小友或许有福了……"

翟欢表情越发僵硬。

祈善看得心情大好，在翟欢肩上做了个"拂"的动作，仿佛翟欢在这间宅子里沾上了什么脏物，然后哈哈大笑，扬长而去。

翟欢冲祈善的背影道："先生也小心。"既然这位郡守金玉其外，败絮其中，想必也不会让祈善轻易带走那些金元宝，还是不能放松警惕。

祈善自然也知道这个道理。不过他丁点儿不慌，用这些钱在郡府派来的人眼皮底下大肆采购，但他没有全买米粮，大部分是木头、炭火、布匹、种子，少数是农具、笔墨纸砚，装了满满四十多车，让人搞不清楚他想搞什么。

祈善不是在去采买的路上就是到处喝酒玩乐，有时抓住酒肆的酒鬼都能唠嗑一个时辰，但没一点儿有用的内容，废话连篇，听得人哈欠连连。

祈善却乐在其中，偶尔还会揣着他那只叫"素商"的狸奴去采买上好的料子或者小鱼干。

如此过了三四天，祈善终于带着包袱款款地踏出孝城。

他前脚刚走，后脚便有一伙人跟上，贼眉鼠眼，不怀好意。他们也是偶然听说这穷文士身怀巨财，本着错过这村就没这店的原则，准备干票大的。

谁知他们跟到郊外，视野中的人突然消失了。

"人呢？"

"怎么突然不见了？"

就在他们惊慌的时候，身后传来一声笑。

"诸君可是在找在下？"

他们一回头，却见一名瘦弱的青衫文士手执长剑，面带微笑，远远一看仿佛笔直的青竹。

小贼们愣住了。

不过半刻钟，祈善将擦拭剑身上的血迹的手帕随手一丢，收剑入鞘，悠悠地往深山而去。

隐约还能听到他的低语声：

"素商，陪阿爹回去敲钟。

"你问敲什么钟啊？

"自然是敲那歹人的丧钟！"

沈棠这几天过得很不快乐，各种意义上的不快乐，先前在孝城，无聊了还能出门摆个摊、卖个酒、逛个街，但深山老林里除了一帮土匪，啥也没有。人生寂寞如雪，她感觉自己再这样闲下去，绝对会发霉。

"五郎若真无聊，不如帮半步操练民兵。"

沈棠想也不想就拒绝："才不要，大老远就能嗅到一股冲天的汗臭味。一天的运动量就大大超出我一年的总量……"

她不是没跑去围观共叔武练兵，看了一回她这个宅女就"瑟瑟发抖"。

说练兵实在是抬举了，那规模连小区楼下老爷子、老太太的广场舞团都不如——简单来说就是稀稀疏疏几十号人，在共叔武的指令操控下学习劈、砍、刺之类的基础动作，同一个动作重复数百遍是常事。

上午练技巧，下午练体能，第二天循环，这个强度，普通人根本吃不消。

不是没人跑出来反对，结果就是被共叔武两指捏断喉咙，直接杀鸡儆猴，直言他们之中有谁受不住可以选择自尽，他们都是俘虏，俘虏还跟他谈条件，活得不耐烦了？

死了两只"鸡"后，剩下的"猴"安静如鸡。这些"猴"逐渐意识到训练他们的人很冷血，他们若是不听从命令，共叔武根本不会在意他们是死一个还是死两个，或是全部死了。

若他们服从命令，绝对能吃得饱饱的，一天两顿正餐，朝食和飧食供应充足，还有额外三顿加餐补充体能，以应对高强度的训练。他们自我安慰这是给地主打工，训练便是工作内容，获得的食物越多越累不是理所当然的吗？他们当土匪或者混混儿时饥两顿饱一顿，碰上硬茬儿勒紧裤腰带更是常事，现在能吃饱已经很好了。

一番自我洗脑后，他们居然慢慢地适应下来，甚至用这番言论给身边的人洗脑。

那些不安分的人，见无人迎合自己，孤立无援，自然也厌了。好死不如赖活着，他们一点儿也不想知道是共叔武那两根手指硬，还是他们的脖子硬……

褚曜道："那五郎去东厨帮忙，储粮不够，祈善那厮还不知道要在孝城磨叽几天。"

变大饼！这是沈棠的强项。

她负责变大饼，林风负责将变出来的大饼放入干净的竹筐里，整整齐齐地码好，做好统计。

第一次看到这项绝技时，林风着实吃惊了许久："文心言灵还能变出食物？"

沈棠变到一半饿了，将手中的大饼往嘴里一塞，一边叼着一边含糊地道："是能啊，但一句言灵才一个大饼。供应几十号、上百号人没问题，再多就不行了，且不说文气消耗，光念言灵就能让我喉咙冒火。"

正如祈善所说，这项技能很鸡肋。

林风道："但能吃饱就很好了。"

饥荒的时候，草根、树皮都不够分，饿极了连泥巴都能往嘴里塞，或者易子而食。自家这位郎君真的很神奇。

沈棠笑道："我也这么觉得。"

一个竹筐大概能放五十个大饼。林风清点一遍没问题，给竹筐盖上一层干净的白纱布，用以防尘，再送去东厨。

这些饼被切成块，混入汤水中煮饼汤。

因为没菜，厨娘准备用青梅果肉替代……不管滋味如何，总比清汤寡水强。

沈棠道："不知道山里有没有野猪，抓几只猪崽子回来养，养大不就有肉吃了？还能熬油。"

喝着微酸的饼汤，沈棠突然想到了猪，又由猪想到了红烧排骨、红烧猪蹄、糖醋里脊、梅菜扣肉……馋得她舔了舔唇，被自己想象中的菜搞得涎水分泌。

要是这些都没有……她记得猪油拌饭滋味也蛮好的。

林风道："豕？听说滋味很是腥臊……"

她听家中的仆从说过，那是穷人才会吃的，稍微有点儿钱的人也不会选择豕，羊、鸡、犬都比豕好。据说豕的肉有一股说不出的腥臊味，熬出来的油也带着异味。

林风长这么大就没吃过猪肉，府里伺候的下人都不吃。

刚说完，她就想起自己现在的情况，想尝尝猪肉都未必有资格，默默地闭口不言。

沈棠贴心地转了话题："可我听说猪肉腥臊是因为猪没阉。若将它们阉掉再养大，滋味非常香。"

林风又问:"那得养多久才能吃上?"

"阉掉后应该养几个月就行?"沈棠不太确定。

"具体是几个月?"林风很认真。

"不知道,有机会养养就知道了。"

林风问:"时间这么短,能长多大?"

沈棠若有所思:"听说被阉掉的猪会很懒,没有性激素刺激嘛,不爱动也不爱打架,整天不动,可不很快就胖起来了?"嗯,其实人也一样。

林风好奇:"郎君是从哪儿听说的这些道理?"

若按照这法子养,猪肉滋味不再腥臊,那该多受百姓欢迎?这都能当作传家机密了,没有亲密的交情,怎会轻易告诉旁人?郎君又怎么会和这种人打交道?

沈棠也不知道自己是从哪儿听说的,反正这也不是重点。

去抓几头猪崽,想来几个月后,红烧排骨、红烧猪蹄、糖醋里脊、梅菜扣肉……通通有希望端上她的食案!

说养就养,沈棠准备下午去碰碰运气。

喝了一口饼汤,她说道:"哦,还有,猪不能养在厕坑旁,一定要将猪和厕坑分开……好像是防止什么虫病?让我想想,对!对了!绦虫病!"

林风问:"绦虫病是什么病?"

沈棠道:"让身体长出绦虫的病。"

"那豕为什么要吃人粪?"

沈棠猜测:"大概是为了节省饲料。不过这种养殖不太卫生,猪若吃了人粪中的虫卵,会生出囊尾蚴,这种猪再被人吃了人就会长出好长的白虫子,很可怕!"

吃人粪长大的豕,再进人口……林风看着碗中的饼汤,脸色变了又变,喉咙滚动,仿佛鼻子已经嗅到异味。

林风勉强压下异样,问:"有多可怕?"

沈棠双手比画:"我想想,你见过曲蟮吗?那玩意儿跟曲蟮差不多的样子,比曲蟮瘦,最短的就一根指节长,最长的能有五六丈,这么长的东西长在你的身体里,到处乱爬,从五脏六腑顺着往脖颈、喉咙,最后爬到你的脑子……"

林风光是想想就惨白了脸,惊呼一声:"啊!"

一侧的褚曜和共叔武无奈地停下筷子。

"五郎……"

食不言,吃饭的时候能不说话吗?就算说话,能不说这么恶心的吗?

第十九章
养猪大户，发家致富

郡府，书房。

"你说那些人都被杀了？"郡守听了管家回禀的消息，神情虽有意外但并不怎么震惊，挥了挥手，说道，"此事本府已经知道了，你下去忙吧。"

这消息也进一步证明此祈善非彼祈善。

郡守认识的祈善，真是人如其名，揣着一颗济世救人的心，有着济弱扶倾的志向，温柔敦厚、温良恭俭，见过他的人，无一不说他的眉目被仁慈浸染过。

哪怕郡守非常厌恶、忌惮此人，不止一次讥嘲他脑子有问题，得了"善人病"，但也不得不承认，少有人能像他这般贯彻始终的，毕生所求便是"目之所及无饿殍，耳之所闻无哀号"。若非必要，他连一只蚂蚁的性命都不想伤害。若非世道，他甚至不会修习那些被广泛应用于战场、堪称战场利器的言灵。

祈善曾说，他一看那些文心言灵便看到了尸山血海，每个字都沾着无数的血，多少战争血泪皆因君主的欲念而起。

郡守最看不得他矫揉造作的模样，讥嘲道："这个世道不是你死就是我亡，不打出个高下胜负，只要还有人，只要人没死光，战乱永无止境。元良这话，让死在战场上的将士情何以堪？"

"那百姓又何其无辜？情何以堪？"

郡守撇嘴："将士为百姓而死，若无将士，他们早就被敌人的铁蹄踩踏成肉泥。"

祈善道："善所见所闻，非如此。"

郡守道："非如此？"

祈善道："将士为君而死，百姓亦如此。"

郡守那时还是年轻气盛的少年人，但比祈善年长许多，见识阅历也多，知世故也精通世故，对祈善的这番言辞并不多做评论，心里则想着：若是祈善入了官场，迟早会被教做人。君主做事，用得着小小的文士指手画脚？哦，还是个自命不凡的六品中下文心。

郡守面上与祈善笑语晏晏，心里怎么想的只有他自己知道了。

从某种程度上说，祈善挺好理解的。

那些歹人只是想谋财而非害命，若真是郡守认识的那个祈善，至多打他们一顿，情节严重便悬吊示众，以示惩戒，不至于要其性命，更别说一个活口不留了。

而且剑术算是祈善的短板。二人相识那阵，祈善都是殿后辅助的。

那些歹人虽是普通人，但有人数优势，以祈善的武力，逃跑绰绰有余，杀人就算了。

此番种种，让郡守对这个假祈善没了兴趣。

管家是服侍多年的老人，一下子便看清了郡守的打算，喏了一声告退。

没一会儿，屏风后走出一张沈棠熟悉的面孔——乌元，月华楼的倌儿，前任北漠质子。

见乌元从屏风后绕出来，郡守起身行礼。

乌元道："不试着招揽这个祈善？"

郡守摇了摇头："非同路人。"道不同，不相为谋。

当然，这只是他的借口，真正的理由是他笃定这个假祈善已经有主，贸然招揽会惊动其背后的"政敌"。

乌元道："此人在他国颇有名声。"

毕竟是能跟顾池一样"声名狼藉""人见人憎"的文心文士，除了北漠，谁能毫无芥蒂地接纳他们？北漠如今就需要这样对西北诸国、中原各地都熟悉的人，若能真正使祈善降服，益处多多。

郡守面上笑着应和，内心则不以为然——也就北漠这些犄角旮旯的蛮子没见过世面，乍听一个名士就赶着热脸贴冷屁股，以为人家如何厉害，真是小家子气。这个假祈善算哪门子名士！在其他小国混不下去被撵回来的货色。不过是给自己脸上贴金，说是仇家无数，与不少势力结仇，不就是去哪儿都不受欢迎？再说了，人家都走了，搁这儿号什么？

若非十乌还与北漠有些合作,还需要此人从中牵线搭桥,他都不乐意接待这位北漠弃子。

二人聊天,氛围看似热络,实则没什么干货。郡守到底比乌元多吃几年饭,心眼儿也更多,聊到一桩兵器生意时,二人竟然不欢而散。

乌元回到潜伏的月华楼,脸色阴沉。

乌元回来的时候,顾池正与养伤中的龚骋下棋,两个人杀得火热。

意外的是,局面竟是龚骋略占上风。顾池好似被人抽了骨头,歪着身子,屈肘托腮,看着棋局发呆。若仔细地看,瞧得出顾池有些心不在焉。

龚骋打趣道:"先生还不落子?"

顾池道:"急什么?"说着,他落了一子,却是一步废棋,导致本就明朗的局势越发明朗。

龚骋经过龚氏大乱,早已没了以前的胜负心,也知道若不是顾池心不在焉,自己会输得很惨,可难得赢一回,也值得开心,揶揄顾池:"先生,你莫不是准备用窥心扭转胜负?"

顾池老脸一僵,讪讪地道:"这不至于。"

看了眼一塌糊涂的棋局,他投子认输。他刚刚是走神儿去听乌元的内心——也不是诚心,只是乌元离得近,心声又非常暴躁,用北漠的各种语言"问候"四宝郡郡守,让他分神了。

其中还有一部分与祈善相关的内容。顾池也间接知道了祈善在郡府里碰见的事情,内心哑然之余也忍不住发笑——倘若祈善这厮这么简单,何至于结仇无数,"弑主"天赋一再发动,还能全身而退?

至于乌元招揽祈善这个想法……顾池也不是反对,只是吧,祈善这人哪里都不错,就是有点儿费"君主",君主一个不慎就被他弄死了,命不硬的不建议尝试,活着不好吗?

此时的祈善也想问自己一句:活着不好吗?隐居不舒服吗?为什么要脑子一抽孤注一掷尝试最后一次?这些都罢了,为何要找个骑猪的?

是的,骑猪。

祈善摆脱了跟踪的耳目,搞死了要抢劫的歹人,想法儿给民宅老夫妇留了消息安排好一切后,揣着他家素商欢欢喜喜地去往"新宅"。

他刚来到半山腰的位置,大老远就听到熟悉的鬼叫声。

不待他疑惑,他远远就看到他家那位沈小郎君正两腿一跨,骑着头黑面郎,狂奔在山路之上,屁股后面跟着二十多头大小不一的猪崽……

"驾！"猪崽屁股后面，一袭布衣，小脸通红的林风手拎一根牛皮鞭，气喘吁吁地小跑着跟上，"郎君，慢点儿，等我啊！"

祈善无语。

关于骑猪这事儿，沈棠可以狡辩两句。

上回吃饭时提过养猪，阉猪肉质肥美以及养猪的一些注意事项，她以为没下文了——或许哪天心血来潮会去抓几头猪崽养养，谁知第二天，太阳透过窗户斜射入户，她睁着迷糊的眼从床榻上爬起，看到林风这丫头端来洗漱用水时，脸上是难掩的喜色。

"今天有什么好事？"沈棠漱完口，擦完脸，调侃道，"嘴角都要勾到耳根了。"

林风分明已经喜上眉梢，却故作稳重，还刻意压低声音让自己显得成熟："褚先生不让说，说是要郎君亲自去看才有惊喜。"

沈棠一头雾水，但还是将林风哄了出去，整理好亵衣的衣摆，换上干净的衣物，以指成梳将头发拢成一束，又用木梳整理上翘的碎发，嘴里叼着根发绳，一边捆一边走出屋。

林风早等不及了，小声催促："郎君快些。"

"别拉呀，我这不是来了？"难得见到重孝在身的林风露出这个年纪该有的童真，沈棠也生出几分兴致，手一挥，"走走走，咱们去看看无晦准备的'惊喜'到底有多惊喜。"

然后看着被栅栏围起来的二十多头猪崽，她沉默了，扑鼻而来的臭味折磨着她的鼻子，"吭哧吭哧"的嘈杂声音蹂躏着她的耳朵。

与她的沉默不语不同，林风大概是第一次看到活猪，眼睛亮晶晶的，写满了好奇，要不是害怕，都想上手摸摸。

这些猪崽被仔细地洗过，身上并无脏污，大部分是黑背粉蹄，远远一看像是披着张黑毯子，黑色从背部延伸至面部、鼻子、嘴部，故称"黑面郎"，小部分则是通体乌黑。

沈棠咽了咽口水，不是馋的，是被褚曜吓的：无晦动作这么快的吗？

"山里抓的？"

褚曜道："不是，跟农户买的。"

沈棠好奇："现在还有养得起猪的？"不是说人都吃不饱了吗？

褚曜神色奇怪地反问："怎么没有？这世上总有人富得流油，也总有人穷得衣不蔽体，即便是康泰盛世，也有穷到卖儿鬻女的人家，区别只在于多少而非有无。"

沈棠不死心："真不是进山掏了野猪窝？"

褚曜好笑："没这精力。"

能花钱买干吗进山碰运气抓？野猪可不好惹，现在这个土匪窝里，除了共叔武和五郎，谁能正面跟野猪对打？别提祈善那厮，那厮还没回来呢！

沈棠看着一群猪崽，馋劲儿上头："今晚宰哪头吃？我听说本土猪长得慢，瘦肉少，脂肪多，不知道烤乳猪怎么样？一定要烤熟，也不知道这些猪身上有无囊尾蚴……"

谁知褚曜意味深长地反问："谁说要吃它们？"

沈棠大惊："不吃，养着吗？"

"对，养着。"

沈棠眉头耷拉下来，失落地撇撇嘴，但很快又打起精神，拍着林风的肩膀道："养着也好，现在宰的话，你就吃不了了。待你出孝，正好猪也大了，咱们宰几头大摆宴席！"

林风迟疑了会儿，点点头。

褚曜道："五郎，你养。"

沈棠表情瞬间凝固："啊？"谁养？

"贵者不肯吃，贫者不解煮，憾矣！曜日思夜想，五郎昨日所言句句有理，曜以为可以一试。若真能以阉割之法令百姓吃上'价贱如泥'的畜肉，功在千秋。"说着，褚曜脸上忍不住浮现出笑意，语气轻快地说道，"兴许五郎还能博个'乌金居士'的雅称。"

沈棠感觉自己这会儿的脸色在向黑面郎靠拢。哼，明摆着是欺负她年纪小，觉得她好骗，哄她养猪！

沈棠非常想拒绝，但看着那一围栏的猪崽，再想想它们的肉，再想想红烧排骨、红烧猪蹄、糖醋里脊、梅菜扣肉……她可耻地咽了咽口水，咕哝："自力更生，自力更生……"

越想嘴越馋，沈棠在美食的诱惑下昂首挺胸："哼，养就养，人我都养得起，还养不活几头猪吗？"

褚曜笑得慈祥，突然想到什么："五郎能化出兵刃吧？"

"能啊。"问这个作甚？

褚曜捻了捻胡须，满意地道："如此甚好，就不用再特地去定制刀具了。"

"什么甚好？能化出兵刃怎么了？"

"猪崽不是要阉了？阉猪自然要用刀具，寻常刀剑要用凡铁经历千锤百炼才成，难免沾上污秽，但言灵化出的兵刃由天地之气凝聚而成，干净，应该更适合。"

沈棠道："啊，这……"

"曜近日于庖厨之道又有心得。"褚曜笑得和蔼可亲，"若幼猪阉割后没熬过来，正好炖了给五郎补身。世人都认为'凡肉有补，唯猪肉无补'，曜却不赞同，猪肉也能补身。"

沈棠想了想，觉得可以。

当然，她没准备真用慈母剑去阉猪崽，剑身太长了，不好操作。

她找共叔武帮忙，武胆武者十八般武器都能化出，包括很小的刀……

共叔武当即瞪目："现……现在？"

"当然不是现在，这些猪崽到了新环境不宜直接动刀，影响成功率！我的意见是等它们熟悉了新环境，再练一练身体，过个三五天再上刀子。对了，还得研究一下这些猪的身体构造，不然下刀子时切错地方不太好……"

共叔武看着口中絮絮叨叨，为了猪肉认真奋斗的沈小郎君，真担心祈善先生回来后会掐死褚曜先生。

沈棠是个很认真的人，对猪崽上了心，一边将切碎了与水捣在一块儿的"饲料"倒进石槽里，一边思忖该怎么给猪做手术。

做手术的话，猪跟人差不多吧？人做手术要准备什么？

"术前肯定不能吃饭……林风，你记一下，要饿猪两顿，不，三顿！"沈棠一边想一边让林风记录灵感，回头再整理，"还有，得剃毛，还得给洗澡。"

林风不解："还要这样做吗？"

"阉掉猪啊，切下它身上的一块肉，要是不洗干净，秽物顺着伤口钻入身体里，人都要病死，更别说一头猪了。你且记下……还有，要挑清晨日出前后，傍晚日落前后……"

林风迷茫："这又是为何？"

"凉爽，不热，不流汗。我讨厌汗臭。"

林风不解：这跟猪又有什么关系？

"要是生病了也不行。"

林风问："小病也不行吗？"

"不行，要健康的，最好是活蹦乱跳的。"

褚曜怀疑五郎在蚕室工作过……

大致的计划有了，剩下的只差实践——如何才能获得一群活蹦乱跳、免疫力强的猪崽呢?沈棠脑海中只剩下"多运动"三个字。

没骟过的猪崽,脾气都不咋友善,为了食物、领地甚至是谁是老大,互相殴打、啃咬,你顶我、我踹你。虽是一群猪崽,战斗力并不弱,还无师自通地打群架,还不懂什么叫点到为止。有打架的肯定有受伤的,有受伤的肯定会有伤口感染,伤口感染有了,生病甚至病死还远吗?

为保证猪崽运动量、避免它们打群架,沈棠想了个法子——效仿遛猫、遛狗的人,遛猪!每天带着猪崽们满山路跑个两圈,既消耗了它们多余的精力,锻炼了身体,还能让它们熟悉周遭的环境,为阉割做好充足的心理准备。

听到这个"绝妙"计划的褚曜有些疑问。

沈棠双眸含笑,认真地道:"无晦尽管问。"

褚曜就问了:"猪跑了怎么办?"

这是猪,又不是祈善那厮养的狸奴,不会在外玩一天再跑回家。要是一群猪崽散开,漫山遍野地撒欢,鬼知道最后能找回来几头?倒霉点儿兴许还给饿极了的野兽加餐了。

沈棠道:"给它们套上牵绳啊。"

出门遛狗、遛猫都要套牵绳,凭什么遛猪崽不套?是它们不配吗?不,它们也值得。

牵绳?只看字面意思也能理解是何物。褚曜道:"可以一试。"

于是便有了第二天沈棠牵着二十多头猪崽"散步"的画面。

林风也被拉着一块儿散心。虽说林风重孝在身,但也不能因此不顾自己的身体,整天将心事憋着,小脸儿都清瘦一圈了。

中途还发生了一段小插曲——猪崽们的"吭哧"声引来了一头真正的黑面郎!

它大黑脸,短鬃毛,皮糙肉厚,鼻厚嘴长,生了一双肥大的耳朵,一看就知道是个拱庄稼的好手。

此时它正躲在不远处的灌木丛中,一脸凶煞之气,盯着沈棠、林风二人以及二十多头猪崽。

林风是无意间瞥见它的踪迹的。

只见那头猪重心下沉,猪蹄蹬地,摇晃着一身肥肉冲杀而来。

那一瞬间,林风甚至能清晰地感觉到野猪狂奔时地面的震颤感,好似朝她奔来的不是一头黑猪,而是一座黑色小山丘。

只是林风还未来得及花容失色,只见自家郎君抬手一抓,那柄漂亮的雪亮长剑凭空出现在手中。

沈棠大喊一声："孽畜，找死！"说完，沈棠一阵风似的冲向来势汹汹的野猪。

一人一猪大战了数十回合。

不知郎君有何顾虑，周旋了会儿，弃剑不用，一个滑铲飞踹，踢向野猪高高扬起的猪蹄。躲在草丛中的林风吓得"啊"了一声，双手捂住眼睛。她知道自家郎君打得过一头野猪，但相信归相信，十一二岁的少年身形还太单薄，个头儿也未长开，跟野猪一比就是一片纸，二者对垒的视觉冲击力让林风不敢直视。

闭着眼睛的林风感觉到有什么东西"哐当"一声沉沉地砸向地面，把眼睛睁开一条缝儿，却见自家郎君两腿一跨，坐在摔倒在地上爬不起来的黑猪背上，手臂抡圆了冲着那厮的脑袋就是两巴掌。

然后沈棠用多余的腰绳当缰绳，拴住野猪的脖子。

野猪愤怒难当，发出狂躁的嘶吼声。

它尥蹶子，狂跳，狂奔，狂叫，一番大动作试图将坐在它背上的弱小人类摔下去，再用猪蹄狠狠地将她践踏成肉泥！

结果呢？自然是失败的。

沈棠稳如泰山，一只手抓着腰绳，重心始终稳定。

见郎君游刃有余，林风也放下了悬着的心，开始不由自主地胡思乱想起来，脑中很不应景地浮现出某日午睡，她起得早，隐约听到院中伺候的婆子的细碎言语，说的是某壮汉徒手劈野猪，将那野猪打得跪地求饶的故事。

内宅的丫头们何时听过这样的故事，都又是脸红又是好奇。

林风当时不明白，这有甚可好奇的？一头野猪又怎么"跪地求饶"？

直到后来，林风无意间淘到一本旧册子，发现被壮汉徒手降伏的野猪是成精的野怪，雄性。见壮汉不肯饶，野猪又化身为女子。壮汉见了很满意，于是二人夫妻双双把家还。

待林风收回飘远的心神，那头野猪已经彻底没脾气了，累趴在地上"吭哧"喘气。

沈棠得意地一脚踩在它的脑袋上："起来啊，不是很嚣张吗？"

林风觉得还是自家郎君更嚣张，隐约跟那日午后婆子口中的"壮汉"吻合。

野猪被踢疼了，"吭哧"两声，不见之前的嚣张、狠厉，反而多了一丝哀求之意，乖顺得很。

沈棠却不是个心软的人。若不是她能徒手跟野猪过招，莫说二十多头猪崽了，她跟林风都要被这头野猪咬死吃掉。

最后她给了野猪一个将功补过的机会，把这头野猪当代步的坐骑，使遛猪崽更加省力。

野猪不是那么好驯服的，但沈棠也不是心软的，不听话就打，野猪再横也被彻底磨怕。

作为智商极高的动物，在求生欲下，它似乎明白了什么叫"识时务者为俊杰"——那二十多头猪崽是不能吃的，那矮小的人类是不能惹的，背上那凶悍的恶魔更加不能忤逆！

"驾！驾！驾！哈哈哈！"山野之间传着沈棠的笑声。

担心天命会跑暗中观察的褚曜和担心褚曜先生遇上豺狼的共叔武都没有靠近，站得远远的，只能看到变成两个点大小的沈棠和林风，竟半晌无语。

共叔武迟疑："要不给五郎买匹马驹？"沈郎虽有摩托，但摩托毕竟是匹骡子，共叔武有理由怀疑沈棠骑猪这么开心，还一口一个"驾"，是对"文心谋士没有马"这个规则有怨气，觉得或许养一匹马驹能缓解沈郎的疯症。

褚曜觉得二者之间没什么关系，纯粹是五郎爱玩，只是玩得有点儿疯。

于是便有了祈善看到的，沈小郎君骑着野猪，屁股后面跟着一群猪崽，林风迈着小短腿努力追的一幕。

故事真精彩……精彩个屁啊！祈善看着一副野人扮相，腰绳还在野猪的脖子上套着的沈小郎君，只觉得眼前阵阵发黑。

紧跟着一声怒吼响彻山间云海："褚无晦！"

隔着空气沈棠都感觉到祈善此时的血压已经狂飙上天。

偏偏另一个当事人不以为意。

"叫什么叫？"褚曜忍着翻白眼的冲动，面对仿佛吃了火药，一点就能原地炸开的祈善，一点儿不慌，甚至说了回去，"就你有嗓子吗？老夫年事已高，但耳不聋。"

祈善的怒火再次蹿了一大截。"你说你……"他气得手指颤抖，颤巍巍地指着脸脏兮兮的沈棠、垂头缩肩的林风、慑于文心压迫瑟瑟发抖的猪崽们与黑面郎，越看越觉得堵心，"他……他怎么变成这样了？"

此时的祈善有点儿怀疑人生：他只是离开五六天，不是离开五六年吧？原本白白净净、俊逸倜然，长着一副好相貌的沈小郎君呢？眼前这个无辜地眨巴着眼睛，活像从穷乡僻壤钻出来的小傻子，是谁？这么脏，从泥巴地里滚回来的吗？

褚曜道："少年人本就活泼好动。"

328

"这只是活泼好动吗？"祈善冷冷地笑。

他越发看不惯褚曜了，这人三十四岁搁他面前装长辈，一口一个"老夫"，无形中压了他一辈，这会儿还轻描淡写地将这么严重的事情定性为少年人的活泼好动？

褚曜反问："不然呢？压抑天性对五郎不好，该闹就闹，该笑就笑。人活一辈子也就这么一段少年时光，不趁着精力旺盛的时候好好玩闹，难道等年纪大了再蹦再跳？"

祈善气得面皮颤动，呵斥道："胡闹！"

褚曜眯了眯眼，丝毫不惧祈善因为愤怒而稍稍失控的文心带来的压迫感。

倒是那头黑面郎和那群猪崽被压得瑟瑟发抖，惶恐地紧挨着。

褚曜语调突然严肃："祈善，你以为你是谁？"

沈棠在一旁听到这话就感觉气氛往不对劲的方向狂奔了，见祈善与褚曜二人似乎要"擦出火花"，连忙擦着额上并不存在的虚汗，插在二人之间，试图将他们隔开。

奇怪！祈善也就罢了，毕竟有文心，本身就不是好惹的，但褚曜怎么也有这么大的迫人气势？甚至让置身于二人之间的她感受到一股语言无法形容的焦灼和紧张。

"那……那个，元良好不容易回来，长途跋涉累了吧？要不先去歇歇？无晦，我……我肚子饿了，要不喊半步过来将那头黑面郎宰了，晚上给大家添点儿油水？"沈棠准备牺牲掉刚刚"招揽"的黑面郎"大将"，牺牲它一身肉，幸福她一个啊！

褚曜脸色稍微缓和了点儿："五郎，曜有事要与元良谈谈。"

沈棠道："有什么谈的？我不能听？"

祈善"哧"了声，一张口便是十足的阴阳怪气："是，有什么需要藏着掖着不能听的？"

沈棠头皮微微一麻，弱弱地道："我不是这个意思，我只是担心你们俩谈着谈着上手。"

褚曜放下矜持，气得撸起袖子："老夫怕他祈元良？"

沈棠只得在一侧小声提醒褚曜："我知道你不怕，但是无晦……你没有文心了。"没有文心很吃亏的。

褚曜虎着脸，哼道："老夫怕这个？他以为自己在养闺女吗？跑跑笑笑、打打闹闹怎么了？骑个猪怎么了？骑着猪牧猪怎么了？真要大门不出，二门不迈当个深闺贵女吗？"

沈棠直呼好家伙，这火冷不防就烧到她身上了，没提她的名字一个字，但句句在说她。

祈善铁青着脸说："善何时说要养闺女？"

褚曜"哦"了一声，道："合着你想养个君子？"

祈善默然。

"知人者智，自知者明。"褚曜话锋一转，不顾祈善黑着脸继续说，"倒不是老夫泼你冷水，但做人还是要实在点儿比较好。五郎与你以前所遇之人也不同，他年岁还小。"

褚曜只差告诉祈善：你祈元良就不是能教出君子的料儿，咱们还是认清现实，野蛮放养吧，正统文士教育根本不适合沈小郎君。

祈善腰间的文心花押印已经蠢蠢欲动，丝丝缕缕的文气溢出，仿佛下一秒就会爆发出来。

沈棠无语，总觉得自己的角色有点儿奇怪。

还未等沈棠细思哪里奇怪，祈善阴沉的脸色缓和不少，他说道："即便如此，你教一些言灵或者常识也好过让他……"他憋了半天都没说出"骑猪"二字。

褚曜眉头都不皱一下："骑猪怎么了？古往今来多少名将，也不是全部只骑马，骑牛、骑象、骑虎、骑豹打仗的也有。你管他骑什么，胯下骑的玩意儿能跑就行，磨叽。"

祈善无语。

沈棠无语。

林风茫然了两息才明白过来。

褚曜终于反应过来自己说了什么。在月华楼这种地方待久了，即便是接受正统文心文士教育的褚曜也不可能不受影响。即便褚曜真没有那个意思，但架不住说出来的"粗鄙之语"让人多想，产出一脑子废料。

祈善刚刚降下去的血压又一次飙升："褚无晦！"

"老夫就在你面前，不用号。"褚曜只心虚了一瞬，又理直气壮地道，"老夫最近几日忙着呢，连半步都在忙，偏你不在，五郎可不就没人看着了？老夫也是分身乏术……"所以一个没看住五郎就去骑猪了。

祈善无语：合着还都是他的错？

褚曜脑筋转得快要冒烟，急智又生，倒打一耙道："而且你也不看看五郎这么做是为什么，你只看他骑猪玩闹就认定他这么做不好？老夫这么做就是纵容、放任？哼，肤浅！倘若你去当人西席，必误人子弟！"

祈善嘲讽道："你倒说说，是为何？"

褚曜"啪"的一声将沈棠的笔记甩到祈善怀中，道："你看过便知道了。若幼猪数月就能出栏，味道也可，百姓自会接受，日后不说家家户户都去养，但至少能让百姓多一条生计、活路。这分明是功在千秋、利于百姓的好事，非为一人喜好玩乐。而你祈元良狭隘，只看到五郎玩闹。你说说，究竟是谁对谁错？"

林风愣住：郎君竟有这般大志向、大胸怀吗？

沈棠无语：不，她不是，也没有。她明明是赶鸭子上架去养的猪，骑猪也真只是为了玩……

论吵架，终归是褚曜技高一筹。最后的结果是沈棠骑猪再也没人管了。

当然，真正的原因是祈善想管也分不出精力教沈棠什么，税银一事迫在眉睫。虽说如今这局面要不要那些税银都一样，但谁会跟钱过不去？若能拿到手，自然是再好不过的。

天与弗取，反受其咎；时至不行，反受其殃。既然上天都愿意成全他们，将这批税银安排在这个时候，他们岂有不取的道理？祈善内心也早将那批税银当作沈棠的资本之一，日后招兵买马也快一些。

沈棠被迫闲下来，无所事事了两天。

为什么只有两天？因为骑猪、牧猪的第三天，她有玩伴了。

"站住，不要往前了！"

虽说这个土匪窝已经摘掉"非法营业执照"，但外界还不知道，为了防止潜在的危险，寨子每天都派出六个人去山路上巡逻放哨。

两个巡逻的人正好拦截下试图上山的翟乐。

他们认识翟乐的这张脸，知道这名黑衣少年是个狠人，杀人不眨眼的主儿，自然不敢上前动手，只敢躲在远处的草丛中高声提醒。

翟乐一早就注意到这两个人了，抱拳朗声大喊："在下翟乐，是来寻友人的。"

两个巡逻的人低声交流后，道："那你先等着。"

因为沈棠就在不远处的溪边牧猪，翟乐并未等多久就等来了骑着猪、一脸笑意的沈兄。

骑着猪的……沈兄？翟乐看到这一幕，吓得薄唇微微张开，连那双多情的桃花眼里都写满了无措。半晌，他才确认自己的所见所闻不是幻觉，手指哆嗦地指着沈棠胯下骑着的黑猪："沈兄，这是何物？"

沈棠理所当然地道:"野猪啊。"

一头被洗得干干净净的野猪,背上披着一个前后凸起、包裹皮革的座位,腰臀挂着一条白色褡裢,脖子上套着缰绳。

见沈棠承认得干脆,翟乐一时语塞,飞快地用力眨眼睛,再次确认这是黑猪而不是黑马:"那……那你为什么要给野猪披上马鞍?"

沈棠道:"我也不知道,醒来就这样了。"

她第二天去猪圈牵猪的时候,这头黑猪背上已经套着马鞍、缰绳、褡裢,一应俱全。能干出这事儿的,不是褚曜就是祈善。

沈棠冲巡逻的人挥手,示意他们继续巡逻,翟乐由她负责招待。

"可我听说野猪脾性暴躁,极难驯服,你是怎么将它抓回来的?居然还能骑?"看着这头敦实又威武的野猪,翟乐有些艳羡。

沈棠道:"打一顿就驯服了。"

翟乐抬手摸了摸猪头,道:"我也想。"

沈棠便道:"你想要我带你去抓,昨儿放猪,我看到有些地方有动物踩踏的痕迹。"

翟乐不知道"放猪"是何意思,还以为是沈兄自个儿骑着野猪到处溜达,大部分注意力在抓猪上头。听到还有野猪,他连忙催促沈棠带自己去抓一头,也想试试骑猪的感觉。

沈棠自然不会拒绝。

不过她更好奇翟乐怎么专程来找自己,只为了骑猪,还是又没有酒喝了?

"我像是那种为了酒专门往山上跑的人吗?"

沈棠认真地打量他那张俊脸,点头:"很像!"

翟乐似被戳破的气球,气势泄了个干净,无精打采地耷拉着肩膀:"好吧,沈兄猜对了一部分。但没酒喝只是原因之一,最大的原因还是我想念沈兄了。整日待在客栈里好生无趣……"

沈棠问:"你堂兄呢?"

"阿兄有事情要忙。"

沈棠点到为止,没有继续问翟欢忙什么事情连堂弟都顾不上了,祈善和褚曜不也忙得顾不上她吗?从某种意义上来说,她跟翟乐都算"留守少年"了。

皇天不负有心人,他们在野猪活动过的地方蹲了半个多时辰,终于蹲到第二只野猪。

又是一番大战后,二人大获全胜。

翟乐也如愿以偿地体验了下骑猪的感觉。

"除了视线太低，跟骑马有点儿像。"翟乐骑着猪，绕着沈棠小跑了两圈，说道，"上回邀请沈兄赛马，沈兄不应，这回咱俩都骑着猪，不如赛一赛？输的人请客喝酒？"

沈棠看了一眼日头，撇了撇嘴："这有什么好比的？怎么看都是我吃亏。就算我赢了，我也不敢喝酒啊……"她两回醉酒差点儿将引导 NPC 祈善折腾得血压爆表。

翟乐从钱囊里掏出一颗小巧玲珑的金豆，在沈棠眼前晃了晃："沈兄可以看着我喝。"

沈棠看着小金豆沉默了会儿，可耻地心动了。

突然，她扬手指天，对着翟乐惊讶地大喊："笑芳，你看猪在天上飞！"

"猪在哪儿？"翟乐哪里知道这个套路，下意识地抬头看天，左看右看也没看到所谓飞天的猪。

沈棠"阴谋得逞"，扬鞭冲着胯下野猪的屁股来了一鞭子。

野猪吃痛惨叫，抬蹄狂奔。

翟乐后知后觉地发现自己被耍了，羞窘地大喊："沈兄，你要诈！"

"孙子都说兵不厌诈啊！"

翟乐又是一怔，紧跟着拍马……不，拍猪追上去，大喊："孙子？'阵战之间，不厌诈伪'不是狐子犯说的吗？沈兄，你等等我！"

他的这头野猪格外暴躁、凶悍，四只短猪蹄蹬地飞快，急速颠簸着拉近与沈棠的距离。

沈棠随意地弯腰，在狂奔中捡起一根树杈，冷不防一个回马枪，把树杈往翟乐脸上虚晃。

翟乐也不是吃素的，毕竟是正统的武胆武者，自小以武气淬炼肉身，反应极快，不退反进，出手迅如闪电，似准备一把抓住沈棠手中的树杈。

沈棠半途变招，说道："吃我一枪！"

翟乐见抢不过来，便也捡起一根树杈，学着沈棠大喊："吃我一矛！"

沈棠抬脚就往翟乐胯下那头野猪的脸上踹。

翟乐大惊，稳住乱叫着倒退的野猪，夹紧猪肚子，一拽麻绳："哪有你这样的？"

沈棠笑嘻嘻地道："不服你来打我呀。"

翟乐咬咬牙，继续追击。

看着骑猪打得难分难解的两个人，祈善感觉自己的血压又一次升高："沈幼梨！"

沈棠和翟乐齐齐停手。后者表情僵硬、尴尬，意识到自己干了什么，火速将手中的树杈丢了出去。沈棠却不同，还冲祈善挥手："元良，我在这儿呢！"

除了当年那事，祈善的血压已经很久没飙那么高了。但自打结识了沈小郎君，祈善感觉自己每天都过着水深火热的日子，多年修身养性养出来的好涵养在崩溃的边缘徘徊。

难道真是他的要求太高了？祈善面无表情地看着老老实实地牵着猪过来的沈小郎君，思忖自己要不要改改，但话说回来，标准再低总不能低到骑猪吧？

因为走神儿，他没第一时间给予反应。待回过神，他看到两双无辜的黑眸，一双是沈小郎君故意睁圆的杏眼，另一双是翟乐水润多情的桃花眼。

被这么两双眼睛看着，祈善有一瞬的错觉——他是不是干了什么罪大恶极的事情？

他无奈地以手抚额，隔绝俩"熊孩子"的眼神攻击，强逼自己硬起心肠，冷硬地道："沈小郎君这么干也就罢了，毕竟年纪摆在那里，但翟小郎君已是成童，还跟着他闹？"

翟乐尴尬地傻笑，试图蒙混过关。

沈棠缩了缩凉飕飕的脖子，慢慢地往斜后侧退，试图将自己藏进翟乐的影子里，心里不断默念"元良看不到我"。

这俩人越是这般，祈善越是火气无处发，最后只得甩袖作罢，将这件事情跳过去，心里想着有空去配点儿保心丸随身携带，以备不测——他还不想英年早逝。

沈棠见他脸色和缓，才出声问他："元良来寻我有什么事？"这会儿他不是应该待在深山里跟褚曜商谈布局吗？

祈善道："来寻你去买点儿人。"

"买……买人？"沈棠微怔，"买来作甚？"

视线扫过一边的翟乐，目光似闪烁数下，祈善说道："寨内人不够，还得再买点儿，扩充一下武力。四宝郡也快不安全了，这么点儿人够哪个势力塞牙缝？多养点儿，保险。"

他说得委婉，沈棠对此没什么了解，一时也没有听出哪里不对劲。

反倒是一侧的翟乐一语破的："如今这个局势，沈兄多养点儿部曲是对的，至少有自保之力。"

沈棠皱眉："部曲？"

部曲初时为军队的代称，但随着贼星降世，世道混乱，逐渐演变为主将的私属，即私兵，再到如今，则是豪强、士族的家兵，也就是私人武装部队，身系于主，略低于良民，经主人放免才可为平民。部曲的性质与土匪寨需要增加武力"扩招"的性质可不一样。前者独属于某一个人，后者则带着公共属性，属于一个寨子。

祈善脸色微变。

翟乐若有所感，一抬眼就对上祈善那双森冷的眸子，仅一眼便觉得寒意自脚底蔓延，仿佛要被吸入一汪乌黑的深潭里。还未等翟乐琢磨祈善的恶意的源头，他便听沈棠说："但我没钱……"

组建私兵是要花钱的，不只是日常开销，还有招人的钱。

虽说大部分普通人没什么资质，莫说凝聚文心、武胆，连感应天地之气都很困难，更别说引气入体、开拓丹府这些前置步骤了。可即便如此，一支纯普通人组成的部曲，开销也是个大数字！至少不是赤贫的她担负得起的。

她总不能天天给部曲喂大饼吧？林家那些财产，她目前还不想动。

祈善闻言，眼底闪过一丝诧异：他以为沈棠会拒绝或者提出异议，没想到沈棠的第一反应竟然是"钱不够"而非"不能做"。

沈棠的胆子比他想象中的大得多，养私兵可不是什么人都敢的。

而且估计连沈小郎君自己都没注意到一个细节——祈善是准备买点儿人扩大部曲规模，但从未说过部曲隶属于谁，沈小郎君一开口就是"但我没钱"，这说明潜意识里默认势力就是自己的。

沈棠似乎看穿了他的想法："元良很惊讶吗？"

"有点儿，在下还以为沈小郎君会拒绝。"

"我为什么要拒绝？"

拳头即力量，力量即真理。拳头打出多大的力，说话便有多少分量。在如今这个世道，不增强自身的力量，难道要等大祸临头，如浮萍一般被乱世教做人吗？

唯一让她意外的是祈善的处理方式：不是给寨子扩招人手，而是组建私属武装部队。

不过从结果来看，二者应该差不多吧？沈棠便没有多问，毕竟祈善作为本地人，又是年少成名的人，肯定比她更清楚在做什么。

祈善道："走吧。"

沈棠跟上去："我也去？"

"去！"

翟乐想了想，觉得自己本来是找沈兄玩的，现在不能被沈兄撂下，于是长腿一迈跟了上去："祈先生、沈兄，你们等等我！"

祈善道："翟小郎君也去？"

"在下也有一支私兵，可以提供意见嘛。"

沈棠问："你也有私兵？"

翟乐不回答，还看着沈棠得意地笑了笑。

祈善又一次头痛地以手抚额：这些基础常识，他真要抽个时间给沈小郎君好好补补。

"五等大夫就可以组建属于自己的私属部曲，规模从十几人到百余人不等。"

翟乐已经是七等公大夫，又有一个不知底细的堂兄在侧，看二人的穿着打扮和底蕴，也不似普通人家出身，组建一支私属部曲再正常不过，而且看样子其私属部曲规模还不小。

算算翟乐现在的年纪和实力，应是天赋、根骨都相当高，若能在军伍中好好磨砺一番，在生死间顿悟，运气好点儿不夭折，待身体进入成长高峰期，最低也是个十五等少上造。按照这个标准，翟乐的精锐私属部曲规模应该在五百人到八百人之间，若是其有更大的期许和图谋，慢慢增至一千人也有可能。

这种私属部曲实力强大，但也相当烧钱。祈善倒是有心给沈棠打造这么一支私属部曲，奈何她是文心文士而不是武胆武者，最重要的是穷！巧妇难为无米之炊。

沈棠又问："那他们人呢？"

翟乐哭笑不得地道："还在老家。"

这个问题蠢得祈善听了想翻白眼。他道："翟小郎君是出来游历的，又不是出来找其他势力晦气的，若拉着千余私属精锐部曲大摇大摆地跑出来，途经政局稳定的国家还好，若是经过诸侯割据之地，误会就大了。"

沈棠不解："有这么严重吗？"

祈善道："有。"

倘若翟乐是十九等关内侯或者二十等彻侯，拉千余私属部曲出门，在敌对势力不强的情况下都能推平一座中等规模的城池了。武胆武者可以到处跑，但他们的私属部曲不行。

第二十章
买奴隶，建部曲

沈棠忍不住嘀咕："这也难怪了……"

祈善耳尖，问："什么'难怪了'？"

翟乐闻声也看过来。

沈棠道："你说五等大夫就能开始筹备组建自己的私属部曲，也难怪天下会瓜分出百余个国家，天下七零八落。只要武胆武者有野心，不是很容易搞事情？"

翟乐忍不住给武胆武者正名："如今这个局面跟武者的关系还真不大。"

祈善亦是不忍直视，好笑地道："你真当武者有多厉害吗？拉一支私属部曲就能割据一方？哪有这么容易！若真是这样，这天下就不止百国，而是千国、万国，一镇一村皆可为国了。再者，私属部曲哪是那么好培养的？多少武者连自己都养不活……"

沈棠道："这么惨？"

祈善道："嗯，很惨。"

沈棠却道："不信。"

"既然沈小郎君不信，在下给你算笔账。"

武胆武者想割据一方的话，私兵部曲得练起来吧？

第一道门槛就是自己习武淬体的开销，不说大鱼大肉，但荤腥是必不可少的，奢侈一些的还要辅以药材，最大限度地挖掘潜能。

第二道门槛是数百人吃喝拉撒的开销。练兵、习武最耗费体力，碗里没点儿油水，怎么能养出力气？没力气打仗怎么赢？这些部曲光吃就能将人吃穷。

以为这样就结束了？不不不，后面的门槛还多着呢。

第三道门槛，私属部曲得学习各种军阵，能随着主将的号令进行策应变化，这就不是一两日能练起来的，需要长年累月的苦练磨合。

第四道门槛，言灵助阵，不只是主将的武胆军阵言灵，还需要文士的文心言灵辅佐。二者结合才能扬长补短。

这些都搞定了，能上战场了？不不不，还有最后一道最重要的门槛。

沈棠听得认真，听到这里时忍不住出声："还有最重要的？练兵练好了都不够？"

"自然不够。"

"最重要的是什么？"

"国玺！"

前面几道门槛还能用钱解决，最后一道门槛就让人傻眼了，再怎么花钱都搞不定。

"国玺……真有这么重要？"沈棠不止一次听祈善提起国玺，不过此物始终没太大的兴趣，一直没深入了解，趁着这个机会干脆弄清楚。

祈善这回没故意藏头露尾，避之不谈。

国玺对一个势力而言有多重要呢？重要到，假使主将上战场，要么主将有国玺，要么主将效忠的君主有国玺，不然就等同于给敌人送人头。它不只关乎"诸侯之道"，还关乎御外敌、镇国运。

如何御外敌？以国气、国运为基底，凝聚国境屏障。国运越强，国境屏障越强。国境屏障都打不破还想攻城略地？趁早洗洗睡吧。

如何镇国运？这个倒没有太实质性的表述，属于玄之又玄的范畴。例如，冥冥之中减少境内各类天灾的频率……当然，也仅限于自然情况，管得了天灾管不了人祸。如果上游的人故意在雨季前截断河流，令下游干旱，雨季一来又泄洪，令下游被洪水冲刷，国运再强也没辙。

通俗来讲，有了国玺就有了最基础的完整的增益，没有国玺就没有这部分增益，跟别人相差一大截呢。光溜溜上战场跟人打仗，哪怕主将是二十等彻侯也会被打出屎。想占个山头就竖旗为王？做梦！

听完描述的沈棠脑中只剩一个念头——好家伙，这不就是"建城令"或者"建帮令"之类的玩意儿吗？

以上种种，充分阐述了武胆武者割据的难度。

翟乐也补充说："武胆武者真正的强大之处在战场而非单打独斗，只论单打独斗，本质上与游侠差不多，至多比寻常游侠能打点儿，能以一敌十、以一敌百，甚至以一敌千……"

听着很恐怖对吧？但自贼星降世，两百余年来，二十等彻侯才出了三人！十五等及以上有名有姓者，仅千余人。这个数字跟大陆这两百多年的人口相比，仅是沧海一粟，哪里能左右大局？

若非祈善在身侧，翟乐甚至想甩黑锅——天下到如今这个地步，明显文心文士的责任更大。

沈棠感慨："那也很可怕了！"低等的武胆武者还好说，至多是有点儿武力值的人，中高等级的武胆武者力量完全超出了普通人的范畴，普通人生存可真艰难。

大概是聊天太专注，直到快走下山，祈善才注意到耳边还有"吭哧吭哧"的叫唤声，脸色骤黑，低头看到两个"熊孩子"手里还牵着两头黑猪——居然一路牵着黑猪下山了！

眼神甩向沈棠，他皮笑肉不笑地道："沈小郎君？"真要牵着大黑猪去招人？

沈棠摇头如拨浪鼓："不要！好歹也是两百多斤肉，我绝对不会抛下它！"

祈善无语。

祈善连沈棠都管不住，哪里管得了翟乐？他只得憋屈地压下火气，带着两个"熊孩子"和两头黑面郎，直奔孝城附近的小镇。

说是小镇，其实就是由二十来座零散分布的贫穷村落组成的，统共也不过千户。今日正好是一个月一次的大集市。

说是大集市，贩卖的正经商品却不多，最多的商品是人。

简陋扬灰的泥巴路两侧，低矮的土墙房下，或站或坐或躺着年龄不一的"商品"，发间插着茅草。他们一部分是牙行拉过来的，一部分是自卖自身，还有一部分是"家庭小作坊"。

所谓"家庭小作坊"，不是父母卖儿鬻女，便是丈夫卖妻卖子，还有的是儿女卖父卖母……人间百态在这个小小的地方演绎得淋漓尽致。

他们卖亲人，也不都是丧心病狂为了钱。沈棠便看到有个消瘦到两颊、眼眶严重凹陷的母亲，紧紧地抱着儿子，恳求往来的行人将他买走，任打任骂都行，只求给口饭吃。那孩子衣衫褴褛，明明已经饿得瘦骨嶙峋，肋骨根根可见，胳膊、大腿细瘦得能看出骨骼轮廓，肚子却大得像是妊娠六七个月的妇人。

她不忍地收回目光："元良……他是……？"

祈善道："人已经没救了。"

翟乐也不忍，叹道："应该是吃多了观音土，堆积在肠胃里，后不利，硬生生就……"

沈棠、祈善、翟乐三个人的穿着打扮与此地的百姓格格不入，那两头肥硕不好惹的黑面郎更是惹来无数注目。行人都不由自主地给他们让道。

"怎会如此？"沈棠在女人跟前停下。

后者又惊又惧地看着沈棠牵着的黑面郎，生怕狰狞的野猪会冲上来将她踩死。但她又不敢出言赶人，只浑身瑟缩。

女人近乎绝望地闭上眼睛，但她再害怕也没松开怀中的儿子。这一幕看得人为之动容。当然，只有沈棠、祈善、翟乐三个人动容。其他百姓早已见怪不怪，不是表情麻木地出神，便是幸灾乐祸地勾一勾嘴角，等着看一幕好戏，释放压力。

"别怕，它不敢伤害人的。可以让我看看你的孩子吗？"

女人闻言，迟疑地抬头看着眼前年纪不大的女郎。这位女郎五官虽未完全长开，但能预见多年后它们将写尽"秾丽"二字。这位女郎与她的同伴，和这片地界格格不入。

女人慢慢地松开怀抱。

沈棠蹲下来，搭上孩子腕侧脉搏的位置。可指腹刚触到那层肌肤，还未来得及细探是什么脉象，她心底便"咯噔"一下——因为指腹触到的肌肤冰凉僵硬，脉搏一丝也无。

再看安静地蜷缩在母亲怀中的孩子，沈棠瞳孔微缩，顶着女人期盼的目光，竟半个字也吐不出来。孩子的脑袋面向女人的怀抱，因为女人先前的抱姿，沈棠才未察觉孩子已咽气。

沈棠垂下头，收回手。

女人浑然未觉，问："娘子可要买我儿？"

翟乐对气息敏感，一早便看出孩子已经没气儿了，听到二人的对话，正欲开口说什么，却被祈善抬手拦下。翟乐原地踌躇，心里想说的话最终化为一声复杂的短叹。

沈兄一看就是初涉人世，看什么都心软，类似的场景翟乐却已经见了太多。

有时候翟乐都忍不住质疑自己：为什么习得一身武艺却帮不了这些人？沈兄心思纯良，恐怕更难受。

沈棠点头："嗯，买，多少？"

若是平时被人喊一声"娘子"，沈棠多半要吐槽一下其眼神不好使，但女人这一声"娘子"却让她酝酿出难言的酸涩。她眨眨眼，试图将上涌的酸意压回去。

女人混浊疲累的眼睛蓦地一亮："不……不多，四……四十文。"女人大概是太激动，声音带着细弱的颤抖，急得舌头要跟牙齿打架，还差点儿咬到舌尖。

"嗯，我买了。"

女人哽咽着道谢:"好……谢谢,谢谢!"

"夫人还有其他要求吗?"

女人被问得茫然了一瞬,半响,脑中生锈卡壳的零件才有气无力地缓慢运转,听明白沈棠这话。她犹豫着道:"娘……娘子能不能……能不能让他吃饱点儿?他很乖,吃得不多,又听话又懂事又孝顺……"女人说着,混浊的眼泪一颗颗地滑落,滴在孩子早已发青的侧脸上。

女人口中还呢喃着孩子有多乖、多听话。

沈棠道:"嗯,这个没问题。"

她数了四十文钱交到女人手中,还加了一个饼。

这桩买卖惹来附近"摊主"的人的窃窃私语。

沈棠听得真切,垂眸置之不理,只是暗暗咬紧牙关,绷紧腮帮子的肉。

那些人继续窃窃私语:"这女的有病?那娃死一天了……娃的娘倒是奸,死的卖出活的价。"

另一个人贴过去说:"要不说女人比咱们爷们儿好使,哭一哭钱就来了。买个死人回去,啧,败家娘儿们,倒贴钱帮人收尸……"

第三个人咂了一下嘴,翻了个白眼:"哼,她是好运碰到了个傻娘儿们。一个死的,能卖五文就不错了,没几两肉,还柴……"

又有人带着恶意笑道:"要上大当了!"

以前也不乏利用买主的同情心讹人、讹钱的"卖家",骗子套路多得很。他们期待沈棠发现自己被骗后,又羞又窘又气又恼的模样,觉得那种暴怒却无力的神情相当解压。

这些声音,沈棠一概不理。

女人战战兢兢地收下钱,不舍地抚着儿子的脸颊,仿佛这是世上最珍贵的宝贝,最后还是狠下心肠,准备将孩子交出去。

谁知沈棠抬手婉拒:"我还有事情要忙,空不出手,忙完再将你的孩子带走,可好?"

女人一听自己还能与孩子待一会儿,激动得连连落泪,"扑通"一声跪在地上,抱着孩子冲沈棠磕了好几个头,口中不住地道:"好好好……谢谢菩萨,谢谢活菩萨……"

沈棠牵着黑面郎回到祈善身边。

祈善道:"你不担心她骗你?"

沈棠沉浸在自己的世界里,所以祈善这话过了好一会儿才传达到位。她蓦地回过神,抿了抿干涩的唇,回答:"不会是骗子……倘若真是骗子……谁骗我的钱,我要谁半条命!"

祈善默然,觉得沈小郎君过于心软。

翟乐一脸疑惑:重点不应该是欺骗感情吗?

沈棠突然问道:"元良,每个人都是哭号着赤裸而来,又在哀声中赤条条而去。既然出生便注定会死,生存的意义又在何处?活着就是为了吃苦吗?"

活在当下跟下凡历劫有什么区别?类似这个女人的悲剧,走几步就能看到,她这会儿真在阳间?阴曹地府也不过如此吧?

沈棠花四十文买一具被观音土憋死的尸体这事儿,早被有心人看在眼里,也有人试图如法炮制,打动这位善心泛滥的败家娘儿们。结果沈棠再未停下脚步,让人气结。

祈善心中微动。平常他是懒得回答这种问题的,不过提问的人是一向闹腾的沈小郎君,这个问题便又多了点儿特殊的意义。他道:"在下活着就是为了留下一道独属于'祈善'这人的痕迹。"

沈棠又问翟乐:"笑芳呢?"

翟乐摸了摸鼻子,有些不好意思:"我?我的想法有点儿大,说出来你可不许笑啊。我想率领部下,辅助阿兄平定东南。"

沈棠果然还是笑出来了。

翟乐气结:"说好不笑的!"

"我也没答应说不笑。你的想法的确很好,但你是不是有点儿胆小了?一块东南就满足了?你该跟我学学怎么打开格局。"

翟乐问:"怎么打开格局?"

沈棠顿了一下,眯眼想了想,做了个示范:"例如,我要平定天下!"

祈善手一颤,望向少年。阳光下,少年那双黑色的眼眸透出些许深棕,某一瞬间他甚至以为少年不是在开玩笑。

翟乐道:"你在做梦?"

沈棠撇嘴:"你不也在做梦?既然都是做梦,干吗不一步到位?你说是不是?"

"是什么是?"看着不知"天高地厚"四个字怎么写的少年,祈善收敛心底的异样,"平定天下,你还真敢想。穷则独善其身,达则兼济天下。你温饱都成问题,还想兼济天下、造福万民?"

"如何不能?"沈棠说那话起初是调侃翟乐,但被祈善这么一问,反而被激出了逆反心理,输人不输阵,输阵不输嘴,义正词严地道,"匹夫尚有凌云志!只要我的胸腔里热血未凉，就不会对这些百姓的遭遇无动于衷。"

这个世界吹牛也不用上税，沈棠觉得若连想想都不敢，那可真完蛋了："我年轻力壮还能言灵造物，为何就不能想了？杜少陵漂泊蜀中，落魄潦倒，身边只余饥儿、老妻，仍能喊出安得广厦……"

变故突生！沈棠只念出四个字，一瞬间盈满丹府的文气被抽取一空，丁点儿不剩！强烈的无力感蔓延四肢百骸，使得她眼前发黑、双腿发软，直接向前栽去。

若不是翟乐手疾眼快地拉住沈棠肩膀，沈棠的这张脸怕是要跟地面"亲密接触"一回。

"沈兄！你怎么了？！"

这一变故也吓到了祈善："沈幼梨？幼梨！"

他还以为沈棠是旧疾犯了，但一摸脉搏发现不对劲——虚软无力，文心低迷，分明是丹府文气耗尽的征兆。

连医术属于半吊子的翟乐都看出来了。

二人面面相觑：文气耗尽的前提是沈棠刚刚使用过文心言灵，还得是相当霸道超出其承受上限的文心言灵，问题是他们三个人刚才一直在一起！沈棠什么时候用了那种文心言灵？

"野火烧不尽，春风吹又生。"祈善顾不得思索这层，抿紧唇，运转文心，协助沈棠恢复文气。

不过片刻，沈棠那张惨白得瘆人的脸上浮现出几分红润，如溺水一般的窒息虚弱感也减轻大半，勉强能自己起身了。

"幼梨，刚刚是怎么回事？"祈善问。

沈棠自己也是一头雾水，道："我也不知道，突然就天旋地转、浑身无力、难受……"

"用了什么文心言灵，你自己会不知道？"翟乐一扫轻松，极其严肃地批评教育，"陌生的文心言灵不能轻易尝试，这是常识！"

陌生的文心言灵？祈善皱眉，想起了什么，紧跟着眉宇缓缓舒展，说道："方才沈小郎君是想说'安得广厦千万间，大庇天下寒士俱欢颜'？"

沈棠听到这话就打了个哆嗦——丹府文气被抽取一空的感觉相当糟糕，她可不想经历第二次。

"为什么你说就没有事？"

祈善目光复杂，说道："因为它在我这边就是一句普普通通的话，自然能说。不只在下能，翟小郎君也能。翟小郎君，你复述一遍给他听听。"

翟乐感觉莫名其妙，但还是重复了一遍。

果不其然，无事发生。

沈棠慢一拍才反应过来是什么意思，惊愕地睁圆了眼睛，疑惑不解地道："为何会如此？"

祈善道："你发动了那句言灵。"只是文气不足以支持，所以失败了。

沈棠道："我没有……"

祈善叮嘱："下次小心就行。"

话虽这么说，但他内心还有好多没解开的疑惑，例如，那段言灵完全超出沈小郎君的承受极限，丹府文气被抽得干干净净，一丝一缕都不剩，结果却只是虚弱？以往那些例子，主人公无一例外，不是被反噬丹府，就是危及寿数、命不长久。相较之下，沈小郎君简直是个异类。莫非与那枚国玺有关？

"这该怎么小心？直接修炼闭口禅算了……不说话能憋死我！"沈棠又一次感觉到憋屈——这个世界对话痨实在是不友好。她上一次这么憋屈，还是顾池这个话痨克星在身边。谁能想到说句话也能将自己说废了？

一旁的翟乐不得不提醒沈棠："沈兄，言灵发动又不是靠嘴巴念……"

口述言灵是为了增加精确度、成功率！真正发动言灵的是"心神"。但不是谁都能心神合一、精力专注，一旦走神儿，言灵不是失败就是效果大打折扣，所以才需要"口念"辅助。

沈棠突然自闭了：居然连想都不能想吗？

值得庆幸的是，事情并没有这么严重。

"控制好你的文心，别轻易催动它就行。"祈善毕竟是老江湖，加上对沈棠有一定的了解，稍微一想就找到毛病——因为沈小郎君没啥常识，旁人习以为常的东西沈小郎君未必会知道，顺着这个思路就能找出症结所在。

一言以蔽之，沈棠不会控制文心。

沈棠感觉自己受到了鄙视："我哪里不会控制？"寨子里那么多大饼、青梅、饴糖甚至是酒窖里放着的酒，全都是她用言灵造出来的。倘若这是网络游戏，技能她早刷满级了。这厮居然说她不会控制文心？

祈善有翻白眼的冲动："因为你以为的'会控制'跟我们说的'会控制'截然不同。"

沈棠追根究底："何处不同？"

祈善无奈地跟沈棠解释。

事实证明，不同的地方多了。文心文士能通过文气的多寡控制言灵的实际效果，或提升或削弱，沈棠则干脆跳过了这一步。若将言灵比喻为一条生产线，丹府文气就是原材料，言灵效果则是最后的产品。文士根据下达的言灵指令，控制生产线调整各种原材料，最后制造出想要的产品。这是正常情况。沈棠的情况则是甩手掌柜，有了单子直接开启生产线，也不看原材料够不够，效率全开。一旦原材料耗尽却连半成品都没做出来，可不就傻眼了？

紧跟着祈善又举了一个沈棠不会控制文心的有力证据，让沈棠反驳不得。

"倘若你真会控制且娴熟自如，为何每次只能造一个饼？分明能一次性盈满整个竹筐。"

沈棠愣住了。

一看沈棠的表情，祈善便知道自己所说的是对的，无奈地道："无妨，回去查漏补缺，以沈小郎君的天赋，想必用不了多久就能控制自如。若你能彻底控制文心，应该不会再发生类似的失控事件。"

沈棠咬牙切齿，有充足的理由怀疑祈善是故意的，居然不提醒她！

想到那一个个大饼、一颗颗青梅、一块块饴糖、一坛坛酒水……每一个、每一颗、每一块、每一坛，效率奇慢，她还念得口干舌燥。好比她辛辛苦苦地画海报，一模一样的海报画了一张又一张，结果即将完成甲方的任务时，有人问她为什么不去打印店复印几张。这玩意儿居然还能复印？那她之前兢兢业业地图什么？

沈棠只能将一口老血和着牙齿往肚里咽，不过她内心记上了这笔账！

沈棠没刻意隐藏情绪，祈善自然不会错过沈棠脸上写着的"记仇"二字，不由得失笑。

沈棠越发气鼓鼓，正要拉拢翟乐这个"同盟"，却见后者在走神儿，神情好奇又费解。

直到被沈棠伸手在翟乐的眼前晃了好几下，翟乐才蓦地回过神。

"笑芳想什么呢？这么专注。"

"我在想那句言灵。"

沈棠浑身汗毛都要乍开，情绪强烈地表示抗拒："停停停——我现在听不得那句言灵。"

翟乐问："你不好奇吗？"

沈棠很有求生欲："好奇心害死猫！"

"在下倒是非常好奇，那句言灵究竟有多厉害，竟能一瞬抽干丹府文气，连文心都受到影响？若在下记得没错，沈兄才念出前四个字'安得广厦'而已。这四个字与整句言灵相比，分量并不重。若言灵能成功地发动，会是何等模样？"

沈棠摇头如拨浪鼓：她一点儿都不好奇！占比不重的四个字就抽光了所有文

气,那整句下来,她不得赔上好几条命啊?!

祈善倒是有几分猜测,但还是先问翟乐:"翟小郎君经验丰富也猜不出来吗?"

"言灵千万,各有不同,便是那些言灵名士也不敢说自己能猜中陌生言灵的作用。"翟乐腼腆地笑了笑,道,"仅从字面意思去理解,或许是偏向防御性的军阵言灵。例如以文气、武气铸就军事防御,抵御来犯的敌人。"

祈善默然。

正常情况下,这么推测没什么毛病,偏偏沈小郎君这人不正常,无法以常理度之。再正常的言灵到了沈小郎君那里也变得奇怪起来,例如"周原膴膴,堇荼如饴",例如"画饼充饥",例如"望梅止渴"……

这句"安得广厦千万间,大庇天下寒士俱欢颜"呢?祈善更倾向于真有房子拔地而起!若如此,被抽空文气便是理所当然的——千万广厦庇天下寒士,何等豪迈壮阔!这房子还不能是豆腐渣工程,必须是通过最高验收标准的,"风雨不动安如山"的好房子!

祈善感觉可以跟沈棠提提意见——"千万间"别想了,先定个小目标,"一小间"如何?或许有几分成功的可能。

三个人牵着两头惹人注目的黑面郎来到此行的目的地。

与外面相比,这里热闹太多。

耳朵听着商贩们的吆喝与讨价还价声,沈棠只觉得这一幕非常荒诞滑稽,可偏偏自己也是其中一员。沈棠正走神儿,祈善已经与一名商贩聊上天。

他要买的都是青壮年,越年轻越好,年纪最好在十五岁到二十岁。

商贩一听,眼睛亮了。须知这个年龄段的男性最值钱了,年轻又有力气,买回去就能下地干活,价值仅次于摽梅之年的女性。祈善要的数量还不少,若能谈成,商贩这次拉出来的"货"都能顺利地脱手。这个年纪的男性是值钱,但也能吃啊,商贩多养几天就多亏几天的"饲料钱"。商贩倒是想狠心克扣"饲料",但若饿得太狠,整个人瘦脱相,届时也卖不出去就砸到手里喽。

再看三个人干净体面的穿着打扮,商贩脸上笑意更深,热情地将大主顾迎到一边,准备施展浑身解数,多宰祈善几刀!

翟乐倒是会享受,将那头大黑猪当小马扎用,坐在猪背上慢悠悠地来回走动。

沈棠这会儿闲得无聊,再加上文气还未恢复,整个人懒洋洋的,没什么劲儿,倚着柱子直打哈欠。

殊不知,暗中有双不怀好意的眼睛正等待着出手的时机——它就是背上套着马鞍、脖子拎着缰绳、臀背上放着褡裢的黑面郎!

沈棠又一次打哈欠，困意上涌。

翟乐道："沈兄啊，这都第二十一个哈欠了，真这么困吗？要不寻个地方歇歇？"

沈棠勉强打起几分精神："数我打了几个哈欠，你也够无聊的。"

翟乐道："因为没事情做啊……"

翟乐倒是想建议沈棠喝口酒醒醒神，但考虑到祈善先生就在不远处，被抓包可就完蛋了，只能打消这个念头。

随着困意上涌，沈棠刚提起来的几分精神又散了个干净，咕哝："我眯会儿，元良来了喊我。"说完，她倚靠着柱子眯上眼。

而黑面郎也正在等待这个机会，猛地暴起用鼻子拱沈棠的小腿！

突如其来的巨力让沈棠重心失衡，一屁股跌倒在地上，睡意飞了个干干净净，一睁开眼，便看到那头大黑猪一个漂亮的转身——这厮拱了她，还留给她一个圆润翘挺的猪臀。

黑面郎抓紧机会，四只猪蹄齐爆发，准备靠着敦实的身体开道！遇神撞神，遇佛踢佛！

路径之上的百姓吓得魂不附体，赶忙往两侧闪躲，生怕自己被这头大黑猪撞飞。他们是很馋大黑猪的肉，可一旦这头大黑猪没了约束，横冲直撞的杀伤力能要人命！

正逗着猪的翟乐大吃一惊，刚准备凝聚弓箭将那头猪射死，以免大黑猪伤人，目光一凛，发现有一个人突然挡在大黑猪冲撞的路径上，不闪不避，一副准备跟大黑猪正面对上的雄伟姿态！

那是个身材极其魁梧的黑壮男人，乱糟糟的长发用茅草随意扎起，目测身高跟共叔武差不多，肩背却更加宽阔，双臂肌肉紧实，胸膛鼓起的肌肉连宽松的衣襟都无法完全遮掩。

男人挡在黑猪面前，把衣摆塞进腰带里，双脚紧扣地面，重心微沉，露在破烂的裤腿外的紧实的小腿绷紧了肌肉，蓄势待发！

这一切都发生在电光石火间。

黑猪以势不可当的姿态冲了上去！

"啊——"人群中顿时传来阵阵惊叫声。胆小的人更是直接闭上了眼睛，生怕看到野猪将人撞飞或者踩踏的惨状。

但也有人看到这一幕兴奋地冲着壮汉大叫：

"狸力，上去撕碎它！

"狸力,上啊!

"杀了它,杀了它!"

高壮男人神情坚毅且专注,腮帮子肌肉紧缩,浑身上下进入了戒备状态,目光里只有那头冲他扑来的凶悍的黑面郎,人群的尖叫和起哄声全被他屏蔽。

紧跟着,一声令人牙酸的"砰"传开。众人眼睁睁地看着那头膘肥体壮、一脸凶悍的黑面郎与男人没有任何缓冲,直直地撞到一起。

结果意料之中的撞飞或者踩踏都没发生。只见二者相撞的瞬间,高壮男人用那双似乎比蒲扇还大的双手,迅如闪电地死死抓住黑面郎的前肢,如铁钳一般。这么强大的撞击力,他竟然只是退了半步!

男人面不改色,黑面郎却感觉到强烈的危险信号,喉间发出惨烈又畏惧的嘶吼,身躯狂扭乱撞,蹬腿乱甩,试图用这种方式挣脱束缚。黑面郎甩着甩着发现后腿够不着地面了,竟然被男人用双手提了起来。

人群看到这一幕,发出叫好声、口哨声。

高壮男人在这些声音的鼓励下,双手用力将两百多斤的野猪丢了出去。

野猪重重地摔在一米开外的地上,哀哀嚎叫。

奇怪的是它居然没怒气冲冲地杀回去。

高壮男人都做好准备迎接这头野猪的下一波撞击了,谁知野猪从地上爬起来后,短胖的后蹄一用力,"猪不停蹄"地往沈棠的方向跑,一溜烟钻到了沈棠身后贴近翟乐的位置,口中还发出可怜兮兮的"呜呜"声,活像在外受欺负,回家找家长告状的"小可怜"。

周围顿时一片寂静。

翟乐坐在猪背上,笑出声,朗声调侃道:"沈兄啊沈兄,你这头黑面郎颇具灵性啊,被欺负了还知道跑回来寻求庇护……只是它约莫忘了,先前还拱了你。"

沈棠捂着摔疼的屁股,恶狠狠地瞪了一眼躲在身后的黑面郎,气得一张俏脸飘满绯红。她抬脚踢那头野猪,咬牙道:"古有'狗仗人势',没想到你这头猪也知道。知道还拱我、得罪我?"

沈棠这一脚没用什么力气。不过这头野猪倒是非常聪明,被踢就倒退,口中发出的哀求声越发凄惨可怜。

闹得沈棠还以为是自己十恶不赦地虐待了小动物呢!

她揉了揉摔疼的屁股,心里越发不痛快,恨不得这就将这头野猪抓回去,洗洗杀了,多加葱、姜、蒜。

她正不痛快,突然发现头顶的阳光被高壮男人的影子挡住,原来是那个男人不知何时靠了过来。

这时她才发现男人比想象中的还要高一些，共叔武逼近两米，此人绝对超过了两米！

沈棠仰头跟人说话："你作甚？"

高壮男人言简意赅："抓猪！"

沈棠道："这头猪是我的。"虽然它拱了她，摔得她屁股疼，但它生是她的猪，死是她碗里的猪肉，岂能被别人抓去下锅？

高壮男人低头看着身前矮小的沈棠，只见其瘦瘦弱弱、斯斯文文的，生得过于女相，三个捆在一块儿都抵不上他一个，他甚至可以单手将这人双手困住还绰绰有余呢。便是这么一个人，居然挡住了他。

"你说是你的猪，可有证据？"

沈棠好笑地道："这还要证据？"

高壮男人抬手拂开阻拦的沈棠，蛮横地道："自然要证据，给不出证据，这就是一头无主的野猪，我抓了就是我的！这头野猪还差点儿冲撞了人！"

后退两步站稳的沈棠无语：好家伙，合着馋这头猪的肉的人不止她一个。

为了让自己看着更有气势，沈棠放下揉屁股的手，努力收起脸上痛苦的表情，一只手扼住男人冲猪伸出去的手。

跟男人被晒得黝黑的大掌相比，沈棠的手过于细嫩、白皙。她的手腕还不如人家的半个宽，但偏偏是这么一只手，愣是让男人的手不得寸进。

沈棠似笑非笑地道："这位壮士，没看好它的确是我的问题。不过它真是一头有主的猪。有件事情你得知道——生，它是我的猪！"沈棠一字一顿，霸道地表明所有权，"死，它也得是我碗里的猪肉！"

高壮男人嘴角微抽，暗中用力想要将沈棠甩出去。谁知后者似在地上生了根，那只看着纤弱的手迸发出一股力道与他发出的力道正面相撞，竟纹丝不动，令他大吃一惊。

"你放不放手？"男人问。

沈棠道："不放手！"

"放手！"

"我的猪肉你不许动！"

翟乐笑出声。

翟乐这么一笑，原先严肃凝重的气氛一下子缓解。

男人这才注意到骑在另一头黑面郎背上的翟乐。相较于沈棠的女相、斯文，翟乐看着就像富家公子。

翟乐笑着跳下猪背，上前冲着高壮男人抱拳，桃花眼晕开点点笑意："这位壮士给个面子，我们愿意补偿壮士受到的惊吓，可这头黑面郎其实是沈兄的'爱宠'，是断不肯割让的。"

随着这动作，翟乐腰间的武胆虎符与蹀躞等其他小玩意儿碰撞，发出清脆的响声。

高壮男人听到这动静，下意识地往翟乐的腰间一扫，靠着极好的视力注意到那块墨玉虎符：武胆武者！

男人虽是个普通人，但在大户人家干过短工，也知道这么个东西——腰间佩戴着这玩意儿的人，普通人是万万不能招惹的。

但男人并不惧怕，因为他曾经徒手打死两个所谓三等簪袅。他觉得武胆武者也不过如此，并无外人传言中的那么神。

他眯了眯眼，哼了一声，不情不愿地松开手。

随着男人的退让，现场的气氛松缓下来。

翟乐抱拳："敢问壮士名讳？"

男人撇了撇嘴，心里不喜欢翟乐这副文绉绉的做派，转身回到路边的破草席旁，一屁股坐下。只是他实在太高，哪怕坐着也好大一团，肩膀比身边坐着的"商品"的脑袋还高。

"壮士好身手、好体格，在下愿与壮士交个朋友。"翟乐是个好脾气的，被人如此轻慢也不见丁点儿恼怒，露出毫无阴霾的笑容。

翟乐刚凑上前，男人躺下，背对翟乐，嗤笑一声直接闭上眼睛。

闭门羹吃得这般彻底，饶是豁达如翟乐也忍不住尴尬得面颊发红，自我怀疑：自己就这么让人不喜？

翟乐仿佛泄了气的皮球，眉头耷拉着，嘴巴微噘，一副遭受打击的神态。

男人背影似石刻，纹丝不动，不多时还能听到逐渐上扬的鼾声。

这人居然能在这样嘈杂的环境里睡着？翟乐交友不利，只得丧气地起身，结果差点儿撞上不知何时凑过来的沈棠。他关心了一句："沈兄，你刚才摔着了没？"

沈棠道："摔着了，回去就炖了那头猪！"

翟乐却觉得有些可惜："那头猪很有灵性，宰了可惜。"

野猪还能再抓，这么厚脸皮、还会见风使舵的野猪却不好找，这么机灵活像成了精。

沈棠咬牙切齿："谁让它拱我！"小腿疼，屁股疼，她受不得这种委屈！

翟乐心知沈棠这会儿喊得凶，回去未必会将那头猪怎么样，但为了给沈兄一个台阶，他还是替黑面郎说两句好话。例如，杀了黑面郎，赶明儿牧猪骑什么啊？例如，留着这头猪，沈兄还能找点儿乐子。

随着屁股的疼慢慢消失，沈棠也消了大半火气，只是一想到这头猪偷袭自己，还是有些不解气，又幼稚地踢了两下才罢休。

黑面郎似乎也知道"理亏"，委屈地哀叫。

沈棠道："你还委屈上了？等着！回头找你算账！"

黑面郎的仇可以按下不表，回去怎么折腾都行，但这个男人推开自己的"仇"不能不报，沈棠小气得很。她也没学翟乐试图跟男人交流，径直走到附近看戏的商贩跟前，指着男人问："他多少钱？"男人以茅草束发，穿着打扮跟附近的几个"商品"类似，一瞧就知道是被拉过来卖的。既然如此，沈棠为何不能买下他？这样的体格，可比寨子里的其他人好太多，买来丢给共叔武，估计共叔武会很开心。只是不知道一个手脚健全、力气奇大的成年壮汉，为何会沦落到插标卖首的地步？

因为翟乐碰了一鼻子灰，沈棠也不想跟男人交流愿不愿意被她买回去，直接问老板。

被提问的商贩惊了下，眼睛都瞪圆了一圈："你要……买他？"

听到这话的男人更是"噌"的一下坐起身，目光似钉子一般狠狠地扎在沈棠身上，漆黑的眼底涌动着一股普通人没有的狠劲儿！

沈棠叉腰，道："对，买下他！"

翟乐阻拦："沈兄，这般不太好。"

翟乐看得出来这个男人并没有武胆，能以普通人的身份拥有这样的体格、力量，相当了不得，若能得到正确的指点，练气淬体、凝聚武胆，进度必是一日千里，是个人才！这样的人需要招揽而非买卖。

沈棠道："哪里不好？我是'白嫖'他了吗？"别看她总说自己很穷，但口袋里还是有点儿碎银的，一部分是自己攒的，另一部分是元良和无晦给的，让她出门买得起想要的东西。

翟乐无奈：重点是这个吗？

男人脸色变了变，咬牙道："不卖！"

沈棠却道："卖不卖得看你的主家。"

男人将视线落向那个商贩。

商贩迟疑了两息，又向沈棠确认："小娘子当真要买他？"

商贩说完这话，附近的几个人露出微妙的表情，看了看沈棠，又看了看那个男人。

沈棠道："我买啊。"

她开口打断欲提醒商贩"是郎君而非娘子"的翟乐。

既然沈兄都不介意被误会是女子，翟乐觉得自己还是不扫兴了。

男人则注意到沈棠腰间那枚不易被发现的透明的文心花押印，不由得沉默了下，暗暗攥紧拳头。

商贩又道："当真买？"

沈棠不耐烦地道："卖还是不卖，一句话的事儿！你这人如此磨叽，担心我付不起钱吗？"

那名商贩生得贼眉鼠眼，光看脸便觉得一股猥琐之气扑面而来，不过目光还算澄澈。

见沈棠不耐烦，那名商贩不仅不气，反而露出跟其他人一样微妙的表情，凑近，神秘地道："出摊做生意，哪有不卖的道理？只是小娘子，这男人可不好降伏，买回去用的时候得当心。"

沈棠挑眉，问道："他有何过往？"

商贩回答："杀过人。"

沈棠无所谓："我也杀过。"

商贩一噎，便知沈棠没领悟自己的意思，并不委婉地道："死的那人，她是死在榻上了。"

沈棠登时一头雾水，高声问："死在榻上？他打死他婆娘了？"

沈棠可瞧不起家暴男，还是打死婆娘的家暴男，买回来摆在眼前就是给自己找不痛快，登时打起了退堂鼓——寨子里虽然缺人手，但也没缺到来者不拒的地步，她宁缺毋滥。

商贩又是一噎。

男人那张脸也更加黑沉了。

"也不是，他一个穷鬼上哪儿找婆娘？真有婆娘愿意跟着他，他打人作甚？"

商贩的回答令沈棠颇感意外：听这话的意思，商贩对男人的印象还挺好，话里话外颇有维护之意。

沈棠便问："那是为什么？"

被这么一问，商贩第三次噎住。

其他看客忍不住三言两语地说起来，简直是大型男人八卦聚会！

沈棠忍着头痛听完才知道是怎么回事。

第二十一章

奴隶狸力，"毒蜘蛛"

男人老家在一座很偏僻的小山村，生下来就有八斤八两！幸亏他老娘此前已经生过好几胎，生产的前一天还在地里劳作，身子骨也健朗，不然准保要难产血崩，一尸两命。

他生来便胃口奇大，个头儿蹿得飞快，十岁不到就跟普通成人一般高，力气大得吓人。

那时候世道还算平稳，他很小就开始帮家里务农，农闲的时候跟着村里的猎户学打猎或者出卖劳力帮人干点儿短工。

即便这样努力，可随着年纪的增长，胃口也在增长，他还是很难养活自己。再加上收成不好，父母也开始养不起家了，无奈地将打短工的儿子卖给牙行，又由牙行卖去前任郡守的郡府当杂役。

故事就是从这时候开始的。

这位前任郡守很简单，但其家庭成员不简单，有个寡居在家、花容月貌的妹妹。

妹妹待字闺中的时候就作风奔放，跟不少文士不清不楚，成婚后也不肯收敛，丧夫后更是变本加厉，不再遮掩，光明正大地养面首，最后被忍无可忍的夫家族老赶回来。

前任郡守头痛无比地将妹妹接回家，三令五申让她安分。

一次意外，男人被这位妹妹看上。

毋庸置疑的是，这是一具年轻、健硕、朝气蓬勃的身体，是与以往的才子截然不同的粗犷的风格。妹妹遥遥一望，便对杂役院中擦汗的男人的身体一见钟情，馋上了。

这位看起来已经二十五六岁，实则堪堪十六岁的少年就这么被"吃干抹净"。

妹妹好生稀罕了他两年，逐渐安分下来。

前任郡守某日突然发现自家妹妹转了作风，心里"咯噔"一下，觉得事情非常不简单。

然后这事儿就被前任郡守发现了。再然后男人就被前任郡守气得发卖了。

同时桃色绯闻也被传开——这个男人居然能收服"毒蜘蛛"！此子必有过人之处！

要知道那位妹妹可是少女时期就闻名四宝郡的存在，以豪迈闻名，情史丰富。她喜欢的，不管这人有多烂她都喜欢；她不喜的，即便那人再出色，她都懒得分出一点点视线。

其恋慕者如过江之鲫。他们都以为自己能让这缕风为他们驻足收心。每逢他们自信满满地提出这一要求，那位妹妹就笑着将恋慕者的真心踩踏成肉渣。他们曾经多爱她，之后就有多恨她。

但她依旧我行我素，谁来都管不住，于是婚前就得了个"毒蜘蛛"的称号。

也不知道她那位短命的丈夫有何感想。

便是这么个女人，寡居在亲哥的府里之后，整整两年没外出"觅食"，震惊了一众老相好。之后他们一打听，便知道了男人的存在。

他们觉得受到了某种羞辱。

前任郡守将男人发卖出去，很快就有人将其买走。之后也不知道发生了什么，只听说有个女人鲜血淋漓地死在了榻上，怎么死的则不清楚。

于是外界看男人的目光更加耐人寻味。

最耐人寻味的是，府衙的人也没将他归为杀人犯，只是将他卖回给牙行。

直到庚国打过来，辛国被灭，四宝郡易主，前任郡守举家搬走，男人也重新出现在牙行。

好家伙，他依旧受女子们的欢迎，明里暗里来询价的人很多，但他不肯再被卖了。

眼看到嘴的鸭子要飞，牙行老板气得让打手打他，试图用毒打迫使他低头，结果反被他暴起打断了腿，不得不养着他。

后来那家牙行倒闭，他才落到这名商贩手中。

商贩愿意对男人有好态度，不介意他蹭吃蹭喝，纯粹是因为他是个不错的打手,自己南来北往做生意能不被打劫,全靠他。只是这人的胃口也实在让商贩头痛。

沈棠可算知道那些微妙的眼神的意思了,这些人的脑子里装的都是什么黄色垃圾?

以为这就够了?谁知强中还有强中手。

商贩又神秘地道:"你可知他叫什么?"

沈棠莫名其妙地觉得这个问题要慎重地回答:"他没说,但之前听人喊他'狸力'……"

商贩又露出意味深长的笑。

沈棠看得有点儿应激了,硬着头皮问:"名字有问题?"

商贩问:"你可知狸力是什么?"

沈棠道:"知道啊,柜山有兽,其状如豚,有距,其音如狗吠,其名曰狸力。"通俗来讲狸力就是长得像猪,但长着鸡爪的异兽,算是《山海经》中比较友好的小动物了。

谁知商贩问:"那你知道狸力擅长什么?"

沈棠茫然地眨眼。

一侧的翟乐好一会儿才明白过来,耳根红了的同时,嘴角也跟着一抽——狸力,见则其县多土功,因此猜测狸力擅水土工程,简单来说就是盖房、修路、造桥之类的,挺正常的,但这是谁给取的名字啊?!狸力知道了非得跟这人拼命!

作为话题的中心,狸力倒是一点儿也不脸红,或者是他早就习惯了这些乱七八糟会让人露出意味深长之色的八卦消息。他一点儿都不想跟这位小郎君回去,想想就觉得麻烦。

过了会儿,祈善谈完回来,远远喊了一声被人群围着的沈棠:"沈小郎君,这是作甚?"

沈棠指着狸力:"想把他买回去。"

祈善上前的同时,顺着沈棠所指的方向看了过去。当那张脸闯入视野里的时候,祈善蓦地顿了一下,瞳孔竟有一瞬的微张,但眨眼又恢复如常。

男人也把视线投向祈善,淡淡地看了一眼便移开了。

祈善问沈棠:"买他作甚?"

沈棠告状:"他推我!还打了我的猪!"一听就是很任性的理由。

狸力无语:啧,文人的"春秋笔法"。

祈善不知发生了什么,但也知道沈棠不是没分寸的人,既然想买就买了呗。

祈善也跟沈棠一样越过了男人的意见，直接跟商贩交流价格。

商贩迟疑地看了看一脸愠怒的男人，然后伸出五根手指："五两！"

这个价格相当昂贵了！

沈棠果断地报价："二两！"

商贩摇头："二两可买不走啊！"

沈棠却咬死了这个价格不让步，末了又补充："就二两！你若答应，其他人我可以多买十来个……稍微贵点儿也行。"

她买无晦才用了三两，这人怎么能值五两！

商贩顿时愣住。

被无视的狸力怒而起身，才不管什么交易，就要走。

但祈善始终用余光注意着他，口中悠悠地念道："万里归来颜愈少……"

狸力顿下脚步，缓缓地转过身，目光比任何一次都要迫人、可怕。

"你……你怎么知道？"狸力绷紧腮帮子的肉，神情隐忍且克制，整张脸僵硬冰冷，唯有眼底酝酿着的风暴泄露了主人的真实情绪。

狸力攥紧垂在身侧的硕大的拳头："你是谁？"

他说这三个字时带着浓烈的敌意，仿佛下一秒就能将祈善的脑袋拧下来！

沈棠二话不说侧身上前，挡在祈善身前，目光警惕地看着狸力，戒备他暴起伤人。

小媳妇一般跟在沈棠身边的黑面郎也感觉到危险与压迫，低下猪脑袋。

祈善表情出现一瞬的古怪，先是拍拍沈棠的肩膀，示意沈小郎君不用这么戒备，再抬头看向狸力的眼睛，不紧不慢地道："在下祈善，祈元良。壮士怕是误会了，善并不是你的敌人……"更不是劳什子的情敌……那位"毒蜘蛛"真是谁沾谁短寿。

他跟狸力是有那么一点儿关系，却是拐了八十一道弯那种的，并非直接认识。

祈善当年逃亡在外，也有一段非常落魄潦倒的时光，曾受过一位夫人资助。这位夫人就是前任郡守的妹妹，鼎鼎大名的"毒蜘蛛"——梅夫人。

他也是通过这层关系才知道"毒蜘蛛"几年前养过一个名叫狸力的面首，对其颇为宠爱，想想也是，若不宠爱，想必也不会花大价钱，找人修复一幅不慎被雨淋了的旧画。

嗯，这份修复旧画的短工让祈善一夜脱贫，还借助"毒蜘蛛"的人脉干了点儿"小事情"。

祈善先前念的词句，便是旧画上的，东坡居士那首《定风波》的下半阕："万里归来颜愈少。微笑，笑时犹带岭梅香。试问岭南应不好，却道，此心安处是吾乡。"

他当年一看那幅旧画就觉得有点儿故事，未想有朝一日能看到另一个主人公。

狸力抿唇未说话，只是看着祈善的目光仍旧很复杂：文心文士，眼前这位青年文士的确是那位夫人此前最喜爱的类型，长相俊美又有才华。

狸力迟疑地道："那位夫人……她还好吗？"

祈善表情古怪："你觉得她可能不好吗？"反正人家过得比狸力好太多就是了。

狸力噎住：确实，他的问题有些多余。

狸力不知又想到什么，沉默了两息，缓声道："也是，我问错了，夫人现在过得好就好。"

祈善默然。

那位夫人过得好不好，恐怕只有她自己知道，但在外人来看肯定是不错的。

当年四宝郡被郑乔率兵攻破，前任郡守举家逃难去别国，为了在新地方站稳脚跟，挖空心思想要融入本土圈子，拜个码头。

恰巧邻国储君仰慕这位"毒蜘蛛"已久，提出纳妾的请求。

请求却被"毒蜘蛛"厉声拒绝。

她不答应，前任郡守就处处被针对。

前任郡守狂躁："缘何不肯答应？于你而言不过是多一个面首，答应又如何？"

"毒蜘蛛"对这个说辞嗤之以鼻："养面首是我愿意的，但强塞过来的男人，阿兄，那能叫'面首'吗？"

她没多久便恢复风流成性的样子。

连那位储君想见她，也得看她的心情。

那位储君何时被人这般拒绝过？他也不是没想过强抢，只是这位"毒蜘蛛"交友手腕强得可怕，友人众多，短短的时间又结识了不少名士、权臣，其中不乏爱慕她的容颜或者才华的人，也有一部分是他的政敌。他也不敢轻举妄动。

于是这事就这么拖着，拖了小半年。

各种细节不便细说，只说结果：这位储君是祈善的某一任老板。

狸力问："你何时见过她？"

"三四年前，帮她修了幅画。承蒙夫人资助，渡过难关。"感激归感激，祈善还是挺怕这女人的，说不上来为什么，直觉如此。

狸力闻言，神情多了几分波澜："画？"他似乎知道是哪一幅画了。

一侧的沈棠大为震撼："等等，你们认识？"

时间是不是又加速了？为什么她一下子看不懂这剧情发展了？祈元良究竟还有多少人脉是她不知道的，怎么这厮走到哪里都能碰见曾经的"老相好"？

翟乐也表示不懂。

倒是围观群众靠着八卦消息和想象猜中了三分真相，当然，剩下九十七分与真相大相径庭。

他们还暗暗期待祈善能跟狸力冲冠一怒为红颜，给他们增添点儿茶余饭后的谈资，结果二人没打起来，甚为遗憾。

祈善道："不认识，但认识同一个人。"

狸力垂首，不知想了些什么，狠抓了一把乱糟糟的头发，说道："行，我跟你们走。"

沈棠又一次怀疑有人按下了时间加速键。

他们来时仅有三个人、两头猪，走的时候浩浩荡荡七八十人、两头猪。

祈善目光挑剔得很，挑挑拣拣才选了七十余人。其中五十人是十五岁到二十岁的男子，剩的下都是三十岁到五十岁的妇人，女红不错，田间耕作经验也有，正是祈善需要的人手。

离开前，沈棠还做了一件事情：去先前的地方，带走女人的孩子。

女人依依不舍地看着儿子。

沈棠于心不忍："夫人千万要好好保重身体，未来才有母子重聚的一天……"

女人像是抓住了最后一根稻草，混浊的眼睛迸发出一抹亮色："当真？"

沈棠点头："当真。"

待女人踉跄着走远，狸力皱眉看着被塞到自己手中的尸体："这孩子已经死了……"尸斑都冒出来了。

沈棠叹道："我知道。"她心里想着将这个孩子带回去葬在后山，要是随便找个地方埋掉，担心会被人挖出来。

翟乐知道沈棠的打算，说道："沈兄仁善。"

仁善？沈棠对这个评价表面上不置可否，内心却在冷嘲，仿佛有个声音在她的脑海中恶魔般低语：若真仁慈，为何不将那个女人也救了？为何只是抱回一具尸体？

回去的路上，狸力暗中观察沈棠一行人。当下这个世道，一次性买这么多人，不是世家大族就是别有所图，毕竟多一个人就多一张嘴，这么多开销绝非普通人家负担得起的。

狸力正想着，只听那名黑衣少年突然开口："壮士这般根骨，说是天生神力也不为过，想必天赋也不差，为何没有习武淬体？"

狸力似乎没想到话题会扯到自己身上，面对这个问题，心底发出一声冷嗤，说道："我十六岁才开始接触启蒙……"剩下的话就不用多说了。

奈何沈棠是异类，不懂这个年龄有什么问题。在她看来，十六岁接触启蒙是很晚，但狸力的根骨摆在这里，不至于连武胆的门槛都迈不过去吧？至多成就没有从小打基础的那么高。

"十六岁？晚了六年，确实很可惜……"祈善一看沈棠的表情便知道沈棠不懂，解释道："凝聚文心、武胆的前提是感悟天地之气，引气入体，开拓丹府。年纪越小越容易感觉到那股'气'，年纪大了便不容易了。当世普遍认为过了十岁就感觉不到了……"

沈棠觉得这话有很大的问题，说道："这不对吧？贼星降世的时候，第一批凝聚文心、武胆的人，年龄大多在二十岁到五十岁，他们又是怎么办到的？没道理他们那个时候可以，现在的人就做不到吧？"

祈善目光复杂地道："与国玺有关。"

沈棠蒙住："又是国玺？"

"嗯。"

沈棠追问："这又是什么说法？"

也不知道祈善最近吃错了什么药，基本上沈棠问什么他答什么，少有卖关子的时候。

"这种说法并非公认，是我从一位先生那里听来的。他说当时的文士、武者，不是身居高位便是手握重权，又多是君主的心腹，因此在位多年积累的文、武之运助他们水到渠成，一举成功。我觉得这种解释非常有道理。"

沈棠又听到一个陌生的词，问："文、武之运？那又是什么？"

"一种由国玺汲取天地之气转化而成的力量。顾名思义，文官修文运，武官修武运，与文气、武气差不多。区别在于文气、武气是个人修炼而成的，文运、武运是由国玺转化而成的，多寡取决于文官、武将在任期间的功绩大小。"祈善见沈棠一副好奇又惊讶的模样，黑眸似有微芒一闪而逝，颇感好笑，"这很奇怪？"

"的确，听着怪怪的……"沈棠嘴巴张合两下才憋出一句，联系文心、武胆的玄幻设定，又觉得二者似乎很和谐，嘀咕，"当官可真不容易，不仅考核KPI（关键绩效指标），还要修炼……"一天就算有二十四个时辰也不够用啊。

祈善失笑:"不管是文心还是武胆,都需要耗费大量的时间和精力去修炼,一旦停歇便会停滞不前。而在朝为官、为将,一天的大部分时间又会被朝政、军务挤占,哪有多余的精力去修炼?倘若为官、为将有害无益,那些文士、武者为何会对入仕这般热衷?"

沈棠懂了:好家伙,原来还能这么解释。

为官、为将能修炼文、武之运,还有国玺的气运、福泽,加起来比在野的散人修炼快得多,实力也更强,除此之外还有不少隐形的福利。

想想也是,若不是有利可图,谁愿意浪费大量的修炼时间?

当然,也不排除有人心甘情愿打白工,只为理想、为践行自身的"道义"、为天下黎民、为天下太平……但那毕竟只是少数,滚滚红尘中最多的还是凡夫俗子。

入仕修炼快,有工资,有地位,有权力,有名声……也难怪都削尖脑袋想钻入官场。

沈棠脑袋转得飞快:"也就是说,狸力若是将军,即便年纪大,也能获得武胆?"

祈善回答:"理论上是这样的。"

狸力看着骑在黑面郎背上的小郎君,问:"郎君这是在挖苦在下吗?"

"为何是挖苦?俗话说得好,乱世出英豪。以狸力的力量、能力,投身于军戎想必也会出头吧?"沈棠这话说得真诚,"既然过了十岁就无法自己凝聚武胆,这也不失为一条出路。"

翟乐摇头叹道:"沈兄,事情没那么容易。普通人在军伍,至多当个伍长、什长,统领百人的佰长开始就得是末流公士了。这些末流公士还多是将军的亲兵、心腹……"那点儿微薄的武运根本不足以凝聚一颗武胆,除非能在战场上几经生死,立下大功被破格提升,再努力个几年、十几年,再立功,或许可能达成目标。

沈棠闻言,瞠目结舌地道:"这……这么难?"也难怪狸力会问她是不是在挖苦,她刚才的话听着的确是挺阴阳怪气的。

祈善道:"正因为太难,所以基本默认若超过十岁还未习武淬体的人,终生与此道无缘。"

沈棠轻声道:"我此前不知此事……"她这话不是说给祈善听的,而是说给一侧的狸力听的。

沈棠紧跟着又问了个很想问的问题:"那……我还有疑问——被废的文心能靠这个恢复吗?军伍打仗拼力量,需要强大的武胆,这个能理解,但官场拼的是智谋,是不见刀光剑影的交锋,是不是……"

祈善道:"一般不能。文心被废,多半是受了'破府极刑'。为防止受刑者日后有机会报复,经脉也会被封,以绝后患。退一万步说,即便这条路真能走通,但入仕的门槛比加入行伍的门槛只高不低,仅有能力是不够的。"

沈棠听后失望不已,但又注意到祈善说的是"一般不能",也就是说还有特例?

祈善像是知道沈棠内心所想,说道:"有特例,但罕有人会走这条路,冒险,代价太大。"

"你快说,什么路?"

祈善答非所问:"要用性命去换。"

"怎么换?"

祈善道:"幼梨是为褚无晦问的?我都知道的事情,他怎么可能不知道?褚无晦心里有数。他想换的那天,自然会去换,还没动作便说明时机未到或者还没这个心思。"

沈棠撇撇嘴:这人又开始卖关子了。

翟乐小声提醒沈棠:"沈兄若是好奇,有机会去看看《名臣名士传》就知道了。不过正如祈先生说的,我也觉得这条路不靠谱儿。"

沈棠闻言不再追问,只心里将这《名臣名士传》记下。

"笑芳今天不回去?"骑着猪行至半山腰时,沈棠面对太阳,被晒得难受,坐在猪背上稳稳地转了个身,由正面骑猪改为倒着骑,视线扫到翟乐,突然找到聊天的话题,调侃之余将双腿盘起,"我还以为你堂兄会给你设下门禁呢。"

翟乐闻言,又好笑又不解:"门禁?为什么会有门禁?"

祈善听到动静,扭头看去,就看到沈棠奇怪的坐姿——倒着骑猪还盘着腿,也不怕那头黑面郎暴起颠簸一下,低声提醒道:"你这什么坐姿?幼梨,坐好!"

沈棠仰头看他,笑着讨夸奖:"我一直坐得挺好。嘿嘿,厉害吧?"她都惊叹自己的平衡能力。

祈善无语。

沈棠三言两语便将祈善搞得无话可说,眉宇间带着几分"大获全胜"的得意,继续跟翟乐唠嗑:"当然是因为你年纪小啊。"

哪个哥哥会放心年纪这么小的弟弟在外过夜,还是在一个深山之中的土匪窝里?搁沈棠,她肯定是不放心的。

翟乐哑然。

祈善直接笑出声:一个十一二岁的小童,用老成的口吻对一个已经算成童的少年说"你还小",着实惹人发笑。

翟乐撇了撇嘴:"沈兄啊,我不小了。"

"你说自己不小?"可她横看竖看都觉得翟乐还是个高中生。

翟乐拍了拍胸脯:"当然不小啊,跟我年纪差不多大的同窗,孩子都有一两个了。"

在翟乐心中,自己已经是个男人了,一个男人需要什么门禁?他这么大个人了,还是七等公大夫,哪怕丢到战场上也死不了,在孝城还真没什么能威胁他的性命,堂兄自然不会多管,担心他倒不如担心他的敌人无人收尸。

高二、高三的学生……一两个孩子的爹?沈棠怎么也不能将这两个身份画等号。

事实上,大部分武胆武者比同龄人长得快,翟乐能看着跟实际年龄差不多,还多亏了他这张少年感十足的脸。若非家中对他的婚姻非常慎重、挑剔,他大概已经成家了。

说起这个话题,翟乐就好奇了:沈兄这样的妙人会配个怎样的女子?

"欸,沈兄喜欢怎样的娘子?"

沈棠道:"为什么要喜欢娘子?"她就不能喜欢个男的吗?

翟乐大笑道:"自然是为了多个人陪你玩啊!那多好!我阿爹、阿娘就是这么说的,只可惜他们相看的娘子都太温柔娴静了,我感觉跟我玩不到一块儿。唉,我之前想让他们帮忙相看个能打的,但又不好意思说……"

旁听的祈善和狸力都觉得无语。

沈棠道:"找个能打的,陪你玩?"好家伙,天天上演全武行吗?

"对啊。不过这样的贵女实在太难找。我喜欢射箭、打猎、习武,若未来的夫人喜欢谈诗论道、画眉女红,谈不到一块儿啊。"翟乐摆出一副过来人的架势,"谈得来很重要。"

"虽然很同情,不过女子没有文心、武胆,即使有再好的武艺也扛不住你一招吧?"

一听这个,翟乐嘴角的弧度逐渐消失,他遗憾地道:"也是。女子为何不能有文心、武胆呢?"他这话像是在问自己,也像是在问沈棠。

一旁的狸力眼皮颤了下,平静无波的眼底多了一丝波澜。

这个问题不只翟乐会疑惑,恐怕也是全天下不少女子午夜梦回时的不甘质问——为什么女子就不能有文心、武胆?

狸力想着,倘若有,她当年或许就不会那么无能为力了。

外人眼中跋扈、滥情、风流的"毒蜘蛛"，在他的记忆里却是截然不同的面孔。他印象最深的一幕便是她抱着自己，悲愤又不甘地声声质问为什么女子就不能有文心、武胆。

若有文心，谁能摆布得了她？

"阿兄，我只想养个我喜欢的面首。"

"你喜欢的？一个奴隶？丢人！"

"又不是当丈夫，有什么丢人的？"

"你跟他有关系就丢人！他连后院刷恭桶的杂役都不如，你稀罕他哪点？身材高大、房事不错、相貌尚可？不过是这些。回头阿兄帮你牵线多认识几个四宝郡驻……"

"阿兄！"

"你以往哭闹，阿兄没有不应你的时候，但这个人真不行。你可以养着他玩，但不能认真！你看看你外头那些'花花草草'，要让他们知道他们比不上这么个东西？不行就是不行！"

作为当事人，狸力并没有插话的权力，但他心里非常清楚这对兄妹角力的最终结果——毫无悬念，寡居在兄长府里的夫人，并没有任何权力对给予她特权的阿兄说"不"，特别是当她的兄长撂下最后通牒，有狸力就没这个兄长。

狸力唯一能做的就是自请离开。

正如那幅画中画的——他侍弄一盆稀有的极品并蒂牡丹。画中的他看似将花照顾得很好，可所有人都清楚，一旦离开那片土壤、那个花盆，屋外的风吹雨打会让它彻底凋零。

狸力陷入自己的世界里，隐约听到沈棠传来的声音："我觉得吧……有可能女子不能有文心、武胆跟女性的身体并无干系，跟国玺在谁手中有关系。当年第一批文心文士、武胆武者是怎么诞生的？君主手握国玺，臣下根据功绩分得文运、武运，强行凝了出来……"

翟乐倒是第一次听到这个说辞，顿时觉得新鲜，但很快找出了漏洞，道："女子不是感应不到天地之气，其实可以感觉到，只是无法将其留在身体里，更无法开拓丹府……"

这才是女子无法凝聚文心、武胆的关键，若是能留住，必然能凝聚，所以普遍认为是女性身体的问题。

沈棠无语。她有一言不知当不当讲：你们眼前的我就是女的啊！

可惜她不能说。

沈棠也好奇了，为什么自己会有文心？其中必然有什么她不知道的内情。

这时祈善却加入群聊："沈小郎君的猜测也不是没道理，善游历在外的时候也听有人提出过类似的观点。他说想要证实这个猜测，只需哪个国家诞生一位女性君主，朝中有女性官员，最后文运、武运加身，看能不能凝出文心、武胆……不过这显然是不可能的。"

大概是受祈善这段话的影响，沈棠隐约觉得自己抓到了点儿什么——所谓文心、武胆，似乎更像是少部分人的天赋特权。

男性有文心、武胆，因为君主是男性。照这个逻辑，若登顶的是女性，权力也会向女性倾斜？

沈棠暗中摇了摇头，觉得这个思路不太符合玄幻世界观——玄幻世界观也要用玄幻的思路去分析探索。

玄幻的思路……这么想的话，她倒是有另外一条思路：不都说"男为阳，女为阴"？会不会是天地之气也分阴、阳，某种原因使得天地之气只有阳没有阴或者阴属性天地之气无法被驯服，所以那些女子能感觉到却无法容纳？因为彼此属性不合？

有了方向，思路就打开了，沈棠又拟了好几条假设。

待她回过神，一行人已经能看到隐藏在山间的小村子，隔着这么远的距离，隐约还能看到几道忙上忙下的辛劳的身影。

"郎君，你可算回来了。"林风一路小跑迎了上来。

她最近跟着沈棠到处疯，运动量上去了不少，这么一段路下来也没怎么大喘气，此时看着沈棠的目光像是在看主心骨。

翟乐行了一礼："林小娘子好。"

林风还礼："翟郎君安好。"

祈善负责将新买来的人安顿好，所以说了两句便去忙了。

翟乐由沈棠负责招待。

沈棠带着他将两头黑面郎关入猪圈里。

翟乐何时见过这么多猪崽聚在一起吃吃喝喝睡睡，自然又惊诧又新奇："这些都是沈兄养的？"

沈棠道："嗯，养大了请你吃烤猪。"

翟乐是个耿直的人，直言道："沈兄相邀，在下自然赴约。只是猪肉腥臊并不好吃，沈兄可以养羊，我与阿兄游历经过某个西北小国，得来一张很不错的去除膻味的食方。"

沈棠一副"是你没有口福"的表情,说道:"普通的猪自然很腥臊,不过我养的不一样。相信我,你若是吃过一次,绝对会喜欢。"沈棠吹嘘猪肉的模样,活像猪倌儿推销自家产的家猪,"我这里也有独门绝技!"

翟乐好奇地问道:"什么绝技?"

沈棠单手抓起一头猪崽的前蹄,将它肥嘟嘟的下腹露给翟乐看:"阉割!"

翟乐道:"阉……阉割?"

沈棠解释道:"因为没阉割的猪会分泌性激素,那玩意儿影响气味,导致猪肉味道大还难吃。只要将源头给切了,味道就非常妙了!"

翟乐虽然听不懂,不过沈兄说得这般头头是道又自信,其中必然有什么深奥的道理,就信了。

但他很快就知道自己信得太早了。

"笑芳,你来得正好!这些猪崽我已经养了好些天,保证它们能适应环境,运动量也尚可……要不明天就安排手术?你是男的,了解得比我多,咱们一起给它们去个势如何?"

翟乐嘴角微抽:"不如何。"什么叫他是男的了解得比沈兄多?沈兄自个儿不也是男子吗?想了解,研究研究自己不就成了?

翟乐生怕被沈棠拉着研究怎么劁猪,恰好看到共叔武带着几十号人回来,急忙打着以武会友的旗帜往前凑。

沈棠正试图挽留小伙伴,袖子被人小幅度地拉住。

她低头看去,原是沉默许久的林风。

"怎么了?"

林风欲言又止。

沈棠暗道:莫不是受了什么欺负?

林风环顾四周,迟疑着,怯怯地凑近沈棠耳畔,低语道:"郎君与奴家来……"

沈棠腹中满是疑惑:什么事情这么神神秘秘的?

大概是受林风的影响,沈棠也做贼似的左右环顾,低声细语:"这里很安全了,你说。"

林风也用同样的音量回复:"郎君……奴家……"

二人特务接头一般蹲在一间小破屋的角落里。

沈棠认真地盯着林风的嘴巴,耐心地等待林风说出遭受的委屈。

谁知林风话到嘴边又迟疑了,欲言又止。

沈棠看得越发心痒、好奇："你说啊，唉，急死个人……"

林风万分为难，最后还是心一横，说道："郎君，你看。"说着，林风摊开一只白嫩的小手。

沈棠看了半天，不解其意："看你的掌纹？"她也看不懂面相、手相啊。

林风咬着下唇，为难得红了脸，整个人凑近沈棠两分，递上手："不是，郎君再看。"

沈棠不解：难不成这个世界又增加了什么奇怪的设定，例如林风的掌中物？

但看林风的神情，显然不是在开玩笑，她认真地凝神，凑近了细看。

林风调整了下小手，说道："从这里看……"

沈棠眯眼，直到感觉自己的眼睛有抽筋的迹象，林风也急得满头热汗、小脸发红的时候，终于看到林风的掌心上方浮着一缕……非常细小的气，隐约透着些许浅粉色。

哦，是气啊，沈棠掐着眉心：好家伙，看个气，差点儿把她看瞎了。

吐槽到一半，她猛地意识到自己看到了什么，双手抓过林风那只手，定睛凑近看那一缕"发丝儿"，非常细小，非常微弱，宛若风中残烛般似乎随时都能熄灭消失，但确确实实存在。

"这……这是……"沈棠差点儿咬到自己的舌头。

反观林风非常淡定，或者说她已经过了震惊、害怕的阶段，道："天地之气。"林风抓着沈棠的手放在自己丹府的位置上，如坠梦中般说道，"郎君，这里……竟有了。"

沈棠默然。

林风低着头，有些无措："晨间醒来，奴家便感觉身体不太对劲，不，准确来说是那一夜与郎君同住，那奇怪的东西进入奴家的身体里后，就有些不一样了。奴家白日困乏酸软，总觉得睡不够……"

沈棠无语。

林风继续道："今日奴家更是发现居然有了……但是怎么会有呢？毕竟奴家可是……"

"哐当！"响亮的声音从外面传来。

沈棠和林风好似受惊的小动物，齐刷刷看向表情惊恐中带着几分恍惚，恍惚中带着几分如遭雷击，如遭雷击中带着几分神魂出窍的翟乐。

屋内、屋外，三个人如雕塑一般僵持。

终于还是沈棠熬不住，"扑通"一下由蹲姿改为半跪。

"没事，蹲得太久，腿麻了……"她扶着墙缓慢地起身，婉拒想搀扶的林风。

翟乐看看沈棠又看看林风，嘴巴翕动了数下，表情犹如梦游："沈兄，恭……恭喜？"是该这么说吧？可他还未找到合乎心意的娘子，比他还小好几岁的沈兄竟要当父亲了？

"恭喜你个头，翟笑芳，你看清楚，我离十二岁都差点儿！"沈棠面无表情，恨不得把猪圈里养的黑面郎甩到翟乐脸上，或者给一人一猪调换下脑子，在她看来，黑面郎都比此时的翟乐聪明。

翟乐瞳孔微缩，露出不赞同的表情，带着三分震惊、三分失望、三分谴责和一分心痛，仿佛看到一个为了推卸责任不惜亲口承认自己不行的大渣男。

他失望地道："幼梨，你怎能如此？"

欺负他单纯天真吗？他虽然醉心于武学、兵法、学业、修炼，但也不是啥也不懂的孩子，毕竟是大家族出身，某些东西就算没见过也听过。

谁家郎君十二岁跟丫鬟有首尾，丫鬟想借肚子上位，结果被主母用雷霆手段收拾。翟乐对这种人都是有多远离多远。传闻总说丫鬟勾引，但这只是一家之言，真相如何谁知道？谁知道真是丫鬟故意勾引要上位，还是小色魔利用身份强逼丫鬟就范？一个丫鬟还能反抗主家郎君？当家主母会不顾儿子的名声，说出真相？自然是将一切错处推到丫鬟身上。

翟乐万万没想到，自己认定的挚友也会有如此行径，实在是让他太失望了！

沈棠见翟乐真的动了怒火，试图给翟乐做个换脑袋手术的冲动越发强烈，深吸一口气："行，就算我能行，那你也不看看林风才几岁？八岁，她才八岁！你脑子清醒点儿！"

怒火被硬生生浇灭，翟乐脸上的表情定格在滑稽的样子："啊？"

是啊，他还真忘了这点，林小娘子还这么小。

"那你们刚才说的……说的那些是什么？"

沈棠毫不客气地翻了个大大的白眼：所以说，听墙脚要么听完要么不听，听一半自己想象一半，闹出这么大的乌龙，何必呢？

沈棠感觉自己才最憋屈，不仅要亲口承认自己"不行"，还被迫多了个"大渣男"的标签。

她道："没什么。"

翟乐见她说话闪避，不由得露出怀疑的目光，追问："当真没什么？真不是你撒谎？"在这个鬼比人多的世道，多的是"鬼"披着"人"的皮，作恶的时候可不会看受害者几岁。

沈棠一看他的表情就知道自己又被冤枉了，三指向天，朗声道："当真！我敢指天发誓，自己要是做了不当人的事情，天打雷劈。"

翟乐将信将疑："那你们刚刚……"

这时林风也通过沈棠和翟乐的对话知道翟郎君似乎误会了什么，小脸急得微微发红，支支吾吾地解释："这……这是因为奴家吃不惯山上的吃食，已经好一阵子没……"

翟乐不解地看着又羞又窘的林风："林小娘子若有难处，尽管说来！"

林风急得一跺脚，忍着钻进地缝里的冲动，飞快地道："女儿家的事情，郎君何必问得这么清楚？郎君便没有为出恭入敬愁过吗？"说罢，林风小跑着逃离此处。

翟乐恍若遭了雷劈。

沈棠心下微讶，面上仍不动声色，上前拍打他的肩膀。

"这……这……"翟乐看看林风跑远的方向，又看看沈棠，表情别提多无辜、茫然了，"这事儿？"

沈棠挑眉："不然呢？"

"那说什么'奇怪的东西进入'……"那话实在太有歧义，翟乐说到一半，耳根已经红透，不只羞，还有说不出的尴尬，"这说不通！"

沈棠哪里知道"奇怪的东西"是什么，都没来得及问林风是怎么回事呢，便现编了一个："应该是文气吧，她是闺阁女子，没有真正接触过文气，故而会称之为'奇怪的东西'……那天她不是受了很大的惊吓吗？我以为文气能镇定精神，便给她输入了点儿……"

沈棠这话也有漏洞，只是那天发生的事情太多，翟乐也不是每件事情都知道，一时竟给沈棠蒙混过去了。

但他还有点儿迷惑："文气会令人出恭不顺吗？"他的确没有为这事儿发过愁。

沈棠以手抚额，无奈地道："咱们能跳过这个尴尬又带着气味的话题吗？"

得知此事是一场误会，翟乐也不好追根究底了，毕竟出恭不顺什么的，男人说起来都会觉得难以启齿，更遑论一个内宅女眷了。

沈棠又问："你是来找我的？"

以翟乐的人品，估计他也干不出故意听墙脚的事儿，唯一的解释就是他是来找人的，只是很不凑巧，墙脚只听了一半。以林风那种描述方式，谁能不想歪？

话题跳过去，翟乐也长松了口气，道："褚先生喊你去东厨帮忙……"

有林家那笔钱财，寨子家底还算丰厚，但随着人口增多，开销也会增大，例如共叔武带的那几十号人，饭量一日日增长，一天操练下来，一顿能就着青梅汤啃下四五个大饼。所以在搞定那笔税银前，一切能省则省。

作为食物供应商的沈棠无语。

"共叔先生他们还带回来几只山鸡、野兔，看着还挺肥……"翟乐说着涎水分泌加快：他好久没吃烤兔、烤鸡了。

沈棠喜形于色："当真？咱们这就去！"

林风的事情只能晚些再谈。在众人看来，林风大概是第一个能储存天地之气的女性，以林风现在的年纪，未来开拓丹府，凝聚文心、武胆也是水到渠成的事情。但毕竟是"异类"，特别是在战争频发的乱世背景下，人们总喜欢将这种"异类"视为不祥，林风也容易被拿来当借口讨伐针对。所幸林风急中生智，勉强应付过去。

"郎君……"

沈棠正在摸索如何使用一次言灵变出一筐大饼的时候，林风不知从哪儿钻出来。

见翟乐不在，林风松了口气：方才的场景实在是太尴尬，若是见了翟乐，她怕是会浑身不自在。

沈棠招呼林风坐下："没事。"

林风咬着下唇："可方才的事情……"

"别怕。"沈棠目光如水，"这世上没什么事情是不可能发生的，你不用为此感觉忐忑、害怕，万事还有我在呢。"

被这双眸子这么看着，六神无主的林风有了主心骨一般安心。

第二十二章
褚曜收徒，人定胜天

　　林风忐忑地垂首绞着衣摆，不知何时已经微红了眼睛，带着哭腔吐露心声："可是奴家还是怕……呜呜，真不知道该怎么办了……郎君，奴家真不想被烧死……"

　　"谁想烧死你？谁敢烧死你？"

　　林风撇嘴嘀咕："话本里都是这么说的。"

　　沈棠挑眉："话本？什么话本？"

　　林风眨眨眼，支支吾吾地说了几本，故事的核心好似一个模子刻出来的。

　　男主角是家境贫寒但很有才华的穷文士，文心清一色二品上中。女主角多是丞相之女，或者是皇帝之女，或者是权臣之女。男主角、女主角不是互相倾慕就是女追男，要不就是岳家看好潜力股，死皮赖脸地要嫁女。反派女配角是天地间的"异端"，凝聚了文心或者武胆，牝鸡司晨会招致大祸，对男主角痴心不改，之后爱而不得变坏，最后或者被制裁，或者被感化，或者被焚烧，或者被废掉丹府……

　　沈棠无语了一瞬，说道："我还以为以你家的情况，内宅女眷是不可能接触那种话本的。"

　　林风嘀咕："但是很好看啊……"

　　故事中的世界陌生又精彩，跟她常年待的内宅大院不一样。她偶尔能出去玩也是婆子、丫鬟前呼后拥，宛若一只被养在金鸟笼里的金丝雀，固然衣食无忧，可一旦失去投喂，失去精巧、富贵的鸟笼子庇护，连谋生的能力都没有。不只她，阿娘、姊妹、手帕交皆如此。她就是喜欢看话本里的女子也有文心、武胆，敢爱敢恨……哪怕这些女子的下场都不好。

沈棠看着面容稚嫩，但眉宇间带着几分执拗、倔强的林风，叹道："那也不能多看，里面的男人癞蛤蟆想吃天鹅肉，专骗涉世未深的小姑娘……"看多了话本，真以为这是什么好男人。

林风微愣：她跟郎君的重点好像不一样。

沈棠循循善诱："写话本的人有没有文心都不知道呢，靠想象凭空捏造二品上中文心的文士是何等模样。这跟东宫娘娘烙大饼，西宫娘娘卷大葱有何区别？"

林风思索："确实有几分道理。"

沈棠再接再厉："二品上中文心，我知道一个，无晦出事前就是。你能不能将他代入话本里的主人公？他会不会做出话本里的主人公做的那些事？"

倘若是褚先生……林风立刻无法直视那些话本了，一时间也忘了对未来的忧心。

沈棠突然问她："你要不要跟着无晦学习？其实跟着元良学也行，不过我做不得主。"褚曜名义上是她买回来的人，她委托他教个孩子应该没问题，但祈善不一样，人家未必有耐心带一个女学生。最重要的是，褚曜可以帮忙隐瞒，而祈善不好说。

林风惊愕又紧张地看着沈棠："想自然是想，可……"

"想就是想，没什么可不可的。"沈棠截断她的话，宽慰道，"无晦他们并非顽固不化的人。"甚至骨子里还带着叛逆。

不然的话，褚曜也不会撺掇沈棠去摸索如何养猪，甚至连沈棠骑着猪到处疯玩都没制止。祈善倒是制止了一回，但看制止没效果，连夜给猪装备了马鞍、缰绳。由此可见，前者离经叛道，后者灵活变通。

林风低声道："要跟二位先生坦白吗？"

沈棠原先只准备跟褚曜坦白林风这事儿，对祈善则再看看，但林风这么一问，她觉得还是一块儿坦白比较好，毕竟祈善的脾性从其文士之道也看得出来——眼里揉不下一粒沙子。

沈棠点点头："嗯，坦白吧。"至于她自己的性别，啧，她根本就没隐瞒过，二位先生没能发现，与她无关。

晚上酒足饭饱后，翟乐约共叔武出去切磋。共叔武不如翟乐天赋高，但武力、经验高了翟乐一大截，翟乐还有很多地方要跟人家学习。

二人一走，祈善和褚曜默契地放下木筷。

还准备喝汤的沈棠愣住了。

祈善在左边盯着沈棠，褚曜在右边盯着沈棠。站在沈棠身侧的林风垂着脑袋，暗中给沈棠使眼色。

沈棠感觉自己有点儿难。

祈善先开了腔："沈小郎君有话要说？"

"你怎么知道？"

"沈小郎君只差将心思写在脸上了，如何能不知？"

沈棠尴尬地轻咳两声，放下陶碗，擦嘴："确有一事，只是有些匪夷所思，还希望两位先生不要太惊讶，放平心态，不要激动……"

祈善眼睫都懒得抬，说道："说。"他深知，沈小郎君是话痨，自己若是不这么说，沈小郎君多半还能扯上好几段废话。

沈棠道："那我就说了啊。"

过了会儿，沈棠又道："我真说了啊。"

又过了三四息，沈棠道："我可真说了啊……"

祈善头痛地揉着眉心："你说！"

沈棠拉过林风的小手，喜滋滋地通知二人："跟你们说个重大好消息——她有了！"

祈善、褚曜都愣住了。收回前言，他们无法不激动、不惊讶！

祈善险些捏碎陶碗："何时的事情？"

沈棠道："就这几天。"

林风低声纠正："今早发现的。"

褚曜有些头痛地以手撑额，压低的声音酝酿着某种负面情绪："沈幼梨，她还在重孝期间！"

等等——沈棠反应过来，讪讪地解释："我解释。我是说她有气了。"

祈善被气笑了，说道："她要是没气了还能站着？"

沈棠看着左右两张表情高度重合的脸，感觉到莫大的压力，紧张地咽了咽口水："我说的气是天地之气。"

祈善冷笑道："虚恭之气都没用！"

等等，什么气？一时间，小屋里的气氛变得前所未有的冷凝与恐怖。

蓦地，褚曜和祈善同时起身，同时去将房间的木门闩上，又同时坐回了原位。祈善还抬手下了句"法不传六耳"的防窃听言灵。

祈善看着林风，问："男儿？"

372

沈棠小声道:"女的。"

"不是玩笑?"

"不是,千真万确!"

褚曜也问:"真是天地之气?"

"真的啊,我查过的。"

祈善沉默,冲林风招手,让她过来。

林风在沈棠鼓励的目光下勇敢地上前,抬手不太熟练地引出一缕非常微弱的气。

那一缕气尽管很微弱,但确确实实存在。

祈善、褚曜二人都陷入沉默中。现在的问题不是追究林风为何能将天地之气纳入己身,而是追究是什么导致的这一结果。

沈棠不说话。祈善、褚曜二人也不说话。至于林风,更是不敢说话。

四个人就这么面面相觑,大眼瞪小眼。

祈善他们纹丝不动,眼睛都不带眨的,把沈棠这位话痨选手憋得嘴巴都难受了:"你们……是好是歹,能不能给个准话……"

褚曜终于转动一下那双眼珠子,视线却聚焦在年幼的林风身上,欲言又止。比起让他打破两百多年来的固有印象,他更愿意相信眼前的林风其实是男孩儿。

沈棠问道:"真有这么难以接受吗?"

褚曜道:"这就好比有人跟我说,我非母亲所生,而是父亲十月怀胎所生一样荒诞离奇。"

他会相信吗?他只会将人打出去。即使真有男人挺着大肚子过来告诉他肚子里揣着一个孩子,他也会认为那肚子是伪装的,或者怀孕的就是个女生男相的女人。男人怎么可能怀孕呢?女人怎么可能储存天地之气呢?

偏偏证据就摆在眼前,褚曜现在需要一些时间好好消化,接受男人能怀孕……啊,不,接受终于有女性能储存天地之气的事实。

沈棠觉得没坚持告诉二人自己的真实性别是正确的,按照这俩人的表现,哪怕她把裤子脱了,人家多半还以为她是被丢入蚕室里受过阉刑。

祈善眉头皱得都能夹死蚊子了。

两位先生用了半刻钟的时间消化这惊天大雷,终于能平心静气了,大脑恢复正常。

褚曜问林风:"你可有什么特殊际遇?例如令堂妊娠时做了奇怪的胎梦?例如幼时碰见了奇怪像神仙的人物?例如吃过奇怪的灵果?"

沈棠微愣：好家伙，无晦对小说的套路还挺熟悉啊。

他提问一次，林风摇头一次。

林风迟疑地看了眼沈棠。

沈棠感觉要糟，生怕林风又用奇奇怪怪的描述，害她风评被害，连忙说道："无晦、元良，其实……"

结果沈棠刚说没几个字就被祈善打断："你别说，她说！"

试图解释的沈棠无语。

林风这次说话倒是没像上回那么惹人误会，跟褚曜坦白道："褚先生可还记得初识那一夜在车厢里，奴家守在郎君身边，郎君的文心花押印突然发出了一道光？奴家被吓到了。"

祈善闻言看向褚曜，似乎在问他为什么没跟自己提过。

褚曜皱着眉回忆："那次不是你过于困乏产生的幻觉吗？五郎那时一切正常，睡得很沉。"

林风目光越发坚定，摇头否认道："非幻象，奴家可以肯定那时确有一道光，细长的、金色的，像是……某种动物。从那时起奴家就感觉身体有了变化。"

众人包括沈棠齐刷刷地将目光转向沈棠的那枚透明的文心花押印。

为了方便大家一块儿研究，沈棠干脆将它从腰间解下来放在桌上。

沈棠道："横看竖看也没什么特殊的。"

祈善和褚曜却不这么认为。

特别是祈善。他想起白日上山时的闲聊——关于女性为何不能拥有文心、武胆的猜测。难道真与国玺在谁手中有关？或者与国玺持有者的态度有关？

祈善暗中用余光观察沈棠，总觉猜测很接近真相，但还缺了一点儿关键的细节。

褚曜的想法与他的不谋而合。二人飞快地交换眼神，达成共识。

至于林风说的"细长的金色动物"，他们下意识地就联想到某种象征皇权的神兽——只是无人敢点破这点。现在也不是最佳时机，徐徐图谋，待日后沈小郎君在西北有立足之地再说。

倘若让女子获得文心、武胆的契机真在沈棠身上，这既是个劣势，也是个极大的优势，端看日后怎么利用。

褚曜问："你准备学文还是习武？"

被点名的林风怔然："学文……习武？"她还以为会有一番激烈的争执呢。

褚曜道："习武门槛低，获得武胆也相对容易，但你已经八岁，这身根骨也不是习武的好料子，未来难有晋升空间，所以不建议习武。你悟性好，文心言灵又多是只可意会，不可言传的，因此老夫建议你走文道、凝文心。"

若林风选择走武道，二人至多指点她打个基础，再想往上只能让共叔武这样的正统武胆武者帮忙。可他们还未与共叔武真正交心，关系有些微妙，某些事情还是要瞒着的。

林风没有犹豫，选择走文道。而且她在族学念过两年书，有些根基。她鼓起勇气："奴家选文。"

褚曜满意地点点头，说道："既然如此，每日寅正，你来寻老夫，一日一个时辰。"

林风满心欢喜地应下。

旁听的沈棠掐指一算，提醒："寅正……会不会太早了？"好家伙，凌晨四点？再加上穿衣、洗漱之类的，岂不是要凌晨三点半起床？

褚曜反问："很早？"

祈善道："不早，挺正常。"

祈善年幼求学时的条件可比这个苛刻得多。常常要摸黑起来，披星戴月走上一刻钟的路去启蒙先生家中烧水伺候起居洗漱，恭恭敬敬地执弟子之礼，谦顺得体，生怕对方发怒。

启蒙阶段还好，入门之后麻烦才大。普通书册可以厚着脸皮去书坊蹭一蹭，或者自己花钱抄撰，稍微深奥一些的言灵书册只有藏书多的家族才有。若没点儿交情，人家怎么会轻易借阅？更别说抄了拿回去细读。

褚曜接受的也是最正统的文士教育，虽说过往不堪回首，但教育这块条件能比褚曜好的，也只有那些传承几百年的世家出身的子弟了。

二人都能给林风启蒙解惑。

这么算来，林风的求学条件不差。这还不值得她寅时起床？

沈棠不知二人脑中又想了什么，缩了缩肩膀，嘀咕："我不是怕她以后长不高吗？"

祈善好笑地道："怎会长不高？"

文、武两道，本质都是引天地之气藏于己身，拓宽经脉、开拓丹府。二者在凝聚前的阶段一样，都有改善体质、驱逐浊物的功效。所以文士、武者身材一般比普通人高大修长。林风虽为女子，想必也一样，不会变成矮子。

沈棠还想说两句好话，却被林风暗中扯了下袖子——在场之人竟只有沈棠觉得求学条件苛刻。

林风恭恭敬敬地对褚曜执了弟子礼："学生林风见过老师。"

沈棠一想到祈善的那些言灵册子自己能随便翻阅，便觉得自己真的占了好大的便宜！

褚曜满意地轻抚林风的发丝，欣慰地道："好好好，好孩子。"

不知想到什么，褚曜竟微红了眼尾。

一日为师，终身为父。收学生对这个时代的文士而言是一件非常慎重的大事情。褚曜答应收下林风这个女学生，也不全是看在沈棠的面子或是"首个获得文心的奇女子"的头衔上，多少也有点儿移情。林风的年纪堪堪八岁，倘若褚曜当年没出事，早该成家立业、儿女成群了，他也不知道自己日后会不会成家，若是不会，林风便是他的半个女儿，传承他衣钵的人。

"老师！"林风也红了眼。

对林风来说，相较于相处较少的祈先生，褚先生更和蔼可亲、慈眉善目，让她忍不住想起家中的祖父，若非理智尚存，那声"阿爷"就要冲出喉咙。

"关于你有文气的事情，先瞒着，不要露于人前。"褚曜情绪来得快，去得也快，理智稳稳地占了上风，仔细地叮嘱林风注意事项。

林风认认真真地将每一条都记了下来："嗯，学生记住了。"

褚曜道："为保险起见，你日后做男装打扮。"

"可是无晦啊，林风这张脸怎么看也不似男儿……"沈棠在一侧疯狂地暗示，"难不成逢人便说她男生女相？"

褚曜倒不觉得哪里有问题："模样还未长开，无妨。"孩童幼年时多是雌雄莫辨，越是底子好，五官越精致可爱。林风扮作男儿，外人瞧了只会说这孩子生得玉雪可爱、男生女相。待她年长些，凝出文心，他们再做打算。

褚曜顿了下，对祈善道："元良，下次再下山采买人手时，可以看看有没有资质好的女童或者家道中落的小家之女。我们得弄清楚林风究竟是不是特例，这关乎日后的安排。"

祈善道："还用得着你特地叮嘱？"

祈善刚才就有这个打算。若只有林风这一个特例，不管是出于什么考虑，林风想活着，这一生都只能隐藏真实的性别。若林风不是特例，而是可以稳定复制的"奇迹"，那么这将成为沈小郎君的底牌，极大地弥补"农事"诸侯天赋的先天不足。毕竟有野心的可不只是男子。诸如"毒蜘蛛"这样有野心、不甘心的女子虽然不算多，但也绝对不算少。若能将她们也利用起来，日后必是极大的助力。

沈棠是个坐不住的，见这里没什么事情了，又一次疯狂地暗示："元良、无唉，你们还有其他事情吗？"

祈善捏着眉心："没事了。"

沈棠又问："真没事？确定没事？你们要不要再想想？要是真没事，我可就撤了？"

祈善咬牙切齿："撤！"

脚步迈出去一半，沈棠冲祈善挤眉弄眼，示意他再看看自己这张脸："我真撤了啊？"

祈善刚降下去的血压又有飙上来的趋势，双手握着沈棠的肩膀将沈棠往外赶，嘴上道："去去去，早些睡，这里真没你的事。"少听沈棠两句废话，他能多活两年。

被推搡着赶出门的沈棠撇嘴，拉上林风一块儿走。

刚走两步就听到身后传来木门合上的"哐当"声，好似迫不及待将沈棠赶出来一样，她气得转身挥拳，嘀咕："日后可别后悔！"

林风问："郎君方才想跟先生说什么？"

沈棠歪了歪头，恶劣地勾唇："刚才是想说，不过现在又不想了，等他们俩自己发现。反正也不是什么大事，你说对吧？"

林风愣怔不解，但看郎君的表情应该是小事，便也放下心来，点头道："嗯。"

沈棠抬头看了一眼月色，掐算时间："天色不早了，你先去睡，养足精神……寅正去执弟子礼，想想都觉得丧心病狂。唉，还是接受九年义务教育的学生幸福，好歹能早上七八点上学。"

林风逐渐习惯沈棠那些令人费解的言语，恭敬地行了一礼："郎君也早些安睡。"

夜猫子沈棠是不可能早睡的。特别是她一躺下就听到隐隐约约的"砰砰"声，马上坐直上身，披上衣裳循声找了过去。

借着月色，沈棠隐约看到共叔武开辟出来的练武场上有一道高大的黑影。

沈棠远远地就认出此人："狸力，怎么这会儿还不睡？"

"砰砰"声突然停下，那人转过身，果然是狸力。他手中持着一杆长木棍，正对着木桩练习劈刺。他也不知在这里练了多久，衣裳早被汗水打湿，牢牢地贴着肌肤，随着呼吸均匀地起伏，乍一看似一头蓄力待发的猛兽。

待沈棠走近，狸力一个用力将木棍插入草垛里，应答："自然是因为睡不着。"

"巧了，我也睡不着。"草垛上插满了练习用的木棍，沈棠拔出一根，对着狸力发出邀请，"嘿嘿嘿，既然都睡不着，要不交个手？"适量的睡前运动有助于睡眠。

狸力转身，说道："不了，我现在回去睡。"这位小郎君大腿还没他的胳膊粗，又是个文心文士，所以狸力对沈棠的邀战并不感兴趣。

"咚！"沈棠用手中的木棍截住他的去路，木棍一端深深地没入泥地里："心里有火，怎么也睡不着的，只会越睡越精神，倒不如将火气泄出来，如何？"

狸力顺着木棍看向沈棠，眼皮微颤，一股没来由的争强好胜涌上心头。他咬牙，果断地从草垛上拔了一根木棍，棍端带起一阵劲风扫向沈棠的面门。

"咚！"沈棠举棍抵挡。

狸力果断地追击。

"咚咚咚！"棍影密集，二人出手皆是又快又狠。

狸力仗着身高优势，打快攻，兼具力量，换作常人早就招架不住，不是跟不上节奏便是招架不住他的力量。眼前这位矮小的小郎君却出乎他的意料，不仅跟得上，力量更是与他的力量不相上下。

思及白日那一幕，沈棠仅用单手便将狸力拦下，他便知道这也绝对不是沈棠的全部实力，于是内心的火焰更盛，出棍更快、更狠。

"咔嚓——"二人手中的长棍几乎同时因受不住力道裂开。

狸力选择绕到草垛旁再取一根，沈棠则直接用那根裂了一半的木棍冲杀上去。

"这些武夫！"祈善恼怒地大骂，思绪被"砰砰哐哐"的打斗声搅成一团，实在不耐烦，抬手把撑着窗户的叉竿抽掉，"大晚上的让不让人睡了？"

没了叉竿支撑，窗户"啪"地合上，倾泻入户的月色被拦腰斩断。

关窗后声音是小了点儿，但还是很吵，那种吵闹就像是蚊子在耳边"嗡嗡嗡"，声音不大但存在感十足，祈善叹气，只得给自己用了一道"两耳不闻窗外事"的言灵，封闭听力。

其他人没这个能力，忍着火气探头看是谁大晚上发疯，一看是沈棠和狸力两个人，只得回房继续酝酿睡意。

翟乐打着哈欠道："沈兄精力真充沛。"

共叔武见怪不怪："打完就消停了。"

"睡了睡了，明儿还要早起呢。"翟乐还想看看共叔武是怎么练兵的。说完，翟乐往自己的被窝里一钻，眼睛一闭，不过三息屋中便响起微微的鼾声。

共叔武抬手一弹，熄灭油灯。

土匪寨子里房屋有限，白天祈善又采买了几十号新人，住房越发紧张，底下的人挤大通铺，翟乐作为客人也只能跟共叔武挤一间。说是"挤一间"，其实他们就是睡两张临时拼凑的木板。

虽说条件简陋，但翟乐知道沈棠这边的条件，而且作为武胆武者，本身也没普通世家子弟娇气的毛病，少时深山苦修，莫说睡拼凑的木板，能躺下来睡一觉都是奢侈，这会儿好歹还有个屋顶，有四堵墙。

沈棠跟狸力的打斗还在继续，双方始终相持不下。

狸力试图用各种方法突破，但屡次失败，不管是快攻、慢攻，还是突如其来的偷袭，沈棠始终游刃有余，紧随着他改变应对节奏。

狸力越打越焦躁、心烦，最后失去章法，被沈棠抓住机会一击打中手腕。

"武器"脱手的瞬间，他心里便暗道不妙。果不其然，仅仅三招过后，沈棠便果断利落地用木棍的棍尖抵着他的喉咙。他输了。

狸力立在原地良久，直到沈棠收回那根木棍。

"郎君，玩够了的话，我可以回去睡了吗？"随着直冲大脑的热血逐渐冷却，狸力沸腾的战意也被某种无力所取代，深吸一口气，压下心中横冲直撞的负面情绪，努力让自己的口吻听着和善点儿，"小的不奉陪了。"说罢，他转身离去，没有回房间，而是去了土匪寨子临近的小溪旁。

沈棠迟疑了会儿，迈步跟了上去。

沈棠隔着老远就听到狸力的怒吼声。

"啊啊啊——"

溪水没过狸力的腰部。他愤怒、狂躁地拍打水面，喉间溢出声声情绪不明的嘶吼，或摔打或踢踹，直到力气耗尽，才向后一仰，随着巨大的水花涌起，任由溪水将身躯完全淹没。当他感觉胸腔里的空气已经耗尽的时候，他才重新浮出水面。

溪水的凉意通过肌肤传入身体里，让他发热的脑子好受了些，理智逐渐回归。他正准备上岸时，看到溪边站着一道熟悉的矮小的身影，正安静地看着他。

狸力绷紧了下颌肌肉，抿紧唇："郎君这是……？"

沈棠道："看你情绪不对，来看看。"

狸力好笑地问："郎君是怕小的轻生？"

沈棠诚实地点了点头。

狸力却苦笑着说："不会了，呵呵，真要轻生，早几年就轻生了，哪会活到现在？"

沈棠问："与那位夫人有关？"

狸力脸色微变，但还是毫不避讳地点头承认："与夫人是有点儿关系，但不是全部,更多的还是对自己的厌恶……我只是终于明白,如她兄长所说,有些东西真的生来就已注定。"

沈棠问:"他跟你说了什么?"

狸力绷紧了腮帮子,隐忍地道:"也没什么,不外是说夫人从小含着金汤匙,一日的嚼用可能抵得上我三五年甚至十年的用度,即便我能蛊惑夫人与我走,最后也只会辜负她。他说得对,很多人生来在哪里就会烂在哪里!哪怕上天怜悯给一副习武的好根骨也无用!"

沈棠几乎要被他的颓丧惊到:"何出此言?"

狸力红着眼道:"我就是现成的例子。即便老天爷给了碗,我依旧会饿死……"明明他的根骨、天赋好到可以改变一家子的贫困命运,父母生多少个弟弟、妹妹他都养得起,结果却是空有机遇把握不住!

"幼时常为饥饿所扰,每日睁眼就在发愁怎么填饱肚子,所有的精力都用来活着。"他不知自己有天赋,也不知武胆、文心,他的出身注定他接触不到那些东西。即便他知道也无用,盖因武胆武者太难培养,不是为填饱肚子就要拼尽全力的穷苦人家能奢望的。

当狸力知道自己错过了什么,内心迷茫且痛苦。夫人是唯一耐心宽慰他的人。

狸力目光温柔:"夫人是这世上最美好的女人,从未有人像她一样对我这般好。"她手把手教他如何拿笔,如何识字,如何念书,为他请武师教他习武,明明他只是面首。

他涉水爬上来,坐在溪边将上衣脱下拧了拧,玩笑一般说:"我那时候还不服气来着,跟夫人的兄长说,即便我这辈子也不会有武胆,但绝对不会比所谓武者弱,一样可以保护夫人,一样会给她挣来荣誉。"

仗着年少热血,再加上夫人亲手塞进他身体里的尊严,他第一次跟高高在上的人饯声,只为了争取留下。

当然,结果显而易见。他大概到死也忘不了夫人的兄长那时的眼神,几乎要穿透他的肉身,窥探到他卑微、低贱强撑着一口气的灵魂。这些年他一直憋着那口气,试图用努力扭转点儿什么……

现实却告诉他文心、武胆,的确不可撼动。

沈棠蓦地明白狸力为何突然这般,问他:"因为我是文心文士,却依旧赢了你?"

狸力直言:"我打不过你。"

他这些年一直没放松,试着用当时学的办法引气入体,但不管怎么努力,都感觉不到气的存在。哪怕他能徒手打死三等簪袅，但也知道三等簪袅还算不得真正的武者，碰见等级高点儿的武者，他只有束手等死的份儿。

现在他都打不过文弱的文士。如今想想，他的确是不知天高地厚。

沈棠无奈地抚额："你不该找我比。"

参照组找谁不好找她？她喝醉的时候碰到八等公乘都不怵！要知道八等公乘可是能召来四百号小弟的存在，她都敢硬打——这能是正常的九品下下文心文士？

狸力却以为沈棠是说自己不自量力，将拧干的衣裳抖开重新披上："郎君说得是。"说罢，他起身要离开。

沈棠出言制止："狸力，你等等。"

"郎君还有其他吩咐？"狸力嘴上说着谦卑、恭敬的话，神情却不是那么回事。

"你很想要武胆？"

狸力只觉得好笑："郎君，我记得夫人说过，不用回答的问题是没有意义的。小的的回答很重要？"

他怎么会不想要属于自己的武胆？谁会不想把握住改变命运的机遇？可他不配，仅此而已。

沈棠仿佛没听出他话中的嘲讽，郑重而严肃地道："很重要，非常重要。"

见沈棠这般，狸力又气又恼，脾气上来也开始较真儿："想要，付出任何代价都行。"

"任何代价？"沈棠说得有些玩味。

狸力迟疑地顿了下，抿唇补充："除了夫人，任何代价都行。"话说到这个份儿上，狸力已经不想留在这里了。

谁知沈棠语出惊人，用平淡的口吻道："我要你的夫人作甚？代价没那么大，你只需要付出你的忠心，发自内心地效忠，我兴许真能让你的愿望成真。"

狸力目光微闪，似笑非笑地道："效忠？你？郎君莫不是忘了，小的现在就是你买回来的仆从，本该效忠于你。夜深人乏，郎君早些安睡吧。"他刻意在"效忠"二字上咬重了音，看似表忠心，实则阴阳怪气。其实他对沈棠印象不差，年少有为实力强，但沈棠刚刚那番话实在是在他的"雷点"上蹦跶，他能给好脸色就怪了。

沈棠却不在意他的无礼："不试一试，怎么知道不行？"

狸力脚步一顿，下一秒又坚定地迈出，径自越过沈棠，钻入树林里。

一阵"窸窸窣窣"的动静过后，溪边只剩沈棠一个人。

她在原地站了一会儿，无聊地发呆——啧，这年头说真话都没人信。

"试一试又不会掉块肉……"手指摩挲着文心花押印侧面的篆字"九品下下"，沈棠看似表面平静，实则心中暗潮涌动。

她始终记得一件事情——她的文心花押印侧面没有字，不，准确来说是没有品级。

数月以来，有个问题始终困扰着她：是她出了bug（程序错误），导致文心花押印没有字，还是说"无字"就是某种品级？

祈善这厮并非普通人，身怀大仇，目的非常明确，又是因为什么放缓自身的脚步，允许她跟着"不劳而获"？实在是令人费解。

但她也不是毫无头绪。

沈棠垂下眼睑看着溪水中的倒影。

初识祈善时，她曾试探能不能将文心花押印伪装成"一品上上"，祈善的回答暧昧而模糊，他没有回答能，也没有回答不能，而是直言"一品上上"是圣人品、虚品，非诸侯不能拥有。她那时便有些怀疑，但考虑到自身的安危，再加上她对这个世界一无所知，与其莽莽撞撞、打草惊蛇，倒不如静待真相，于是装作什么都不知道，也不去追根究底。

九品下下也好，一品上上也罢，对她而言没太大的区别。

她也不是一味消极，祈善和褚曜在观察她，她何尝没有暗中观察二人？

细节见人品，窥一斑而见全豹。在长久的相处中，沈棠也逐渐摸清一点——他们对她没恶意，甚至还"有求于她"。

因为她身上有个秘密——一个连她自己都不知道，但他们知道的秘密！

恰是因为这样，沈棠反而暗松了口气：相较于没有任何理由的善意，有所图谋反而更让她安心，利益一致便是同盟。

直至今日，她对所谓秘密有了猜测。

下午他们还在闲聊文运、武运能助人凝聚文心、武胆，晚上就被林风告知能以女子之身储存天地灵气，有望凝聚文心……这两件事情固然没什么因果关系，却存在同一个关键条件——国玺！而一品上上文心也有个必要条件——国玺！

有了这个猜测，祈善某些令人费解、闪烁其词、欲盖弥彰的言辞，似乎都有了解释。

手掌托着那枚透明澄澈如水晶的文心花押印，沈棠看了良久，手指合拢，紧握成拳，指节因为过于用力而发白，手心被花押印的棱角硌得留下道道痕迹，而文心花押印仍是原状。

"倘若真是我猜的那样……"

她虽有猜测，但证据不足，故而试探狸力。倘若狸力也能在武运的加持下接触到天地之气，顺利地迈过那道门槛，那么她身怀国玺的事情便确信无疑了。

只是谁能告诉她，国玺在哪里？她为什么会有国玺？这具身体究竟有什么秘密？

"麻烦啊！"沈棠弯腰捡起一块鹅卵石，随手掷了出去，看着石头在水面"啪啪啪"几下后没入水中，一屁股坐下，也想学狸力一样跳入水中好好发泄一下。但考虑到这个世界没有吹风机，头发湿了大半天干不了，她还是打消了这个念头。

"抽刀断水……老子附庸风雅念个诗都不行吗？"刚念四个字，丹府文气的迅速消耗让沈棠闭了嘴——这个世界对话痨实在太不友好。

她郁闷地打了半个时辰的水漂才平复心绪。真正控制文心前，她随便念个诗伤春悲秋都有可能丢掉半条命，真是不爽！

沈棠心里骂骂咧咧，正准备起身回去睡觉，余光看到溪水一路向下游奔涌，一个强烈的念头不受控制地爬上心头——她要不要连夜跑路？祈善、褚曜两个人谋划的事情，明显超出她这个宅女该有的生活。

脚刚抬起还未落地，又被她收了回来：不行，这会儿跑了让其他人怎么办？她是宅女又不是"咸鱼"，怕什么麻烦？

她身上还有国玺，这玩意儿就是绑定的高级神器，只有死亡才能掉落。揣着这么一个高级神器，她跑到哪里都没有用。

想想褚无晦、祈善、林风，还有下午买的几十号人……沈棠的脚似生了根，再也不能动，此时她突然明白祈善那厮说的"扛"是什么意思了。

半晌，她选择回去睡觉。

她一转身，便看到前方不远处站着个熟悉的青年，束在发冠中的长发随意地披下，肩头披着件深色氅衣，就那么安静地站在那儿。

来人不是祈善还能是谁？沈棠顿感毛骨悚然："元良？"大半夜吓鬼呢？

祈善笑得和蔼、友善："幼梨怎么没去睡？"

听到"幼梨"二字，沈棠下意识挺直脊背。

沈棠对祈善这人有点儿了解，他喊她"沈小郎君"，多少带着点儿亲昵和戏谑，说明他心情不错；他喊她"沈幼梨"的话，意味着态度严肃、正经，不容开玩笑——当然，也有小部分情况是被沈棠逗得暴跳如雷，失了仪态。

这两种称呼，沈棠更喜欢前者，因为每次听到"幼梨"，她总有种上课溜号被班主任点名的感觉。

此时这一声"幼梨"更是往惊悚片的剧情发展——给沈棠带来的惊悚、刺激，不亚于潘金莲那句"大郎，该吃药了"。

"大郎……不是，元良，我……我这就准备去睡了……"沈棠明面上讪讪地傻笑，暗地里试图将祈善版本的潘金莲从脑海中抹除：实在是太魔性了！

祈善仿佛没听到沈棠的话，信步上前，笑着问："长夜漫漫，幼梨有心事吗？"他的眼睛里明晃晃地写着"你有心事"。

沈棠感觉千言万语都憋在了喉咙里：好吧，你说有心事就有心事。

"不妨与我说一说，或许能开解幼梨一二。"祈善一派知心邻家大哥哥的架势。

沈棠低着头不说话，足尖踢着两块小石子儿玩。

祈善颇有耐心地等着沈棠开口。

二人就这么干耗着。

平时觉得时间溜得飞快，此时一分一秒都是煎熬，沈棠不知何时额头上布满热汗。

终于还是祈善先有了动静，一声复杂的轻叹从唇角溢出，说道："幼梨不肯说……"

但他这话滚入沈棠耳中，却似电流过体，让她浑身汗毛乍开，整个人瞬间精神了。她几乎脱口而出："我不是不说，我是……"

祈善耐心地看着沈棠，等着下文。

沈棠抿了抿唇，想问的话在喉咙里滚了无数圈——即使她已经知道答案，但还是想问个明白。终于，她心一横，眼一闭，脚一跺，狠狠地问道："元良是什么时候知道的？"

"知道什么？"

沈棠闭了闭眼："我的文心！"

原来是为了这个？祈善失笑，竟毫不避讳："自然是第一次见面的时候。不然幼梨以为是什么时候？倘若第一个见到你的文心花押印的人不是我而是其他什么人，兴许你坟头上的杂草都有一人高了。"

沈棠下意识地反驳："坟头上的草哪里有长这么快的？！我可没那么容易死。"说完，她才意识到这不是重点，又向他求证，"一品上上？"

"不然还能是几品？当时善便跟你说过，一品上上文心是圣人品、虚品。幼梨可知什么是虚品？虚品就是不设品！不设品自然'无字'！可见你是真的什么都不知道。"

沈棠道:"国玺?"有国玺的人未必会有一品上上文心,但有一品上上文心的人必然有国玺。那么问题来了,国玺在哪儿?

"是,不过你放心,善没打算要它,不是任何人拿到国玺都能使用的。沈幼梨,你可以选择信任我。"祈善这番坦白来得猝不及防,又郑重地强调一遍,"最好一直信任我。"

沈棠有点儿欲哭无泪:"因为你的文士之道?"

祈善笑眯眯地道:"是啊,幼梨聪慧。"

沈棠表情都要裂开了:好家伙,强行绑定啊。

祈善宽慰:"你不用这般恐惧。"

"我没恐惧,真的,谁怕谁是小狗!我只是……"沈棠用大拇指和食指比画出"小小"的距离,"虽然有猜测,但猜测被证实还是有小小的震惊。"

惧怕还真没有,顶多就是他的气场跟教导主任、班主任的气场太像,她每次被喊"幼梨"都有种下意识的心虚感。但这是她的错吗?这不是她的错!

"元良这么缺 offer 吗?"

明明先前翟欢也试着递出橄榄枝,而她一穷二白都发不起俸禄。

祈善道:"说人话。"

"我只是不明白,为什么偏偏是我?"

他拒绝了翟欢的示好,反而选择大半时间不在状态,对周遭还迷迷糊糊的她,怎么看怎么不正常。这明显不是理智至上的谋者会做出的选择,更何况祈善是其中的佼佼者。

沈棠扪心自问,自己身上有什么特殊的地方能吸引祈善下注吗?她想了一圈还是没有想到。

祈善对此避而不谈:"没什么理由。"

沈棠吐槽:"你这话骗三岁小孩儿呢?"

"沈小郎君可不就是三岁未满?"祈善笑了笑,"真要说理由,大概是沈小郎君出现得过于巧合。那个时候出现的是你,所以就是你了。"

沈棠信他这话就有鬼了。

看祈善的架势,他不愿意说的内容,即便将他捶死他也不会说,沈棠只得跳过它,问出最想问的一个问题:"所以你是想割据搞事?你真觉得我是那块料儿?"专业的事情不应该找专业人士去做吗?何必这么想不开找她一个蹩脚的青铜选手?

"你不行?"

祈善一个问题就戳中沈棠的死穴。她几乎要跳起来"问候"祈善，叉腰仰头："谁不行了？你才不行！祈元良，你礼貌吗？"可惜她个头儿不够，气势没能百分之百发挥出来。

沈棠又想到了褚曜，问："无晦……也是这个想法？"

"没人甘愿平庸，腐朽而亡。"祈善变相回答了沈棠的问题。

"我要是让你们失望了怎么办？"

让她画画她可以，只要甲方出钱够多，可让她争霸，她真有点儿怯场。九年义务教育也不教这个啊，即便教过，她的专业也跟争霸不对口啊。

"世道如此，失败才是常态，尽力即可。"祈善神色平静，隐约还带着点儿愉悦。他从不担心沈棠会拒绝。他几次试探，沈小郎君态度都相当微妙，即便是现在，也只担心会让他们失望，绝口不提撂挑子不干。

他觉得，即便没他和褚无晦，沈棠也迟早会走上这条路，除非沈小郎君能无视"目之所及之饿殍，耳之所闻之哀号"，彻底摒弃凡俗。只是，其脾性注定其做不到无视，入局便是必然事件。

"只求无愧于人、无愧于心、无愧于己。"祈善说得坦荡从容。

沈棠听了深受触动，狠下心，将手放在腰带上："元良，你对我如此坦诚，有些事情我也想跟你坦白。"

祈善惊道："你作甚？"

第二十三章
自己选的天命，跪着也认了

"给你看个东西！"沈棠这话几乎是脱口而出。

祈善退了一步，警惕地道："看什么？"

沈棠扯腰带的动作停了下来，她在祈善莫名其妙的眼神中将腰带的结重新打了回去。

祈善居然在一直"厚颜无耻"的沈小郎君脸上看出了几分窘迫、尴尬，其耳垂更是红得要滴出血来。

"元良，你先别说话，停，站在那儿别动。我没事，你只当我的脑子被摩托踢了。"后知后觉地反应过来自己说了啥，沈棠头痛地捂着额头，抬手制止祈善上前的动作，嘴上还不忘"甩锅"，"全赖你们几个，整天喊'小郎君'，害得我真以为自己有那么个'零件'。"

祈善挑了挑眉毛："你究竟想作甚？"

沈棠道："我一开始想脱上衣。"

眼睛抽了抽，祈善忍耐着脾气道："更深露重，你无故脱衣作甚，也不怕染了风寒？"

沈棠一拍大腿，附和道："所以我电光石火间改了主意，不打算脱了！谁让我这身子满打满算十二岁，该发育的还未发育，即便脱了上衣，估计狸力的上身都比我的像个女人的！"

讲真的，"毒蜘蛛"馋狸力的身体不是没道理的，那肌肉，那身段，肌肉起伏间带着特有的美感。

反观沈棠，肌肉真就没有一点儿起伏，光膀子出门都不会惹来围观。兴许还会有人说句："没胸肌、腹肌，肋骨可见，排骨身材，也好意思露出来？"

"因此只得半道打消主意，脱裤子。"

"沈小郎君若要出恭，自己择一处地方便是。"祈善越听脸色越黑，转身准备离开。经验告诉他，沈小郎君又要开始废话连篇了。这位沈小郎君哪儿都不错，可惜长了一张嘴。

"元良先别走啊，我是真打算跟你坦诚相……呸，坦白一切的，错过这个村可就没有这个店了。"沈棠伸手阻拦毫不留情转身的祈善。

最后还是她灵光一闪的一句话成功地让祈善停下了脚步，她道："我连无晦都没告诉。连他都不知道的秘密，你不想知道吗？"

念在褚无晦都不知道的秘密的分儿上，祈善愿意匀出三分耐心听沈棠的废话，说道："你说！"

沈棠便说了："那我继续说了。我刚准备脱裤子，你一问，我冷不防想起来一件很要命的事情——咱俩男女有别。虽说我现在年纪还小，但《礼记》有云'七岁不同席'，我这都十一二岁了，真要这么干，算流氓罪吧？幸好我及时刹车。"

祈善听后冷冷一笑，说道："沈小郎君想表达什么？"

"表达一下我的性别！"

祈善嗤笑道："这就是你要说的？"

"呃……是啊。"

祈善很不耐烦地翻了个白眼："更深露重，沈小郎君早些回去安睡吧，别做梦了。"

沈棠被他的反应搞得脑袋"嗡嗡"的，表情一片空白——不是，她都如此坦诚以待了，为什么他还是不肯信？

说完，祈善长腿一迈就走了。

沈棠小跑着跟上，不服气地叫道："什么叫'做梦'？"

非要等几年，她这具身体来月信或者第二性征发育明显，他才会相信她是女的？

"信我是女的有这么难吗？"

祈善直言不讳："难，难于上青天。"他扪心自问，翟乐都比沈小郎君看着像闺阁女儿，如果沈小郎君能少折腾猪圈里的黑面郎，或许这番逗人的废话能有几分可信度。

沈棠这辈子就没受过这么大的委屈！榻上，沈棠翻来覆去睡不着，实在忍不

· 388 ·

住了,坐起身,"咚咚咚"敲响了褚曜的房门。

褚曜睡眠浅,没一会儿就醒来开了门。

他原以为是林风,但想想时辰不对,一看来人竟是五郎。

"五郎进来吧,可是做了噩梦?"看沈棠额头上布着细汗,他还以为沈棠是年纪小被噩梦吓到了,起身给沈棠倒了杯清水。

沈棠"咕咚咕咚"将水灌下肚,火气才稍稍降下去。她相信这个世界上还是有正常人的:"无晦,我跟你说件事,你千万别害怕!"

隔壁还未睡着的祈善听到动静,冷哼一声。

褚曜好笑地道:"曜不会害怕。"

他越发相信沈棠是做了噩梦,若不是没糖,都想发两块让五郎尝尝了,能镇小儿夜啼。

沈棠认真地问:"你相信我是女子吗?"

褚曜怔了下,似乎明白了什么,温声安慰:"五郎,那都是噩梦,假的,不是真的。"

他猜测噩梦的内容肯定与蚕室、阉割有关,正所谓"日有所思,夜有所梦",五郎一直想着第二日给猪崽阉割,想着想着梦到了自己身上也是有可能的。于是他又是一番安慰。

沈棠无语。

"扑哧——"隔壁的祈善忍俊不禁。

沈棠现在就想掐死隔壁的祈善!

"无晦,你不相信?"

见沈棠一改常色,眉眼严肃、态度郑重,褚曜感觉脑袋里有根弦被触动,隐约有不祥的预感,不由自主地正经了几分:"五郎,你那是做了噩梦。"

倒不是褚曜有什么性别歧视。事实上,这个世界因为文心、武胆,强弱才是第一划分标准,文心、武胆拥有者是永远的顶尖梯队,歧视底下一切魑魅魍魉,其次才是男女、地域、种族。

作为在市井摸爬滚打、见惯人生百态的老油子,十数年的颠沛流离让褚曜变得非常"接地气"。不过,"接地气"又不是"接地府",阳间真没有五郎这样的女郎……

他历数五郎做过的事情……呵呵,谁信?

见沈棠情绪不对,他便委婉地提议:"若是五郎好女裳,明儿让擅女红的婆子裁两件?"脂粉也可以买,这都不是事儿!

389

沈棠双手捂着脸，只觉得跳进黄河都洗不清了："既然你跟元良都不信，我也不勉强。不过我丑话说在前头，日后你们俩真发现我是个女的，别跟我哭诉……我不负责'售后'！性别问题以当下的技术还无法更改。"

好说歹说送走了疑似做了噩梦来跟他胡闹的五郎，褚曜回头想想总觉得哪里不对劲。

他敲了敲隔壁的门板，说道："你信吗？"

屋内的祈善反问："你信？"

屋内、屋外的两个人陷入了某种诡异的沉默中。

二人的回答自然都是不信。

褚曜道："若真是，可怎么办？"

"你打算怎么办？"

褚曜想到支撑自己多年、唯一一次发动的文士之道，只觉得骑虎难下，轻叹道："天命如此，不可改。"

祈善冷笑："你不可改我就能改？"

"咚咚咚！"寅正前后，敲门声再次响起。

褚曜开了门，便见林风端着一盆热水，神情谦恭有礼。这多少缓解了他纠结一夜的心情。他吐出一口浊气，侧身让林风进来，吩咐："门就不用关了，东西在桌子上。"虽是师徒，但也男女有别，即便私下无人也要慎独守礼。

林风道："老师晨安。"说完，她放下手中的热水，帮忙拧了布巾。

洗漱过后睡意散去，褚曜起身去东厨将昨夜做的食物热一热端来。

林风算不上过目不忘，哪怕褚曜给整理的东西不算难，她背着也略显艰涩，朗声通读数遍才有大致的印象。

不过这不是问题，随着天地之气入体淬炼，林风各方面都会有长足的进步，而且林风悟性强。

褚曜初为人师，但耐心极佳，几乎将言灵启蒙内容掰碎了让林风一段段理解、吸收。

"修炼本是'逆水行舟，不进则退'，诵读能激发自身与天地之气的共鸣。不同的言灵、不同的人、不同的心境和领悟都能对共鸣的效果产生影响。为师还不了解你的情况，现在只能逐一尝试。不过，最重要的还是勤学苦练，不要去想那些偷懒耍滑的歪门邪道。"

林风认真地应下，不敢怠慢。

她不知想到什么，又低下头，欲言又止。

褚曜也是过来人,知道她想问什么东西,问道:"你想知道何时能凝聚文心?"

林风点头:"嗯,有点儿好奇。"

褚曜不避讳地道:"为师也很好奇。"

目前已知的未来首位女性文心文士——五郎暂时不算,性别存疑,褚曜自然也好奇林风与男性文心文士有什么本质区别,修炼进度、文心品阶有何不同。

褚曜道:"但要看天赋、努力、运气。"

林风按捺不住好奇心:"老师用了多久?"

褚曜不太确定地道:"六个月吧?反正不到七个月。文心也是一次凝聚成功……"

林风暗暗记下。她不觉得自己的天赋能比老师二品上中文心还要好,所以在这个期限上折中一下,一年为期好了。

殊不知,褚曜根本就是个异类,从感悟天地之气到引气入体,再到开拓经脉丹府以及最后一步凝聚文心,一路开绿灯。

"褚国三杰"的另外两个人也是二品上中文心,可他们走完这段路分别用了两年和一年十个月,其中一个运气不太好,凝聚了四次才成功。其他文心文士,时间多在两年到四年。六个月速成文心堪称奇迹。

诵读、抄撰、背写,初期就这三样,枯燥无聊。

启蒙小童一般没什么耐心,让他们端正地跽坐,时刻挺直腰板,凝聚心神,反复咀嚼一段段对他们而言晦涩难懂的言灵,了解言灵背后的深层含义,尝试用言灵引动天地之气共鸣……成人都不容易做到。

褚曜作为过来人,深知循序渐进的重要性,因此刻意放低对林风的期待,结果一个时辰下来却收获了超出预期的效果,嗯,小有惊喜。

一个时辰在林风的清脆诵读、求教中飞速地流过,天边逐渐泛起了鱼肚白,已是卯正。

褚曜给林风留了两个时辰的课堂作业后,起身去东厨准备朝食。

几个厨娘已经起身忙碌。

师徒二人半路碰到眼底青色加重好似一夜未眠的祈善,各自行礼打过招呼。

褚曜道:"瞧元良脸色憔悴,没睡好吗?"

祈善没好气地反问:"怎么睡?"

睡不着的理由有很多,例如沈小郎君昨夜的"惊魂一语",例如林风半吊子的共鸣——要知道天地之气也是有"情绪"这种东西的,也会欣赏言灵,"情绪"随着言灵的起伏而起伏。林风刚学,闹得附近方圆两三丈的天地之气跟抽了风似的胡乱波动,而文心文士对天地之气又敏感。祈善这要能睡着真是心大。

褚曜淡定地道:"过三五个月就好了。"

只能祈善将就林风,没有林风配合的道理,谁不是这么过来的?这种事情,习惯就好。

"哼。"祈善的回答就是一个白眼。

二人眼神交锋。

入了东厨,褚曜发现每口锅里都烧着热水。土匪寨子里柴火有限,他便顺口问了句烧这么多水做什么。厨娘正用吹火筒吹火,闻言起身,支支吾吾地说这是沈棠的命令。

五郎?褚曜问:"五郎说过做什么吗?"

厨娘回复:"给猪崽擦身。"

褚曜蒙了。

跟褚曜一样蒙的还有共叔武。

共叔武正准备开始新一天的训练,却被沈棠半道拦下来。沈棠眉宇间还带着些许共叔武看不懂的兴奋。

共叔武道:"五郎?"

翟乐也被勾起了好奇心:"沈兄也要加入吗?"

沈棠摇头,说道:"不不不,我掐指一算,现在正是阉猪的好时机!气温不热不凉,昨晚又饿了猪两顿。正所谓'长痛不如短痛',早点儿做了手术,它们也能早点儿恢复健康。"

共叔武后知后觉地想起沈棠先前邀请他一起骗猪的事儿,似有千言万语想拒绝,但拒绝的话在舌尖上滚了好几圈,还是被他嚼碎了咽回肚子里——君子一言,驷马难追,答应都答应了。他道:"成,走!"

翟乐惊讶地瞪大了那双桃花眼:真要阉猪啊?!好歹是个九等五大夫!

尽管翟乐怎么也不理解为何吃猪肉之前要先把猪阉了,但一想到沈兄说的猪肉千万般好滋味,果断地迈步跟上去。

沈棠在猪圈里转了一圈,出手如闪电,一把抓住一头猪崽的后蹄。

那头猪崽被惊醒,乱叫了两声。

沈棠晃了晃它,威胁:"闭嘴!安静!"

翟乐偷偷地看了眼猪崽的下腹位置,嗯,是一头公猪崽。

共叔武铁青着脸给自己做了数次心理准备,艰难地问:"该怎么做?"

共叔武还以为是让自己上手"摘蛋",谁知沈棠将那头猪崽放倒,示意二人一个摁着后腿,另一个摁着猪脖子,将那头猪崽摆出一副任人为所欲为的姿势,然后提了提衣裳的下摆,屈膝半跪在地上,冲共叔武伸手:"刀。"

共叔武太过惊讶,连何时递的刀都不记得了。

沈棠道:"不是这么大的刀啊,你这刀比猪都长了。巴掌大的刀就行,有吗?"

共叔武道:"有。"

褚曜、祈善二人闻风赶过来的时候,远远地看到三个人将什么围在中间。二人还未上前,那杀猪一般的凄厉惨叫声已经顺着风飘入二人的耳朵里。

一个九等五大夫、一个七等公大夫,这俩武者配合都能打一场千人规模的遭遇战了,一前一后按住一头一个月大的公猪崽自然没任何问题。唯一的问题就是猪崽声嘶力竭的嘶吼着实让两位男性有些不适应。

翟乐别过脸,不敢去看。见公猪崽正拼尽吃奶的劲儿挣扎反抗,翟乐甚至生出一种"助纣为虐"的心虚,嘀咕:"祖宗在上,这辈子头一次干这么'伤天害理'的事儿。"

即将"主刀手术"的沈棠额头上冒出薄汗,面上却是一派冷静淡然,说道:"你们俩千万摁住了它,别让它乱动,不然我下错刀子,它还得多挨一刀。"

翟乐偷瞄了一眼公猪崽即将失去的"宝贝",黑浓的剑眉抽了抽,无端生出几分紧张:"沈兄啊,这一刀下去它会不会疼?"

沈棠斟酌着道:"疼肯定是会有点儿疼的。"

她本来还愁条件有限没麻醉药,转念一想:杀猪都不打麻醉药,阉猪打什么麻醉药?

沈棠好笑地道:"你不忍?"

翟乐忍着头皮发麻的感觉,闭目叨叨:"君子见其生,不忍见其死,闻其声,不忍食其肉。是以君子远庖厨也……在下只是觉得馋人家一身肉还要阉了人家,着实不太君子……"

沈棠理所当然地道:"君子也要吃肉啊!谁让这些猪要阉过味道才好,不阉它们,如何造福我们?怎么?《猪肉颂》没念过?"

翟乐道:"念过。"

念是念过,翟乐还慕名去尝了一口,之后就坚定地认为东坡居士是在骗人,那气味又腥又臊,仔细地品品还有点儿军营里那帮糙汉子的脚臭味,真是尝过一次就再也不想尝了,也不知东坡居士是怎么做到"早晨起来打两碗,饱得自家君莫管"的。翟乐控诉："但《猪肉颂》不可信！这么多言灵文章，他这篇让我吃了大亏！"

沈棠大笑道："那你更要跟我学一学这劁猪的手艺，以免你以后回了东南吃不到这人间美味，馋得千里跑来跟我蹭一顿。"

她抓起布巾打湿，擦了擦准备下刀子的部位。在共叔武眼角微抽的注视下，沈棠左手抓住公猪崽腹下那对"蛋"，捏准。公猪崽拼尽全身的力气挣扎，奈何反抗被强势镇压。

沈兄那手劲儿，看得翟乐头皮发麻。

下一秒，沈棠右手持刀，稳如泰山，薄而锋利的刀尖干脆利落地划开那层皮肤。

公猪崽被摁在地上动弹不得，紧跟着仰脖发出凄厉瘆人的嚎叫。

这声惨叫似要冲云破日，直穿云霄。

不止共叔武、翟乐二人头皮发麻，闻讯而来的祈善、褚曜二人也停下脚步，表情那叫一个精彩。

翟乐看得俊脸惨白，总觉得自己那处也跟着疼，不忍直视地闭上眼，改为一只手摁住猪脖子和前猪蹄，另一只手捂住猪崽的眼睛，心里默念：别叫了，很快就好，很快就好。

翟乐看着沈棠将公猪崽那对"蛋"捏出，小拇指往伤口内钩了一下，稳稳地手起刀落。

没一会儿，两个肉块好似被剥了外壳的果肉，被沈棠丢到一边的木盆里。因为伤口并不大，出血也不多，被沈棠抓着猪后蹄拎起来晃了晃，公猪崽又是一通惨叫，看着非常精神。

沈棠"啧"了一声，道："神奇！"

翟乐白着脸道："这有什么神奇的？"

沈棠指着那头一下地就跟跄着跑开的公猪崽，说道："人若被阉了，十天半个月起不了身，一两个月下不了地，元气大伤。但是你看它，这会儿就能夹着后腿乱跑了。"

翟乐、共叔武和不远处的祈善、褚曜都很无语：沈棠真没有在蚕室里工作过吗？怎么看怎么不似新手啊……

沈棠又去抓了头小点儿的公猪崽。

因为猪崽小，所以翟乐一个人提着就行。

劁了这头公猪崽后，又劁了头母猪崽，沈棠越来越熟练。

394

倒是那一声声隔一会儿就响起来的凄惨猪叫，引来不少围观的，看得共叔武手底下那些人一个个两股打战。因为共叔武说了："看什么看？全部滚回去练习劈、刺各三百下，谁做不好把谁押过来劁了。"

沈棠劁了几头，剩下的都让共叔武和翟乐效劳了。倒不是她想偷懒或者嫌弃这活儿脏手，着实是铁青着脸的祈善和褚曜很吓人，那威势连久经战场的共叔武都脊背发凉。

共叔武、翟乐二人虽是劁猪的生手，但他们杀人可不手软，手上功夫绝对精湛，又旁观了沈棠的几次操作，心里多少有点儿数了，做起来像模像样。

"唉，也不知这些猪崽有几头能活下来。"医疗条件有限，止血手段贫乏，顶多抹个草木灰，连缝合都没有，沈棠看着那一盆的"蛋"："无晦，这盆要不要拿去给东厨？"

褚曜脸发黑："不吃。"

沈棠又提议："给半步的手下加个菜？"

褚曜道："嗯。"蚊子再小也是肉，给他们补补身体。

沈棠被褚曜拉走洗手，用了两颗皂角香料搓成的丸子，洗得手指发白再无异味才罢休。

林风上午一直在后面忙碌，一边诵读、默背启蒙言灵，一边安排被买回来的那些人。当她看到沈棠这个时间还在寨子里，好奇地问了一句："郎君今日怎么不出门了？"平日沈棠这个时间就出门，多半是去放猪，在一个地方是待不住的。

沈棠尴尬地回答："猪崽们都病了，估计要休养几天才能拉出去放放风……"

"病得可严重？影不影响阉割？"

沈棠道："已经阉完了。"

新鲜出炉的一猪圈阉猪！那两头成年野猪不算，沈棠还没想好啥时候动手，毕竟成年猪跟猪崽的手术风险不一样。

林风惊讶："阉完了？"这么快？

她这才想起来先前隐约听到的惨叫声，情绪低落地道："郎君缘何不叫上奴家？"

这不是怕给林风留下心理阴影吗？沈棠知道如何哄林风，便说："这两日准备总结一下，写一本《劁猪手册》，你便来帮我一块儿弄吧，回头也署上你的名儿！"

署名儿？著书立作？林风立刻像打了鸡血一般精神，那双葡萄一般的眸子亮晶晶的，似有星光闪烁。

褚曜在一旁看着，放任不是，出言阻拦也不是。这什么《劁猪手册》倘若真流传到后世，后人一看署名，偌大一个"沈棠"、一个"林风"，再一查二人的身份背景、性别……褚曜完全不敢想那个画面。

沈棠非常大方，笑道："笑芳和半步也出了力，回头写好了也提一提他们的功劳。"

褚曜觉得还是免了吧。

林风只觉得自家郎君果真厉害，见多识广技能多，看沈棠的眼神越发恭敬、钦佩。

猪崽们要养伤，沈棠的日子肉眼可见地无聊下来，只庆幸还有翟乐这位小伙伴。二人凑在一起的闹腾劲儿根本不是一加一等于二那么简单，整个土匪寨子就没他们不能玩的。

当然，他们也不是玩泥巴过家家。他们不是一起去山中狩猎就是在简陋的练武场上交锋，一个不用武胆，另一个不用文心，每每能打成平手，比剑法、比箭术、比力量、比反应力、比跳跃高度……每每能出一身臭汗。

祈善、褚曜二人将这一切看在眼里，对视，都无语凝噎：就这还是女郎？只要眼未瞎谁都不信。

不是他们不肯信，实在是摆在眼前的事实让他们无法相信。

祈善甚至觉得眼前这一位比之前那么多"前任"加起来还不让人省心。

"只盼时机快点儿来，否则沈小郎君还没被无聊憋疯，我们俩先要疯了。"祈善揉着眉头。

褚曜道："明日老夫下山看看。"

只差一根导火索、一个时机，整个西北将被彻底卷入战争的泥淖里。不想被卷入其中绞死，便只能逆流而上，杀出一条生路。

"可惜沈兄是文心文士，不然的话咱俩就能开辟个沙盘战场打一场。"翟乐整个人被汗水打湿，活像刚从水里捞出来，为凉快解了衣领，光着大半肩膀。

沈兄跟他出汗差不多。

或许是文士都爱讲究礼节，沈兄宁愿热死也要将衣领捂得端端正正的，翟乐怂恿了两回，沈兄都没放开胆子。

沈棠道："沙盘战场？好不好玩？"

这俩词她都不陌生，但听翟乐的意思，这似乎跟她以为的"沙盘""战场"有些不同。

翟乐道："好玩，当然好玩。"

所谓沙盘战场，就是一种文心文士、武胆武者才能玩的"游戏"——集合双方之力，构筑一个由意识文气、武气组成的"异空间"。在这个"意识异空间"

里，双方各守一城，各领一军。

文心文士的"异空间游戏"是棋盘样式，武胆武者的"异空间游戏"则是地势崎岖的沙盘。

翟乐如此解释一番，沈棠立马明白了，这不就是那回布在纸上的加密言灵？

她也试着破解，可惜不会玩。

她本以为这个世界娱乐匮乏，没想到还能玩"联机游戏"，有意思。

可惜二人一文一武开不了沙盘战场。

沈棠双手抱头躺在草垛上，慵懒地眯着双眼，咕哝："我们现在不一样？"现实是打，构筑"意识异空间"也是打。

翟乐好笑地道："不一样，怎么可能一样？你我二人交手，比的只是匹夫之力，至多算是'阵前斗将'。一人敌，不足学也。两军对垒不一样，那是万人敌，那才是我想要的！"

沈棠闻言调侃："学万人敌？原来笑芳还有霸王之志……嗯，统率千军万马，的确是听听就能让人热血沸腾的事情……"男人也好，女人也罢，只要是个人都拒绝不了。

翟乐咕哝："所以才遗憾啊。"少有同龄人如沈兄一般对他的脾气，无法真正跟沈兄比一比，他心痒难当……

沈棠说："不必遗憾。"或许会有那么一日。

翟乐道："对了，我明日回去。"

也不知道阿兄事情忙完了没有，唉，要他说啊，实在没必要掺和孝城的事情。

"郎君。"

沈棠正准备回屋子里洗个澡，路上碰见一个意料之外的人，竟是两日没怎么见着的狸力。

"有事？"

狸力深呼吸，脸上的肌肉因为紧张紧紧地绷起，无意识地紧握着拳头，迟疑了数息，说道："郎君那日的话，当真？"

沈棠道："信则有，不信则无。"

她并未将话说满，哪怕知道自己有"国玺"，但架不住她根本不知道"国玺"在哪里，也不知道怎么使用，未必能帮到狸力。可若她真能降伏狸力的话……兴许会有意外之喜。

沈棠笑着问："怎么？改变主意了？"

狸力道："是。"

沈棠也不想知道什么改变了狸力的想法，反正对她有益就对了，其他的无须深究。

"既然如此，那你就跟着半步好好学，我回头拜托他。你能学到几分，全看你自己。"

共叔武，也就是龚文，也是个潜在的不稳定因素，目前跟着他们很大的原因是祈善的忽悠，再加上走投无路，不得已而为之。可他毕竟是龚氏出身，又是九等五大夫，炙手可热的武胆武者。一旦西北诸国大乱，或者以郑乔为首的政权分崩离析，便是龚文海阔凭鱼跃之日，他未必肯留在沈棠所在的这个浅水洼里。故而，她要早做打算。

狸力闻言一怔："只需如此？"

沈棠道："只需如此。"

"至于何时能感悟到天地之气，静待时机。"沈棠神秘地一笑，竟似胸有成竹，说道，"只是君须谨记一点——心诚则灵。"

倘若始终感受不到天地之气，肯定是心不够诚，沈棠连"甩锅"的后路都准备好了。她要狸力真正发自内心地效忠，而非嘴上说说。

如今这个寒酸的草台班子也是阴错阳差拉扯起来的，占个山头当土匪还好，但真正跟谁打仗，随便给哪个小势力塞牙缝都不够。

还真是"开局一个国玺"，其他全靠打。除了不知道在哪儿的"国玺"，她可真是一无所有。哪怕没经验，她也知道在毫无根基、毫无背景的情况下经营一个势力难度何其大！祈善、褚曜俩人看上她哪点了？

难不成他们就是单纯喜欢地狱难度的挑战？

"啧，高筑墙、广积粮、慢慢来呗。"

种田嘛，最重要的就是一个耐心。

翟乐也不是空手回去的，左手两坛酒，右手两坛酒，满载而归。

翟乐一个灵活的起跃，轻松地翻过矮墙跳入墙内，还未来得及站稳，视野中便出现一张极其熟悉的面孔。他下盘险些没稳住，脸上挂着的笑意微微凝固，自觉地站好，软声喊了那人一句："阿兄……"

翟欢仍是一副儒雅翩翩的文士装扮，见从墙外翻进来这么大个堂弟，神情也是波澜不惊，一点儿也不意外翟乐的出场方式："笑芳这几日在外玩得可愉快？"

翟乐笑颜舒展，大胆地上前："愉快。阿兄，我跟你说，沈兄这人太好玩了，我就没见过似他这般的，有意思，有意思得很。"

提起这几日的经历，翟乐就止不住笑意，那双本就天生带笑的桃花眼更是流光溢彩。

翟乐一屁股坐到堂兄对面，开开心心地跟堂兄分享剀猪心得。

当堂弟说那位沈小郎君会劁猪，翟欢表情只是僵了一瞬，可当堂弟又说自己也跟着学了劁猪手艺，一早上劁了七母九公共计十六头猪崽……翟欢多年的表情管理险些破功。

翟欢头痛地揉着眉心："那很好玩？"

翟乐认真地想了想："说好玩其实也没什么好玩的，那猪喊得太凄厉刺耳，只是看沈兄劁猪那股认真劲儿，便感觉这活儿也挺有趣。"再无聊的事情，有人陪着也会有意思。

翟欢动了动嘴唇，并未说什么。

但翟乐懂他，即便他什么都没说。

劁猪的确不是啥"高大上"的活儿，甚至很脏、很累，毕竟是跟那玩意儿打交道的。但若能像沈兄说的那般，让家境普通的百姓也能吃上滋味上佳的荤食，这点儿脏累又算得了什么？

只是唯有一件事情让翟乐挺费解的，第一个发现劁过的猪肉质鲜美的是谁？这位又是出于什么样的想法和目的将自家的猪给劁了？

翟乐见自家堂兄不说话，俊脸含笑地琢磨自己的打算："若劁过的猪肉质鲜美，以后可以多养。沈兄还说养六七个月就能出栏，岂不是一年能养两轮？这可比其他肉畜好。"

说得有些渴了，翟乐才发现棋盘上摆着残局，手边还有一盏微温的茶水，连他坐着的席垫还有残余的温度。他抬头四处环顾："有客人？"

翟欢道："嗯。"

"人走了？"翟乐尴尬，犹豫要不要起身。

翟欢摆手示意他不用起来："刚走。"

"哦，幸好幸好。"若是他回来得再早一些，堂兄的友人看到他不走正门爱翻墙，容易留下不好的印象。

翟欢问："笑芳不好奇那人是谁？"

"阿兄交友我放心。"他一贯信任堂兄，对堂兄的人际交往不会过多关注，反正只要知道阿兄不吃亏就成，正如他交朋友阿兄也不会干涉一般。

翟乐虽然没问，但翟欢岂会瞒着自家关系最好的堂弟，轻描淡写地道："是郡守。"

翟乐愣怔："郡守？四宝郡郡守？"

翟欢点头："嗯，就是他。"

"他想招揽阿兄？"

倒不是翟乐瞧不起人，而是他并不看好那位四宝郡郡守。自家阿兄又不是没有根基的寒门文士，他们家在东南故国也不是没有底蕴、根基的，若那位四宝郡郡守真递出橄榄枝，真的有些好笑。

翟欢垂眸道："招揽倒是没有。"

那位四宝郡郡守曾暗示过几次，都被翟欢婉拒了。

翟乐嘀咕："没有就好，我总觉得这人不太正派，行事钻营，一副小人做派。我虽然相信阿兄不会吃亏，但人家真使坏，也防不胜防。他这次上门是单纯访友，还是另有目的？"

翟欢见自家堂弟一副准备严防死守的架势，颇感好笑地道："另有目的。"

翟乐眉心微蹙，不知该不该追问是什么目的。

翟欢先一步坦白："他说四宝郡用人紧张，龚氏在逃叛贼还未落网，需要加派人手搜查，加之郡内又有隐患，一时间实在调不出太多兵力……便想请你我二人帮他个忙。"

请他们两兄弟帮忙？什么事情需要这种武力阵容？更加奇怪的是，这么大的事情居然要请两个游历到此的年轻士人、武者相助……真的有些莫名其妙。

"帮什么忙？四宝郡用人再怎么紧张，调千把人应该不难吧？郡内驻军呢？"

大部分武胆武者会选择从戎，外界很难看到，驻军中却不少见。以七等公大夫为例，四宝郡驻军中也能挑出一两个。若七等公大夫不好调动，那么五等大夫、六等官大夫呢？何须请什么外援？

"帮忙押送一批物资……"翟欢顿了下，又道，"这批物资很重要，那位郡守非常重视，已经调动所有可以调动的兵力，只是担心会有意外，便请我等出手帮忙……多半是税银。"

郡守没有直说护送什么，但翟欢根据郡守闪烁的言辞泄露的情报，也大致猜出来了。

翟乐听到最后，倒吸一口凉气："税银，这……这……"

直觉告诉他不能蹚这趟浑水。于是他神情凝重地道："连郡守自己都说了境内势力不稳定，若真是押送税银……这不是秃子头上的虱子，明摆着的靶子？"郡守干吗不自己派兵护送？真怕被打劫就重兵护送啊！

翟欢表情初时平静，听到后面的话差点儿呛到，不由得好笑地问道："秃子头上的……扑哧，笑芳，你从哪儿学来的俏皮话？"

"跟沈兄学的。"翟乐毫不犹豫地"出卖"了沈棠，"阿兄，这不重要。若真是税银，四宝郡境内不知有多少耳目盯着……咱们若是接下这烫手山芋，岂不是给自己找不痛快？"

翟欢愣怔：又是这个沈幼梨，看样子这俩人的确很玩得来。

"为兄本来也想拒绝……不过，实在是盛情难却。护送的又是一支掩人耳目的假队伍，应当没什么大问题。再说了，真出事，不是更好？"说着，青年幽暗的眸子里似有精光一闪而过，"这位郡守狡猾惜命，为保税银万无一失，自然不会毫无准备。"

"假队伍？"翟乐一听是假队伍，暗松一口气。不是他阴谋论，他是真怕他们兄弟成"替罪羊"。

只是堂兄的话让他有点儿费解：听这意思，阿兄盼着出事儿？

翟欢生性冷淡内敛，在外人面前多不苟言笑，对亲人却从不吝啬笑容，特别是对看着长大的堂弟翟乐。

翟欢也最了解他，说句粗俗的，他撅一撅屁股，翟欢就知道这厮肚子里酿什么屎。

"笑芳在想什么？"翟欢问，笑容里带着几分危险。

翟乐下意识地挺直脊背，怯声怯气地道："我就是在想……阿兄似乎……见不得这事儿顺利？"

"自然，乱一些更好。"

税银一事，或许是一根导火索。

翟乐猛地抬头看着自家堂兄，嘴巴张合想说什么，但又不知该从何说起。他将手心攥出的汗液在膝上的衣摆上擦了擦，咕哝："哪里就好了？……阿兄又不是没看到那些百姓的日子……"

局势安定才有利于百姓休养生息。哪怕是村与村之间的小型械斗都会影响百姓的生活，更别说动辄出动数千、数万人的大中型战事了。

想想一路走来看到的景象，翟乐还是希望能不打仗就不打仗，好歹让百姓过几天安生日子。

阿兄怎么可能不懂这个道理呢？

"呵呵，笑芳想得还是太简单了。西北这片地方不大，但打主意的人不少。唯有搅浑一池水才能知道是谁在不安分。"翟欢深知大陆西北大乱是迟早的事情，如今的局面不过是暴风雨前的宁静，有无那根导火索，结局大差不差。

大陆西北的局势基本能用"庙小妖风大，池浅王八多"一句形容，看似是各国互相掣肘平衡的局势，实则就是一座蓄力足够，亟待喷发的火山。

翟乐除了叹气也别无他法，跟整个局势相比，个体太势单力薄。

他忍不住想：浪费时间跟这些事情打交道，倒不如寻沈兄喝酒作乐，爽哉快哉！

翟欢只一眼便知道堂弟又坐不住了，好笑地道："你可以出去玩儿，但近期不能惹是生非。若有陌生人想与你结交，需要多警惕。"

倘若护送的真是税银，哪怕那位郡守暗示那是一支混淆视听的假队伍，翟欢也不敢掉以轻心，毕竟如郡守这般惯会钻营的蝇营狗苟之辈，信誉度相当低，鬼知道郡守说的是真是假，还是试探？哪怕知道堂弟不是胸无城府的莽夫，翟欢也还是担心他会无意间被人利用。

翟乐双手抱拳佯装领命，沉声应答："阿兄吩咐，无敢不从。"

翟欢笑着摇头。

兄弟二人说话的工夫，棋盘残局已经收拾好。

翟欢道："笑芳，陪为兄下两局。"

"好呀，但下完后，阿兄也要陪小弟小酌两杯。"翟乐说着晃了晃从沈棠那儿带回来的酒坛。

翟欢笑道："行，依你。"

这边是兄友弟恭的良好气氛，沈棠那边却不太妙。这还要从她今日跟褚曜一块儿下山进城说起。

褚曜要忙事情，顺道知会另一个学生，免得屠夫一家以为他出事跑路了。

沈棠不方便跟着行动。她与褚曜约好见面的时间、地点后，觉得无聊便找了个街口，干起了老本行——卖酒、卖画。

是的，还有卖画。

她现场作画，人物肖像画报价还不低，与一坛酒的报价等同。路过的百姓被酒香吸引，偶尔有过来问价的，现场作画却无人问津。

沈棠也不急，戴着一顶粗糙的芦苇帽，悠闲地晒着太阳。

直到一股熟悉的熏香钻入她的鼻子里。

沈棠一边钩起帽檐，一边问来人："顾先生，怎么又是你？"

青年颇感好笑："这话该在下问才是。说来好一阵没见到沈郎了，沈郎近况可好？"

沈棠一改吊儿郎当没骨头一般的慵懒的坐姿，下意识地坐直，皮笑肉不笑："我嘛，好得很。"同时她心里暗骂一句晦气。

来人正是沈棠的天生克星——顾池！此人的文士之道简直是话痨的噩梦。

孝城说大不大，但说小也不小，她随便找个地方摆摊，怎么总能碰到顾池这些人？

顾池听到沈棠内心的想法，嘴角微抽。不知情的人听到这话，或许会以为顾池跟变态一样到处蹲守沈棠，殊不知他就是恰巧从邻街路过。一般情况下，普通百姓的心声是混沌、嘈杂且没有逻辑的,这位小郎君不一样,无聊起来能在内心编排话本,有声有色有画面,他想忽视也忽视不了。

"祈元良呢?他居然没跟着?"

"你说元良?他留在家里照顾猪崽,那些猪崽刚刚劁完,需要人好生照料。"沈棠语出惊人。

顾池一脸疑惑:照顾……猪崽?

"祈元良跑去养猪了?"他愣怔了一瞬,险些怀疑自己的耳朵出了毛病,表情几乎要裂开——闻名西北、仇敌遍地,不少势力提起来咬牙切齿的祈元良,改行当了养猪匠?

沈棠见到他的反应,笑出声,说道:"严格说来那些应该是我养的猪,但我要出门,便拜托元良帮忙照料。你为何这副表情?"

顾池问:"当真?"

沈棠道:"千真万确。"

孝城附近的土匪可不止沈棠他们端掉的这一窝,所以老巢总要留几个能打的镇守,共叔武或者沈棠总要留下一个。褚曜失了文心,身边也得跟着人,沈棠便自告奋勇地跟着来了。

离去前,她千叮万嘱祈善要善待她的猪,一头头都遭了"阉刑"元气大伤,需要精心照料。那可不只是一窝猪崽,还是她下半年的红烧排骨、红烧猪蹄、糖醋里脊、梅菜扣肉……

祈善脸色很难看,但还是答应下来。

所以说祈善在山上养猪没毛病。

顾池笑得颇有深意:"倒想看看。"如果能吃上一口祈善养的猪的肉,哼,即便那猪肉腥臊得难以下咽,他也能吃个两碗!

沈棠道:"那有什么好看的?"

顾池暗中摇头:天下稀奇古怪的东西他看得多了,但祈善养猪他是真的没看过,也无法想象那个场景,没见过所以稀罕,所以觉得好看。

顾池似闲聊也似试探:"祈元良最近除了养猪,没别的正经事情干了?"

沈棠不满地反驳:"养猪怎么就不正经了?"民以食为天,跟吃沾边的事情都是正经事情!

顾池知道沈棠在戒备自己,也不想在没用的话题上多做周旋:"近日要不太平了。"顾池不信祈善不知道这点,而以祈善的脾性,他也不可能安分地窝着养猪。

第二十四章
山雨欲来风满楼

"溪云初起日沉阁，山雨欲来风满楼……顾先生是想提醒我什么？"沈棠似笑非笑地看着顾池，开了一坛酒递给他，说道，"顾先生的提醒，我会帮你跟元良转达的。"

"算不上提醒，祈元良心里也清楚。"顾池接过沈棠递来的圆肚酒坛。

酒坛巴掌大，十几口的量，酒量不太行的人也能喝上一坛。

他道："以在下对祈元良这厮的了解，他一贯不喜欢做没有意义的事情，若无利可图，何苦跑来孝城一趟？孝城的地理位置，注定这片地方安生不了，他何苦冒这个风险？"

临近关键时刻祈善反而没动静了，这非常不合理！

顾池这话好似闲谈。

沈棠只做听众，不参与讨论。

有人免费提供酒水，顾池也不客气，一连喝了三四坛，喝得酒晕蔓延，苍白的脸颊看着多了几分血色。

沈棠跟他闲聊几句。

不远处的拐角有个家丁装扮的小厮左右张望，当视线锁定顾池，眼睛蓦地一亮。

小厮疾步上前，连气息都未来得及喘匀："顾先生，您怎么在这儿？小的主家正在到处找您呢，还请您跟小的去一趟。"

沈棠觉得这个小厮的装扮有些眼熟，慢一拍才想起来，这不是郡守府的家丁吗？上回有个郡守府的家丁在她这里采买了好多酒。

郡府家丁的主家不就是那位郡守？顾池何时跟四宝郡郡守有了联系？沈棠面上不动声色。

顾池揉了揉眉头，双目略带醉意，冲着家丁歉然一笑，好脾气地道："路上闻到酒香，肚子里的酒虫被勾醒，还未告知郡守便跑出来，是在下之过。劳你领路，在下这就过去。"

家丁受宠若惊："不敢不敢。"说完，家丁还极有眼色地帮顾池付了酒钱。

沈棠笑眯眯地接下碎银。

意外之财啊，她本来是免费请顾池喝酒的，既然有人愿意帮他买单，这钱不收白不收。沈棠笑得宛若财迷，掂了掂碎银的分量，心下甚是满意。

顾池找了个借口让家丁避让后，道："沈郎可知凌州的事情？"

沈棠诧异地抬头："凌州？"

顾池道："伪女娇作伥乱北辰，二十路烟尘冲紫宫……不久之后或许真有二十路势力乱斗不休……啧，凌州距离此处不近但也不算远，这消息怎么也该传来了……"

沈棠懵懂不解地眨了眨眼："这……这……什么意思？"

"没什么，沈郎保重。"顾池起身掸去衣裳上并不存在的灰尘，脸上哪儿还有半分醉意？

沈棠目送顾池的背影离去，直到他消失在拐角，彻底看不到，脸上习惯性挂着的笑意才逐渐淡去，取而代之的是满面寒霜。凌州发生了什么事情，她自然知道。

林风一家的祖籍就在凌州，因为那边起了战乱，林家上下不得不南下投靠亲眷。

这些事情发生的时间并不长。各处生变的加急信件也被那一窝土匪误打误撞地拦截下来……一来一回这么耽搁、延误，以这个时代的信息传递速度……照理说消息应该还没传到孝城才对，那顾池又是怎么知道的？

要么他有更隐秘、快捷的消息渠道，要么他根本就是这事儿的知情者。

再琢磨他最后那句话，沈棠基本断定是后者。

先前祈善就分析过，有异族势力在西北当搅屎棍，不是北漠就是十乌。恰巧四宝郡郡守就是屁股歪到十乌的墙头草，顾池又跟郡守有牵扯，而顾池背后是北漠势力。

难道北漠和十乌联手了？即便没联手，也肯定有合作。

家丁将顾池请了回去。

郡守热情地迎接，敏锐地嗅到顾池身上若有似无的酒气，笑意更甚："顾先生好酒？本府府里正好有几坛珍藏的陈年佳酿，回头让人给先生送去。"

嘴上虽这么说，郡守内心却不以为然：顾池一脸不久于人世的病容，不好好养身体反而嗜酒，也不知身体还能糟蹋几年。

若非顾池的确能用，他也不太想跟这人打交道，实在是因为顾池跟他以前认识的某个人太像，那双眼睛总能将他看得浑身不舒坦。

顾池好似没听到郡守的心声，看似随意地拱了拱手，没什么诚意地道谢。

郡守也没将顾池的失礼放在心上。

他这次找顾池是有事情商量。

关于那一批税银，他本想拖延，不过朝廷那边催得紧。

郑乔虽失民心，但离倒台还有老远一段路，郡守还要仰仗郑乔的鼻息，自然不敢过分怠工，甚至还要额外准备奇珍异宝孝敬打点。

既然要送，那便要安全地送达。

让他发愁的是，他现在严重缺人。原因有两重。一则，四宝郡境内也不安全，为保证税银的安全，他分了几支假队伍混淆视听，虽然假队伍运送的东西是假的，但护送的兵力是真的。二则，为了逮住不知窜到哪里的龚文，四宝郡驻军受命追捕，可龚文除了前阵子在孝城外的深山里出现过一回，之后便再无消息，抓不到龚文，派出去的兵力就收不回来。

郡守这阵子睡觉都睡不好。

为解决这个问题，他想跟四宝郡当地的世家借他们的私属部曲，但结果那群各有打算的老狐狸，嘴巴上说得天花乱坠，真落到实处一个比一个退得快。郡守态度稍微强势一些，他们也不怵，还有不少法子恶心他。他们不是哭穷就是哭弱，说这些私兵没那么强大的武力，顶多比府衙值班的衙役好点儿，他们要看家护院的，若没有私属部曲，担心有刁民生乱。总之，说一千道一万，他们就是不借。

郡守这边被逼得没办法，只能另谋他法，例如请翟欢、翟乐这对兄弟当外援。

二人一文一武，配合默契。而且兄弟二人的祖籍在东南，跑到西北只为游历，根基不在此处，跟西北各方势力都没瓜葛，监守自盗的可能性极小，用起来反而比较放心。

郡守前不久微服私访，私下找了翟欢商议，交谈的结果还算让人满意。

如今只差最后一步。

郡守道："十乌与北漠是盟友，理当互帮互助，图谋共赢，先生以为然否？"

郡守只差跟顾池说北漠别背地里捅他刀子了。这笔税银绝对不能出意外！

肉铺一如既往开门迎客。

屠夫"咚咚咚"几下将一只前蹄剁成十几块，再麻利地用荷叶打包，用细麻绳系好，银货两讫。偶尔能听到他与顾客为了几文钱或者几块肉骨头讨价还价，构成市井一角的拼图。

"阿荣！"肉铺外突然传来一声呼唤。

屠夫那个胖墩儿儿子猛地抬头，"哐当"一声丢下剔骨刀，几乎是小跑着奔向来人，一边跑还一边喊："老师，您怎么才来？"

屠夫不用看都知道这人是谁，没好气地瞪大了一双铜铃大眼，恶声恶气地嚷道："你这老东西，这几日跑到哪儿去了？走也不跟人打声招呼，要是死在哪个旮旯，谁给你收尸？"

小胖墩儿本想抱住褚曜的，奈何今天在肉铺里帮忙干活，一双手上都是动物油渍和污血，手伸到一半意识到不妥，"嘿嘿"笑了笑，将双手在衣摆上来回擦拭，擦了一身油。

这一幕看得屠夫又心塞又生气。

偏偏他儿子还非常严肃地纠正他的不敬言辞，说要积口德、尊敬师长。

屠夫只得骂骂咧咧道："你这败家的玩意儿，你老娘给你新做的衣裳就这么糟蹋？活腻歪了你！"说完，他扬起那只没拿刀的蒲扇大掌。

小胖墩儿一看他这个姿势，屁股就下意识地疼，连忙躲到褚曜身后，恨不得将自己遮得严严实实。

屠夫更来气了。

褚曜好笑地劝解。

屠夫气道："这小兔崽子自打跟你学了几个字，整天'老师'不离口，活像给你养的孩子！老子每天拼了命干活为谁啊？"

褚曜笑道："这说明阿荣孝顺知礼，待师长尚且如此，更何况父母呢？这有何不好？"

年少的褚曜或许忍不了"老东西""老家伙"之类的蔑称，但现在的他在孝城底层混了这么多年，有些棱角早被抹平了。

他跟这些街坊是熟人，深知他们说话粗俗不中听，多数时候跟"纯朴"二字不沾边，但真要说有恶意也不至于，过耳即忘即可。

屠夫听不惯褚曜文绉绉的话，只知道是好话就行，便也软了态度，降低声音关心褚曜这阵子的去处。褚曜不见的这段时间，他家这个小霸王一样的娃子快将他闹死了。

褚曜回道:"跟着新主家搬了个地方。"

屠夫这才开始细细地打量褚曜,蓦地发现平日总是安静的老东西有了改变,虽然衣裳还是浆洗得发白,但干净无补丁,最重要的是精神面貌,一扫以往眉宇间的死寂、灰败,似乎连身板都比以前挺直了,年轻了不少。

一瞧这模样,屠夫便知道褚曜在新主家的日子比在月华楼的日子好得多,也替褚曜开心。

屠夫道:"既然如此,那俺儿子……"他本想说就不用教了,先前也是贪便宜,再加上看褚曜可怜,想接济接济,才提出让褚曜给他儿子开蒙,如今褚曜换了主家,搬了地方,估计也没多余的精力顾及他儿子了。

他回头多花钱将儿子送去其他私塾吧。一想到这儿,屠夫便心疼得脸上横肉微颤。

那家私塾的先生比褚曜年轻,却迂腐死板、老气沉沉,张口闭口之乎者也,喜欢摆读书人的架子。家境差点儿的人家想送孩子去念书,那先生就把脸拉得老长,话里话外都是"不配",学生越穷,收束脩越不手软。恰巧屠夫就是那先生最看不上的。

屠夫几乎能想象到,自己要是上门求个念书名额,那张迂腐的脸会拉得多长。

谁知褚曜却说让他儿子继续跟着念。

屠夫自然乐意,但仍问:"你的主家答应吗?"

褚曜道:"前两日收了个新学生,一个是带,两个也是带,干脆一块儿带得了。只是事情有些忙,需要隔一阵来一趟。阿荣可得好好努力,不能懈怠偷懒输给你师妹。"

小胖墩儿姓屠名荣。这个大名还是褚曜给取的,小胖墩儿之前的乳名叫大栓,屠大栓。

屠夫一听咋舌:"还是个女娃?"

褚曜道:"虽是女娃,但天赋的确好。"

屠夫感觉新奇,扬起蒲扇大掌一拍儿子的后脑勺儿,瞪眼威胁儿子要好好学,不能偷懒。

小胖墩儿缩了缩脖子,鼓着腮帮子哼了一声,一溜烟又躲到褚曜身后,眼睛扑闪扑闪地看着老师,期待老师教新的内容。

谁知褚曜这次不是来上课的,而是来打听一些消息的,打听几户人家的消息。

说是打听,其实就是闲聊的时候不动声色地将八卦话题往那几户人家引。

这家肉铺是传承三代的老铺子，从不卖烂肉、臭肉，物美价廉不压秤，附近的百姓大多会在这儿买肉。这也让屠夫有了极大的"人脉圈子"，各家各户的八卦消息都能说上一段。

　　屠夫也不是心细之人，自然没怀疑褚曜的目的，再加上他本就是个憋不住话的"大喇叭"，开了话头就刹不住车，说了好一会儿。

　　其中就有褚曜想知道的关键情报。

　　说起来褚曜也没问啥，不过是开了个头："来时的路上看到有个神似×家的老丈提着几斤肉，红光满面，难道是老丈的小儿子喜事将近？"

　　剩下的就由屠夫自由发挥了。

　　那位老丈在附近也是"名人"，抠门、爱占小便宜、说大话、差点儿将连生三女的婆娘打死，压榨家里仨女儿养两个宝贝儿子，严重到街坊都看不下去的程度。

　　其大儿子是个嗜赌的街溜子，小儿子倒是成器，还有几分运气，是个末流公士，如今在孝城银库干活。众所周知，那可是个肥差。只是小儿子入职的时候年纪大了，而偷库银需要"童子功"，所以一家人的境况并未改善多少。

　　褚曜这么问，一是为了打开话匣子，二也是为了通过那位嘴不把门的老丈试探其小儿子的近况。税银清点装车可不是一两日能干完的，上面的人为了让底下的人尽心尽力，不仅会敲打警告，也会奖赏安抚，双管齐下。若家里突然多了笔小财，家人给小儿子准备远行的干粮、衣裳，说明日期已近。

　　担心那家的小儿子不在押送队伍里，褚曜准备多打听几家。

　　屠夫道："你说那个老东西？他昨天来过，买了三斤肉回去，今儿还没来呢……"

　　褚曜尴尬地笑了笑："那是我认错了，可远远一看的确像。咦，他家是有什么喜事还是发达了？一买就是三斤。听意思今儿还来？"

　　屠夫一想到那个老丈便觉得牙痒痒：老东西爱占便宜，那双老手还不老实，总是趁着屠夫没看到的时候摸摸摊子上的肉，其他客人看到了还愿意买？老东西就觍着张老脸让屠夫便宜卖给他，几文钱的便宜都想占，屡教不改。

　　最近那老东西倒没这么干了，但每次来都会故意将铜子儿、碎银往他铺子上拍，高声喊要买几斤肉、几两骨，生怕别人听不清楚，张嘴露出那一口老黄牙，只差唾沫横飞。

　　奈何屠夫是开门做生意的，不能将客人往外赶，虽然内心早就有意见了。

　　屠夫一翻白眼，一撇嘴："他家能有什么喜事？也就上个月添了个外孙女，但这老东西眼睛不是眼睛，鼻子不是鼻子的，搁那儿说什么'一撒腿一个赔钱货'。

呸！还一撒腿呢，老东西，真这么轻松，他撒一个腿看看？看他是能撒出个卵，还是撒出个蛋。"

褚曜耐心地听屠夫抱怨。他深知屠夫八卦起来跟他家五郎一样，喜欢说废话，说到哪里是哪里，一旦话题扯远，他就出声拉回来，总算听到了正经的内容。

屠夫说道："他前几天忽然发了财，说是他小儿子接了个大活儿，天天三五斤肉。瞧他吃得满嘴肥油的样子，老骨头还是一把柴火，也不知道那些肉都长到了哪里……"

褚曜道："那就是发达了。"

屠夫"哐哐"两下剁好了客人需要的肉。

其他客人也是街坊，一说起八卦就你一言我一语，或忌妒或羡慕，话里话外带着一股酸味。他们是瞧不起那家人，但人家连着这么多天每天好几斤肉地吃，他们那也是实打实地羡慕啊。他们如何不酸？唉，牙根都要酸软了。

说起连续几天大鱼大肉，除了这户人家，他们还知道另外几户，每天屋子里飘出来的肉香真的馋死个人。穷苦人家逢年过节才能沾点儿荤腥，有的人却能将肉当饭吃……

当即也有人暗暗猜测这钱来路不正。

褚曜作为话题的牵头人，却是这群人中最沉默的，一如往常那般安静地听着，时而附和两句，时而疑惑一二。

几个人聊得口舌发干才心满意足地拍拍屁股走人，仿佛那点儿不满和酸味儿随着八卦聊天散了大半。

褚曜也满足了，掏出钱袋买了两斤肉。

屠夫问："你也发达了？"

褚曜回答："主家的钱。"

屠夫给他多切了二两肉，让他回去加餐。

事情差不多了，褚曜准备离开，却被小胖墩儿拉住了袖子。

小胖墩儿用一双湿漉漉的眼睛看着他，哀求一般道："老师……"

褚曜见状，问："阿荣我带走几日？"

屠夫没好气地挥挥手，嘴里骂骂咧咧的："带走就带走，别回来都行。这小子跟着你这老东西混野了心，待在家里净气他老子。"

小胖墩儿听到这话，笑得脸上都要开花了。

屠夫看了更是咬牙切齿：究竟是谁的儿子？

褚曜打听到一部分消息，又借口采买带着小胖墩儿去了别处。他在孝城混了这么多年，和三教九流都打过交道。他不能直接打听与银库相关的情报，但迂回着来不成问题。银库管理是很严格，差役进出都需要数道检查，却管不了这些看似不起眼的"左道旁门"。

褚曜像个普普通通的采买仆役，日落时分在约定好的地方等沈棠。

沈棠几乎是踩着点过来的。

她回来的时候，师徒二人正和谐地坐在路边檐下。褚曜手中折了一根树杈在地上写什么。小胖墩儿双手抱膝，眼睛盯着地面，上身微微倾斜向褚曜，生怕听漏一个字儿。

"无晦，我回来了。"

褚曜起身行礼。

小胖墩儿也跟着学。

沈棠跟小胖墩儿也算熟悉，见他怀里抱着个小包裹，笑道："阿荣也跟着来了？"

褚曜道："担心课业落下太多。去山上住几天再送回去。"

沈棠点点头："也行，翟乐回去之后就没什么同龄人陪我玩儿了，阿荣来了正好。"

褚曜无语：那哪里是陪五郎玩，分明是被五郎玩。

沈棠熟练地召出摩托，将褚曜采买的东西装进褡裢里，装不进去的则用麻绳打包好放在摩托背上。这里面最贵的就是两刀纸、一盒墨锭、几支毛笔，还都不是什么好货。

沈棠揶揄小胖墩儿："回去要走很长一段山路，你要是现在后悔还来得及。"

小胖墩儿却以为沈棠要赶他走，一把抱住褚曜的腰，黑眉倒竖，一副固执的神情。

褚曜只得拍拍他的手，示意他撒开，说道："没打算赶你走。快坐上去，出城了。"

为了方便，褚曜买了匹骡子代步。

师徒二人共乘一匹骡子正好。

褚曜可没祈善非马、非车、非轿不肯上的臭毛病，能代替两条腿走路就行，管它是什么。

出城没多久。

"我晌午的时候碰到了顾池。"

"顾望潮？他怎么了？"

沈棠一字不落地转述顾池的话，还有他们交谈时的细节，以及她的推测。

褚曜听后静默良久。他跟沈棠意见相同，猜测北漠和十乌联手了，面上不由得多了几分隐忧。

与十乌喜欢往脸上贴金、登日碰瓷不同，北漠看似安分许多，其实比十乌危险，更像是一匹嗜血残暴、潜伏在暗处等待一击必杀的野狼。两者唯一的共同点就是野心勃勃。

他们觊觎大陆腹地也不是一两日了，不过他们以往的实力和野心并不匹配。便是曾经的褚国也曾教训过北漠。

"褚国跟北漠交过手？"

褚曜突然笑得有些古怪，说道："交过。"顿了顿，他又反问，"不然的话，你以为曾经颇负盛名的'褚国三杰'的名声是怎么闯出来的？一大半是打北漠打来的。北漠接连惨败，送出去好几位质子求和表明立场呢。"

"褚国三杰"都整过北漠。

北漠每次试图南下搞事，西北诸国便联合起来出兵讨伐，你出兵我出粮，或者咱们凑凑都出点儿人，让国内的年轻文士、武将刷刷经验。

"北漠……这么惨吗？"

褚曜这话着实把沈棠震惊到了。

众所周知，北漠和十乌都是以游牧为主的异族，二者不同的是十乌所处地势更高、更平坦，高寒干旱，终年少雨；北漠所处海拔与其他地方大差不差，多沙漠、多戈壁，同时草场资源丰富。

生活在这两片土地上的百姓为了适应不友好的气候条件，整个族群逐水而居、流动放牧，春天蹲在这片草场上，吃得差不多了去下一片，一年四季少有固定的居所。

即便如此，他们的生活压力还是很大。整个族群人口少的时候，这种生活方式还算过得下去，一旦人口缓慢增长到某个临界点，生存压力便会暴增，这导致环境破坏加剧，物资匮乏，食物短缺，继而恶性循环，直至单纯的放牧、打猎无法维持生计。

掠夺资源更为丰富的地方便成了缓和这种矛盾的方式之一。北漠和十乌都有驯养战马的优越条件，人均弓马娴熟，且骑兵机动性强，常常是打劫一拨就一溜烟逃得飞快。

被打劫的倒霉鬼反应过来也只能跟在后面吃灰，看着人家扬起的烟尘气得咬牙切齿，却奈何人家不得。

至少在沈棠的认知中是这样的。

她先前在祈善的笔札上看到一组数据，北漠和十乌族群规模都不小，按理说是个威胁，但听褚曜的意思，北漠还是凶悍的游牧民族吗？北漠完全成了刷名声、刷资历的"经验包"。

褚曜不太明白："郎君说的'惨'是何意？"

沈棠疑惑："北漠也有不少马场吧？"

褚曜明白过来，笑着解释道："北漠是有不少马场，但这不算什么优势。"

沈棠嘴角微微抽搐：这……不算什么优势？

褚曜道："天降贼星前，大陆各国少有骑兵，盖因战马缺乏、草场不多，十乌、北漠等异族以此换取大量银钱，再加上贸易和利益交换，长久经营下来，已然是一股不可小觑的力量。为防备他们，边境各处都要派遣大量驻军……饶是如此，也少有安定的时候。"

不过这些局面都在天降贼星之后扭转了。

沈棠好奇地问道："扭转了？难道说文心、武胆如此智能，不仅能分出男女，还能分出本族和异族？那么两族混血怎么办？"这些人随父还是随母？随本族还是随异族？还是父母的基因打一架，谁占上风就跟谁？

沈棠一时间走神儿了，思维发散得老远。

褚曜道："这怎么可能？北漠、十乌这些异族的百姓自然也有凝聚文心、武胆的可能，跟我们没有什么区别。天降贼星后局面便扭转，原因有二。其一，贼星降落的位置。"

沈棠一下子知道是怎么回事了。

贼星降落在大陆中心，碎片自然是被中心各诸侯国瓜分了，做成各式各样的国玺。那些诸侯巴不得吃独食，自个儿都不够分，怎么会带异族玩儿？于是，那些处于大陆八方边缘位置的异族就倒霉了。

沈棠"啧"了一声，感慨："那可真是倒霉，吃屎都赶不上热乎的！另一个原因呢？"

褚曜沉默了下，提醒道："五郎？"

沈棠道："嗯？"

褚曜道："文明。"按照自家五郎的说辞，北漠、十乌等异族是吃屎都赶不上热乎的，那拿到陨星碎片的诸侯算什么？幸福地吃上热乎的屎吗？

沈棠道："咯……这不重要，不重要！"

褚曜跳过这一节，紧跟着说出第二个原因，跟文心、武胆有关，在军阵言灵之中，文心言灵可以加持军阵、变化军形，妙用无穷、变化无穷，武胆言灵相对单调一些，大部分也是为军队服务，可以化兵、化甲、化马！

褚曜表情微妙地道："也就是说不缺马了。"

没了战马的限制，再加上他们人多，即便马战不如北漠、十乌这些游牧民族的骑兵厉害，但有文、武言灵加持，理想状态下能做到全员骑兵的程度。

各个诸侯国还有很微妙的共识：大家内战归内战，异族别想插手。

这导致八方边境的异族每次出兵袭扰，与之接壤的诸侯国就会默契地停战，出兵的出兵、出粮的出粮，实在穷出不起东西就远程声援两句。仗什么时候都能打，但绝对不能让异族占便宜。

历史上有一个很有意思的例子。百余年前，大陆西北有两个小诸侯国，某甲国和某乙国，实力差距不大，干架打红了眼。眼看某乙国占据上风要集中兵力干一拨，谁知这时北漠地区的几个大部落联合起来想偷某甲国老家，拿下国玺。某甲国跟某乙国立马停手。某乙国派遣数万精锐支援，帮某甲国收回被异族占领的领土。两国还联手扬了好几万人的骨灰。解决外患后，两国继续干架。因为有了喘息之机，某甲国极限翻盘。

类似的例子还有不少。

正因如此，异族始终被限制在各自的领土上，两百余年来没有造成太大的威胁，反而成了邻近诸侯国刷名声、资历的经验包。

沈棠听完褚曜的讲述，正想笑，突然想到什么，脸色沉了下来，说道："倘若如此……那么郑乔的做法岂不是……？"

难怪祈善如此厌恶郑乔——此人为攻下辛国，与十乌合作，让十乌暗中出兵骚扰山脉边境，进一步削减辛国可以调动的兵力，乘势攻下内忧外患、风雨飘摇的辛国。

褚曜自然也知道这茬儿。他虽身处孝城，但消息并不闭塞。

褚曜道："他是聪明反被聪明误，以为有山脉边境阻挡十乌，十乌就构不成威胁，打着利用完就翻脸的主意，驱虎吞狼。但世上的聪明人不止他一个，人家十乌也不傻。再者，郑乔失人心民意，山脉那边的国境屏障……也不知还能拦住十乌多久……"

一直安静的小胖墩儿发问："但是老师，十乌也好，北漠也罢，不是很弱吗？"

他是土生土长的四宝郡人士，再加上这个时代信息不发达，导致他所知的世界很小，连十乌、北漠这些异族的存在还是老师教他的。在他的认知中，自家老师最厉害。"

褚曜好笑又无奈地掐了下屠荣的小肉脸："阿荣,是谁告诉你他们很弱的?该打!"

小胖墩儿迷惑地问："不是吗?"

"自然不是。"褚曜说着又拍屠荣的脑袋,不轻不重地警告他,"记住,轻敌自负是大忌!"

小胖墩儿委屈地抱着头,但还是认真地道："学生记住了。"

沈棠听出其他东西："北漠今非昔比?"

褚曜苦笑了一声,道："是,今非昔比。"

诚然,天降贼星之后,北漠、十乌这些异族差不多沦为了"经验包",诸侯国都不带他们玩儿,再加上文、武言灵都是从各国玺（陨星碎片）抄撰出来的,导致异族一度低迷弱势。但人家只是先天发育不良,不代表脑子真有问题啊,他们也能感悟天地之气,也能凝聚文心、武胆,而且因为种种原因,多武胆少文心,单兵作战能力并不弱。至于言灵,言灵这种东西可以学习啊,还是光明正大地学。

怎么学?时不时派遣小股兵力骚扰边境国家,等他们派兵过来,打不过就送上部落的质子、美女。美女容色出挑,一部分被收入国主的内廷,另一部分拿来赏赐有功之臣,这是"联姻"路线。质子不能赏赐,看似不太好处理,但"来者是客",又是彰显武力、国力的"吉祥物",虐待质子也会失了国家风度,容易被诟病。那怎么办?当作"吉祥物"放一边晾着呗,意思意思给予一部分福利特权,例如教育。有出息的质子还能拜师名师、名士,得到一线教育资源,而言灵知识可以记入脑子里带走。除此之外,还有异族大部落向诸侯国国主臣服求和求赐婚,一般情况下不会被拒绝,即使女方不是诸侯国宗室女,出嫁的时候也会被封个宗姬或者王姬的头衔,陪嫁丰厚。

这些都是比较迂回、光明的办法,还有比较隐秘的小动作,例如趁着大陆各诸侯国动辄你灭我、我灭你的时候,浑水摸鱼,通过各个渠道暗地里收购各类文、武言灵典籍。

总之,听了褚曜的解释,沈棠总结："一言以蔽之,只要思想不滑坡,方法总比困难多。"

八方异族为了发展也是拼了命地卧薪尝胆,某种程度上来说相当励志且努力了。

褚曜自动忽略五郎的话,长叹摇头："如今除了国玺,八方异族与我等几乎没差距,实力保存上还更胜一筹。当年那一战其实赢得不轻松,初期战事数次失利……"

作为"褚国三杰"中年纪最小、资历最浅的一个，褚曜能后来居上，很大一部分是靠着中期扭转战局的功劳。也是那时他意识到，北漠已非当年。

奈何众人还沉浸在胜利的喜悦中，再加上两百多年的连胜，并未将北漠少有的强势放在心上。

在经历人生的一个小高光时刻后，褚曜又开始一落再落的倒霉之路，直到褚国被灭。

褚曜想想如今的局势，连连叹气。他宽慰陷入忧虑情绪中的五郎和阿荣，和蔼地浅笑道："你们也不用这么发愁，只要国玺不失，或者在两大异族获得国玺前西北诸国能平定战事，便不会出大事……"

小胖墩儿认真地点头："嗯。"

唯有沈棠脸一黑，吐槽："无晦，你这话让我慌。"

"慌什么？"

"按照话本的套路，每当重要人物说什么事情不会发生的时候，事情大概率会发生。"

好家伙，无晦活像戏台上的老将军，背上插满旗啊。

褚曜愣怔，失笑："曜可没那能耐。"

他年少时自信甚至自负，恨不得天老大，他老二，但被现实毒打十来年后，心态早就佛系了。他只是个无足轻重的小角色，算不得什么"重要人物"。

沈棠认真地道："不不不，在我这里，无晦就是很重要的人物，所以，百无禁忌，大风吹去，无晦的 flag 都是开玩笑的！"

她前面半句是对着褚曜说的，后面半句则是双手合十，恭敬地告知八方神灵。

沈棠那认真求神拜佛的模样看得褚曜哑然，但他也没有泼冷水，而是效仿："是是是，大风吹去！"

小胖墩儿不懂，只知道跟着做，软软地道："吹去吹去。"

三个人有说有笑，但欢声笑语背后，褚曜心底还是积着些许晦暗的。顾池的示警总让他忍不住往最坏的方向思考：北漠、十乌这两头饿狼，憋了两百多年的火，若一朝爆发，如今掐红眼的西北诸国真挡得住？

感情上他希望挡得住，理智却小声道：挡不住。

天幕铺开黑墨，唯有月色引路。

褚曜看着前方离他数个身位的消瘦的少年郎，吐出一口浊气——时间是很紧，但希望还来得及……在有生之年看到五郎在西北活跃的身影，也不枉费他豪赌这

416

一把。

他一只手控制缰绳,垂在身侧的另一只手暗中攥紧,眼眸深处似有暗潮,下了某种决心。

"无晦!"

沈棠的声音冷不防传入耳中,他蓦地抬头:"嗯?"

沈棠指着前方远处一点星火,转头冲他笑道:"快到家了,山路难行,别发呆啊。"

褚曜道:"嗯。"

星火虽小,亦可燎原。正所谓望山跑死马,再加上山路崎岖,三个人又耗费了大半个时辰才抵达土匪寨子。

这次在门口等待的人换成了祈善,远远地看着就像一根干瘦单薄的竹子。

沈棠还未走近就开始挥手,嗓门大,声音透,还爱笑,仿佛身体里有用不完的活力:"元良,我们回来啦!"

祈善上前接过缰绳,跟沈棠打过招呼再转头问褚曜:"此行收获如何?"

褚曜抱着小胖墩儿下了骡子,说:"一切顺利,暂定五日后。"

祈善在内心默算时间:五日后?十五?黄道吉日,宜发财,宜动土,也宜丧葬。嗯,的确是个好日子。

褚曜道:"剩下的回去再说。"

五天说长不长,说短不短,他们得提前在路上布局、下套,等着押送税银的队伍过来给他们送钱,时间不算充裕。

细节部分,褚曜跟祈善已经商讨了再商讨,家底薄就有这点儿坏处,禁不起一点儿风险。

祈善脚步一顿。

沈棠被他看得发毛:"元良这般看着我作甚?"

祈善问:"沈小郎君,酒量如何?"他是准备一杯呢,还是准备一碗呢?或者准备一壶酒?

关于酒量的问题沈棠真不想回答。她能说自己不行吗?不能!这涉及尊严和原则!

她嘴硬:"我说我千杯不醉,你信吗?"

祈善的眼睛里明晃晃地写着"你做梦"三个字。

"祈元良,将希望寄托于此,不可。"褚曜一听就明白祈善的打算。沈棠醉酒之后的确与清醒时判若两人,更具杀伤力,但不能因此忽略一些问题——五郎醉酒时状态古怪，未必可控，最要紧的是五郎是文心文士，祈善不能因为五郎过于能打就忽略这点，谋略才是文心文士的追求，直接冲杀在前像什么话！

这让褚曜略微有些不快。

沈棠反应很快："唉，就知你不信，要不测一测酒量？"她以为祈善会给她一个台阶下。

谁知祈善道："嗯，试一试。"

很快沈棠就感觉到了什么叫"羞辱"！

"祈元良，你什么意思？"她几乎要拍桌而起，指着他拿出来的一双木筷，脸上写满了"你是不是瞧不起我"几个大字。

她为何如此控诉？因为祈善就用那双木筷蘸了点儿酒。这是要喂蚊子呢？

祈善道："循序渐进。"

沈棠道："你狠！行，等着！"

她几乎是黑着脸一把夺过那双木筷。

褚曜伸手试图拦截。

但沈棠已经张口抿住筷尖，嘬了嘬，"啪"的一声将木筷拍在桌子上。

褚曜低声呵斥祈善："你太过分了！"五郎酒量再差能差到这种程度？怎么说也要一杯吧？

下一息，自家五郎就拆了褚曜的台：几乎没有一点儿征兆，沈棠连眼睛都还未来得及合上，便上身前倾，脑袋直直地往桌上砸。

幸好祈善手疾眼快，伸手帮忙挡了一下，她的脑门儿才没跟桌面来个亲密接触。

褚曜直接看傻了："这……这……五郎这是……？"一双木筷蘸了点儿酒的酒量？

祈善也抽了抽嘴角，不忍直视地抚额："很明显，醉了。这都能醉，可真是……"这还是正常人的酒量？循序渐进都不需要了，起点即终点。

"五郎？五郎？五郎？醒一醒！"褚曜轻推沈棠的肩膀。

沈棠一只手撑着额角坐起身，坐姿由跪坐改为盘腿，另一只手撑着膝盖，白皙的面颊似扫了一层淡淡的胭脂。

此刻二人仔细一看这张脸，的确是十足的女相。

"怎么了？"沈棠循声看向褚曜。

"这是三根手指还是四根手指？"褚曜冲着沈棠伸出食指和中指。

沈棠顿了下，看着那两根手指陷入某种诡异的沉思中，克制欲抽搐的眉尾：

"这……"

她好几息没给出答案。

褚曜觉得五郎这酒量实在不争气，两根手指都数不清了！

祈善问："幼梨喝醉了？"

沈棠托腮，仍死鸭子嘴硬："没有，我千杯不醉！"

她回答得干脆果断，的确不似醉鬼。

祈善冷笑一声，亮出了"撒手锏"："半步窃走的珍宝可有归还？"

沈棠一下子被戳中了死穴，抿了抿唇，眉宇间隐约有些委屈，有些气愤，咬牙切齿地道："还未，但那是迟早的！"

褚曜、祈善二人对视一眼。

祈善摆出一副同仇敌忾的表情："善这几日收到一则消息，说有势力欲窃取半步手中的珍宝，沈小郎君能战否？"

"战战战！怎么不能战？！"沈棠一听瞪大了眼睛，旋即怒不可遏，整个人像是一只极其暴躁的野兽在屋内来回踱步，脚步沉得似要踩死敌人，"谁都要偷我的东西，混账！"

过了会儿，她突然那高声道："他祖宗的，活腻烦了！老子要扬他们的骨灰，一个不剩！"

褚曜用眼神询问祈善：五郎被窃走的"珍宝"究竟是什么？

祈善的回答唯有耸肩、翻白眼：他怎么知道？他不过是试探。而且跟一个醉鬼探讨逻辑和现实，不觉得非常滑稽吗？

目前来看，五郎醉酒不算完全"失控"，实在是不幸中的万幸。

大概是喝的酒不多，不过一刻钟的工夫她就醒过来了，脑袋昏沉，胸口似堵着什么，险些呼吸不过来，那感觉像是被什么气狠了。

她揉了揉发堵的胸口，抬头看向表情微妙的祈善和褚曜，再也嘴硬不了，问："我又喝醉了？"

祈善点头。

沈棠环顾四周，此处还是那个小屋子，简陋的木质家具也完好地待在远处，跟她喝断片儿前一模一样，看样子自己没有撒酒疯，酒品尚可。

褚曜拍沈棠的肩膀，语重心长地说道："以后若无必要，五郎还是滴酒不沾最好。"

沈棠默然。

祈善补上一刀，说出的真相无异于公开处刑："嗦个筷子都能喝醉，沈小郎君管这叫'千杯不醉'？不过你醉酒之后，自有一套行事逻辑，此次税银行动能派上用场。"不怕醉鬼喝醉，就怕醉鬼无法沟通。

沈棠觉得酒量差绝对是这具身体的原因！她隐约记得自己酒量真的很好，从前还跟一个很熟悉的人拼酒、撸串来着，一口气吹一整瓶酒不带喘的，拼完了还能趁着微醉去赶画稿……

只是这些内容总不好跟二人解释，沈棠无奈地张了张嘴，将话咽回去，吃下这次哑巴亏。酒量是能锻炼的，总有一天她会用事实证明自己真的"千杯不醉"！

劫税银日期临近，寨中的气氛多了几分异样。

褚曜抓了小胖墩儿两天功课，便将他和林风一同送去孝城。凡事做好最坏的打算，一旦他们失手，这俩孩子待在山中过于危险。

林风聪慧，隐约意识到什么，被送走前抓着沈棠的衣袖不肯撒手。

沈棠只得再三保证没事，绝对会在约定的时间去接她。

林风几番犹豫才迟疑着松开手指。她微红了眼尾，忍着某种不安用哭腔道："郎君和老师一定要来啊……要早点儿……"

褚曜点点头，目光落向小胖墩儿："阿荣。"

小胖墩儿道："老师。"

褚曜拍了拍他的脑袋，郑重地托付："为师不在的几日，记得照顾好你师妹，懂吗？"

小胖墩儿拍着胸脯应下："老师放心去忙正事吧，学生会照顾好师妹的。"

他才不会欺负林风师妹呢。这位师妹比他年纪小，生得比他弱，但比他聪明，念的书也多，写的字也好看，他还想好好请教，过两日好让老师大吃一惊。

褚曜挤出一抹浅笑："如此甚好。"

五郎的家底也就这么点儿，钱财反倒是其次，重要的是这几个人。

共叔武也寻了借口，将训练的近百号人暂时交由狸力看管，维持每日的练兵计划。这些人里面有一大半是土匪、混混儿出身，另一小半是买回来的。倘若税银计划有个三长两短，不用怀疑，他们绝对第一个反噬！

共叔武便私下叮嘱狸力——谁有异动，必要时刻杀鸡儆猴！

狸力不知沈棠几个人的行动，但直觉让他嗅到不同寻常的气息。他皱着眉向共叔武确认："可以杀？"

共叔武道："可以！"

狸力问："倘若一半人有异动……"

共叔武斩钉截铁："那就杀一半。"

狸力又问:"倘若是全部……"

共叔武道:"你有能力也可以全杀了。"

狸力面上不显,内心却倒吸一口凉气,意识到事情恐怕比他想象中的还严重,不由得看向沈棠,试图找寻答案。绝对出事了!若非如此,共叔武哪里用下达这样的指令?

沈棠犹豫地道:"全杀了?恐有难度。"毕竟狸力并无武胆,双拳难敌四手。

共叔武一想也是,准备改口,若是局势不妙,狸力可以见机行事,优先保存自身。

这时就听沈棠说:"若发现所有人都有造反的苗头,不要声张,我屋里放着一盒马钱子。"不能力敌那就智取。

共叔武和狸力愣住了。

过了一会儿,狸力不由得低头笑了笑,问沈棠:"郎君怎会认定我不是其中一员?"他不知道这些人要干什么事情,但光听他们做的这些安排,一点儿不像是暂时出门,反倒像是要去做一件极其危险、有性命之忧的大事,一个不慎就有去无回。

为何认定他就不会"造反"?狸力不解。

沈棠反问他:"你不是效忠我了?"

狸力被沈棠问得语塞。他是这么打算的,为了自己的未来做最后一搏,即便身处泥淖,也想为了那轮明月而拼命,不奢求摘月,只求离得再近一点点。只是人心隔肚皮,这位沈郎过于轻信他人了。

而沈棠不这么想。她极其自然地道:"即便你真成为其中的一员也无妨,回来后我自会清理门户。你若有自信逃得过,可以试试。言尽于此。"

她虽在笑,但眼神在明晃晃地警告狸力——命只有一条,望君珍重,莫要随意。

狸力下意识地避开沈棠的眼神,似乎这样就能缓解那股无形的威势:"为何不带上我们?"毕竟他们这些人也操练了一阵子,能派上用场吧?

共叔武道:"没必要带着,太弱了,无法完美地按照我的指令行动,只会拖后腿而已……"

与共叔武算是心意相通的私属部曲早就散了,如今这些勉强凑数的歪瓜裂枣,共叔武用不习惯。

沈棠在一侧赞同地点头:对手可是四宝郡的驻军精锐,这些人去做什么?给敌人送人头吗?

狸力默然。

第二十五章
四个人劫税银也离谱儿啊

"道理是这么个道理，但只有三个人去劫税银也离谱儿啊！"

沈棠、共叔武、祈善，两文一武。沈棠觉得这个配置不太行，梁山好汉打劫生辰纲的配置都比他们的豪华有牌面。

"谁说只有三个人？不是四个人吗？"一个男声突兀地传来。

"谁？"

沈棠与共叔武皆提高警惕，视线射向声源。

唯独祈善微挑眉，却不意外。

随着脚步声的靠近，来人抬手拂开枝丫、树叶，自树林中走出。

一个男人，准确来说是一个相貌略显眼熟的男人，仪态翩然，斯文儒雅，恍若谪仙。

与常人不同，男人发色是非常特殊的灰白，配上年轻却成熟的面庞，好似画中走出来的，腰间佩着枚银灰的饰品。

共叔武先放下戒备，仔细地辨认后松了一口气，冲来人拱了拱手，说道："原来是先生。"

男人拱手回礼。

沈棠蒙了：又是一个熟人？

三个人之中唯沈棠没动静。

来人讶然之余也回过味来，熟稔地喊了一声："五郎。"

沈棠一脸疑惑。

她认识的这些人里面，每个人对她的称呼都略有不同，一直固执地喊她"五郎"的……沈棠蓦地睁圆了眼，抬手哆嗦地指着那名横看竖看至多二十八岁的青年，好半晌才道："无晦？"

灰发青年笑道："啊，认出来了。"

等等，究竟是哪一步快进了？仅仅大半天没有见面，褚曜变成这副模样了？沈棠直接将疑问写在了脸上。

那名自称是褚曜的男子也没打算隐瞒——他这样子也隐瞒不了。

"说来话长，边走边说。"

沈棠大为震撼。在她的记忆中，或者说大半天前的褚曜还不是这样。原先的褚曜吃了那么多苦，在月华楼的后厨干了五年杂役，弯腰洗碗洒扫，哪怕努力挺直腰板，仍有些驼背。在进入月华楼之前他就几度被流放，国破家亡，数年不得志……不只是身体受折磨，精神更是如此，熬得发丝灰白，相貌苍老，一看就是四五十岁上了年纪的老者，哪怕他的实际年龄仅三十四岁，仍是壮年。大半天不见他就重获青春了？

沈棠张了张口，有无数问题想问，但一时不知该从何处问起。无意间看到他腰间的配饰颇为熟悉，沈棠惊讶地脱口而出："你的文心恢复了？"

不是说受了破府极刑便无法恢复吗？她突然想到祈善也说过有例外，当时还说要"用性命去换"。

"嗯，不过时间匆忙，要彻底恢复还得苦修静养三五年，但应付当下的局面完全够了。"褚曜说得轻描淡写，但只有他自己知道恢复早已枯竭衰败的经脉，重新开拓丹府、凝聚文心有多痛苦。

他看似整齐的衣裳之下，里衣早已被冷汗打湿，紧紧地贴着肌肤，每次张口、每回呼吸，甚至每走一步，都被疼痛刺激得皮肉颤抖。但他面上仍一派平静，疼是疼，但跟当年的"偷梁换柱"或者"破府极刑"相比，不值一提。反倒是文气重新充盈这具走向衰败的身躯，仿佛曾经的意气风发一并回来了，他现在只觉得愉悦。

沈棠问："你……拿什么去换了？"

褚曜道："拿命。"

沈棠："命？"

她脑中自动浮现出"美人鱼"褚曜去找巫婆做什么邪恶交换的剧情，美人鱼失去了美妙的声音，褚曜失去了他的命？

沈棠对这个世界的规则的认知皆源于眼前这几个人，时日尚短，有些比较隐秘的东西还未来得及接触。正好这次补上。

褚曜脸上浮出一缕轻笑:"五郎没觉得在下哪里不对劲吗?"

沈棠诚实地吐槽:"我觉得你哪里都不对劲……"老爷爷大变帅青年,这个世界还能更玄幻一些吗?

"为绝后患,受过'破府极刑'的人,与文、武之道此生无缘,唯一种情况例外——"褚曜不知是感慨还是无奈,抬手指着沈棠,"真正效忠拥有国玺的国主,自此之后,生杀予夺。"

沈棠彻底怔在原地。

祈善补充:"国主若亡,臣子皆殉。沈小郎君,你要是没了,便是一尸两命。你现在若是对褚曜起了杀心,他也会死。此法的原理,大致就是用自身做抵押,租赁大量文运,强行恢复丹府,至于二次凝聚文心,以往的例子,短则一两个月,长则一两年。"

而褚曜就用了半天,实在离谱儿。祈善酸得宛若吃了柠檬。

"值……值得吗?"

"还挺值,也让在下看到了自身的价值。"褚曜回应,并解释,"不是每个受过'破府极刑'的人都能用它恢复丹府,也不是每个人都介意'生不由己',他们更介意失去文心、武胆沦为普通人。但此法苛刻,其一要找到拥有国玺之人并被接纳,其二自身得有价值。"

用自己当抵押物,租赁文运,若此人无价值或者价值不足,则文运稀少都不足以重新开拓丹府,更遑论用多余的文运凝聚文心了。

褚曜却能在大半日走完全程……这只意味着一点——他真的很贵!

想想民间那些当铺,价值一万钱的东西能典当出五千钱都算顶有良心了。

想通这一层的沈棠无奈。她不觉得完全掌控另一个人的性命有什么好,只知道自己不想搞事、安心种田都不可能了。国玺是死亡掉落的绑定物品,杀她可以得神器。她若死亡,褚曜也会跟着死亡,还真是一尸两命。

"为什么……不用经过我的同意?"她难道不是当铺老板吗?

褚曜和祈善都是一愣。

首次知道沈棠有国玺的共叔武憨了半晌,目光复杂地看着沈棠:"以往有不少国主担心臣子功高震主,或软硬兼施,或施展阴谋诡计,便是希望能真正掌控其生死……有人如愿以偿,但也有人自食恶果。"大陆国家更迭得这么快,不是没原因的。

无数国主做梦都想的美事,这位沈五郎的第一反应却是吐槽褚曜没得到其同意，意思是如果其事先知晓，有可能拒绝褚曜的献命？褚曜看上的人，果然有其独特之处。

至于沈棠身上那块国玺源自何处，共叔武没兴趣知道。

沈棠重新看了看四个人的阵容，默默地问共叔武："半步，有无感觉这个配置非常奢侈？"

共叔武默然：三个文心文士，的确奢侈。

事实证明共叔武还是太年轻了：三位的确都是文心文士，任何一个武胆武者做梦都想有的配置，但没一个是他的。

沈棠不用说了，他知道这位小郎君凶得很，提着剑就敢往敌人堆里冲杀，一步一剑一血花，让人怀疑这厮就是披着文心文士皮的武胆武者，至于辅助，"文心文士基础十则"学完了吗？

褚无晦的话……眼里只有沈小郎君啊！

沈棠有些好奇褚曜如今的文心品阶，仍是二品上中还是被替换后的七品下上？

褚曜笑着问："若是七品下上或者更低呢？"

沈棠道："不是说文心文士的强弱取决于脑子而不是文心品阶吗？既然如此，品阶再高也只是锦上添花，那不管是七品、九品还是二品……都不重要。当然，私心还是希望是二品。"

褚曜道："私心希望？"

沈棠认真地道："嗯，你能少点儿遗憾。"

她觉得那枚二品上中的文心肯定是褚曜内心过不去的坎儿，若他能重新获得自然最好。昔日已逝不可追，未来未至犹可盼。

褚曜眼眸微动，轻声道："没遗憾。"

是二品上中，正常情况下二次凝聚文心都会掉品阶，一般掉一品到三品不等。文心重新凝聚那一瞬，他亦难以置信。

"但有悔。"他说得极轻，轻到沈棠都没听见。

什么悔？悔亲手将这么个赤诚坦率的少年推入乱局中。五郎以真诚待他，他却还以算计，妥妥的以怨报德，自然有悔，甚至连胸腔里那颗沉寂多年的良心都醒了那么一瞬。

共叔武骑在马背上，目光复杂地看着骑着骡子、主动落后沈棠大半个身位，与其一问一答的褚曜，暗暗咋舌。

共叔武其实很早就见过褚曜，比众人以为的都要早得多，估计连褚曜自个儿都不知道。

他与褚曜算是同龄人。

当年打北漠时,他也上过边境战场。因为修炼路线不同,文心文士年少成名者众多,但少有武者能在十来岁的年纪成为一军统帅,共叔武也不例外。因此他上战场只是为了见见血、开开眼、积攒经验资历,以属官的身份跟着同族长辈一块儿押运粮草。

他与褚曜并无交集,甚至没能说过一句话,距离最近的一次也只是他押送粮草归来,正逢大军小胜归来,远远地看到一袭雅致长衫、头戴幞头、环佩"叮当"的少年文士骑高头大马,身侧有数员浑身浴血的凶悍武将。

为首的武将心情甚好,竟与少年文士并辔而行。其他人或腋下夹着沾血的兜鍪,或干脆将武甲半褪露出大半上身,神情惬意,笑谈战局,眉宇间皆带着获胜后的畅快。

便是那一幕,让那时的共叔武被吸引,开始留心这位年纪比他大几岁的少年文士。

褚无晦?闻所未闻。他也疑惑,那些武将的年纪都在三四十岁,正值当打之年,气性大,怎么会与一个至少小他们一轮、看似乳臭未干的少年处得来,看着对其还非常尊敬?但事实就是如此。

他记得,打北漠那一仗打得并不轻松。他跟着上过几次战场,但更多的还是负责粮草押送或者战后清扫归整。前方的战局情况,胜负得失,他都是从长官那儿获悉的:初期凝重,中期开始多了几分轻松,到了中后期,连后勤也得了几次赏赐。

某天他与几位袍泽在帐内煮着不算太新鲜的干粮麦饭,隐约听帐外传来几个人的交谈声。

某位主簿酸溜溜地道:"小小褚国真是人杰辈出……明明只是巴掌大的地方……啧啧……"

另一个人道:"这都第三个了吧?"

主簿道:"是第三个了。"

第三个人疑惑地问:"什么第三个?"

主簿回答:"二品上中,第三个了。听说这位褚无晦好像是游学路过才入了伍。瞧瞧人家,再瞧瞧自己,比不得,比不得……此战回去,说不定他就要平步青云,仕途亨通。"

一个国土仅有大半个州郡大小的小国家,一下子出了三个二品上中文心文士,每个都是年少成名，众人干脆给了个"褚国三杰"的美称，一时间风光无限。

共叔武也感慨地羡慕了两句，回去后勤学苦练，但不知为何，除了头两年，之后再没听到褚无晦的消息。

不知情者感慨一句"小时了了，大未必佳"，或调侃一句"竟是个褚仲永"，便将其丢到脑后不再关注。不是褚曜不够令人惊艳，只是这片大陆风起云涌，人杰辈出，永远不会缺更年轻、更令人惊艳的少年文士踏上这片舞台，而那些已经下场或者落幕的，久而久之就被人遗忘了。

两个人再见面竟是在孝城。乍一见褚曜，共叔武并不敢相信，眼前这名精气神被消磨殆尽的苍老之人，竟是当年那个美名传扬、意气风发的少年文士。再一了解，他不胜唏嘘。

人生的际遇便是这么捉摸不定。例如，共叔武想不到褚曜扬名后的下场，例如……褚曜竟然会选择将命交托给一个比褚曜当年更年少、更稚嫩的少年，简直是疯了！

共叔武默默地收回视线，望向唯一一个正常的文士，嗯，相对而言比较正常。

祈善这人事多得很，说什么也不肯骑骡子，不知从哪儿弄来一匹干瘦的老马代步。

共叔武看祈善的时候，祈善正目光幽幽地盯着前方有说有笑的沈棠和褚曜，气氛很微妙。

"祈先生？"思来想去共叔武还是开了口。三个文士，他总得捞着一个，九等五大夫也禁不起千余人的群殴。

祈善掀了掀眼皮："何事？"

共叔武道："呃，没事……"直觉告诉他这个时候不要开口。

但既然起了话头，总该说点儿什么，他问："在下只是好奇，二位先生为何会……？"说着，他把余光落向沈棠的背影。

祈善闻弦歌而知雅意，登时明白他所指的是什么，回答道："起初只是为了赌一把。"

每一个看似冷静的谋者，骨子里都有一抹赌徒的影子，或是为了乘胜追击，或是为了绝境翻盘。赌桌之上无感情，结果这孩子太真诚，祈善与褚曜一样开始良心作痛，甚至忍不住反思——会不会做得太过分了？

不管沈幼梨本性如何，未来会不会被时局逼上那条路，现在都是被他们赶鸭子上架，而且沈棠还疑似是一位娇滴滴的女郎。

两日前，四宝郡郡守设宴款待翟欢、翟乐两兄弟。

宴席正酣，他神色郑重地行了个大礼。

翟乐惊得"噌"地起身，连连摆手："使不得，使不得，府君何须这般大礼？我等能得府君信任委以重任，自当尽心尽力，护送税银安全抵达。"

翟欢虽未站起身，但也拱了拱手，放低姿态，不敢受郡守的大礼，言明会尽力配合。

郡守得到兄弟二人的承诺，稍稍放心。

宴会上他还给兄弟二人引见了另一位人物。此人是郡守的属官，同时也是率领孝城附近数千驻军的都尉之一。此次任务将由他率领一千精锐，配合翟欢、翟乐两兄弟执行。

这位都尉生得人高马大，肤色微黑，国字脸，络腮胡，双眉粗浓，黑眸威严，瞳孔偏上，瞧着有几分不近人情的傲气。

不知是情绪使然，还是他生来就是一副固执的凶悍相，他给人的第一印象便是不太友好。

哪怕郡守热情地介绍三个人相识，他也是不冷不热的，随便拱手算回应过了，说话更是惜字如金，或"嗯"或"哦"或"久仰"。

翟乐也忍不住想离他一射之地。

郡守热情了一阵也冷淡下来。

直到郡守暗示都尉以翟乐为首。

都尉那张国字脸瞬间阴沉下来，拉得老长，只是不好当场发作。

他觉得这完全是不可理喻！翟欢、翟乐二人并非本地人士，不可信。一个堪堪弱冠，另一个乳臭未干，这俩毛孩子加起来年纪都没有他大，即便天赋出众，但缺乏经验，与其他兵卒一点儿不熟，一旦碰到了敌人，指挥调度便是个大问题，如何能与他相比较？哼，竟然还让他从旁协助，这位郡守如今简直疯了！押运税银事大不假，但为了这么件事情摆出这么大的阵仗，搞什么真假队伍障眼法，使得驻军兵力四分五裂，一旦有了民乱或者其他敌情，怕是防都防不住。想到这里，他心里越发不满。

当然，他心里也清楚，因为他曾是前任郡守的心腹，又时常唱反调，现任郡守看他非常不顺眼，这几年更是有事没事就找他的麻烦，明摆着故意针对他，这次更过分，直接将他的面子往地上踩。

翟乐听了郡守的话也是头皮发麻，急忙起身推辞：帮忙可以，但拿决策统兵权力就算了，这又不是啥好玩意儿，根本就是拉仇恨！

郡守倒不觉得哪里有问题，有能者居之！这位都尉在任数年没犯过一次错，但也未立过一次功，说白了就是平庸！这位都尉做事畏首畏尾，性格犹犹豫豫，练兵还行，但决策少了果断，而且过了而立之年，修为再无长进。

若非实在无人可用……哼哼，郡守甚至不会想起他。

反观翟乐，年纪轻轻便是七等公大夫，看着面皮稚嫩，但言谈举止都看得出骨子里是个果决的，又有配合默契的堂兄翟欢在侧，若愿意接过指挥权，行动不受掣肘，明显比这蹲着茅坑不拉屎的老家伙好得多。

既然双方都不愿，郡守也不好强求。

只是郡守的横插一脚还是让都尉对翟欢、翟乐二人生出不满，单方面结下了梁子。

郡守将都尉的神情看在眼里，内心冷哼。

设宴的第二日押送队伍启程。

与祈善他们预料的大差不差，郡守不仅放出十几条假消息，还搞了四假一真五支押运税银队伍，分别从不同时间、不同地点出发，每一支队伍路线都不一样，但队伍的配置大致相同。

翟乐乍一听这个消息，出于职业本能，皱眉算了算兵力："一支就是一千，五支就是五千，虽说孝城是四宝郡的郡府，驻军规模比寻常地区要大得多，但绝不会超过两万之数，保守估计也就一万上下，这不是……几天内调走了一半兵力？"

郡守大概也考虑到了这点，于是错开了五支队伍的出发时间。只要能顺利地将税银送上水路，基本就安全了，支出去的兵马就可以返程。一来一回大概十天，每隔一天便会有一千兵马回来。孝城的兵力是会比平时薄弱，但也弱不了太多。最重要的是只有一支队伍是真的，其他四支只是做个样子，一有情况可以立马回援。

郡守这小算盘也打得"噼啪"响。

翟乐下意识地想到附近凌州的暴乱，这个消息……郡守应该知道吧？

他不确定地想着，正出神呢，肩膀被堂兄拍了一下，散发出去的思绪瞬间归位："阿兄……"

翟欢骑马与他并辔而行："怎么了？"

翟乐不确定地道："我在想，孝城兵力薄弱，若此时有暴徒出现，岂不是很危险？"

翟欢道："也不是没这个可能。"

依翟欢看来，一支护送队伍派遣两三百人就够了，毕竟为首的武胆武者还能武气化兵，寻常的劫匪绕路都来不及呢，有能力打劫的，也得看看这块硬骨头能不能啃下来。结果一支队伍派遣一千兵力，好似郡守笃定会有武力强大的人来劫税银似的……耐人寻味。

因为赶得急，众人只得趱行。这一千兵马皆训练有素，急吼吼地赶路也不见抱怨，天不亮就上路，日头最大的时候寻个阴凉地歇一歇，用过水粮补充了体力，日头稍微偏斜就继续上路，直至夜幕降临。

只是车辆沉重，马匹脚程快不起来。

第一日，出东城，风平浪静。

第二日，入峡谷，海不扬波。

第三日，上了官道……绷着神经的众人终于松了口气。

那条峡谷最容易设伏，他们走得胆战心惊，颇有草木皆兵的架势，但整段路过去了，他们担心的劫匪也未出现。饶是一直板着脸的都尉也开始舒展眉头。

今天过去就只剩下两日路程了。

因为近几年打仗，人丁凋零，政局不稳，连官道也无人维护整修，杂草丛生，不少大块头碎石挡路，极大降低了他们的速度。这让都尉非常烦躁。

更令人恼怒的是，前方探路的斥候传回来一个坏消息：因为前几日此处暴雨，引发了一场地滑堵住了去路，若要清理至少需半日光景。

都尉虎目圆瞪："半日？"

斥候为难地道："是，山体不稳，若用武力强行开道清理，恐怕会引发二次地滑。"最省时间的办法就是绕路了。

地滑？这种时候遇上地滑？都尉心一沉，面皮轻微抽搐。

"杨都尉，发生何事了？"税银队伍后方的翟欢发现队伍停下，这会儿也不是休息的时候，便驱马上前询问。

"前方有地滑，走不了。"都尉见来人是翟欢，心下虽有不悦，却没有表露于色，只是习惯性地冷着脸，脸色算不上多好。

翟欢并未在意这个细节。他跟这位都尉也就"共事"几日，对方的喜恶与他干系不大。

"地滑？"翟欢敏感的神经被触动，扭头询问斥候："可有人为迹象？"

虽说地滑是比较常见的自然灾害，行军打仗时有碰见，但偏巧是当下这个敏感关头，偏巧让他们遇见，由不得他不多想。

斥候用余光看了眼真正的上司，见后者没意见才回答："仔细查过，并无人为迹象。"

翟欢皱眉：并无人为迹象，那便是巧合了？

他又问:"多久可以清理好?"

实力强大的武胆武者甚至能以一人之力撼动山岳,短时间内清理出一条路不是问题。

斥候的回复让他失望,因为山体不稳不能暴力开道,半日时间还是乐观的估计,若中途有其他意外情况,恐怕要耽误一整天时间。

这位斥候也是四宝郡土著,对郡内各处地势、道路非常熟悉。按照斥候的经验,若选择绕道,至多比原来的路线耽误一个时辰。这点儿时间完全可以通过减少休息时间来弥补。

翟欢对这个建议不置可否:前几日的暴雨,受影响的未必只有附近这段官道,谁知道绕路会不会碰上同样的麻烦?

不过他并非决策者。他问道:"杨都尉以为如何?"

都尉迟疑不定。耽误半天时间清理道路,虽然安全稳妥,但斥候也说中途可能发生二次地滑,有危险还会耽误更多时间,错过交接的时辰;若是绕路,其中的风险未知……

都尉这一犹豫便是半刻钟时间。

翟欢也不好催促。

翟乐这边倒有小小的埋怨。

翟乐骑在马上,歪身偏向自家堂兄。

翟欢默契十足地下了一个防止外人窥听的言灵。

翟乐放心地吐槽:"阿兄,那位都尉做事这么磨叽?"这种事情有什么好迟疑的?当然是派人清理道路啊。至于绕道会耽误一天,拜托,混淆旁人视听的假队伍,莫说耽误一天了,即便耽误十天半个月又如何?绕道?没必要!

翟欢脸上微有异色,心底快速地闪过一个可怕的猜测,目光似不经意般扫过那一箱箱贴了封条的税银箱子,胸腔"突突"数下。

翟欢少有地严厉起来:"阿乐!"

翟乐瞬间蔫儿成霜打的茄子。自打他有了正经的字,就不乐意旁人再这么叫他,"阿乐"这个称呼过于秀气,不够有男子气概。堂兄也知道他的小心思,很少会这么喊他,而一旦这么喊了……他基本秒怂。

他委屈地撇了撇嘴:私下吐槽一句,又不是当着人面得罪……不至于如此吧?

翟欢凝重地道:"阿乐,接下来要小心了。"

翟乐疑惑不解:"有情况?"

"税银有问题。"

翟乐受了惊吓："有问题？本来就是假的税银，不可能有什么……啊，这……阿兄的意思是……真的？"

翟欢极其轻声地应了一声："嗯。"税银十有八九是真的……若非如此，杨都尉何苦发愁耽误时间？

翟欢拍了拍自家堂弟的肩膀，叮嘱："时刻提高警惕，防止暗中冷箭，自身安全最重要。"

至于税银？能保住最好，保不住也是天意。毕竟理论上他们并不知道这是真税银不是吗？若真遇见劲敌，为何要为了一批"假的税银"赌上性命，将自身、将阿乐置于危险的境地？

翟欢唯一没料到的是那位郡守是个狠人，居然有胆量冒这个风险。饶是翟欢也生出几分薄怒。

不多会儿，那位杨都尉终于纠结出结果，咬咬牙，决定冒风险绕道，走另一条较为偏僻的小路。

这条小路上几乎没什么行客，是仅容一辆马车通过的狭窄的山道，山道两旁密林遍布。

凹凸不平还未干透的泥泞的山道给队伍的行进增添了不少难度。普通人轻装上阵走着都费劲儿，更别说推着一辆辆载满沉重箱子的车辆了。不过半个时辰，便有士兵气喘吁吁，明明已经入秋却热得浑身大汗。

"快走！停下作甚？"杨都尉骑着马，沉着脸，见士兵越走越慢，心头的火气"噌"地上来了，粗声呵斥，"才走多少路就累成这副德行？便是爬也得爬起来！耽误了时辰你们有几个脑袋赔？"

士兵们不敢说话。连杨都尉的副手属官也只敢看着。

于是士兵们又咬牙行了大半个时辰。

最后实在挨不住，一名遭了杨都尉一鞭子的士兵讨饶道："非我等不肯动，实在是这路太难走，莫说人了，骡子来了也得累趴下。将军行行好，容我等停下歇一歇脚吧。"

这才多长时间，他的衣裳已经完全被汗水打湿，整个人似被从水中捞出来一般汗涔涔的，四肢力气耗尽，酸软胀痛。莫说推着税银车辆走了，便是让他多走几步，胸腔都火辣辣地疼，喘不过气来。他们是练过武，但身手、体力只比普通人好点儿，连末流公士都不是，这连车带车上载的东西足有五六百斤，他们即便分工合作，一个人推另一个人拉，碰上这么泥泞、崎岖的路面也抗不住。

杨都尉闻言黑了脸。

后方的翟乐见不惯杨都尉轻则叱骂，动辄甩鞭子打部下的行径，但看到这一幕，不知为何突然笑出声。尽管翟乐迅速地反应过来，但还是出了动静，惹来杨都尉不友善的瞪视。

翟欢无奈："你笑甚？"

翟乐道："我笑是因为突然想到了好笑的事情。"

翟欢又问："什么好笑的事情？"

"阿兄瞧这架势似不似梁山好汉智取生辰纲那一回？偏偏这位都尉还姓杨……"

翟欢默然。

贼星碎片上面记载着无数内容，有威力强大、奇妙莫测的文、武言灵，也有坊市小说，例如翟乐非常喜欢的《水浒传》。

但翟欢不喜欢看这个，所以翟乐戳不到自家堂兄的笑点。

翟乐忍不住低声道："待会儿若出现一伙贩枣、卖酒的，可就真有意思了……"

却说另一处。

杨都尉看着一众犯懒的士兵又气又恼，因为心里窝着火，下手不免重了些，一鞭子甩得惊天响。

但比鞭子声更响的是那名小兵的惨叫声。凄厉刺耳的叫声听得众人头皮微麻，扭过头不敢去看那名面色煞白，仿佛去了半条命的倒霉鬼，生出几分兔死狐悲之感。

这里的士兵半数是杨都尉带出来的。他们平日也很敬佩这位话不太多、埋头办事的上司，也知道杨都尉遇见事情脾气会变得暴躁，但万万没想到会这么暴躁。他们哪里是不想走啊？实在是没力气，走不动、推不动了。

连那名提出绕路建议的斥候也看得脖颈微凉，此时才意识到自己提了一个馊主意，选择绕路本想节省时间，谁料山路会泥泞成这样……

最后还是翟欢看不下去这场闹剧，主动上前安抚杨都尉，给出的理由也正当——倘若士兵们耗尽体力，碰上不知从哪儿杀出来的敌人，还有御敌自保的力气吗？

杨都尉瞬间黑了脸：翟欢担心的事情他何尝不知道？他本以为绕道能加快步伐，谁知反而陷入不上不下的尴尬境地。他有心掉头回去，但这样一来只会浪费更多的时间。若硬着头皮继续走下去，士兵们的体力明显坚持不了多久。真真是愁杀人也!

"在下来孝城不久,不止一次听人提及都尉的大名,人人都说您练兵有素、爱兵如子,私下仰慕多时,也知都尉是恪尽职守才会急躁,换任何一个人来也无法做得比您周全。只是赶路重要,士兵们的身体也重要,不能给敌人可乘之机,还请杨都尉三思。"翟欢惯会揣摩人心,见杨都尉眼神不似先前坚定了,便趁热打铁,给他戴上几顶高帽子。

好听的软话谁不想听呢?杨都尉绷着两颊的肌肉不张口,但脸色的确肉眼可见地阴转晴了,火气小了几分。

"也是,先生说得有道理。"杨都尉心里也清楚文士的嘴,骗人的鬼,恭维人的话十句有一句真就不错了,有些好话听听就好,不能当真,可翟欢这话也给了他台阶下。他顺势挥手下令全军休息一刻钟。

众兵卒如蒙大赦,纷纷找阴凉地坐着,或喝水或吃干粮,抓紧时间补充体力。

"苦也,这段路还不知要走多久。"一名士兵坐着捶打两条坚硬如石的小腿。

"唉,谁知道呢。你瞧,我这上衣能拧出两斤水来。"为凉快,一名士兵将上衣脱下露出膀子。

"少说两句,被都尉听到焉有命在?"

此话一出,附近的几个士兵心有戚戚,纷纷噤声。嘴巴是闭上了,但他们心里有没有暴躁地骂娘就不得而知了。

所有人都耷拉着脑袋,唯独一人伸长了脖子到处乱看。不消说,此人就是翟乐。

翟欢给翟乐使了几次眼色都不好使。

翟欢知道这位堂弟一向好动:"你又作甚?"

翟乐笑道:"自然是看贩枣、卖酒的何时来,酒囊里的酒水都喝光了,早知如此便问沈兄多打几坛,何至于现在被酒虫勾得心痒痒?"

翟欢眼皮颤得厉害,教训道:"你这酒瘾越发大了……"翟乐还未正式加冠便朝着酒蒙子发展,以后如何是好?

"嘿嘿,一醉解千愁嘛。"翟乐也不是真的想喝酒,单纯是觉得小说照进现实很有意思。

只是翟乐心心念念的"贩枣、卖酒的梁山好汉"并未出现。

一刻钟过去,士兵们再不情愿也不敢赖在地上:杨都尉爱吃素,但他手里的鞭子不吃素。

奈何屋漏又遭连夜雨。

434

众人再度上路，仅过了一刻钟，天幕便飘起绵密的小雨。随着雨势增大，这条小路越发不好走，长长的队伍似一条慢慢蠕动前行的蜗牛，好半晌才挪动一段。

汗水夹杂着雨水，让杨都尉的心情直接跌穿了下限。

车辊辘碾过水坑溅起大片黄泥巴水。

翟乐抹了一把挂在眼睑上的雨水，感慨："真是苦也，怕是要困在此处！"假想中的敌人没出来，自己先把自己搞得这般狼狈也是少见。

翟乐正说着，不远处一名推车的士兵手一滑，脚下没站稳，被还未爬上水坑的车辊辘顺着惯性下来碾了脚，连人带车滚进路边的草丛里。

杨都尉听到动静，驭马过来查看情况。

因为推车倾斜，车上装着的两个大箱子滚了下来，封条早被雨水打湿，锁也被摔坏了，自箱中滚出一锭锭白银来。杨都尉瞬间火气直冲大脑，想也不想落下两三鞭子，打得那名士兵抱头乱滚。

翟欢默然：猜测是一回事，但猜测被证实又是另一回事，这支税银队伍居然是真的！杨都尉迅速地命人收拾残局。翟欢、翟乐二人也当自己没看到这一幕。

队伍继续上路，只是比之前更慢了。

突然，翟乐精神一振："阿兄，有笛声！"

雨幕连接天地，耳边唯余雨水拍打万物的"淅淅沥沥"声，听了只觉得枯燥乏味。偏偏这个时候翟乐听到了一点儿不同寻常的声音。清远悠扬，丝丝流转，笛声带着无尽的活泼与热情，再一细品，又似那传说中的山鬼引吭高歌，美妙无双。

翟欢听力不如翟乐，初时并未听见。

随着声源逐渐靠近，天地一色的雨幕里走出人的影子。

杨都尉绷紧了神经，暗暗担心是贼人来了。

手下的属官提着刀拍马上前，至近前才知是一老一少并一头老牛。

属官来势汹汹，吓到了这一老一少，刚刚还悠扬的笛声戛然而止。

"停下！尔等何人？"

牛背上的牧童怕得缩脖子。

老者也好不到哪里去，但仍参着胆回禀。

原来他们是一对相依为命的爷孙，孙儿白日在附近放牛，老者看天色有异样，担心孙儿的安全，特地过来给孙儿送蓑衣、斗笠，雨势变化得太快，加之天色将暗，于是同行归家。

这番说辞没什么问题，这对爷孙一看就知是穷乡僻壤的普通人。属官盘问了两句便道："前方有兵爷办正事，你们速速离去，莫要挡道，否则当心无辜丢了小命。"

老者张了张口，有苦说不出：这个要求很无礼，他们爷孙回家的路就这一条，如何"速速离去"？又何来挡道一说？

"怎么回事？还未处理好吗？"属官耗费的时间有点儿久，杨都尉本就不多的耐心耗尽。

马蹄踩着水坑，溅起泥巴色水花，杨都尉驭马上前，一袭狰狞的兽头甲胄，居高临下地看着佝偻着脊背的老者，带给后者莫大的压迫感。

老者吓得肩膀都在颤抖。

"便是这两个？"

属官如实回答。

杨都尉淡淡地扫过满脸沧桑的老者以及干瘪消瘦的牧童。

爷孙二人脸上带着常年劳作暴晒后的晒伤瘢痕，手指生过冻疮。老者头戴缺角的破斗笠，牧童披着宽大的老旧蓑衣，横看竖看都是这世道再普通不过的普通人，根本不是杨都尉担心的贼人。杨都尉绷紧的神经稍稍放松，但心头窝着的火气还未撒干净："你们俩这个时辰不归家，在山上乱窜什么？"

老者动了动唇，狠狠又大感冤枉地道："兵爷明鉴啊，非我等不肯回家，实在是……"

老者看看杨都尉他们来的方向，欲言又止，虽未开口，但混浊的双眸已经将沧桑和为难说了个干净。

杨都尉心头火起，冷哼道："你这老货是控诉我等拦了你的道？"

老者被杨都尉的话吓得面无人色，诚惶诚恐地道："不敢不敢。"

牛背上的牧童紧咬着下唇，低头缩肩，看着可怜又无助。

杨都尉也不想当着这么多人的面为难一对老弱爷孙，拿着鞭子的手往路边一指："你们从那边过，别耽误我等的正事。"

老者闻言，如蒙大赦，点头哈腰地连连感谢杨都尉，嘴上还不忘说着恭维的吉祥话。

大概是觉得自己说还不够，老者拽了拽孙子的破裤腿，示意孙子也感激杨都尉的大人大量。

牧童期期艾艾说不完整一句话。

杨都尉暗道晦气，这牧童竟还是个结巴。

"行了行了，滚一边去！"

老者一边点头一边费劲儿地将不怎么听话的老牛往路边拽，让出大路。

税银队伍继续如蜗牛一般缓慢爬行。老牛也驮着牧童，在老者的牵动下慢慢往前走。

"这位老丈，且等等！"翟乐笑着上前喊住老者。

老者耳朵似乎不太好，慢了一拍才回过神，冲着翟乐拱拱手："兵爷好，有何吩咐？"

翟乐问："老丈家中可贩枣？"

老者哑然，虽万分不解，嘴上仍恭敬地回答："家中不曾贩枣，但屋后栽了两棵树，一棵是橘子树，另一棵还是橘子树。兵爷若不嫌弃，且在此地不要走，这就去给您带来。"

翟乐喊住老者可不是为了吃橘子，但老者这般热情，倒是让他有些不太好意思："给你家孙儿吃吧。"

老者为讨好翟乐，看了眼孙子，叹道："他吃两个得了，我们这些人本也不配。兵爷若要吃，剩下的都给兵爷送来。家里还晒了不少橘子皮，泡水喝挺有滋味。"

翟乐见老者很认真，急忙阻拦。

老者狐疑地看着翟乐，似丈二和尚摸不着头脑，说道："兵爷拦住我等，不是为了吃橘子……是为了吃枣子？但家中并无枣树，唉，要不您再往前走？或有人家栽种枣树。"

翟乐语塞。

看着这一幕的翟欢忍不住发出一丝笑声。

翟乐脸皮薄，听到这笑声，尴尬地红了脸，又气又恼地道："阿兄，不许笑！"

翟欢很没诚意："是是是，不笑不笑。"

翟乐见堂兄真不笑了，才转头再问老者："那老丈家中可酿酒？"

翟乐作为《水浒传》的忠实书粉，感觉小说照进现实是多么难得的经历。税银对标生辰纲，杨都尉跟好汉"青面兽"杨志一个姓，生辰纲在黄泥岗被劫，他们现在也上了差不多的山道，而且这会儿迎面走来一老一少爷孙俩。

倒不是说翟乐怀疑这对爷孙是歹人伪装，若真是伪装，自家堂兄怎会看不出来？他只是想集齐偶像同款元素。但凡老人家里有贩枣、卖酒的营生，仅需其一，他便心满意足。

可他的小心思无人了解，阿兄还笑他。

老者看着生得俊俏、穿得富贵可脑子有点儿病的后生，缓缓地道："家中没卖酒，但我儿在时爱酒，一次能喝三大坛。"

翟乐遗憾地撇了撇嘴。

老者又问："兵爷可还有其他吩咐？"

翟乐掩盖失落，神色温和地叮嘱："没了没了，老丈且去，山路湿滑，注意安全。"

老者谢道："谢兵爷关心。"说完，老者牵着老牛继续上路。

老者不敢离税银队伍太近，但也不敢离山道太远，生怕天色黑下来会迷路。

税银队伍向前，这对爷孙向后，二者相向而行，足足过了小半刻钟才分离。

翟欢看着远处的爷孙离去的背影，微蹙眉。

过了会儿，翟欢跟杨都尉借了一员斥候。

杨都尉不太满意："作甚？"

翟欢道："跟着那对爷孙看看。"

杨都尉哼道："一个白发老货、一个黄毛小童，你是担心他们是歹人的前哨？"若真怀疑他们是前哨，抓来杀了就行了，何必派遣斥候去跟踪查探？

翟欢并未明说，只是说了句："小心驶得万年船。这对爷孙若真无辜，只是巧合出现，便不用打搅他们，以免坏了都尉的好名声。若他们有问题，抓人岂不打草惊蛇？"

杨都尉说不过这些文士，一句话正反他们都有说辞。

因为雨势的影响，税银队伍想走快也快不了，杨都尉为谨慎起见也采纳了翟欢的建议。

翟乐私下问堂兄："那对爷孙……"

翟欢知道他要问什么，轻声道："不确定是不是他们，方才用文士之道探查……"

翟乐神色微凛："出现了什么？"

他知道自家堂兄的文士之道：八日卦，每隔八天能起一卦。

这看似逆天的文士之道也有不少限制，例如无法指定起卦对象，只显示卦象，消耗的文气还不少。

种种限制使得翟欢一般不怎么用它，这次也是出于谨慎才用了一次。

翟欢道："水雷屯，起始维艰。"

翟乐一扫眉宇间的轻松，代之以凝重："屯卦，下下……震为雷，坎为雨，雷雨交加，险象环生，不是什么好兆头啊……"

第二十六章
狂野奔放的文心文士

翟欢、翟乐兄弟正为卦象担心，罪魁祸首已经走出足够远的距离。

老者抬手掀起斗笠的帽檐，微微偏首，用余光看向身后早已不见队尾的税银队伍，苍老憔悴的脸上浮现出几分与年纪不相符的青春活力，说道："没想到笑芳也在。"

倘若翟乐此时还在，也会感觉惊异：他游历孝城，交情好到能互通表字的人不多，这位仅有一面之缘的老者如何知道他？

牧童手指转着一根简陋粗糙的竹笛，语气老成："始料未及，好事多妨。"

老者笑着问："出了笑芳和翟欢这两个'意料之外'，行动还要不要按照既定计划执行？"

牧童反问："不然呢？呵，一个翟笑芳、一个翟悦文，还嫩。沈小郎君，不足为惧。"

老者见牧童这般自信，耸了耸肩："有一事我不太明白。"

牧童冷着稚嫩的嗓音道："你问。"

老者疑惑地皱着眉头，说道："明明你也才二十四五岁，那个翟欢已弱冠，就算比你小，姑且算他二十一二岁吧，为什么你说话总是老气横秋的，好似比翟欢大了两三轮？"

"那沈小郎君为什么喜欢占翟笑芳的便宜？你口中那位'在时爱酒，一次能喝三大坛'的'儿'是谁？你为什么，我便为什么。"

牧童这一反问，登时将老者问住了：能是为什么？自然是为了给人当爸爸的快乐啊。

老者正笑着，神色突然一滞，眨眼又恢复成和蔼慈祥的老爷爷状态。

牧童不用暗示便明白过来，举起手中把玩的竹笛吹奏起来。

碍于乐器的材质，笛声算不上上佳，但从中也能听出演奏者的功底。

一爷一孙并一牛悠闲地回了村。

这是一座位于深山里的废弃村落。其他房屋久无人住，不是被虫蚁啃噬腐朽坍塌，便是毁于地滑，整个村落冷冷清清的，不见人烟。唯独村头那栋老屋子还算完整，屋后栽着两棵无人照料、野蛮生长的橘子树。

老者牵着老牛推开"吱呀"作响的老门。

尾随的斥候盯了一会儿，见老屋子破败的残窗里亮起一点儿微光，半刻钟后烟囱里升起袅袅青烟，终于放心地转身离开。

屋内，立在窗前观察外边的老者冲牧童点了点头。

牧童道："应该是翟欢。"翟乐根本没看穿他们的伪装，那位杨都尉则生性迟疑、才能平庸，骨子里还带着高高在上的骄傲，蔑视普通人，根本不会将这对一看就没什么威胁的爷孙看得这般重要，更遑论派斥候尾随跟踪了。唯一的可能便是翟欢生了疑。

"翟欢？他既然生疑，为何当时不拦着？"老者心下生出三分庆幸——他们这两日还真就住在这里，后院也的确有两棵橘子树。

这座村落原先有三十多户，人气还行。只是世道艰难，青壮年不是被强征成兵丁，便是生活不下去，无奈外出图谋发展。剩下的老人、小孩儿，熬着等死，几经波折，最后逐渐变成一座再常见不过的无人村。

"自然是因为敌人松懈了才容易露出马脚。与其打草惊蛇，倒不如静观其变。"牧童倒是将翟欢的行为琢磨得透透的，说道，"他没看穿我的伪装，拿捏不定我们俩的身份是无辜的路人，还是贼人的前哨，或者干脆就是贼人……"

二人用旧柴生火烧水，简单地用了点儿干粮，瞧不出半点儿急色。

除了大雨不在计划之内，其他细节都未脱离牧童和褚曜的计划，包括那场地滑。

牧童看着冷静，实则内心也捏了一把汗。

若杨都尉选择清理泥土、碎石，税银为假的概率直线飙升，他们只能想法靠近试探真假。真，则武力强攻，毕竟过了这段官道再想拦截就不容易了，还容易被策应的队伍包饺子；假，则白忙活一场，打道回府。

若杨都尉选择绕道，则正中他们的下怀。这段坑坑洼洼的泥巴路不仅湿滑难行,还非常狭窄,若要通过,税银队伍只能拉得老长,一旦发生敌袭,首尾不能兼顾,即便有实力强大的武者坐镇也很难摆开阵势,优势荡然无存。最重要的是,这条路还能极大地消耗士兵们的体力。嘿嘿,天亮之前税银队伍别想离开这里。恰逢大雨,行路难度又提升一个档次。

想到褚无晦带共叔武干的事儿,牧童便非常期待杨都尉费尽千辛万苦走了一半,结果发现山道上又有一场地滑时会是啥表情,那必定是一张暴躁又狰狞的脸。

牧童猜得大差不差。天色已黑,雨势未收,杨都尉收到前方斥候传回来的情报,脸色宛若脱缰的野马朝着黑色狂奔,铁青已经不足以形容他此时的脸色。

恰巧另一名斥候也骑着马赶回来,回禀那对放牛爷孙的情况。

这可撞上枪口了。杨都尉内心憋着股无处撒的大火,这会儿看什么都不顺眼,特别是瞎出主意的翟欢,学了点儿本事就出来卖弄,随便路过个行人都要怀疑。

唯一庆幸的是,前方的地滑不严重,可以清理。

杨都尉听见手下的属官询问要不要清理的时候,扯着嗓子咆哮:"不清理难道绕道?"绕到哪里去?费劲儿地掉头?

属官被训斥了一顿,神情怏怏。

清理地滑虽未耗费多久的时间,但税银队伍被迫停下了。

士兵们起初还庆幸能歇一会儿喘口气,可很快就发现自己太天真了:冰冷的雨水落在肌肤上,浇凉由大量运动带来的由内而外散发的热气,凉风一吹,肌肤战抖,激起鸡皮疙瘩,四肢冰凉僵硬。

这段泥巴路白天都不好走,更何况入夜了。杨都尉无奈,只能寻了个相对开阔、平整的地方命令全军就地休整。

士兵们纷纷钻入税银车辆下躲雨。有武胆的运转武胆,以武气抵御入骨的寒意;没武胆的只能硬抗,靠着发抖、聚众等物理手段取暖。这大半日比先前几天加起来都累,不多时便听见此起彼伏的如雷鼾声。

翟欢心头越发感觉不妙:即便那对爷孙没嫌疑,但文士之道起卦出现的"屯卦"是实打实的下下卦,麻烦大了。

"阿兄,这可怎生是好?"翟乐听着传入耳里的鼾声,心烦气躁。

若敌人这时打过来,这些人有几个能立刻进入迎敌状态?等着束手就擒?翟乐有心提醒,但看杨都尉对他们兄弟的排斥态度,多半只会讨嫌,被人诟病。

翟欢眼睑都不掀一下,说道:"尽人事。"言外之意,剩下的只能"听天命"了。

见翟乐闷闷不乐,翟欢好声宽慰:"歹人这时候都未出现,或许是卦象错了。"

当然，这话连翟欢自己都无法说服，暗中的敌人绝对打着如意算盘，或许从那场地滑开始，他们便中计了。

翟欢合上眼，沉思。不可否认那名斥候经验老到，竭尽全力搜集情报，但斥候经验再多，碰上老辣的猎人还是会踩中陷阱。陷入眼下的局面，大家都有责任。

翟欢问："杨都尉可有安排巡逻警戒的？"

翟乐道："有。"

在外行军夜宿，哪怕不提防敌人，也得提防豺狼虎豹，都尉肯定会安排守夜巡逻的人。

但在翟乐来看，这些士兵过于懈怠，夜巡能有几分效果还不好说。

翟欢道："坐下歇歇养神吧，后半夜……"

翟欢将剩下的话咽了回去。出了这段泥巴山道，便是相对宽阔、平稳的官道主道，行军速度可以提升不少，歹人若想拦截就不容易了，最大的可能是趁着下半夜一众士兵陷入梦乡的时候出手偷袭……翟欢虽然自信能全身而退，但碰到劲敌不打一场分胜负不是他的作风，打还是要打的。

翟乐点点头，没去别的地方，径自在翟欢身边坐下，闭目养神，方便应对突发状况。

"淅淅沥沥"的雨声逐渐减小，阴云散开，消失了半个晚上的皎洁的玉轮终于舍得露出半张羞怯的娇颜，被雨声覆盖的虫儿鸣叫声逐渐清晰起来。

兄弟二人还能静下心，杨都尉就不同了，心里憋着的火气让他睡意全无。

无所事事，他提着把雪白锃亮的大刀准备四下巡逻。

属官殷勤、谄媚地道："都尉，巡逻警戒的事儿交给下面的人吧，您先烤烤火。"

杨都尉听了没拒绝："嗯。"大雨虽停，但空气中的潮湿和阴冷锲而不舍地往肌肤里钻，尚未蒸发的雨水混杂着汗水，打湿了盔甲下的内裳，似有万千蚂蚁在肌肤上爬动，让人极其不舒服。

坐下烤火，浑身舒坦了不少，他问手下的属官："那对兄弟呢？"

属官知道上司不喜翟欢、翟乐兄弟，指着一众士兵的方向，不屑地撇嘴："在那儿睡着。"

杨都尉闻言，嫌弃感突增。属官没说清楚，他便下意识地以为二人睡在一众士兵中间，此为"胆小怕事""贪生怕死"。翟欢也就罢了，翟乐一个年纪轻轻的武胆武者也这般惜命，毫无男儿不畏生死的血气。再者夜宿野外，居然还能心大地睡着？杨都尉鄙夷地摇摇头，不再关注他们。

盔甲下的衣裳烤得差不多了,杨都尉还想提刀巡逻,又被属官三言两语劝下。

属官诚恳地道:"都尉是我等的主心骨,夜巡之事何须您亲力亲为?唯有您养足了精神,一旦发生变故,才好率领我等痛击敌人。"

杨都尉听了心里熨帖得很。他最喜欢这个属官了,因为惜才还几番提携重用。嗯,这个年轻人也没辜负他的期盼,聪明懂事还踏实忠心,不似其他人,一朝得势便猖狂得忘了本或者飘上了天。

杨都尉拍拍属官的肩膀,欣慰不已。

属官早将这位上司的脾气摸得透透的,后者爱听什么就说什么,每次都能恰到好处。属官道:"属下这便去看看巡夜如何了。"

"嗯,去吧,一有消息立刻回禀。"

属官领命,笑着退下。

属官抓了两组偷懒的巡夜士兵,借着杨都尉的名头狠狠地敲打了一番,在士兵诚惶诚恐的恭维、求饶下,收了点儿好处,勉强答应帮忙遮掩。

属官一走远,便有巡夜的士兵啐了口唾沫:"呸!什么东西!"

大家都是人,赶的是一样的路,他们就不困吗?旁的人还能坐下来休息,他们只能拖着疲累了一天的身体继续执行任务,两个人一组,一共二十组,分别在各个方向巡逻站岗。

"啧,娘的,这一整天可累惨老子了。"

好不容易熬到后半夜,仗着树干、枝叶的遮掩,有一组士兵偷了会儿懒。一个人让搭档帮忙放风,背过身解开腰绳放了泡水,又掏出怀中被油纸包裹,虽未被打湿但冒着些许酸气的干粮往嘴里塞。

"呸呸呸——娘的,酸了。"嘴上嫌弃嘴里的怪味儿,但他还是皱着眉头要将剩下的咽下肚子。虽然驻军不缺军饷,但也不是哪个士兵都能吃饱的,有些人不只自己要吃,还得接济家中老小,不敢浪费。

另一个人道:"熬过今夜就好了。"

那名士兵用唾沫将干粮濡湿,勉强咽下肚,道:"瞧这天气,明儿还得下雨。"

另一个人道:"这段路快走完了。"

那士兵一听也是,想起这事儿又恼火,也不知道是谁选的这段路,走一回能断送半条命。

二人凑在一块儿骂骂咧咧,抱怨军饷发放不及时,抱怨打秋风的混账上司,抱怨混了几年也没晋升,有个同村的都爬到队正,管着二十号人了……但他们只敢私下说,不敢让第三个人听到。

不过当真没有第三个人听到吗？

黑夜之中，正有两双冰冷的眼睛默默地注视着这个方向，正是褚曜、共叔武二人。

不同于杨都尉手下一众疲乏的兵卒，褚曜、共叔武二人非常精神，来之前小憩过，吃饱喝足。

共叔武道："先生，现在动手？"在他看来，现在时机正好。

褚曜摇摇头："再等等。"

共叔武道："还等？再等天都要亮了。"

褚曜道："嗯，等五郎他们，一起动手。"

四个人分成两组行动，并无联络方式，故而褚曜也不确定沈棠他们在哪里，只能等沈棠那边先动手，他这边策应，一举击溃，不给敌人喘息之机。

话虽这么说，但共叔武怎么觉得褚先生是不满沈五郎被祈元良抢走了呢？他堂堂九等五大夫，没受过这委屈。

"私以为咱俩这伪装没有必要了。"靠着祈善那手居家旅行、杀人夺宝必备的伪装手段，沈棠和祈善从"爷孙"变成了两个五大三粗、形貌粗狂，一看就不是啥好人的壮汉土匪，她觉得这样有掩耳盗铃之嫌。

祈善问："为何没必要？"

沈棠摸了摸脸上毛茸茸又稠密的络腮胡子，刀疤脸上愁色一闪而逝，唉声叹气道："不是你的伪装不好，只是我那柄剑一亮出来，除非笑芳是瞎子，不然不可能认不出来。"谁能想到郡守会请他们两个押运税银呢？

祈善道："你担心他们兄弟俩会泄密？"

沈棠摇摇头："倒不是担心这个。这世上最牢不可分的关系需要'利益'为枢纽。翟欢他们兄弟既不是郡守的下属，又无须听命于他，受其差遣，将我们几个报上去能换来多少好处？我只是愁，我本来就欠笑芳一笔巨财，再欠一份人情就真负债累累了……"

祈善微眯眼，下一句尽显狠人本色："沈小郎君愁这个？这事不难解决，全杀了。"

杀了翟欢兄弟，写给翟乐的欠条也不用还了，也不会欠人情，祈善是这个逻辑吧？那翟乐死不瞑目啊。她扯了扯嘴角："不至于斯。"

要是小伙伴翟乐知道自己因为这种理由对他下杀手，她以后别想交到朋友了。祈善净出馊主意。

沈棠迟疑了一会儿，说道："算了，笑芳那边就交给半步吧……我对付那个都尉……"

祈善道："十等左庶长，你行吗？"

知己知彼，百战不殆。四宝郡的大致情况祈善摸得差不多了，杨都尉是四宝郡驻军中武胆等级最高的武者——十等左庶长。是的，十等左庶长，比共叔武的九等五大夫还高一等。

这人经历也算丰富，年轻时曾随军征战四方，跟现任郡守的座主有袍泽之情，一块儿打过仗。只是其行事优柔寡断、性情暴躁、才能平庸，偏偏自视甚高，得罪了不少袍泽。他后因贻误战机被那位座主惩戒，罚了军棍、遭了贬斥，再加上得罪的人多，就被调到四宝郡驻军统兵。自从被调到四宝郡后，他郁郁不得志，修炼松懈，又没有太好的天赋，还失去了战场立功的机会，武运积累的速度可想而知，而立之年晋升九等五大夫，如今十五年过去了才是十等左庶长……可以说是几无寸进了。

估摸着杨都尉内心厌恶的人中，那位座主高居榜首，其次是当年打压过他的袍泽。

虽说如此，但十等左庶长毕竟是十等左庶长，老将宝刀未老啊。己方就这么点儿人，祈善多少还是觉得有点儿虚。

沈棠眉头微挑："你说我不行？"

沈棠正欲发作，祈善将早已备好的酒囊取了出来，绝对是烈酒，还是泡着各种滋补药的好药酒，以自家沈小郎君嘬个筷子都能醉的酒量，保证这一酒囊的烈酒下肚后，沈小郎君醉上一整宿。

沈棠无语：祈善真是个狠人啊。

沈棠接过酒囊。她原先跟褚曜一组，但被祈善用"无晦狠不下心喂沈小郎君喝酒"为借口，愣是调换了分组。呵呵，褚无晦舍不舍得她不知道，但祈善是真的舍得！

沈棠眼睛一闭，心一横，仰头"咕咚咕咚"。

醇厚的酒液滑过喉咙变得辛辣又刺激，滚烫的热意瞬间冲向沈棠的两颊，她"咚"的一声脑门儿撞在树上。她秒醉，秒醒，耳边听到祈善道："沈小郎君可还记得那一伙窃宝歹人？"

沈棠水润的眸子眯了眯，危险地道："记得，在何处？"

祈善指着前方远处黑乎乎的一大团阴影："前方便是。我等查明消息，这伙贼人图谋不轨，欲在此设兵，截杀共叔武取得其身上的'珍宝'。在下冒死向沈小郎君告密，沈小郎君意欲何为？"

他说一句，沈棠的脸色便黑一分。她咬紧了牙关，腮帮子的软肉因为愤怒而绷紧："此等无耻歹徒，杀光亦不为过！"
　　祈善道："倒也不必如此。"
　　沈棠冷冷地看着他："此话怎讲？"
　　祈善从容不迫地忽悠醉鬼沈棠："射人先射马，擒贼先擒王。若为首的那名十等左庶长伏诛，其余残兵败将不足为惧，只作鸟兽散。善愿为沈小郎君效犬马之劳，助一臂之力。"
　　沈棠作思忖状："准你与我杀敌！"
　　祈善表面像狗腿子，内心已经忍俊不禁：他倒不知沈小郎君醉后，竟有几分坊市话本中枭雄、猛将的派头，说话一套一套的。倘若他知道有个词叫"中二病"，估计就懂了。
　　月黑风高，杀人之夜。
　　翟乐正打坐运转武胆调整状态，看似闭目小憩，实则暗暗感知天地之气。一侧的翟欢也是如此。
　　某一时刻，二人几乎同时睁开双眼。翟欢向后一跃，右手一挥，数丈高的黑白文气翻卷着，在临时营地的边缘拔地升起。翟乐左手化弓，右手化箭，弓弦瞬间如满月，朝着天空射出一支特殊的箭矢，箭矢升空之时发出极其刺耳的箭鸣声，传遍整个营地。
　　武气化作的箭矢升至最高点，四散炸开，刺眼的白光乍一出现又转瞬消失。这是哨箭！
　　杨都尉猛地睁开双眼，正疑惑这支哨箭的源头，强烈的撞击自营地的边缘传来，引得地面摇晃，狂风席卷。
　　刚刚惊醒的士兵还未来得及散去睡意就被吹得东倒西歪。
　　仅一个照面儿，翟欢脸色骤变——他知来者不善，但没想到来者能不善到这种程度！那位文心文士的底蕴绝不在他之下。两面文气城墙碰撞，他这一面先裂！
　　不过这试探的一招也争取了时间，足够翟乐射箭示警全营了。
　　殊不知，这一箭不仅示警了全营，还示警了另外一组敌人。
　　共叔武精神一振，抖了抖全身的筋骨，运转武胆，黑色武气自脚下向上蔓延，覆盖全身，黑色虎头兜鍪，头顶一束红缨，铠甲以黑色山字形甲片串联而成，防御力惊人，披膊护肩，双腕戴虎头纹护臂，胸背甲覆盖整个上身，甲裙长至小腿，腰间正面戴着威风凛凛的虎头护腰，脚踩黑色皂靴，手持一柄比身体还长半个头

・446・

的偃月长柄刀！

共叔武满心欢喜地等待搭档的文心言灵。

结果褚曤道："沉水入火，自取灭亡！"

共叔武一下不在状态了，看似面无表情、杀气腾腾，实则双目呆滞、怀疑人生——他真的是逃亡了近半年，而不是蹲在深山老林里几十年？为什么他突然看不懂时下的文士潮流了？上来就这么狂野？

虽说世上文、武言灵千千万万，每个人的言灵习惯都不同，可谓是千人千面，但言灵发展了两百多年，无数前人通过自身的经历和摸索，千锤百炼之后总结出了切实可行的套路。这些经验套路就是基础必修课了。例如《文心文士基础十则》之流，通俗地翻译一下就是《文士必须掌握的××条文心言灵》《教你快速掌控你的文心、武胆》《言灵，从入门到精通》《修炼的诀窍》……各式心得百花齐放，但万变不离其宗。

至少共叔武接触过的文心文士，或以防守为主，或攻守兼备，或偏向进攻……但不管是哪一款，基本是以武胆武者为作战核心，辅助其杀敌并保全自身，"明哲保身"一定要给！

所以说褚无晦给他的"明哲保身"呢？不给"明哲保身"，那给"居安思危""曲突徙薪"这些有防护作用的言灵也行啊！

结果呢？褚先生一上来就是"沉水入火，自取灭亡"！剑锋直指敌方大本营，没有他的份儿！

文气如两条七八丈长、龙鳞黑白的巨龙，交缠咆哮，视死如归般往敌方大本营撞去，每片龙鳞都带着令人心惊的阴森邪气。

"还有第二个？"翟欢眼皮狠狠地颤了颤。

仅凭那两条文气长龙的个头儿和威势，翟欢便知道暗中那名文士是一块难啃的硬骨头。究竟是哪个势力打这批税银的主意，敢下这么大的血本？

还不待翟欢有动作，火焰般的墨色武气正面杀了上去，原来是翟乐化出武铠，四指将弓弦抓至满月，一阵轻颤嗡鸣后，箭矢划破长空。

长龙连哀鸣都未发出，碎裂四散。

翟乐诧异地道："这般脆弱？"

翟欢见四散的文气如鹅毛大雪翩翩落下而非彻底消失，心下一紧，想也不想就出手："天似穹庐，笼盖四野！"

翟欢的话音落下，以营地为界，升起一个微透明的黑白穹顶，无数类似文字的图案盘旋其上。

这穹顶彻底合上至少要三息工夫。

翟欢正庆幸自己反应及时出手快，这大片"雪花"应该……这道念头还未完全浮现，"雪花"触碰到穹顶，使其漾开一圈圈涟漪，丝毫不减下落之势！

翟欢默然。

兵卒们经过气浪狂风的席卷，睡意早就飞了个干净，急急忙忙拿起武器，三五成群地准备迎敌。他们倒是想列出军阵，但并没有施展的空间，临时营地被税银车辆几乎占满了。兵卒们集合到一块儿尚且不容易，更遑论摆开阵势迎敌了。

杨都尉又气又恼又恨，没想到贼人居然这么大胆，连他负责押送的税银队伍都敢下手，当即施展武气化作武铠，提枪上马，怒吼道："不用慌！"

此人声如洪钟，传遍营地的各个角落。兵卒们瞬时有了主心骨，却不知真正的危险已经逼近。"雪花"飘落到肩头、发顶、肌肤上……一碰即化，钻入人身。强烈的低落情绪穿过心灵的缝隙，蔓延至四肢百骸，畏惧、怯懦、怕死、彷徨、狂躁……在极度惊惧之中有人看到尸山血海或惨死血亲，更有心性不足者，提刀自戕。

惨叫声此起彼伏，营地彻底乱作一团。兵卒们惶惶然如无头苍蝇。

几息的工夫，局势已完全不可控。

共叔武突然感觉自己是个假的武胆武者。但他毕竟是作战经验丰富的战场老手，内心思绪万千却丁点儿不影响手上的动作，长弓一射，将冲他们来的数支箭矢尽数击落。

褚曜神情毫无波澜："位置暴露了。"

褚曜第一次在战场上见到翟乐的箭术，此子不负五郎的推崇，隔着这么远的距离，仅凭感知也能瞄准敌人的要害，封锁敌人的撤退路径。只可惜，翟乐再好也不是自己家的。

共叔武突然不知该如何回应：刚才动静那么大，敌人没发现他们的位置才叫有问题。他这会儿倒是想拍马冲杀上去，只是褚曜的行动让他多少有点儿慌。

褚曜似看出他内心一闪而逝的迟疑，道："祝君武运昌隆！"

共叔武快感动哭了：谢天谢地！褚曜用行动证明其受的是正统文心文士教育。

哪怕文心被废多年，但扎实的基本功和深厚的底蕴让褚曜出手不见生涩，言灵依旧强劲。除了少数几个知情者，谁会相信这个出手果断利落、言灵手法自如的文士，曾有过一段极其漫长而晦暗的低谷期，而今天是其失去文心多年后第一次施展文心言灵？

杨都尉手中化出一丈长的三刃刀，刀柄长七尺，手腕粗，重八十八斤！

他将长刀重重地掼地，刀柄末端没入裂石三寸深，以其为中心向四面延伸出蛛网状裂纹，肉眼不可见的威严肃杀之气四散激荡开来。

士兵们打了个激灵，一部分醒了，但仍有一部分情绪低迷，面露恐惧，恨不得丢盔弃甲，若此时地上有裂缝，他们大概要排着队将裂缝填满。

杨都尉气结，当即斩下一个人的头颅："退者，立斩！"

杨都尉动了真格，才勉强压下骚动、稳住军心。

不过这只是暂时的。山路难行，环境恶劣，兵卒们冒雨赶了整整一天的路，不只体力消耗干净，精神也颓靡虚弱，即使有心杀敌，恐怕客观条件也不允许。

接连抵御数道偷袭的翟欢简直要气笑了：现在是迟疑不定的时候吗？杨都尉不知道什么叫战场瞬息万变？主将迟疑片刻，耽误的是无数士兵的性命！这个时候就该当机立断，要么不管那些体力不济、精神颓靡的兵卒，直接武气化兵，尽量在敌人的主力出现前稳住阵脚，组建防御，要么就化出武铠让兵卒们上阵！两样总该选一样。杨都尉居然哪一样都没选！

万幸自家堂弟靠谱儿，直接祭出武胆虎符。只见墨色光柱似要贯穿月轮，强势冲开路径之上还未完全落下的"雪花"，升至穹顶屏障的高度，化作点点墨团，一共三百五十道，向最近的兵卒射去。墨点化作简易的藤甲，包裹各处要害，紧跟着化出武器，或长枪或盾牌或弓箭……

善战者，求之于势，不责于人。其势险，其节短，势如彍弩，节如发机。

这位杨都尉也不是初涉战场的新兵蛋子，此番令人瞠目结舌的表现也在侧面证实了一点——他这些年不得志不是没原因的。

几名属官围了过来，或神情凝重，或紧张地求救，其中有跟随杨都尉多年的老兵，也有近两年被提拔上来的新人属官，实战经验没多少，参与最多的还是剿匪。那些匪徒大半是活不下去不得不落草为寇，剩下的可能是附近郡县流窜过来的歹徒，十有七八是普通人。他们对付这些人自然没有多少难度。

但此番的敌人一上场便是两名不知实力、底蕴的陌生的文士，暗中还不知藏着多少人马。他们连敌人的面都没有看到，营地已经有四十多名兵卒提刀自戕，鲜血喷溅，洒满木车。

这一幕带来的冲击力可比对付那些没有多少反抗能力的土匪大得多，那位惯会揣摩上司心情的属官此时也被吓得慌了神，一时间都忘了自己也是武胆武者："都尉——"

他身侧的另一名属官直接给了其一个肘击：这么大声做什么？生怕敌人不知道都尉在什么方位？不知道射人先射马，擒贼先擒王？

杨都尉猛地醒过神，慢一两拍才意识到自己的行为不妥，欲出手弥补。

翟乐已经先杨都尉一步做了本应该杨都尉做的事情。

那名一袭墨色甲胄的少年人沉稳果断，丝毫不乱，恍惚间让人以为他才是主将。

杨都尉内心并无任何不快，大敌当前，御敌才是重中之重，私人恩怨完全可以放在一边。

营地的兵卒有一千。翟乐作为七等公大夫可以选择化兵三百五，也能选择化出同等数量的兵卒武铠、兵器。杨都尉乃十等左庶长，可以化出的数量比他多，足有五百。

杨都尉本来也想跟着做，但被翟欢打断。翟欢的声音以密语的形式传入杨都尉的耳里："化兵！列阵！聚势！"

这已经算得上命令的口吻了。杨都尉生性优柔寡断，私下脾气也不算好，耳根软爱听好话，但此人也不是完全没有优点——其有一个优点就是会听从命令且执行力极强。

杨都尉当即便照做。毕竟是十等左庶长，同样是武气冲月，杨都尉引出来的阵势比翟乐引出来的阵势大了不止一倍，气浪以摧枯拉朽之势彻底冲散褚曜带来的阴影。

完全清醒过来的士兵看着躺在血泊中的袍泽尸体，不寒而栗，完全想不起来那股想自尽的冲动从何而来……只知道自己不想活了。

随着军阵气势的凝聚，欲杀敌而后快的强烈的情绪稳稳地占据上风，无形的力量充盈兵卒们的四肢。

但紧跟着又出现第三道武气冲月之景。观其气息，仅比杨都尉弱上一线而已！

翟欢多少有些心理准备了，故面不改色："仁能附众，勇能果敢，严能立威。"

将者五德：智、信、仁、勇、严。

三道言灵文气没入杨都尉体内，使得杨都尉本就浑厚强横的气息节节拔高。眨眼的工夫，五百军容整齐的武气士兵落在营地四方。若细看，便会发现它们身上的藤甲比平常状态凝实，肉眼可见地精致，武器更沉，更锋利。

与此同时，褚曜也跟着发动"将者五德"。只是不同于翟欢仅有三道，褚曜是五道齐发，瞬间拉平了共叔武跟杨都尉的等级差距。

共叔武内心感动得几乎要落泪：褚先生宝刀未老，出手堪称模范示例。

共叔武率领武气兵卒结阵冲向那块临时营地。

双方的武气兵卒持盾相撞，喊杀声嘹亮震天。

武气兵卒说白了就是武气凝聚的傀儡士兵，本身并无自主作战的意识，实力受主将的直接影响，主将气势胜则它们胜，主将气势弱则它们弱，甚至会无心恋战，丢盔弃甲而逃。同时，它们如何进攻、如何配合都需要人为指挥，不然就会盲目地向己方以外的敌人下手。

混战中，高级武者的破坏力是强大的。要么双方安心居于大后方操控武气士兵，要么将对将、兵对兵，防止高级武胆武者对普通士兵下手。

杨都尉比谁都明白这个道理，几乎不假思索地就交出了武气兵卒的控制权，准备揪出暗地里的对手：只要杀了敌方首领……

翟乐也有同样的想法。

只是让二人万万没想到的是，敌方的首领并非那名陌生的九等五大夫，而是另有其人。

几乎无人反应过来，一道人影如一枚威力惊人的石弹冲杀向杨都尉。此人手中的利刃在空中留下雪白的光影，眨眼便从临时营地边缘杀向在场的实力最强者——杨都尉。

杨都尉不慌不惧，横刀骑于马上，挥舞大刀劈出丈余刀气，只见刀锋泛着淡黄的微光，胯下的战马似不堪重负地发出一声嘶鸣。

"铮"的一声！两件兵器狠狠地撞击到一块儿，气浪炸开，狂风吹得普通兵卒东倒西歪，本就混乱的营地越发没有章法。

护卫杨都尉的属官欲上前助阵，却不防脚下冷不防生起黑白文气。这道文气死死地缠绕战马的四蹄，绞得战马生疼，哀叫不止。他们只能看着杀过来的敌人不仅没被刀气砍成两半，还稳稳地踩上马首，同时抬脚飞踹向杨都尉胸口的护心镜。

那一脚也不知用了多大的力道，竟将杨都尉直接踹下了马背。

一众属官这才看清来人的模样，一名身穿半旧桓褐，衣襟半敞、肌肉鼓胀、身形魁梧的高壮络腮胡子、刀疤脸大汉。此人生得一身匪气，裤腿高卷至膝盖上侧，露出两条粗壮有力、肌肉硬实的小腿，属于普通人看到会忍不住生出主动递上钱袋念头的主儿。

唯一令人觉得违和的是，这名壮汉的武器既不是大锤、大刀，也不是大斧头，而是一柄修长漂亮的窄剑，剑身雪亮，造型朴拙无华，最出彩的便是它的剑柄，缠绕着九条形态各异的金龙，金龙以剔透的宝石为双眼，低调中散发着些许奢华，隐约还能听到金玉之声，似龙吟虎啸。

壮汉出手一点儿不讲武德，先是暴力踹人下马，又是趁着几个属官被文气所困，脚下重重地发力踩断马的脖子。

那匹可怜的马只来得及发出一声惨烈短促的哀嚎，马身砸向地面扬起灰尘。

壮汉则借力杀向杨都尉。

诚然，壮汉的出手过于意外，杨都尉在猝不及防下吃了个小亏，可也没多狼狈，身体在半空中就调整好重心。只是壮汉那一脚的力道强横得惊人，不只让杨都尉气息翻涌，还让他双足在地上留下两道长痕，足足倒退丈余才彻底稳住身形。

杨都尉刚站定，来敌不给丝毫喘息之机又杀到。

杨都尉气结，持刀奋起杀了回去。

兵器交锋，"铮铮"作响。

翟乐为何没杀过去帮忙？根源出在那柄剑上。以文、武之气凝化兵器不是啥新鲜事儿，但那种风格的细长的窄剑他只在一个人身上看到过——他好一阵子没见过的沈兄。

翟乐一时间内心有千言万语。

就在不久之前，顶多几个时辰前，他还心心念念沈兄以及沈兄的文气化作的各色美酒。

路过山道时想起梁山众好汉"贩枣、卖酒"，他便应景地想起沈兄，若让沈兄去"智取生辰纲"，言灵一出，沈兄都不用自掏腰包买酒、买枣，不比梁山好汉还要赚？

他还暗中遗憾，没正式跟沈兄道别，如今的世道，未来天南地北的，恐无再逢之期。

谁知道沈兄这么不禁念叨！他们不仅再逢了，还是以这种形式……

凭那柄特殊的长剑，翟乐有九成把握这名杀气腾腾的壮汉就是他认识的那位沈兄。至于为何模样大变……嘿嘿，莫要忘了，沈兄身边可是有一位伪装水平无双的祈元良祁先生！

如此说来的话，刚刚出手的那名九等五大夫根本不是什么陌生人，应该就是共叔武。

那两名文心文士呢？其中一个人必是祈元良先生，另一个人又是谁？

翟乐脑洞再大也没往褚曜身上想，毕竟褚曜丹府被废，落魄多年是公认的事实，哪怕使特殊手段恢复，时间上也来不及。

翟乐正想着，一道危险的气息杀到，他定睛一看，竟是一名身穿黑色铠甲的魁伟武者。武者手中化出一柄长刀，直取他的面门。

此人杀气腾腾，他若不打起十二万分精神应对，有可能被对方斩于马下！危机感让翟乐不敢掉以轻心，即便他知道眼前这名仅露出方正的下颌，气势逼人的武者是熟人，可是战场上只有敌人，熟人就会手下留情不杀你吗？抱着这种天真幻想的人根本活不下来。

翟乐虽年少，但经验不少，心智、心性都相当成熟，莫说眼前的敌人是只有过几面之缘，勉强能算是熟人的共叔武，即便是血肉至亲，也要全力以赴，不是你死就是我亡。

"铮铮"数声，兵器正面交锋数次。

九等五大夫对七等公大夫，仅仅两等的差距便是极难跨越的沟壑。共叔武明显还有余力，但翟乐每一下都要尽全力，虎口发麻，手掌发红，胸口发闷，心下暗暗叫苦。

武胆武者其实也有派别之分，翟乐本就不是擅长力量的武胆武者，更倾向于速度和技巧，论持久也有所不及。仗着天赋、经验和技巧，若是同等实力的对手，他赢面较大。但在绝对的力量面前，再多花哨的技巧都是没用的。而天赋这玩意儿也不能马上兑现啊，经验就更扯淡了——眼前的共叔武论经验胜两个他。他一时间只能被压着打，勉强保持不败而已。

他处境不好，翟欢怕是最着急的，没有一丝迟疑："三心二意。"

整个队伍除了他还有一名文职属官也是文心文士，不过那名文士实力不济，反应也慢，估计也没处理过这种突如其来的大场面，又被暗中的祈善和褚曜轮流干扰，光是指挥调动普通士兵都手忙脚乱了，更别说分出多余的心力照看翟乐这边。

自家堂弟自己心疼啊，哪怕翟欢知道文心文士一旦用了诸如"三心二意"这样的分神多控言灵，文气的消耗速度会成倍增加，也没有旁的选择。

仅一个呼吸的工夫，翟欢脚下涌上两团如黏稠流水一般的文气，一团为黑，另一团为白。三人三心归属三方，一方以文心言灵策应翟乐，一方辅佐杨都尉，剩下一方指挥罩着翟乐的武铠的三百五十名兵卒。

因为营地不大，千余人根本摆不开阵势，基本是用武器正面近距离交战。

不对，翟欢很快发现敌方的数量不太对劲。

好似要印证翟欢的猜测，漆黑的密林间时不时射出几十支箭矢，连瞄准都没有的那种。战场就这么大，己方除了武气兵卒就只有沈棠和共叔武，剩下的全是敌人，还需要瞄准？

每一支箭矢撞上文气穹顶都会激起阵阵涟漪，之后与文气相抵，消弭于无形。

这看似徒劳,但细心地观察便会发现一轮箭矢过后,下一轮箭矢引起的涟漪会比上一轮大,文气穹顶从原先的纹丝不动,到逐渐有些晃动。

第九轮之后,穹顶出现一丝裂纹。

第十轮,所有箭矢都瞄准了那一道裂纹。

"咔嚓!"一声极其清脆的声音传入所有人耳中。头顶那笼罩整个临时营地的文气穹顶应声碎裂,穹顶碎片在半空中化为文气飘散。

剩下的箭矢再无阻挡!

大部分箭矢被兵卒中的二等上造或者末流公士击落,但也有一部分狠狠地洞穿普通兵卒。那些有武铠护身的兵卒一时并无危险,但那些什么都没有的士兵可就惨了,惨叫过后再也起不来。

随着双方的交锋,喊杀声不降反升。每一刻都有兵卒被砍中要害,或脖颈或面门或手臂或大腿……抛下一地不知是谁的断肢残骸。不少武气兵卒被砍中致命部位或者被兵器捅穿,碎了半个身体,无声地消散。

杨都尉用余光看到这一幕,气得目眦欲裂:活生生的兵卒和武气兵卒能一样吗?后者阵亡了还能再凝聚召唤,只要武气不枯,它们就没有死亡一说。普通士兵却是血肉之躯,命只有一条。

杨都尉怒不可遏,厉声叱骂:"小贼,纳命来!"

杨都尉举刀劈砍,没有任何花里胡哨的招式和多余的动作,奋起全力凝聚于刀身,整个人仿佛一团熊熊燃烧的金黄火焰,巨大的刀气携着无穷的杀意劈向沈棠,似要将所有的恨意和杀意凝聚于此:这一刀,必须劈开贼人的胸膛!

"铮——"刺耳的撞击声直袭每个人的鼓膜。

沈棠虎口一疼,被刀气震退数丈才停下。

"纳命来!"杨都尉又大喝一声,周身的火焰几乎要燃烧成实质。

第二十七章
孝城危机

看着在眼前急速放大的金黄火焰，沈棠冷着脸持剑横身，轻吐数字："三杯吐然诺，五岳倒为轻。"

此处的战局吸引了战场上数道目光。

褚曜和祈善更是暗中捏紧拳头，眼睛一眨不眨地盯着，不敢有丝毫分神，等待最终的结果。

金黄火焰所过之处一片焦土，连周遭的空气都被烧得扭曲，映出杨都尉那张被愤怒、杀意扭曲的脸和猩红充血的双眸。

杨都尉一路带着爆裂之音，持刀劈向沈棠的胸口，看似一击必杀，仿若滔天巨浪吞噬一切，让每个看到这一幕的人心生无力、绝望。杨都尉甚至仿佛看到了沈棠被一劈两半，横尸当场的未来。

结果，"铮！"透明的剑气以一往无前之势迎向金黄刀气。

被从中劈开的刀气掠过沈棠，在她身后的地面上拉出两道数丈长、三尺深的沟壑，袅袅烟尘随气浪上升，看得人目瞪口呆。

交锋的一瞬，杨都尉脸色大变：这一击不似砍在剑身上，倒像是跟一座无可撼动的山岳相撞。

杨都尉似断了线的风筝，被巨力打飞出去数丈远。

路径之上的兵卒也被一一撞飞，"咚咚"落地，呕出大口污血。

参战的几位文心文士有先见之明，几乎是第一时间开启了防护手段，保护脆弱的耳朵。

其他人就没这么好运了。交锋发出的巨鸣震得人耳鸣，数息听不到除"嗡嗡"之外的声音，甚至还有人头痛欲裂，呕吐不止。距离稍近的兵卒也倒霉地遭殃，在气浪的冲击下连滚带爬，或被吹得睁不开眼，发巾凌乱，被迫吃一嘴巴的土。

祈善和褚曜都很震惊：连蹲在营地二十丈开外的他们都受了不小的影响，可想而知战场中心会是什么情形……

祈善嘴角不受控制地抽了抽——饶是他戴着厚厚的滤镜，也被这一幕震惊得说不出其他话来。他该说什么？说出去谁能信？一个文心文士！仅凭一人一剑，正面抗下一位十等左庶长的全力进攻——要知道这一击甚至能劈开普通小城的城墙，击碎一人高的巨石也不在话下。

那么接下这一击的人力量又如何？单看方才沈小郎君豪迈英武尽显暴力之美的举动，祈善敢拍着胸脯说，已经远胜世间九成的男子。这让他们怎么相信沈小郎君的话？又有哪个眼瞎的会信这厮的话，相信其是女娇娥？

祈善、褚曜二人内心有无数的吐槽，但现在显然不是纠结沈棠究竟是男是女的时候，因为杨都尉被巨力震得五脏六腑似要移位，沈棠这边也不太好受，身形未动，但大半截小腿被迫陷入地里，上身的衣衫碎开一道道口子，暴露在外的肌肤满是淌着血的血痕，伤口流出的血液仅仅几息便洇湿了布料。

这副狼狈模样都不用多化装，她拿出一只带豁口的破碗往街边一躺，妥妥一个新鲜出炉的乞丐，还是丐帮长老或帮主级别。

"噗——"胸腹内血气激荡，铁锈味涌上喉头，沈棠忍了又忍，终于还是忍不住吐出一口血，眼前出现重影。

那一句"三杯吐然诺，五岳倒为轻"言灵一出，她原先文气充盈的丹府瞬间被抽取一空。若非上阵之前祈善用特殊文心言灵借了不少文气给她，她甚至发动不了那句言灵，便会跟前两次一样昏厥过去。

沈棠握着慈母剑的手指收紧，她"呸"的一声吐出残余的血沫，抬起眼睑，黑白分明的眸子冷漠无情，似乎能映出杨都尉的死。

敏锐地注意到沈棠的处境不妙，祈善、褚曜二人前后脚出了手。

祈善道："野火烧不尽，春风吹又生！"

褚曜后发而言灵先至："气化流行，生生不息！"

两道言灵下来，沈棠惨白的面色逐渐浮现出些许红润，连隐隐作痛的胸口也舒畅不少。她大喘一口气，咬牙持剑起身，脚下发力，再度杀向杨都尉，高高跃起，如千斤坠下！

"小贼，来得正好！"杨都尉瞪大一双铜铃大眼，大喝一声，右手拖刀，双足

456

蓄力，魁梧的身躯似一发小炮弹般迎了上去，喉间溢出一声兽吼一般的叫喊，"来啊！老子怕你吗？"

武器相撞，"铮铮"作响！二人所过之处留下无数密集的刀剑残影。

士兵们不敢靠近，杨都尉的属官更是无从下手，帮不上忙还被逼得远离。

翟欢倒是时不时能拉杨都尉一把，使得局面僵持。

几个人忍不住在内心呐喊：凶残！真的凶残！

临时营地几乎被二人交锋产生的冲击犁了一遍。不慎被波及的普通兵卒连惨叫都没来得及发出，便踏上去阎罗殿报到的路，死不瞑目！

几个人内心萌生出同一个念头——那名壮汉盗匪究竟是何方人士？为何此前没有听过一丝风声？与十等左庶长正面交锋，还不着半件武铠护身，究竟是自信能接下所有的攻击不失手，还是自负自己不会受伤？不管是哪一种都让人胆战心惊！

这问题能深深地困扰几位属官，却困扰不了翟乐，因为他深知哪里是沈兄自信、自负啊？沈兄根本没武铠，又如何化铠？因为沈兄是文心文士！

倘若众人，特别是杨都尉意识到这点的话，不知会不会吐出血来。翟乐暗暗苦中作乐地想着。

不过，杨都尉会不会吐血他不知道，但他知道自己要吐血了。

"铛！"在共叔武的步步进逼之下，他的武器在这一刻出现了一道细微的裂痕，而共叔武下一击仍是同一个位置！这一次裂痕进一步扩大，如蛛网一般向整个刀身蔓延。

翟乐运转武气去修补裂痕，但修复速度远不如敌人破坏的速度。

终于一声脆响后，他的武器彻底报废。

共叔武的大刀砍在他的右肩上。刀锋和肩甲表面的甲片相撞，带起一串激烈的火花，翟乐直接被打飞出去。

翟乐咬牙咽下血沫，捂着肩头的位置，手掌之下已经出现裂纹的甲片在武气的缠绕下缓慢地修复。

翟乐呼吸越发粗重，手臂疼得险些抬不起来。他不是没跟九等五大夫打过，远的不说，光说近的，先前在土匪寨里就跟共叔武切磋过好几次，但那时候只是友好的切磋，并没有动真格的。

仅仅两等的差距就这么大……翟乐内心非常清楚一点，方才若非武铠相护，那一刀绝对能将他从右肩膀往左腰腹劈砍成整齐的两块。

武铠的肩甲甲片出现了裂痕，绝对禁不住同一个位置被砍第二刀！下一刀绝

457

对会碎！届时，翟乐几乎能预见那个场景——侥幸点儿只是失去这条手臂，倒霉一点儿原地英年早逝！

不过这又如何？他咧嘴笑了笑，露出沾满血的牙齿，那双桃花眼比以往任何时候都要明亮璀璨，他重新化出一杆红缨钩镰枪。

共叔武并没有表面上那么轻松，因为对面的少年天赋极高。或许连翟乐自己都没有意识到，他时时刻刻在进步，即使这点儿进步并不明显，但每次都能带给共叔武不一样的惊喜和压力。倘若翟乐能活到成年，不，只要再过两年，超越共叔武是板上钉钉的事。一个人有天赋、有悟性不可怕，可怕的是他还努力。

共叔武稳了稳气息，见翟乐斗志昂扬，不仅没有因为被死亡阴影笼罩而气势低迷，反而越战越勇，不由得笑道："好！来得正好！"

兵对兵，将对将。后者是沈棠方占了上风，但前者的天平逐渐往敌方倾斜。祈善、褚曜二人对此也很无奈，毕竟己方人数少，武气兵卒的主将还得全部心神放在对敌上，无法持续给予武气修复。本身人数就是劣势，武气兵卒死一个少一个，差距慢慢被拉大，所以整体战局看看还是僵持不下，除非对方的主将被斩杀！要么是翟乐被斩首，要么是杨都尉！

巧的是，翟欢也是这么想的——要么那个刀疤壮汉被杀，要么那名九等五大夫伏诛。

翟欢与褚曜皆神色微黯，一个准备抬手，另一个落在袖中的手指变化手势，都欲发动什么文心言灵。

便是在这千钧一发之际，一个众人都没有想到的变故发生——天边突然自下而上升起一道雪白明亮的光，拖着长长的尾巴，有点儿像流星。

不过，谁家流星不是从天上坠落？

这道从地面升起的光倒像是翟乐先前示警众人的哨箭，但哨箭的威力没这么强，示警距离也没这么远。光芒在最高处炸开，一道带纹路的焰火转瞬即逝。

是烟火？

仿佛回应一般，远方又有一个位置升起了同样的光，接着是第三道、第四道、第五道……每一道都隔着很长一段距离。

沈棠不关心这些，眼前只有杨都尉一个敌人，全身心投入战斗中，一想到能将敌人的脑袋从脖子上摘下，便浑身战抖。

冲动、嗜血、兴奋、愉悦！这感觉让她通体舒畅！

"噗——"剑锋入肉，溅起一大片血花。

原来是杨都尉失神了一瞬，上臂的肩甲便被剑锋划开，留下一道半指深的伤口。

刺痛让杨都尉皱眉。翟欢下一瞬施加的文气护体则让杨都尉躲开沈棠致命的第二击。杨都尉突然一改先前不要命的粗暴打法，口中念出一道言灵，纵身一跃，骑上狂奔之中由虚转实的高大的战马。

沈棠见杨都尉想跑，气得眼睛都红了：这是欺负她没有马？谁说两条腿跑不过四条腿？

"你要杀吾还是要劫税银？"

沈棠不解："有区别吗？"眼前这个碍事儿的便是护着税银的"恶龙"，杀掉他就能获得宝藏，二者之间有本质的区别吗？

杨都尉铁青着脸，不甘心地瞪着沈棠那张刀疤脸，恶狠狠地道："若你要税银便给你！"

沈棠一脸疑惑。

另一边，翟乐和共叔武也默契地停手。不，准确来说他们看到那几道依次升起的光团就停下来了，因为他们清楚那光代表什么。是"狼烟"！

所谓狼烟便是边防士卒发现敌情的时候，在烽火台上点燃的烽火。不过那都是两百余年前的定义了，如今的"狼烟"稍作改动，性质、原理跟翟乐先前射出的哨箭差不多。

不同颜色的狼烟代表不同的含义，不同地区、不同国家的狼烟含义也各自不同。但不管是什么颜色，狼烟升起就代表有战事。

杨都尉如何不知？这道狼烟的意思是回援，不计一切代价、损失，回援郡府！

这会儿他们还在四宝郡境内，郡府代表的便是孝城了。

杨都尉气得红了眼：若是寻常麻烦，何须升起狼烟示警？因此，杨都尉内心再不甘心也只能选择舍弃保护的税银，带兵回去查看情况！这不仅是因为狼烟军令，还有便是他的亲眷都在孝城。

另外，继续打下去最好的结果也是两败俱伤。杨都尉甚至怀疑眼前这一伙人和让孝城升起狼烟的敌人是一伙的，不然怎么会这么巧合？因此杨都尉出言试探！沈棠若答应，便代表不是；若坚持要打，多半有猫儿腻。

周遭火光明亮，每个人身上都挂着伤，杨都尉的半张脸也被污血染红。杨都尉忍着怒火和伤痛，咬牙咽下血沫："你待如何？"

沈棠歪了歪头，冷漠地看着杨都尉。讲真的，她挺想拿下杨都尉的人头，不过话到嘴边就变了："行，人走，财留下。"

杨都尉红着眼睛，声嘶力竭地下了停战命令，率领剩下的八百多号人往来时的方向撤退。

翟乐捂着胸口，平复激荡的气息，深深地看了眼共叔武和沈棠，咬了咬牙，召出战马，骑行途中捞走文气即将见底的堂兄。

共叔武没乘势下手，任由翟乐离开：作战的时候可以怎么阴险怎么来，但双方共同停战后再偷袭就是小人行径了。

不多时，临时营地里只剩沈棠、共叔武二人和两百多个武气兵卒。

祈善、褚曜二人来的时候，沈棠还有些摸不着头脑："方才打生打死的，怎么突然说退就退了？"

"多半是因为那些狼烟。"

"那是狼烟？他们是去回援？"

褚曜神情凝重："怕是如此。"

共叔武收回武铠和武气兵卒，重重地吐出一口浊气："什么情况能比失去这些税银更加重要？"

褚曜问："半步也不知道？"

共叔武冷笑了声，道："吾怎知？"辛国被灭国，龚氏被发配，他只领过辛国的俸禄，从未替庚国效力过，哪会知道庚国治下的四宝郡各色各式的狼烟代表什么意思？这是军中机密，轻易不得外泄。

"不管是什么，狼烟一起，总不是什么好兆头。"褚曜目光幽幽地看着第一道狼烟升起的方向。

还未等深入地感慨什么，余光看到祈善将外衫脱下递给沈棠，褚曜一把夺下。

祈善皱眉："你作甚？"

褚曜反问道："你又作甚？"

准备伸手去接的沈棠看着被褚曜一把扼住手腕的祈善，狐疑地问二人："你们作甚？"

共叔武无奈：啊，那种被彻底忽视的感觉又来了。

祈善不过瞬息就明白了褚曜的用意，扯了扯嘴角，指着沈棠反问褚曜："你莫不是真信了？"所以避讳他这个"外男"主动借衣裳给沈棠？

这真大可不必。如果说祈善在今天之前还是将信将疑的，今天过后就彻底不信沈棠那番鬼话了。试问哪家女儿能是这般的？哪怕有林风这个例子，证明女子也能开拓丹府，但看看人家是什么画风，再看看沈小郎君又是什么画风？！这超出他的知识范畴。因此褚曜的反应在他看来有些"不可理喻"！

· 460 ·

褚曜面无表情地道:"一九。"一分信,九分疑,这一分相信还是看在天命滤镜的分儿上给的。

褚曜阻拦,原因倒也简单——嫌弃祈善的外衫不干净。

祈善无语。

褚曜又解释了一句:"你的衣衫沾着血。"

因为衣裳的颜色比较深看不太出来,但祈善身上的确散发着淡淡的血腥气,凑近也能看到鲜血自内向外渗出,连外衫都沾上了。

褚曜略诧异:"你何时受的伤?"

沈棠一听也看了过去,目光里闪烁着担心,又有几分不解:文心文士虽然没多少战力,但以祈善的剑术和言灵造诣,普通士兵想抓住他有难度,方才一战他又离中心战圈那么远,上哪儿受的伤?关键是外衫完好无损……

这只有一个可能——祈善身上一早就有伤,因为伤口不慎崩裂,鲜血渗出,才会染湿衣裳。

祈善淡定地皱了皱眉,不甚在意地将外衫套回身上:"没受伤,大概是赶过来的时候没注意,被哪个倒霉鬼的血泼到了。"

褚曜细看祈善的脸色,确实红润健康,就把些许疑点忽略了。

褚曜将自己的外衫脱下给沈棠披上——甭管这是五娘还是五郎,领口微祖,衣裳破烂,怎么看怎么不像样。

沈棠没拒绝。

她打了个困乏的哈欠,脸上泛起异样的潮红,脑袋一点一点的,仿佛下一息就能栽倒大睡。

有了以前的经验,褚曜知道沈棠这是要酒醒了,便道:"五郎困乏的话,先寻一处地方睡吧,剩下的交给我等。"

沈棠并未应答而是强打起精神绕着共叔武走了三圈。

共叔武看得一脸蒙。

再三确认自己的"珍宝"还在,来截杀"珍宝"的敌人也被打跑,沈棠才放心地点头,伸了个大大的懒腰。

下一息,沈棠在三个人惊讶的目光中原地合上眼,没一会儿就发出一阵轻微、平缓的鼾声。

沾酒即醉已经够离谱儿了,没想到还有站着秒睡的操作,共叔武惊得都没来得及询问沈棠绕着他走是什么意思,眼神有些奇怪。愣了好几息,他有些恍惚地问:"两位先生,这……这……该……如何是好?"

他们仅有四个人……啊，不，现在是三个，这么点儿人手能顶用吗？即便他现在化出武气兵卒也搬不走这么多税银。而且税银目标太大，保不齐杨都尉会带兵杀回来。税银被劫，最近风头都会跟着收紧，他们不好"顶风作案"。

祈善、褚曜二人对视一眼。他们计划了这么久，也考虑过这种情况，自然是将这些税银"藏"起来。此处偏僻，人烟稀少，不易被人发现。即便杨都尉他们杀回来估计也想不到税银还会在原地。任何一个"歹徒"，拿到这巨财，谁不第一时间转移、藏匿？否则岂不是夜长梦多？

共叔武对此并未提出异议，在他看来这已经是眼下最优的解决方案，藏匿在附近可比转移要省力得多，效率也高得多。

与此同时，杨都尉等人也率领吃了败仗的残兵，火速往孝城方向赶。

一路上气氛凝重，连平日最受杨都尉信任的属官都不敢喘一口大气，生怕一个不小心就触及杨都尉敏感的神经。

队伍疾行了两个时辰，直到东边晨曦微亮。杨都尉熬得眼睛都冒出了血丝，但也知道兵卒熬不住了，若继续不管不顾地赶路，用最快的时间回到孝城或者半路碰到敌军，几百个疲劳的残兵不过是给敌人送战功！杨都尉无奈，只能选择在一条溪边原地休整。

"杨都尉——"此时翟欢文气已经恢复小半，面色看着比昨夜撤退时好了不少。

"翟先生。"杨都尉一改先前目中无人的傲慢态度，多了几分恭敬和感激。他这番举止并非作伪，毕竟昨日若无翟欢数次相助，先不说他这条小命，帐下的士兵也保不住这么多。

翟欢问："昨日的狼烟是……？"

杨都尉也没隐瞒，沉声回答道："那是不顾一切回援四宝郡州府的狼烟信号。"

先前撤退逃离，翟欢、翟乐二人完全没必要跟着残兵一块儿走，毕竟这已经超出他们受的委托范畴，但这两个年轻人还是来了。锦上添花易，雪中送炭难。杨都尉也不是不知感恩的白眼狼，自然不会再用先前的态度对他们。

翟欢大惊："孝城有难？"

杨都尉沉重地点头。

一侧的翟乐听了，俊脸阴沉。

虽然狼烟能传递的情报非常有限，但事态严重到郡守需要发出这样的狼烟，召回在外的兵卒，由此也能推测出一点——敌人的数量已经超越此刻驻军的数量！

若考虑到驻军还占着守城的主场优势，那么敌我兵力差距不大的情况下，根本到不了生起狼烟的程度。由此可以反向推测出敌军的数量或许有驻军的三倍甚至五倍……这个规模的兵力……他们回援等同于送死了。

翟欢问："是什么势力？"

杨都尉双手狠狠地搓揉脸，试图让自己精神起来。昨日的消耗太大，又被那名歹徒打出内伤，他现在状态不比"强弩之末"好多少。

翟欢提的问题，也正是杨都尉想知道的。

这时翟乐想到什么，小心翼翼地向杨都尉求证："杨都尉可知道……凌州作乱这事？"

杨都尉听得蒙了一瞬。不是他的理解能力有问题，而是翟乐这话的每个字他都听得懂，但合在一起怎么就消化不过来了？什么叫"凌州作乱"？

他难以置信，"噌"地原地站起身，眼睛睁大似铜铃，然后宛若一只暴躁的困兽般来回踱步，气息危险又不安，脚下的地面都要被踩出坑。

终于，他沙哑着声音问："你说什么……凌州？"凌州出了什么事情？凌州又是何时出的事情？

翟乐兄弟比杨都尉更震惊：他居然真的不知道？

这……这……饶是他们也不知道该怎么说了。

翟乐只好大致说明了情况，不过在消息来源上撒了谎，只说自己前不久路过某家茶肆时听到有商贾议论，并未扯出沈棠几个人。

虽然不知道沈兄为何要拦截税银，但翟乐相信沈兄是个赤诚坦荡的真君子，即便行了恶事也事出有因，更何况，此事未必算是恶事。四宝郡是什么情况，翟乐看得清楚，能从一群骨瘦如柴的百姓身上压榨出那么多税银，还附赠一大批税银之外的奇珍异宝讨好国主郑乔，四宝郡郡守也是个狠人！从这点来讲，翟乐更偏向沈棠。

因此翟乐守口如瓶，未向杨都尉透露自己的猜测。

杨都尉道："不知道，从未收到这个消息……"

他气得肝颤，眼白布满红血丝，眼神凶狠得好似一顿要吃十个人，鼻翼翕动，粗喘着气，拳头捏得指节"嘎吱嘎吱"作响。忽然想到什么，他吃了火药般火气暴涨，叱骂："不对，凌州生乱，那郡守在这个节骨眼儿上非得上供税银做什么？"

翟乐轻声插了一句："或许郡守也不知？"

杨都尉彻底压抑不住怒火，声音突然扬高："他能不知道？他要是连这个都不知道,活这么大全靠运气吗?"

翟乐觉得这个……也说不准。可四宝郡沦陷,对郡守有什么好处?

翟欢道:"杨都尉勿怒,如今还不知是何方势力围攻孝城,也未必是凌州作乱的势力。反过来想,若真是他们,反倒是好事。"

杨都尉不甘心地咽下火气,红着眼问:"翟先生为何这么说?若是那些暴民作乱……"

翟欢道:"乌合之众,难成大器。"

杨都尉噎住。作为武胆武者,他是认同翟欢这个观点的。一群临时凑成的老弱残兵,即便人数众多,也只是表面上看着吓人。他们的武胆武者比例太低,谁让普通人连温饱都难?他们会因吃不饱而揭竿造反,如滚雪球,所过之处纷纷有相同境遇的百姓响应,但一群吃不饱的凑在一起就能吃饱了?饿着肚子打仗,能有多少战力?又能产生多大的威胁?哪怕孝城驻军选择当缩头乌龟,龟缩不出,守城拖延,拼粮草也能将敌人硬生生拖死。

真正可怕的是攻城的敌军是训练有素的"正规军",粮草充裕,那才叫危险。

杨都尉烦躁地抓了抓发髻,实在想不到其他可能……

见杨都尉这边没突破口,翟欢只能暗中摇头,无能为力,如今也只能走一步算一步了。

私下,翟欢发现堂弟神色有异,自是一番逼问。

翟乐期期艾艾:"阿兄,我……我……"

翟欢道:"别撒谎,你一向不擅长这个。"

翟乐登时泄了气:"哦,是这样的……昨夜那一伙匪徒,我其实有怀疑对象……"

翟欢也不惊讶,只问:"祈元良?"

翟乐大惊:"阿兄也知道?"

翟欢几乎要气笑:"这有什么难的?"

真以为能压翟欢一线的文心文士这么好碰见吗?阿乐以为谁都跟他一样单纯,相信世间有巧合?从祈善出现到税银遭劫,即便祈善没动手,翟欢也会第一时间怀疑到祈善身上,不为什么,只因过于巧合就不是巧合!再加上翟乐瞒不住事儿的表情……

翟欢问:"你又是怎么知道的?"

翟乐道:"哦,因为沈兄的剑。"翟乐几乎没认错的可能。

嘴角抽了抽,翟欢勉强将翟乐时常提及的"沈兄"跟昨夜那个刀疤脸壮汉对上号，问："可他不是文心文士吗？"

翟乐道："是啊，是文士。"

翟欢道："你管他叫文心文士？"

翟欢无语，良久才看了一眼远处狼狈不堪的杨都尉，仿佛有一口气堵在胸口，很难受。

翟乐摩挲着下巴，略有迟疑："有文气，有文心花押印……的确是文心文士，没错。"

翟欢觉得还真是活的时间久了什么事都可能见到。

被二人念叨的沈棠感觉鼻子有点儿痒，不受控制地狠狠打了个喷嚏。

她睁开双眼，半坐起身，只见已经天色大亮，空气中飘散着混合血腥味的泥土腥臭味。

她揉了揉额角，仔细地回想，呵呵，没悬念，啥也想不起来。

一回生二回熟，她知道自己喝断片儿了，对换了个环境也没大惊小怪。

没一会儿，褚曜他们回来了，一个个空着手，让她还以为劫税银失败了。

"五郎醒了？"

"昨夜的行动如何？"

褚曜道："一切顺利。"

"税银呢？"

褚曜递给沈棠一张羊皮图纸，道："自然是埋了，待风头过去再取出来。头还痛不痛？也不知祈元良那厮上哪儿弄的烈酒，你昨夜与人打起来好似不要命……断无下一次！"

虽说五郎醉酒之后勇武彪悍非常人能比，但也失了几分常人有的"理智"，一点儿不将身体放在眼里。值得庆幸的是那些都是小伤，五郎身上的血看着多，但绝大部分是敌人的。

祈善如幽灵一般不知从哪儿冒了出来，道："褚无晦，战虽有阵，而勇为本。沈小郎君对敌英勇，不畏生死，如何不好了？"

褚曜则反问："五郎是武者吗？"

沈棠一听，原来不痛的头瞬间"嗡嗡"作响，急忙摆手，跳起来："不痛不痛，既然事情都解决了，咱们快点儿回去，还得去接林风回家呢，晚去几天她要跟我闹脾气的……"她无耻地拉出林风当挡箭牌。

褚曜哼了一声，不跟祈善计较。

四个人稍作休整准备回程。

四个人轻装简行，速度也不算慢，走了一个多时辰便碰到一家简陋的路边食肆。这种食肆做的就是来往行人商旅的生意，只是世道不好，一天到晚也碰不见几个客人。

　　不知道是四个人来得巧还是旁的原因，食肆外停着好几辆马车，食肆内坐着十来个装束不同的食客。

　　沈棠暗中关注脸莫名其妙地发白的祈善，提议道："我有些渴了，停下来歇歇脚吧？"

　　褚曜自然不会不答应。沈棠虽能文气化酒，偏偏是个沾不得酒的"一滴倒"，他们带着的水囊也空了，赶了这么久的路停下来补一补干粮也好。

　　"掌柜，里头还有四个座儿吗？"沈棠跳下摩托的背，扯着嗓子往食肆吼了一嗓子。

　　掌柜探出头一看，脸上的不耐烦被吓了回去——无他，为了不暴露行踪，四个人连同摩托都重新做了伪装。沈棠的外表依旧凶悍，是让路人想主动递上钱袋的狠人形象。倘若附近有凶杀案，十个差役九个抓她，一看就不是啥好人。其余三个人分别扮作管家、账房和护卫。

　　掌柜秉持多一事不如少一事的原则，露出谄媚的笑容："有有有，好汉往里请。"

　　沈棠听了，内心窃喜。掌柜这话让她很想接上一句"给洒家端上来三斤牛肉、三斤酒"，尽显仗剑江湖的豪迈气息，但话到嘴边变成："来四个座儿，再来三壶茶、一壶酒、四份饼子，尽快。"

　　嘴角的笑容一滞，掌柜似乎没想到沈棠会这么抠，不过碍于这一行人的体格，也不敢多说什么，转身将四个人迎进食肆里，命杂役打扫干净一张矮桌。

　　没多大会儿，后厨杂役端上来沈棠要的东西。

　　唯一一壶酒是给共叔武要的。

　　共叔武看着那壶酒，虽诧异沈棠的"区别对待"，却没主动询问。他不算好酒之人，但有酒喝总比喝茶水好。

　　祈善、褚曜二人神色平静，仿佛谁都没注意到这个小细节。

　　沈棠就更加不会主动挑明了：该咋说？说共叔武这样的壮汉，豪迈喝酒、大口吃肉才符合个人形象，两位文士优雅地喝茶才符合个性？

　　沈棠也不是单纯来吃东西的，召来路过的杂役一问："你们这儿生意这么好？"

　　她这么问是因为四个人刚开吃，食肆外又来了一伙人。

　　三辆马车，队伍规模不小，连同主人一家五口共十个人。女主人即使戴着帷帽，也能看到帷帽后那张朦胧的脸上未着脂粉。上了年纪的灰发老妇人抱着尚在襁褓中的孩童，低声宽慰女主人。另外两名总角小童缩肩垂头，眉宇间带着未散的惧色。

沈棠起初还以为他们是半路碰到土匪了，静听却发现不是那么回事儿。

食肆里其他食客脸上也带着化不开的愁色，显然是外界发生了什么大事儿。

但其他人只差在脸上写着"生人勿近"四个大字，沈棠也不好上前讨没趣，便选择从杂役这边入手。为了撬开杂役的嘴，她还笑着摸出一角小碎银。

杂役似学过变脸绝活，一秒从不耐烦切换到热情洋溢，知无不言，言无不尽。杂役直言："好汉不知道吗？唉，又开始打仗啦！想活命就只能逃。过了咱们这个店，路上再想补充干粮、水囊就不容易了。"

祈善四个人闻言，神情倏地一变，同时想到昨天半夜出现的狼烟。

沈棠无语：究竟是哪一步快进了？她只是与世隔绝几天不是几年吧？

沈棠又问："打仗？谁跟谁打？"

杂役道："这个咱咋知道？"

突然就打起来了。杂役也是店里来了不少逃难的食客后才知道这一消息的。不过谁跟谁打也不重要，反正最后倒霉的都是他们这些小老百姓，习惯了。大人物爱怎么打仗就怎么打仗，他们这些小人物还是要开店做生意，养家糊口。

沈棠道："那打哪里总该知道吧？"

祈善三个人也迫切地希望得到答案。

杂役回答道："不知道，不过大多客人是从郡府方向来的，应该是那边在打仗吧？"

沈棠道："郡府？"

四宝郡的郡府岂不是……孝城！沈棠几乎要原地蹦起来。

祈善和褚曜伸手，分别压住沈棠的左右肩，示意沈棠少安毋躁。

褚曜道："别急，先去打听清楚了……"

褚曜看了一眼食肆外的新客人，起身整理衣袖，上前询问那户人家的男主人："先生请留步。先生可是在孝城办过私塾？"

男主人警惕地看着褚曜。

这人看着年纪不大，才而立，穿着打扮却像是四五十岁的老学究，还拉长了一张脸，让人忍不住联想到"死气沉沉"和"古板"二词。

他似乎习惯性地用眼白看人，对褚曜上前套近乎的行为不友善，但余光扫到后者腰间的文心花押印，神情立马来了大转变："你是……？"

"果真是先生。先生约莫不记得了，在下族里有个小辈在先生的私塾里启蒙过两年，有回去接孩子，远远地见过一面。"褚曜张口就来，真假参半。

褚曜的确见过这位男主人几面，只是人家不屑跟欢场楼子的后厨杂役说话。

男主人神色和缓了几分："原来如此。"

褚曜语气自然地说道："曜观先生行色匆匆，还带着家中妻儿，可是要出门远行探亲？"

男主人叹道："非探亲远行，是要搬家。"

褚曜故作诧异："搬家？这……那先生的私塾和那些学生……在下这些年也有些经营，先生若有难处，曜或许能帮上忙。"

男主人听后大为感动，恨不得当即就引褚曜为毕生知己，双目微闪水光："私塾已经关了，学生也尽数散了。"

褚曜虽有心理准备，仍被男主人这一回答背后的信息震了一下——孝城这么危险了？

要知道孝城私塾少，教学质量过得去的更少，男主人的私塾就是其中之一，因此不少人家愿意将孩子送过去。哪怕此人喜欢在束脩上刁难人——学生家境好，收的束脩少，他还多教；学生家境差，他不只收的束脩多，还动辄呵斥，随意翻脸。

这意味着他在孝城这个地方没有生存带来的压力，活得比大多数人体面、滋润。

此人的根基就在孝城，而他二话不说弃了私塾……这要多大的危难，才会使他毅然决然地放弃经营多年的根基，带着家中妻儿、资产远走他乡？

男主人见褚曜的表情，猜到褚曜还没收到消息，看方向兴许还是往孝城去的，便好心出言劝了一句："你此行可是要去孝城？"

褚曜没有正面回答，只是旁敲侧击："难道去不成？"

男主人道："去不得，去不得！"

褚曜问："缘何去不得？"

男主人也没有隐瞒，脸上浮现出几分咬牙切齿的恨意，说道："还不是那天杀的庚国！"

他这么一说，褚曜看着似乎更加迷糊了，不解地问："庚国？可四宝郡早就在庚国手中……"没事儿攻打自己的地盘作甚？

男主人道："庚国内乱啦。"

寥寥几个字，褚曜瞬间厘清脑中混乱的头绪。褚曜冲男主人拱手："还请先生指教。"

男主人内心得意。他这辈子最遗憾的，便是自己空有一身才华却无人欣赏，连老天爷也薄待他，不给他匹配的文心文士天赋，让他成为一个普通人。褚曜作为文心文士还向他求教，从侧面证明了他的价值。

他并未露出骄色，反而回了一礼："使不得，使不得，在下与君一见投缘，有什么指教不指教的。"男主人一扫被迫出逃的苦闷，笑着拉着褚曜的手，一副"哥儿俩好"的亲昵姿态，可谓是知无不言，言无不尽，几乎将他知道的都说了出来。

此事的根源还是在庚国王室身上。

先前说过，庚国王室内乱才给了郑乔翻身的机会。内乱的源头便是庚国老国主突然中风，瘫痪了半边身体，日渐衰弱，膝下的几个儿子在各自势力的拥护下斗得不可开交。

一开始谁也没想到郑乔。郑乔是谁？生在他国的质子。说得好听一些，郑乔是去别国当质子，其母亲是去别国"和亲"，母子俩大义凛然地牺牲自我，保住了庚国十余年的和平，为庚、辛两国的和平做出了贡献。但说得难听一些，他就是"弃子"。

庚国老国主根本不在意这一个女人和一个儿子：作为国主，他能缺女人？有了女人，他会缺儿子？

听说郑乔还成了伺候人的佞幸，得了个屈辱的"女娇"诨名，庚国老国主打心眼儿里不承认这个儿子：太让庚国王室脸上无光了！

出于这些心理，即使这些年庚国的发展还可以，辛国国力也在衰弱，两国的差距慢慢缩小，庚国老国主完全可以试探着要回郑乔母子，但他就是没这么做，只当自己忘了。

不过，他可以当忘了，但有些人没忘，例如他的王后。

几个庶出的儿子斗得不相上下，膝下只有三朵"金花"的王后心忧不已。这些庶子的母亲没一个简单的，一旦哪个庶子成了新国主，他的娘还不弄死她啊？于是她日夜垂泪，苦想对策。

三个王姬听到消息，宽慰她们的母亲，还顺道出了个如今看来有点儿馊的主意：让王后选个好拿捏的未来国主。

王后一合计，好像也行，于是召来娘家人暗地里策划。

她的动静也落入有心人眼中。这些有心人就是观望的朝臣。不只王后担心，这些朝臣也担心站队失败，未来被新国主清算，倒不如先下手为强！

双方一拍即合，决定扶持个傀儡国主！

庚国老国主膝下哪个儿子好拿捏？

他们想了一圈，最后想到毫无存在感的郑乔身上。郑乔的母亲已死，自身经历不堪，在庚国毫无根基，是一个只会媚上的佞幸，懂什么治国？权力最后不都落在他们手中？

这提议让王后心里硌硬，如扎了根小刺。郑乔那个娘当年也是艳压庚国内廷，会来事儿的主儿，要不是大意遭人算计，也不会被辛国国主看上，强行要走。王后视郑乔之母为劲敌、情敌，如今要扶持那个狐媚子的儿子当国主，心里多少有些不快。但硌硬归硌硬，看在垂帘听政的诱惑上，王后还是点头答应迎接郑乔归国。

庚国这边暗中发力，郑乔那边努力加油，一番险象环生后郑乔才顺利地回归庚国，并在王后及其娘家的共同使劲儿下一举登顶。

至于被郑乔摘了桃子的一众兄弟？呵呵，以郑乔的脾性和王后的心眼儿，他们几个能有啥好下场？不听话的找借口弄死，没死的也被逼疯。疯到什么程度？一个人错认母猪为妻、猪崽为子，"一家人"日日同食同睡，同进同出，名医看了都直摇头说救不了。世人猎奇，宫娥、内监私下甚至会让他当面表演如何夫妻敦伦，肆意取乐。另一个兄弟稍微好点儿，但也疯得别具一格，痴呆如婴孩，溲便不禁。

郑乔自然怀疑这俩人是在装疯卖傻，几番试探，一旦这俩人有什么不对劲就杀掉，结果不管怎么试探，这俩人都没有任何异样的反应。

医官也查了数遍，确信这俩人是真痴傻了。

尽管如此，郑乔仍不减杀心，最后没动手还是因为太后，也就是老国主的王后出面力保，郑乔不好跟她翻脸只能答应。

太后为何突然转性了？自然不是因为仁慈，纯粹是老国主的儿子快被郑乔和她杀光了！朝中有不少骂声传入她耳中，说她如何歹毒，容不下先国主的血脉，以前的宽容大度都是做出来的假象。为了名声着想，她只好捏鼻子出面。反正只是两个傻子，留着就留着呗，王室还能少了他们两口饭吃？

郑乔冷哼，暗骂太后愚蠢。

事实证明这位太后的确天真了。

郑乔率兵征讨辛国时，庚国国内由几个心腹主理，他远程操控，一开始并没有出什么乱子。只是等郑乔在辛国的恶名传到庚国国内，那些心腹多少也被郑乔的狠辣与阴晴不定吓到。偏偏这时候郑乔的一名心腹的把柄被两个"傻子"拿捏住了，一旦被郑乔知道……莫说心腹一个人下场如何，全族亲眷都别想善终。那名心腹无奈之下只能铤而走险，背叛郑乔。

于是有了这场庚国内乱。

内乱还不是逐渐蔓延的。那两个"傻子"做足了能做的所有准备，一夕发动兵变，打了郑乔一派一个措手不及。

四宝郡在郑乔的心腹手中，郡府自然成了叛军攻打的目标。

事出突然，很多逃难的人连家当都没收拾整齐就连夜出逃了。

第二十八章

有仇报仇，有怨报怨

男主人虽有心与新结识的"知己"畅谈一番，奈何情势迫人，补充完干粮、水囊后又带着家眷、仆从匆匆地踏上逃亡之路。

离去前，男主人语重心长地劝告褚曜："愚兄有一言相劝，孝城已成是非之地，贤弟能不去尽量别去。"

褚曜露出一抹苦笑："身不由己啊……"

至于是怎么个"身不由己"，褚曜没说。

男主人也只是顺嘴一劝，褚曜不肯听劝他也没辙，只是内心认定褚曜此去凶多吉少，嘴上则道："唉，那贤弟千万注意安全，务必保重。你我有缘日后再聚……"他说了两句场面话便重新坐上马车。

褚曜笑着目送，直至马车远去，嘴角勾起的弧度瞬间消失，仿佛从未出现过。

褚曜转身回了食肆，将探听到的情报如实说了出来。

那位男主人在孝城也算是有头有脸的人物，即便他的情报不完全对，也比普通老百姓的情报准确得太多了，诸如杂役这样的，至多听说哪里又开始打仗，那位却能第一时间收到风声。

沈棠道："一窝子神经病啊！"

她此时心绪很复杂，既担心孝城的情况，又恶心庚国王室那一家子的操作。她以为郑乔这般变态是个特例，如今看了郑乔那几个同父异母兄弟的操作，才惊觉郑乔的变态大概是遗传。

装疯卖傻到这种程度的，是狠人啊。

逼迫他们的郑乔是个变态，被这般手段逼迫还不疯，还能继续演戏的他们，心性之坚定也非常人。

只是沈棠注意到一个细节：宫娥、内监怂恿那位以猪为妻的"疯子"当众表演"夫妻敦伦"，以此取乐，由此可见那些宫娥、内监也不是啥正常人，正常人会喜欢看这些？那已经不是猎奇的范畴，是变态了！

她一时间不知该说是谁影响了谁。

褚曜道："神经病？"

沈棠解释："意思是说他们脑子有病，干出这般违反人性的举动！"

褚曜明白了，五郎这是在骂人发泄情绪。

"方才我也问过那位，不只是他，一些收到风声的孝城士族高门也连夜出逃，理由雷同。郑乔手段残忍，他的这两位同父异母的兄弟为了活命，那般羞辱都忍得下来，只怕骨子里是比郑乔更狠的主儿……"

郑乔攻下四宝郡做了什么？粮草空虚便纵容帐下的兵将、心腹到处烧杀劫掠，甚至捉人补充空缺，一度吓得百姓不敢上街，连那些有头有脸的家族子弟也不敢，生怕走着走着就被人抓去肢解。妇孺也未能幸免，这些年四宝郡多了许多父不详的孩童，大多是那时候造下的孽。

四宝郡郡守便是郑乔的心腹之一。此人接管四宝郡后，对郑乔极其谄媚、逢迎，为了"大力振兴"四宝郡，补上亏空，竭力支持勾栏瓦舍的生意。孝城作为郡府，中心地段竟有五条长街是干这种生意的。四宝郡的其他地区花柳生意也大行其道，不知多少人不事生产，将这门生意钻研出了花样。

四宝郡百姓怨声载道，奈何他们的声音太过微弱，只能日日生活在水深火热之中，有一天算一天。如今战事卷土重来，经历过当年大劫的人还坐得住？有门路的能逃就逃，生怕自己晚一步就被祸害了。

沈棠脸色难看地骂道："合着是个人能干出来的事情，这一家人是一件都不干！无晦、元良、半步，我们这就启程回去……"

祈善问："回去？你决定了？"

沈棠道："有什么好决定的？林风、屠荣都还在孝城，孝城外还有咱们百十号人！"那个地方实在太危险，他们须尽快转移。

祈善道："好，回去。"

沈棠以为即便那两个庚国的疯子突然兵变，孝城怎么说也是四宝郡的郡府，撑个几天应该没问题。他们一行人用最快的速度赶回去，先将林风几个带出来，其他的慢慢想对策。

她也没天真地以为自己能像话本中的女主角一样，力挽狂澜或者阻止一场杀戮，但她万万没想到，庚国那一家子人一个赛一个疯，根本不是常人能用常理分析的。

他们行至半路，碰到越来越多的逃难百姓，大多行色匆匆，家当都没收拾，甚至连人都没有带齐，光顾着逃命了。

沈棠一行四个人与逃难百姓的前行方向截然相反，在人群之中格外显眼。

有好心的百姓大声呼喊，提醒他们不要往前，换来的回应只有远去的马蹄声和人影。

无人想到孝城沦陷得这么快。

不，有一个人想到了，那就是祈善。他基本笃定孝城已经沦陷，从昨夜那几道狼烟生起后不久。他倒不是了解敌方的兵力，而是了解四宝郡郡守：那位一贯会投机取巧，谁强就投靠谁……

四宝郡的驻军被郡守调出去五千人，实力强大的武胆武者一个不在，剩下的驻军能不能抵死防守至援兵归来是个未知数……即便能等到，孝城也守了下来，郑乔问责郡守担得起？关键时刻调离驻军，给了叛军可乘之机，不管如何解释，在郑乔心里四宝郡郡守已经变节，下场横竖都是个"死"！既然如此，何不投降？那厮别的不行，站队倒是一流。

果不其然，距离孝城只剩三个时辰的路程的时候，沈棠从逃亡百姓口中听到四宝郡郡守消失的消息。据说这位郡守想投降来着，还派了使者暗地里出城跟叛军交涉，结果……

那名百姓拍着大腿骂骂咧咧，说了一长串诅咒，紧跟着道："然后就不见了。"

现在孝城内群龙无首，情况危急，也不知道还能守几天……

路上消息一个比一个坏。

沈棠觉得这简直离谱儿！仗都没有开始打呢，郡守先逃了。

这事儿也在祈善的意料之内，因此他丝毫不惊讶，如果那位郡守突然要誓死守城，与孝城百姓共存亡，那才叫太阳打西边出来——不是郡守脑袋坏了就是被人夺舍了。

沈棠问："那孝城现在谁主事？"

那名百姓也不知。他知道的消息也是从路上其他百姓口中听到的，至于其他人是从谁口中知晓的……与他无关！现在最重要的就是逃命了。

这人喘了口气，重新将年迈的母亲背起来，系好固定的麻绳，抄着一根木棍和仅有的一些干粮、家当，跟沈棠四个人道别。

看着母子俩的身影与难民群融为一体，沈棠蓦地攥紧拳。

本以为剩下的路程三个时辰能走完，结果事与愿违，官道被封，小道上都是逃难的百姓，四个人只得改道绕路。

四个人沿路见到一座村庄冒起了烟火，一伙兵卒装扮的青年壮汉在抓人。

沈棠几个人一看就有当炮灰的潜质，领头的兵卒视线一扫落在他们身上，手中的长枪指着四个人，大声道："你们四个停下！"

沈棠顿住脚步，冷声问："你喊我？"

几名兵卒围上来。

为首的兵卒将沈棠四个人上下打量，非常满意他们的年纪和体格："你们是这个村的百姓？也想逃避募兵？"

沈棠冷着脸，即便内心想出拳将人打倒在地，仍回应："不是，只是路过的旅人。"多一事不如少一事，这些兵卒的衣裳明显不是四宝郡驻军的，那多半是叛军的人。

沈棠不想惹事，只可惜啊，她有心放人一马，却架不住人家主动找死。

为首的兵卒根本不听解释："是与不是，抓回去问一问就知道了，一旦发现你们撒谎……呵呵！全部带走！"说着，此人大手一挥。

他们出来"募兵"是有指标的，指标不达标，回去要挨骂，为了前途也得抓够人数，碰到反抗、阻碍的，直接杀了。

沈棠正欲发作，两名兵卒从村庄村头的破屋内抓出一个人，兴奋地道："头儿，快来瞧啊！"

紧跟着便是女子挣扎反抗的尖叫声。

沈棠循声看去，却见一名穿着朴素女裳的娇俏农妇被人从屋内拖出来，口中不断求饶，即使脸上抹了黑乎乎的锅底灰，也看得出这是个容貌标致的。

另有一个男子追赶出来："兵爷，那是我娘子，你们放过她吧……我跟你们走，只求能放过她！"

这对年轻夫妻躲在破屋后边的柴火堆里，一直躲得好好的，但架不住这些兵卒闯入村子大肆搜查，每一处能藏人的地方都不错过，很快便搜出了他们夫妇。

男子以为自己答应走就行，但还是小看了这些叛军的丧心病狂。他们的"募兵"指标可不低，正常情况下很难完成。为了不受罚，这些兵卒还会顺手物色长相或身材不错的女子。拿来做什么？自然是贿赂上司啊。当然，容貌俏丽的男子也行。若是能让上司满意，不仅指标这事儿能揭过去，还能博得赏识，被提拔重用呢。从这方面来说，这名长相标致的农妇可比那个男人分量重得多，关乎前途。

男人上前拉扯阻碍，农妇挣扎间抓伤了人，终于将兵卒惹恼，兵卒一脚踹向男人的心窝子："不识抬举！"

这一脚若是踹实，以男人的身板，最轻也是倒地不起，严重点儿要不省人事。谁知变故就在这时发生。

一道剑芒袭来，只听一声比杀猪还惨烈的惨叫声响起，那个踢人的兵卒的小腿飞了出去。

是的，小腿直接飞了出去！喷涌的鲜血洒了男人一脸。

女人也被这一幕吓到，一时差点儿忘了挣扎。但只有一瞬，当兵卒没了小腿倒地打滚儿的时候，她张口咬住另一个人的手腕，趁对方吃痛松开手，扑向自家男人。

便是这么点儿时间，局势颠倒。

沈棠的出手仿佛一个信号。共叔武徒手拧断最近两个人的脖子。祈善冷笑着"唰"的一声抽出佩剑，沈棠喜欢抹人脖子，而他喜欢往人心脏招呼。剩下的褚曜没佩剑，毕竟剑术荒废多年，佩了剑也只是装饰，但好歹是文心文士，力气比普通人大，一拳头下去也能将人打得脑袋"嗡嗡"作响，天旋地转。

这些强行募兵的兵卒都是普通人，连末流公士都不是，沈棠四个人转眼就将剩下的人杀光。

获救的人也不只那对夫妇，几十号人看着一地的尸体瑟瑟发抖。

沈棠甩掉剑身上的血，说道："你们收拾收拾结伴逃了吧，此处已经不安全了。"

这队兵卒没回去复命，叛军迟早会追查到这座村子，留下来就是等死，还不如趁早逃。

"多谢好汉，多谢好汉！"

沈棠神色和缓不少："用不着谢，见死不救、见难不管，有违我辈的原则。"

虽然伪装的皮囊彪悍吓人，但她眼神平和，更像是长得比较凶的好人，而好人，往往是可欺的。大部分村民再不情愿也只能回去收拾家当，趁早逃命去也，但有几个脑子不清楚的，竟扯着嗓子咒骂，还是指着沈棠的鼻子骂。

"你们这些挨天杀的悍匪啊，逞什么好汉？人不都是你们杀的？凭啥让俺们逃？你们四个要是不插手，这些兵痞抓了人就走了！"

祈善几个人脸色骤变。

倒不是他们没见过这阵仗。事实上他们都知道人心多变，特别是这些偏僻的地方，穷山恶水出刁民，别指望刁民会"知恩图报"。他们会变了脸色是因为沈

475

棠。在祈善、褚曜二人看来，沈棠还年少，毫无准备地直面这场景，不利于身心健康。

只是他们万万没想到，下一息沈棠用剑锋稳稳地抵住那人的脖颈，划了一道血痕。

那个村民吃痛才知害怕，煞白了脸，难以置信地看着突然发难的沈棠。

"呵，知道害怕了？"沈棠神色冰冷，嗤笑一声，像极了她醉酒后的神态，警告道，"你可别动！动一下，老子的剑拿不稳，你的脑袋和身体就要分家。你既然称呼老子'悍匪'，信不信老子现在就让你知道什么是悍匪？反正老子杀了这么多人，再杀几个不长眼的又如何？"

一时间，周遭的气氛跌进谷底。

沈棠周身萦绕着的森冷的杀意连共叔武都为之暗暗心惊，更何况这些普通的村民呢？

那几个人当即改口求饶，不敢造次。

"知道怕了就好，往后管好自己的口舌，不然的话，怎么死的都不知道。"沈棠冷着脸收回慈母剑。

被威胁的村民捂着破了皮的脖子含泪点头，看神情被沈棠的杀意吓得不轻。

祈善看着几个落荒而逃的村民的背影，笑道："善还以为沈小郎君会一剑结果了他们。"

他们那番白眼狼言论的确气人。杀兵卒也是为了救人，不说让他们感恩戴德，但好心好意被当作驴肝肺，又被不分青红皂白地倒打一耙，哪个有气性的人受得了这个委屈？

若沈棠暴起杀人，祈善一点儿不意外。

沈棠几乎要翻白眼："你觉得我会杀他们？"

祈善道："沈小郎君不觉得委屈、气愤吗？"

"难道我觉得委屈、气愤就可以放肆屠戮？那跟郑乔之流有什么区别？"沈棠冷着脸反问两句，紧跟着又语调冷淡地道，"几个无知村民嘴贱罢了，吓唬吓唬就行。若是吓唬不行，那就暴揍一顿。一顿暴揍还不行，还有胆子挑衅、辱骂，我再生拔他们的舌头！"长着一张嘴巴却不说人话，不如弃了。

沈棠又不是面团，被人指着鼻子骂了，哪能没点儿火气？

褚曜平复微乱的呼吸，笑着打趣："五郎有点儿脾气是好事，不过生拔舌头血腥了点儿，有不少言灵可以禁言夺声……"文心文士要优雅、斯文，君子动口不动手，动不动上手打打杀杀是武胆武者的血腥做派。

沈棠重展笑颜，驱散了那点儿冷意，仿佛刚才浑身杀意的她是众人的幻觉："禁言夺声这个好，一旦跟人生了口角，我打不过、骂不过，还能禁言，几乎能立于不败之地。"

祈善忍着笑道："你这叫耍赖。"

沈棠露出"你不懂"的眼神：禁言夺声，那可是"权限狗"的特权。

"多谢恩人相救，大恩无以为报，若有来生，必当结草衔环。"这时那对获救的年轻夫妇上前致谢，男人明显念过书，说话文绉绉的。

沈棠摆手示意他们不用那么多礼："我有个事儿问你们。"

男人受宠若惊，连忙说道："恩人请问，只要是我们知道的，一定知无不言，言无不尽……"

沈棠问："这里离孝城还有多远？"

他们四个人中最熟悉孝城的应该就是褚曜了，只是褚曜待在孝城的五年里大部分时间在月华楼的后厨当杂役，偶尔出门也是短行程，几乎不在城外过夜，对一些山道了解得不多。因为官道被叛军的兵马把持，一行人只能选择绕道，绕着绕着方向就有些偏了，还是问问当地人才稳妥。

男人听沈棠这么一说，急切地道："恩人使不得啊，那孝城……"

沈棠知道他要说什么，直言："家眷皆在孝城，不可弃也。"

男人看了一眼妻子："我知道一条比较近的路，平日村民进城赶集都是走那一条，我带恩人们过去。"说罢他又叮嘱妻子跟着村人先逃难，他送完沈棠一行人便赶回来跟她会合。

独身逃难，十死无生，而跟着村人一起行动，路上好歹有个照应。妻子自然不同意他冒险，不是说不赞同丈夫的报恩之举，而是不赞同夫妻俩分头行动。这年头一旦分别，还能重聚的概率太小，倒不如她也跟着一起去，夫妻俩生死都在一起，比什么都重要。

沈棠无奈：虽说夫妻俩大难之中不离不弃的感情挺动人的，但她也没说一定要有人领路啊，指个大概方位就行。

沈棠不太好意思地打断夫妻二人的互动，重新阐明自己的需求。

二人俱是赧然。

村人祖祖辈辈都生活在这片土地上，家中添置的每一个物件都凝聚着一段可贵的记忆。一朝背井离乡，大家什么东西都想带走。有人狠狠心、咬咬牙，带上仅有的贵重家当和干粮，也有百姓哪个都舍不得落下，大包小包全部打包，或扛或拖……

出来没看到那四个陌生壮汉的身影，村人心下一慌，问那对年轻夫妇："恩人们呢？"

男人道："走了。"

那名村人道："走了？为何不带着俺们走？"

不少村民以为沈棠几个人会跟着，或者说带着他们一起逃难，毕竟这个世道人多安全。其他村人没说出口，但内心也有些怪罪沈棠几个人，觉得本来还到不了背井离乡的程度……

听着村人的细碎言谈，年轻夫妇脸色不是很好看。只是他们管不了别人的嘴，大家又是一个村的人，他们深知得罪哪个都容易招致整个村的围攻，只能铁青着脸将火气咽下。

沈棠不知自己一行人离开还招来抱怨，循着男人的指引踏上那条小道，一路上还得小心躲避入山搜查的叛军。

泥泞的山路十分不好走，骑行根本是奢望，四个人只得徒步。

"咝——真是奇怪了……"又躲开一支搜查的叛军，沈棠忍不住怀疑指路的男人坑自己。

褚曜道："应该是进山搜查什么人。"

沈棠纳闷儿："这种时候？搜查谁？"

褚曜没有回答。

沈棠福至心灵地想到一个人："莫非是四宝郡的郡守？"说完，不待祈善几个人有所回应，她又道，"这也不对啊。既然四宝郡郡守是主动投降派，躲避叛军的搜查做什么？"四宝郡郡守不应该欢欣鼓舞地抱紧"新大腿"吗？

祈善神色微黯："善倒希望是那厮！"

沈棠道："嗯，我懂，我懂。"

毕竟是老仇家嘛，仇人见面，分外眼红。祈善来孝城的目的之一就是找这位老仇人，若是他们够好运撞上，祈善的大仇得报啊。

正说着，共叔武眼尖地发现了什么，在杂乱的草丛中捡起一块碎布。这块碎布颜色鲜明，仅沾了点儿露水，看情形应该是衣裳的主人不慎遗留没多久的。

共叔武蹲下身拨开草丛摸索，果然在不远处发现凹陷的脚印，再用手指比画脚印大小，是男性的。

沈棠闻讯凑了过来。

草丛里的脚印不止一个人的。

她揉着额角，吐槽道："这算是传说中的那什么墨菲定律？"

"何谓墨菲定律？"

"假使事情有变坏的可能，你越担心，发生的概率越大，这不——坏事儿来了。"沈棠笑眯眯地道。

祈善看着共叔武手中的碎布条，神色黯了下，仿佛下了某种决心，说道："幼梨，你们先行，我循着线索去找找，若真是那位，正好做个了结。"

沈棠吃惊："元良，你……"

祈善道："幼梨不用劝。"他是个相当固执的人，一旦下定决心去做什么事情，几乎无人能说动他更改主意。

沈棠蹙眉："也未必是那位郡守……"

祈善道："倘若不是，善即刻便归。"

沈棠看了一圈，当机立断，不容拒绝地道："好，既然如此，无晦和半步先去孝城，我陪元良去找。元良，你也别拒绝，路上还有搜查的叛军，你一个人怎么应付得来？"

这串脚印不是一个人留下的，其中兴许还有武胆武者，祈善一个人可对付不了。

褚曜面露忧色："可是……"

沈棠道："林风和屠荣两个孩子还在等，他们就麻烦无晦了。我们会尽快跟你们会合。"

一侧的祈善试图婉拒，谁知张口却没发出声音，登时瞪大了眼睛，难以置信地看着沈棠。

褚曜鄙视地睨了他一眼，似乎在说：你也有今日，一个老手被新手禁言了……丢脸！忒丢脸！忒丢文心文士的脸！

四个人还是选择分开行动，约定好会合的地点和时间。

直到褚曜、共叔武二人的背影消失，祈善才铁青着脸解开禁言。禁言夺声，沈棠第一次使用就用在他身上，他该不该说句"荣幸"？

沈棠笑道："我就那么一试……"她也没想到会一次性成功啊，还是无声版本的。

祈善憋了一肚子的火气，脸色没一丝和缓，倒不是生气被沈棠禁言夺声，而是气自己大意，竟然被一个半吊子给阴了。被阴也就罢了，还是在褚无晦面前，他丢不起这个人！

他憋着火又不能发火，便将这股火化为找人的动力。

也许是潜藏者的运气实在太差，也许是墨菲定律在冥冥中发力，好几路叛军搜山都没进展，他们却碰到了目标。

山坳之中，一处极其隐蔽的山洞里，一袭华裳的男人疲倦地靠着山壁，一个武胆武者在洞外守着，另一个在洞内守着。

除了华裳男人，其他两个武胆武者多少挂了点儿彩，衣裳沾血，鬓发凌乱，姿态狼狈。

这个男人正是四宝郡郡守。

沈棠心想：这叫什么运气啊！

祈善露出一抹古怪的冷笑，冲沈棠打了个手势，大致意思是武者归沈棠，文士归他。

这两个武胆武者的等级并不高，至少跟几天前的十等左庶长没的比，一个是四等不更，另一个是五等大夫。看他们的装扮，他们应该是郡府高薪供着的客卿。

其中一个人正跟郡守说着什么。

沈棠冲祈善挑眉：她一对二？不给文心辅助吗？

祈善用眼神回应：你不行？

沈棠气呼呼的：为什么她会以为祈善转变性格了呢？这厮还是这么不做人！自己关心他，强行要跟着过来，结果就换来这待遇！

"谁——？"洞外望风的武胆武者突然起身大喝。

洞内的郡守以及同僚闻声也警惕起来。

沈棠二话不说，提剑杀上去。

祈善面上似蒙了一层寒霜，冷冷地看着警惕的郡守，冷笑道："不见篱间雀，见鹞自投罗！"他右手一挥，数道文气张开成罗网状，目标直指郡守。

郡守与贴身护卫的客卿也意识到危险。后者上前以武气将罗网震开。前者稍退一步，预备发动文心，谁知正是这一小步，他一脚踩中言灵陷阱，狼狈地就地一滚才躲开。

"尔等何人？"郡守怒不可遏！

郡守习惯了高高在上，从未想过自己会有今日，本来被人算计到这一步已经够火大，没想到狼狈逃窜的途中还被陌生人截杀。

祈善在树林间解除了表面伪装，恢复熟悉的外貌，一袭儒衫，头戴玉冠，腰佩深青色文心花押印，优雅从容地走了出来。

沈棠几乎是压着那名武胆武者打，另一个人见势不好，上前助阵。于是形成了沈棠一拖二，祈善和郡守遥遥相望的局面。

见来者是祈善，郡守微微诧异地睁大了眼：他对此人有印象，是那个画技不错的年轻文士，跟他的某个"故人"同名、同姓、同字。

但看这架势，来者不善。郡守神色凝重，一小部分注意力放在沈棠和两名武胆武者身上，大部分注意力放在祈善身上。

"本府不记得得罪过先生……"郡守确信自己跟此人仅有一面之缘，即便当时招待不周，略有怠慢，但也给予重金作为报酬，自认为不算失礼得罪，此人为何要对自己落井下石？

祈善深深地看着郡守，突然刻薄地冷嘲道："不记得？你说这话亏不亏心？祈善，字元良！这个名、这个字，你敢说没得罪？多年身居高位，养尊处优，将你的脑子养废了吗？"

祈善话语中的信息让郡守瞳孔微缩，仿佛全身的血液都被抽空，手脚冰凉，心肝乱颤，被发自内心且抑制不住的恐惧笼罩。

"你……你是……祈元良？"怎么可能？这人怎么可能是那个祈元良？

"是。"祈善露出一缕极不和谐的狞笑，"故友重逢，晏城是不是非常喜悦？"

见鬼的喜悦，郡守现在只想拔腿就跑。尽管理智告诉他，眼前这人不可能是他认识的祈元良，后者身上不加掩饰的杀意却在明晃晃地告诉他——这个自称"祈善"的人即使不是祈元良，也是祈元良的故人。这人是真的想杀了他！

郡守慌了神，勉强道："元良……"

郡守这一喊，看到祈善面上浓郁的讥诮之色，突然福至心灵地想到什么，大喊："不，不对！你不是祈元良。你少用他的身份装神弄鬼。说，你究竟是谁？！"

沈棠也在大喊："祈元良，你好歹当个人吧！"这就是所谓"文士归他"？不干架，就隔空"打嘴炮"？呵呵，还老仇人呢，说是老相好她都信！

事实证明，只要是正常人会做的事情，祈善总是不太乐意去干。沈棠愤怒的咆哮声被祈善丢到了脑后，眼睛只看得到眼前的郡守。

郡守姓晏，名城，既是祈善的故交，也是仇敌。倘若祈善有个记仇的小本本，晏城绝对能以一骑绝尘的姿态霸占榜首不动摇。

"区区四等不更、五等大夫，相信以沈小郎君的能力，诛杀二人不比探囊取物麻烦……"话虽是对沈棠说的，但祈善始终看着面如金纸的郡守，饶有趣味地道，"你说是吧？"

这话是对沈棠问的还是对郡守问的，只有祈善自己知道。

沈棠额头青筋乱跳：跟祈善这厮当队友简直是折磨，这要是打游戏，照祈善这个"划水"技术，早被队友举报好几轮了。

她避开两名武胆武者的左右夹击，手中慈母剑舞得虎虎生风，每一剑都带着发泄一般的火气，一招比一招快、准、狠，仿佛将两名武胆武者当成了祈善的替身修理！

末了她还不忘放狠话："祈元良，你等着！回头跟你算账！"

要不是顾及祈善还要跟"老相好"隔空"打嘴炮"，她这会儿就给对方送一个十二个时辰的禁言夺声套餐。哼，仇家面前她给祈善几分脸面！

沈棠放狠话并未影响祈善的好心情，不过郡守晏城的心情就不怎么美妙了。郡守看着孤狼、恶虎一般死死地锁定自己的祈善，后者好似在思考往哪儿下口能撕下大块血淋淋的肉。

这种眼神让郡守有种久违的熟悉感。

等等——熟悉？这孤狼、恶虎一般的眼神的拥有者……他还真认识一个！他似乎想起什么，眼睛越睁越大。

"你……你难道是——？"郡守正欲吐出一个人名，谁知嗓子骤然失声，脸"唰"地一白。

祈善冷嘲道："晏城好差的记性，在下不是说了，在下姓祈，名善，字元良？"

郡守也是精通各种言灵的主儿，这些年又抱得一手好"大腿"，可谓是"文运亨通"，文心修炼自然没有落下，甚至跟许多有天赋、悟性的文士比也不遑多让，很快解除了禁言夺声。

郡守咽下没说完的话，目光惊疑不定地看着祈善，越看越确信自己的猜测是正确的，喘了口气，说道："不管你是不是祈元良，如果我说祈元良并非我害的，你可相信？"

祈善说道："晏城，你觉得以你两面三刀、见风使舵的可耻小人作风，我会信吗？你也不用狡辩，你辩不过我的。扪心自问，你说这话亏不亏心？也不怕半夜被鬼找上门。"

这话说得挺有道理，其实郡守自己也不信。

郡守头皮发麻：如果眼前顶着祈善身份的家伙真是他猜测的那人，他今天怕是没可能活着离开此处。

不见棺材不落泪，这话形容郡守正合适。他总觉得自己还有翻身的机会。当年那个局势下他都能大难不死，如今又怎么会死？

郡守欲放手一搏，恢复没几成的文气在经脉里奔腾。他刚要出手，准备帮助客卿，结果丹府一痛，文气停滞。

他气愤地瞪向一脸阴郁地冷笑着的祈善,内心直接问候对方的祖宗十八代:果然是那厮!

下一秒,一道血柱喷洒在他脚下。

那名实力最弱的四等不更被沈棠一剑抹了脖子,只剩那名五等大夫。不用被人左右牵制,沈棠下手越发凌厉、凶悍,不多会儿便抓住一个绝妙的机会,一脚踹中那人的心窝,力道之大,使那人的肋骨发出不堪重负的崩裂声,整个人砸在地上翻滚了数圈,最后仰天躺着,死不瞑目。

沈棠压下用剑锋对祈善指指点点的冲动,深吸一口气:"你跟你的老……对头掰扯清楚了?"她在"老"字后可疑地顿了顿。

祈善淡淡地扫过两名客卿的尸体:虽说四等不更、五等大夫没有武气兵卒和武铠,但也有各式武器,力气、速度皆非常人能比,在沈小郎君的手下半刻钟都撑不住。

"沈小郎君武力进步飞速。"祈善想想沈棠当初被四等不更追杀得满屋子逃窜的情景,实在很难相信这么大的进步是在不足半年内达成的,"陈年旧账不是那么容易搞清楚的……"

沈棠冷笑着道:"你真以为我是三岁小孩儿好糊弄?我跟人打架的时候还抽空注意你这边的情况,你什么时候跟他清算旧账了?"

一切不以搞死仇家为目的的手段和"嘴炮",那都是"打情骂俏""欢喜冤家"!除了第一次照面儿的交锋,这俩文士都不似文心文士——不说斗智斗勇吧,连文心言灵对轰都没有。就这架势还想让她相信这俩人是你死我活的老仇家?她感觉智商遭到羞辱!

祈善心情极好:"正算着呢……"苍天可鉴,他这次真没"划水"。

沈棠也有点儿疑惑——局势不利,为何那位郡守没逃跑,也没帮助那两个客卿御敌?因为知道自己逃不掉了,所以干脆原地等死?这不似郡守的作风。按照祈善的说辞,这位绝对是墙头草中的精英,掌握的脚底抹油、溜之大吉的文心言灵堪称西北全境前十。郡守逃跑的本事练得这么好,怎么可能做出原地等死的消极举动?

沈棠直觉问题出在祈善身上,问道:"你做了什么?"

那位郡守看祈善的眼神几乎要吃人。

"没什么,一种小技巧而已。"

沈棠道:"你看我的表情,我会信?"祈善的糊弄文学真是越来越糊弄了。

突然,郡守吐出一大口血,面如金纸,胸口的起伏又快又急。他捂着丹府的位置，愤恨地看着祈善道："你不就是想替祈善报仇吗？"

沈棠一直关注二人的对话，只是祈善不说，她也不好追根究底。于是她轻咳两声，非常体贴地提建议："那个……要不要我让开，给你们一点儿空间好好'叙旧'？"

"没必要。"祈善大步流星地上前，沉默地看着郡守。

郡守也死死地瞪着祈善。下一秒，祈善倏地抬手挥拳，直直地砸向郡守的面门。祈善一拳将人砸倒在地还不解气，还上脚踹了两下。郡守倒是硬气，没吭声。最后祈善用文气把郡守五花大绑。

沈棠道："哦……"君子动口不动手什么的……果然还是看情况。

祈善发泄够了，理了理微微凌乱的发丝，转头问沈棠："沈小郎君没想问的吗？"

沈棠如实道："没有。"

其实祈善是谁对她而言并不重要，名字不过是个代号，理想状态下全世界的人都可以叫"祈善"。她认识的，从始至终只有他。

郡守被砸得鼻血横流，眼冒金星，眼眶乌青，那张还算威严的脸变得无比滑稽，口齿不清地道："你不如直接杀了我！"

祈善道："一下子杀了你，太便宜你。"

郡守冷嘲，甚至开始胡言乱语，挑战祈善："其实祈善是你杀的吧？……你将他取而代之？你心虚所以栽赃到我头上……"

"咚——"祈善又赏了郡守一记拳头。

沈棠越听越迷糊的同时，还不忘在心里吐槽：虽然文心言灵潇洒飘逸，很符合文心文士的格调，但论解气还是要直接上拳头"。

祈善冷哼一声，收回手，指节捏得"咯吱咯吱"响，十分有威慑力："你还真知道怎么激怒我。"

郡守嗤笑道："好说，毕竟是同一届的。"

沈棠一脸疑惑。

见沈棠一脸不解，祈善长叹一声，单手抓起郡守的衣领，将人拖着往山洞里走，顺便把那两个客卿的尸体丢下山崖，免得招来山间野兽导致行踪被发现。

进了山洞里，祈善将人往地上一丢，随即陷入漫长的沉默中。

他顶着"祈善"的身份太久，有时连自己都不知道自己是谁，更不知道这笔仇该从何说起。

终于祈善道："我的本名不叫祈善，叫什么也不重要，反正世上只有祈元良这个人了。"开了话头，他发现开口其实也不难。

沈棠道："那个'祈善'是你的朋友？"

从郡守和祈善二人的对话中也听得出来，"祈善"这个人真实地存在过，而不是眼前这位祈善的化名。

良久，他道："算得上亦师亦友吧。"

真正的"祈善"是怎样的？即便郡守不太喜欢"祈善"，也不得不承认那是个极其优秀的人，哪怕没有很好的出身，生活偶尔会很困顿，仍能乐观地面对现实，甚至非常乐意接济比自己更穷、更窘迫的人。

嗯，眼前这位祈善就是被接济的人。

沈棠总结祈善的话，大致如下。

真正的"祈善"幼时家道中落，父亲是个不成器的纨绔，败光了祖上积累的清贵名声，气死了妻子、父母，混账不堪。其父亲这辈子唯一为"祈善"做的一件好事就是死得早。

幼年的"祈善"主持完父亲的丧事后，找上所有债主，挨家挨户重新写欠条，约定还款日期。

按说这些债务他若不还，债主也拿他没法，毕竟虽然他的父亲不成器，但母族还有几个人。但幼年的"祈善"就很有主见，对母族的长辈道："阿父败光的祈氏清誉，善替他拾回来。"

也因为亲爹死得早，祖辈积累的珍贵的书册还没来得及被糟蹋，"祈善"也不是没有翻身的希望。他启蒙早、学得快、名声好、人缘佳，多少还有些善结交，朋友遍布十里八乡。

丰神俊朗、清逸翛然，这是外人对"祈善"的评价。嗯，这个外人还跟"祈善"有过不少过节儿。

连与他不对付的人都这么夸赞，可见他本身优秀到什么程度。不，与其说是"优秀"，倒不如说是"良善"，用郡守的话来说就是"善人病"！"祈善"，字元良，人如其名。

祈善也是受其帮助的人。

"祈善"的启蒙恩师跟孝城那位私塾先生有点儿像，但脾气更加古怪、固执，最自豪的便是教出"祈善"这个好学生。其作为当地的名师、名士，上门求学解惑的人也是络绎不绝。祈善也是其中之一。

祈善寒冬腊月候在门外等待，一等便是两个时辰，拜帖递了七天，也在门外等了七天，直至第八天才有回复。

门房转达的大致意思就是那位先生教的学生够多了,没那么多精力再教导一个根基不牢的学生,让祈善另觅良师。

祈善也是听说这位名师如何好,学识如何渊博,于是专程前来求教,跋山涉水好几日,可惜付出没换来想要的回报。

祈善这几日又冷又饿,不管是体力还是精力都到了极限,骤然收到这个坏消息再也熬不下去了,昏倒在雪中。

醒来后祈善发现身处一户陌生的居所里,一问才知自己是被名师的爱徒"祈善"所救。

听了祈善的经历,"祈善"便想了个办法,用迂回曲折的路子跟老师探讨何谓"传道授业解惑"。那位名师也不是蠢人,稍微一问便知道了"祈善"和祈善的事儿……

名师不觉得自己哪里有错,总不能每个上门解惑的人都接待吧?只是"祈善"言谈间对求学的小儿非常欣赏,名师也生出几分好奇,勉强见了一面。

也正是这一面,让祈善能留下求学。之后的数年,"祈善"数次接济窘迫的祈善。二人一同求学,一同长大。不同于"祈善"走到哪儿都是人群的焦点,祈善自小就没什么存在感,为人阴郁,脾气也怪……

"祈善"即使身穿寻常百姓的衣裳,立在人群中也是最耀眼的一个,几乎无人注意到他身边的小跟班。倘若不是"祈善"热情地引见、介绍,他们还以为这就是个平平无奇的书童呢。

对于这个刻板印象,"祈善"不止一次地苦恼:明明祈善更强,为何世人注意不到?

他一度自责是自己的问题,是真的自责。

之后辛国开了一场特试。二人从名师手中拿到珍贵的举荐名额,准备搏一搏前程。只是不凑巧,祈善的亲人这时没了。祈善少时受亲戚照顾良多,于情于理都要回去奔丧。

"祈善"只能独身上路,途中碰见了一个比他年长许多的青年文士,相谈甚欢。不用猜,这个人就是郡守晏城。

特试开考的前两天,祈善才匆匆地赶到考场。也是在那场考试中,有个学子死了。

郡守脸色微寒,想明白了什么:"我记得当时死的人是……"

第二十九章
真谭曲，假祈善

祈善冷笑着补充："你是想说，死的只是一个无足轻重、出身卑微的蝼蚁吗？所以你就心安理得地以为'祈善'也该跟你一样不在意？蝼蚁而已，反正过个几年也会被人淡忘……"

郡守被逼问得哑然无语，半晌才讪讪地低语："不管你信不信，我没想害人，我只是……"

他只是什么？他只是想谋个前途而已。谁参加那回的特试不是为了这个？说什么报效国主、造福万民、澄清玉宇……这些假大空的话也就是骗骗别人，顺便给自己脸上贴金而已。承认吧，谁入仕途不是为了光宗耀祖、荣华富贵？他为了自己的前途努力有什么错吗？谁为了前途不是削尖了脑袋努力？即便真害死了人，难道是他的初衷吗？至多是"我不杀伯仁，伯仁因我而死"！

面对其他人，他都可以振振有词地说出这番话，他没错！旁人讥笑他是小人，他笑旁人一辈子出不了头，所谓"讥笑"不过是无能废物的自我宽慰，废物的话有必要放在心上吗？

但面对眼前这个浑身杀气的祈善，他若敢说，祈善就敢让他人头落地！

他不说，祈善也看得出来。祈善怒火喷涌："八年了……八年过去，你还觉得自己没错是吧？若你没错，那刚过束发之年的'祈善'就活该吗？他一生行善，不与人为恶，一片赤子之心，在你这里换来了什么？"那人才十六岁而已，绘制精彩人生的画轴刚刚打开！

郡守一声不吭。

他的沉默看得祈善心头火起，忍不住又给他的脸来了两拳，恨不得将他的脑袋捶成肉渣。

"对民不仁，对君不忠，对友不义，真不知你的脸皮怎么长的，这样都没把你活活羞死！"

沈棠的关注点与众不同："特试是……科举吗？"

现在的祈善看着就像是亟待喷发的火山、倒计时的炸弹，所以待祈善打够了，沈棠才小声询问。

郡守被打得牙齿松动，用舌头舔了舔牙床，吐出一口血沫，血沫里躺着半截牙齿。

由此可见祈善是真没留手。

"呵呵，谭乐徵，这是你的学生？"郡守缓过劲儿来。

或许是知道自己的处境不妙，大概率见不到明天的太阳，郡守肌肉一松，艰难地翻了个身，靠着石洞的山壁，借力往上蹭，半坐起身，嘲道："小郎君怎么连这个都不知道？"他的眼神里只差写上"你是深山老林里来的吧"。

沈棠"呦"了声，道："谭乐徵是元良的本名？"这个字还挺好听。

祈善心塞了一瞬，但很快恢复过来。

"谭乐徵这个名字早就弃之不用了，如今只有祈元良，沈小郎君记得别喊错。"祈善对此倒是很固执，又用满含杀意的眼神瞪了郡守两眼，"正常情况下，辛国三年一次取士……"

各州郡设一名州中正官，由州中正官负责主持州郡范围内的考核，选拔适龄人才。人才过了这关，拿着举荐文书会聚都城，再由主中正官评选测试，测试的结果关乎人才能否入仕。

有正常情况，自然也有特殊情况。若朝中人手不足，但时间又没到三年一度的选拔，中途便酌情加考一回，便是特试了。

说起特试，那便不得不提一嘴，这种选拔方式有个特殊的规矩——为"公平公正"，尽可能地发掘人才，考生有两大来源，一个是州中正官举荐，另一个是本州名士举荐。

州中正官举荐属于"官方"渠道，符合条件的文士都可以参加，一次可以举荐四百人，唯一的缺点就是门第一项要求比较严苛。

本州名士属于"民间"，理论上是"唯才是举"，更看重才能，对文心品阶和家世门第可以酌情放宽。这批人手中也有一百个名额。

拿到这一百个名额之一的人就不需要经过州中正官的初试，便可以前往都城。

祈善的那位老师就是本州名士，手中有三个名额！

本来这么珍贵的名额还轮不到祈善头上，奈何这些名额不是固定不动的，会根据名士举荐之人的表现而增减。

若名额增多，说明这位名士"举贤不避亲仇""廉洁自律""公正贤德""名副其实"，举荐上来的的确都是人才。可若名额减少，甚至被剥夺举荐资格，说明这位名士"假公济私""沽名钓誉""盛名之下，其实难副"，被人用俗不可耐的阿堵物收买了，才推了这么个东西上来，名声扫地。

何谓名士？通俗来讲就是有名的人。某种意义上，名声就是他们的立身之本，不管内在如何，表面功夫还是要做到位的。

那位老师本想选择两个族内子侄和爱徒"祈善"，奈何年纪大的那个太不争气，水平不行。老师几番迟疑，恐影响下一次的举荐名额，便狠狠心换了人，让那个子侄等下次——反正距离下一次正常取士只剩一年，这一年多多上进、多多努力，不求这位子侄能表现得多亮眼，至少别拖了后腿。

祈善介绍得详细，沈棠在脑中自动替换——三年一次的取士等于"科举"，特试等于"恩科"，名士推荐类似直升保送？

她这会儿只剩一个疑问："文试又不是武试，为何会出人命？"

难不成是压力太大？还是涉及不为人知的阴谋诡计，"祈善"牵涉其中被杀人灭口？沈棠在脑中思索一圈，仔细地观察祈善的神情，似乎两种都不是。

"谁跟你说只是文试？"

沈棠愣住。

祈善道："一般情况下是不会出事……"

虽说辛国已经亡国，这方面了解得再多沈小郎君也用不上，祈善还是给沈棠扫盲了——考核项目有三项，家庭背景、品行才能以及最重要的文心品阶。第一和第三都是最直观的。

祈善道："问题出在第二项'品行才能'。"

考核方式可不是沈棠以为的布置一个大场地，所有学子聚在一起，主中正官出题他们解答，更不是单纯写写策论文章。那是沈棠从未想过的神奇方式。

沈棠有疑问："家庭背景可以查籍贯、族谱，文心品阶可以看文心花押印，'才能'可以出题测验，'品行'就太主观了。每个人的三观都略有不同，同一个人做的同一件事在不同人眼里，评价可能是两个极端。我不知道有什么考核方式可以连这个都能测出来……"

这种选拔方式问题很大，"品行"这项一看就知道是钻空子用的。"才能"看自身实力，但"品行"看考官啊。明面上扯着"公平公正"的旗帜，但执行者又不是圣人，只要不是完美无瑕的人就能被钻空子。有好处，谁不会紧着自家人？

靠着血缘关系，共事抱团，小团体自然会越滚越大，在朝中的地位越来越牢固。人心是贪婪的，欲望还会无限膨胀。地位越高、权力越大，渴求也会直线上升，从一开始的"能入仕途就好"，变为"能爬得高一些就好"，再到"位极人臣就好"，直至"子子孙孙富贵无穷"。

光想想那个场景她就觉得朝廷要完。果不其然，辛国完了。

祈善道："书山有路勤为径，学海无涯苦作舟。这句话沈小郎君应该不陌生。"

沈棠点头。她当然不陌生，学校教室黑板上的标语十个有五个是它，宗旨就是，只要学不死，就往死里学。沈棠没了上学时的记忆，但直觉告诉她上学很枯燥。

"然后呢？"沈棠问，忽然想到这个世界不讲科学的玄幻设定，嘴角微抽，"莫不是真有书山、学海？"

祈善点了点头。

沈棠无语。

举荐名额为何那么珍贵？因为它不仅是白身学子入仕的门票，更是一次珍贵的进入"山海圣地"的机会。毫不夸张地说，那是每个文心文士心中的圣地，运气好的甚至可以发生脱胎换骨的变化。

祈善道："不然国玺为何那么重要？"

沈棠微愣：这都有国玺的戏份？

不仅有，还非常重要。先前说过，国玺由贼星碎片制成。每块贼星碎片都记载着浩瀚深奥的言灵，即便是国主也只能挖掘、拓印其中的一部分。剩下的怎么弄出来？自然是进入"山海圣地"带出来！

"正常情况下，一个人一生只能进入一次！"

沈棠吐槽："正常情况都是针对普通人的，那些开了挂的家伙肯定能去不止一次！"

祈善道："差不多，例如褚无晦。"

沈棠一脸疑惑。

祈善解释："进入过'山海圣地'的人，文心花押印上便会出现一个特殊标识，有了这个标识就无法进入第二次。他的文心是二次凝聚的，文心花押印上干干净净的，所以他可以再去。"

理论上是这样的，如果褚无晦拉得下老脸的话……

沈棠道:"这么说来,人越多越好啊。"原来开挂的人就在她身边!

"倒也不是,'山海圣地'开启一次要消耗大量的国运,进入的人数越多则所需国运越多。"

沈棠内心暗暗嘀咕:好家伙,进去一回还得买门票钱。

沈棠摸了摸下巴,好奇:"元良,你说的'山海圣地'长什么样?无数座山?一片大海?"

学子进去怎么考核?上午爬山,下午游泳?进去是不是要带着很多白纸抄撰?

祈善恍惚了一瞬,余光瞥见低着头不知在想什么的郡守,抿了抿唇,说道:"圣地一共有两道门,一道通往'书山',另一道通往'学海'。'书山'连绵不绝,据传闻有千余座……"

沈棠吃惊:"千余座?这么多?"

祈善继续介绍:"每一座山山顶都高悬着一块巨大的牌匾,或书'儒',或书'法',或书'道',或书'墨'……山体大小不等,绝大部分被黑白文气笼罩,谁也不知道它们究竟有多高……"

只有前人踏过的地方,笼罩的黑白文气才会散去,那里的一草一木、一花一树,甚至连脚下的泥土和路边的碎石,皆是由言灵文字构成,天地之气浓郁到化为雾气。每一次呼吸都是一次洗涤。书山越往上,天地之气越浓郁。

"山海圣地"里边的秘密太多,即便过去两百多年无数文心文士曾踏足于此,大部分"书山"连山顶高悬的牌匾都还未亮起。

至于"学海"……祈善道:"那就是一片言灵文字汇聚的海洋,文士进入其中便要经受言灵海浪的冲击。每次冲击都是一局不同的'沙盘战场'。获胜者可以继续留下迎接风浪,失败者就会被送出。关于'学海'还有个蛮有意思的传闻,据说有个人连续经历66道风浪……"

普通学子能经历12道就算合格,超过20道属于佼佼者……在66道出现前,最高纪录是36道。那厮相当于一次性将纪录翻倍了。倒不是他实力如何强大,而是他狗屎运强大,刚进入"学海"就挖掘出一句新的文心言灵——长风破浪会有时,直挂云帆济沧海,直接在"学海"里化船扬帆,乘风破浪。其他士子都是在水里扑腾或者被"学海"的风浪冲得七荤八素……真是人比人气死人的典型。

沈棠若有所思地总结:"所以,'书山'适合中规中矩、稳扎稳打的人;'学海'则适合搏一搏,单车变摩托的赌徒?"

祈善道:"这只是表面上的。"

看起来"书山"很平稳、安全，实际上呢？

祈善神情意外地平静："当年进入'书山'，我本与元良一道，但元良信了这厮的花言巧语，被哄骗去了一处未曾有人涉足的秘地——我们三个人被困在一处，这厮用我们俩当祭品，祭了死门，他从生门逃出……元良便是那时候没的。他将唯一生机给了我，自己则活活冻毙于风雪之中……"

郡守暗中捏紧了拳头。

祈善道："我如今都不敢回想一个活生生的人，如何在风雪肆虐之下咽气，尸体僵硬如冰，怎么焐都焐不暖……而这一切，晏城，你敢说那只是意外，你不知道？"

"呵呵，你说巧不巧？"祈善神色突然一变，眼神凌厉迫人，仿佛要生撕了郡守，声音颤抖着道，"偏偏就是这次过后，十乌三大部落中最弱的一个不知从何处得来机缘，靠着神秘莫测、诡谲强横的军阵奇招，连吞其他两个部落，一举整合十乌！"

祈善半蹲下来，一把扼住郡守的脖子："你敢说那是意外？！"

八年间，祈善靠着从秘地中获得的军阵残图以及十乌那边的探子，将那个军阵复盘了无数次。此阵当真玄妙精彩，隅落钩连，曲折相对，将兵法之中的"奇正之道"完美地融入军阵之中。正如兵法所言，"凡战者，以正合，以奇胜""善出奇者，无穷如天地，不竭如江海"。

郡守一时间不敢直视祈善的眼睛，嘴硬道："我出身于十乌，襄助族人有错吗？我也想忠于辛国，但辛国国主昏聩，其他人鄙薄我的出身，始终待我如异族，不曾真正接纳，我凭什么给辛国卖命？"

"可当年你久病缠身被困边城，盘缠用尽，只能寄住在穿风漏雨的破屋里，是他不顾危险，为你延医治病，大半夜求来医师。你就是这么对待你的救命恩人的？"祈善手指微微缩紧。

这位郡守从一开始就打着拉个倒霉鬼当垫脚石挡"死门"的主意，为达目的不择手段。这畜生怎么不直接病死呢？

随着祈善手上的力道加重，郡守呼吸越发困难，口中、鼻中不断溢出"呜呜"的气声。郡守扭动挣扎，奈何双手被黑白文气束缚，动弹不得，随着胸腔内的气息越发稀薄，那张看似正气的国字脸被青红充斥，可怖的青筋根根暴起，面部肌肉抽搐失控，狰狞扭曲。

痛苦之下，郡守内心竟萌生一丝丝诡异的快意——不管怎么说，他多活了八年，不亏！

见郡守眼珠充血,翻起白眼,舌头半吐,即将丧命,祈善冷笑着松开掐着他的脖子的手。

郡守重获自由,无数新鲜的空气争先恐后地扑来。他张大嘴巴,贪婪地呼吸,此前竟不知习以为常的空气如此美妙。

他刚从死亡线上爬回,那只手又一次掐住他的脖子,迫使他仰头看着祈善的脸。

郡守的大脑不受控制地回忆起先前濒死的感受。他咬紧因恐惧而颤抖的牙根:"谭乐徵,为何不给我一个干脆?"这厮准备折磨够了再杀他?

"我为什么要给你一个干脆?"祈善回答得理直气壮。

郡守想到祈善的恨意,再想想此人的狠辣,完全能想象自己的下场必然是生不如死。

"表情不错。"祈善道。祈善不放过郡守脸上的每一丝恐惧,眼神中盈满猎人欣赏走投无路的猎物垂死挣扎时的愉悦。

祈善说完,手又一次缓慢地用力。祈善要让郡守仔细地感知每一分力道的增加,清晰地感知死亡脚步的靠近。

又一次窒息,又一次临近死亡的时候被拉回来,郡守伏在地上不断咳嗽,充血的眼珠猩红一片。他忍着嗓子的剧痛叱骂:"祈元良绝不会像你这般丧心病狂……"

祈善反问:"然后呢?"

郡守闻言噎住:然后什么?说祈善既然继承了"祈善"的名字,让这个人能继续存于世间,言行、品行也该向正主看齐,不然败坏的就是"祈善"的名声?

这话光是想想就让人想发笑——即便顶着故友的身份行走于世间,他也只是披着"祈元良""马甲"的谭乐徵,而非真正的"祈善"。

历数祈善这些年的经历,当人的事情一件不干,不当人的破事儿倒是做了不少,不然也不会仇人遍布西北诸国,声名狼藉。

"恶人自有恶人磨。"祈善凑近郡守耳畔,故作温柔的声调听得人鸡皮疙瘩直起,"特别是对你这种白眼狼,我要是真有'善心',切碎了丢出去喂狗都不喂你!狗得了好处还知道摇晃尾巴,你呢?你比狗都不如!"

"祈善"这辈子唯一的污点就是救了眼前这个人渣!

"倘若元良知道自己救了个白眼狼,还是个狼子野心,与十乌里应外合的奸佞,觊觎他热爱的故国,他当年还会多看你一眼吗?"

祈善不只恨郡守,也恨自己:若自己当年没选择奔丧,没让"祈善"独身上路,"祈善"兴许就不会路过那座城,就不会碰见心怀鬼胎的晏城。或者当年死的人是自己就好了。

郡守气得发抖,面皮不受控制地抽搐,挣扎着逼近祈善质问:"是,我就是'蓄谋已久'!我是畜生!我恩将仇报!我是白眼狼!我狼子野心!但我有选择吗?我给他留了生路,他把生路给了你,这也怪我?当时阵中只有你们,谁知道是什么情况?"真相如何不是凭他谭乐徵的一张嘴?

"你说他将生机给了你,让你逃了出来,你觉得谁会信?你跟祈元良有什么可比的?你这条贱命哪里比得上人家的一成?"郡守一时间忘了死亡的威胁,句句诛心,步步进逼,"你说世上再无谭乐徵?哈哈哈,说得可真好听,难道不是你杀友在前,霸占他的身份在后?不然凭你一个草鞋匠的儿子,低贱出身的玩意儿,还想扬名,还想往上爬?呸!下贱的东西,你配吗?"

祈善还未动手,沈棠已经把郡守的脑袋踩在脚下。她脸色铁青,恨不得将脚下的脑袋踩碎。

郡守呕出一口血,声音似破了的口袋又灌进来风,"呼哧呼哧"的,含混不清,但仍道:"真论卑鄙,你我何异?"

沈棠看了一眼面色煞白的祈善:"这东西杀了吧……"

祈善垂在袖中的手抖如筛糠,闭上眼,自厌般冷嘲:"沈幼梨,你不觉得他说得有理?我的确是干得出这种事情的人……"

沈棠反问:"关我什么事?"

郡守感觉头痛得要裂开。

"元良可知'疑罪从无'?"

犯罪事实不清,证据不充分,不应当追究刑事责任,也不能起诉。那些对祈善的指控,还全是郡守的臆测和报复,若有人因为这个就认定祈善有罪,多少有点儿病。

祈善看了眼半死不活的郡守,闭上眼:"杀了吧,看着碍眼。"

祈善本想恶心人,没想到被人恶心了。

沈棠"哦"了一声,脚一踩,脚下那颗脑袋颅骨开裂,口鼻流血,眼珠子脱出眼眶,最后被踹成一摊烂肉。

郡守被踩死之后,祈善沉默了很久。

沈棠蹲在溪边洗脚、洗鞋。

听着"淙淙"溪水声,她突然打破沉默:"元良啊,你那位朋友是个怎样的人?"

祈善道:"很好的人,心软、耳根软,因为时常帮助别人而自己生活窘迫……这世上少有能比他还好的人了,奈何好人命短……"

恍惚间,似乎少年的声音还在他的耳畔回响,声调温柔含笑,清朗干脆,不同于"书山"秘地里数日绝粮、绝水后的沙哑无力:"世上有善有恶,但终究是善多于恶。倘若因为那点儿恶人而对受苦的善人冷眼旁观,我们与恶人何异?襄助他人只为无愧于心,而非图他人如何感恩。一噎之故,绝谷不食,阿曲,你这想法不可取。"

正常人哪有少年这么傻的?几次被白眼狼反咬一口还不记教训,结果碰到了晏城,命都丢了。

他没有用天花乱坠的词描述那位挚友如何好,记忆中的友人也只是个面容稚嫩的少年,只比身边的沈小郎君大四岁。但在他的记忆中,故人如兄如父、如师如友……是他一生的恩人。

祈善看着溪水长叹一声,说道:"因为他这个毛病,我少时经常劝他不要管那么多事情,千叮咛万嘱咐他不要轻信他人!也不要碰到个看着可怜的人就伸手搭救……鬼知道救的是人还是披着人皮的鬼?!可他不听,一次都没有听。"这位挚友不仅不听,还会用年长两个月压制他,使得他每次都黑着脸。

类似的话他没少说,可这位挚友每回都是嘴上答应得好好的,扭头该干吗干吗,若有人上门求助,更不知"拒绝"二字怎么写,家里穷得只剩一屋子的书,米缸里干净得连老鼠都不屑光顾。

其实祈善也没资格这么劝,毕竟他自己也是被搭救的一员。

论出身,这位挚友并不差,只是家里穷而已,只要这位挚友想,祖上的清贵名声和母族的帮衬可以让其获得常人无法想象的财富。但这位挚友宁愿维持现状,穷到需要匿名写市井话本。

沈棠道:"市井话本?啥内容?"

祈善沉默了下:十本有七本是不可说的。

祈善用了个文雅的说辞:"启蒙的……"

沈棠道:"启蒙?"

祈善嘴角抽了抽:"闺房……启蒙……"

挚友负责提供素材灵感和内容,祈善画功强,负责绘画、兜售,他们联手——话本有故事情节,跌宕起伏,有场景、有动作,劲爆刺激。那些天马行空的场景和剧情,瑰丽的描述与配图,为那些明面上清高正经,背地里也蠢蠢欲动的世家子弟和名士提供了无数想象空间。这活儿一度成为家中一大进项。

但这也让祈善不能直视自家挚友了……一个从未涉足烟花之地的少年，是怎么凭想象搞出这么多花样的？一问，人家说"书中自有颜如玉"……"颜如玉"会教这些东西？

仅凭祈善的简单描述，一个心地善良柔软、性格固执单纯，还会不少奇奇怪怪技能的少年形象在沈棠心中逐渐浮现。那的确是个很有趣的人，也正因如此，才会令人遗憾。

"有一点，晏城或许没说错。"祈善突然开口。

"什么？"

"真论卑鄙，我跟他无异。"祈善露出比哭还难看的笑，问，"你知道我是怎么活下来的吗？"

感情上沈棠并不想知道，因为这是祈善的伤口，揭开一次必是血淋淋的痛，理智却告诉她，知道比不知道好，伤口蒙着只会溃烂入骨。沈棠轻声问："怎么活下来的？"

也许是大仇得报，祈善难得生出一股倾诉的冲动，自虐一般逼迫自己回想："那个秘地藏着以岩石搭建而成的军阵，周遭有八门八阵，中军为主阵，一共九个主阵，旗下又分六十四个小阵。大阵套小阵，阵阵相套相合，危机四伏。一旦入阵便是九死一生……"

大概是哪个前人曾带出去一部分残阵，落入了十乌手中。十乌靠着歪门邪道研究出一个非常缺德的破解石阵的法子：牺牲一个人换取死门的位置，另一个人便能从生门出去。

他和"祈善"都不知这点，在石阵秘地绕了好几天时间，经历无数个幻象，或滔天巨浪，或山崩地裂，或刀山火海……看着是假，但落在身上是真，真真假假分辨不清。

二人为了活下去已经筋疲力尽，还得耗尽心力研究如何破阵出逃。断粮绝水，哪怕是在天地之气充裕的"山海圣地"，两个人也熬不了多久，直至饥饿、口渴到极点，石阵产生海市蜃楼般的幻象，引导他们自相残杀。

祈善道："死的人……本该是我……因为他的文士之道，他受到的影响比我小得多……"

友人比他先一步清醒。即便他在那时候死了也无知无觉。

"我宁愿他以我的尸体为餐，啃肉饮血……"

但他活了下来。他虚弱地醒来的时候，口中满是铁锈味，嘴角残留的血已经干涸，周遭的幻象变成吹着暴风雪的雪山之巅。友人的衣裳全都盖在他身上，他被友人抱在怀中，用微弱的体温焐着。那里只剩一封用冻僵的手指蘸着血水哆哆嗦嗦写下的遗书。

祈善攥紧了搁在膝盖上的手："说是遗书，其实就是半句话……但我知道他想说什么。"

二人曾结伴游历。有一回遇险，少年年纪虽小，但骨子里的执拗令人汗颜，他斩钉截铁地道："没有阿兄会让弟弟死在跟前的，便是要死，也该是为兄给你去黄泉探路！不然如何为兄？！"

沈棠不知该如何宽慰祈善，只问道："那后来你是怎么破阵出来的？"

祈善表情麻木："没破阵……"

"没有？"

那他怎么活下来的？那个石阵危机四伏，两个人的时候尚且被折磨得这么惨，更别说只剩一个体力耗尽、出气多进气少的祈善。

祈善苦笑道："因为六七个时辰后，肆虐的风雪结束，'书山'就关了！"他是靠着这个才捡回一条命。

他在等死的时候，眼睁睁地感受着他此生唯一的，不是亲兄弟却胜似亲兄弟的挚友的尸体从还有余温到彻底僵硬冰冷如冰雕……被永远留在了"书山"。

"自此以后，我便成了他。"眨眼间，祈善已经收敛多余的感情，神情平静地说了这话，"祈元良……这个名字至少得留下点儿什么。他代我留在'书山'，我替他活在人间。"

于是他冒充了"祈善"的身份。哪怕他知道自己这一行为一旦被发现，轻则被驱逐出辛国，重则承受极刑且身败名裂，但他依然选择这么做。他只是想"祈元良"活得久一些，想人世间牢牢地记得这个名字。

谁也不知道他内心当时的不甘，离开"书山"的时候他离死其实也没多远，完全是靠着本能和执念做出的这个选择。

也不知是怎么回事，已经拥有"弑主"文士之道的他，出现了第二个极其特殊的文士之道——"妙手丹青"，也就是沈棠所知的伪装。

"第二个？你有两个？"沈棠虽有诧异却并不意外，因为祈善那手高超的伪装能力，绝非寻常言灵能达到的，只是没想到他居然有两个文士之道。

果然，除了她，其他人都在开挂！

沈棠忽然想起某个细节："我记得先前无晦说过，文士之道不只是一种特殊能力，也是文士叩问自己的本心……"是内心本质的具象化。

这不就是执念吗？若从这个角度诠释是正确的，那么那时的祈善该有多深的执念才能突破常规的约束?

祈善说道:"那些都已经过去了。"他轻飘飘地揭过那时的绝望和无助,"它帮了我大忙。倘若不是半道杀出个'克星',我或许真能瞒天过海。哪怕我最后只是入仕当个小小的官吏,哪怕我能力有限,但以我对他的了解,他在九泉之下亦能欣慰……"

"祈善"从不是眼高手低的人,身上既有少年人的热血,也有许多成人都没有的稳重、踏实。在"祈善"看来,"爱"不分大小,达则兼济天下,穷也要尽己所能。

"什么'能力有限'?在我看来,你可厉害了。"没点儿真本事怎么胜任"引导NPC"一职呢?

沈棠敏锐地注意到一个词:"克星?"

祈善这种人也会有克星?她还以为祈善某种程度上已经无敌了。

祈善脸色有点儿臭:"嗯。"

沈棠兴致勃勃:"谁?何方神圣?"

若有机会,她一定要登门拜访取取经。

祈善撇撇嘴,看穿沈棠脸上的真实情绪,轻描淡写地说:"他?你怕是没机会见到了。"那人如今是死是活还难说呢。

沈棠问:"人已经没了?"

祈善道:"不知,但多半不好。"有极大的概率应该没了。

沈棠道:"他克你……你不是很危险?"

祈善点头:岂止是危险,跟九死一生差不多了。

而这场危机的源头,在他自己。

"山海圣地"现世两百多年,曾有幸进入其中的人不说百万之巨,七八十万还是有的。而不幸命丧其中的,大陆各国凑起来还不知有无满百……某种意义上也是"万里挑一"。

外界只知有个倒霉蛋死在了"书山"。死的人还只是个出身寒微的士子,并未引起多少关注,甚至还没他跟晏城当街打架闹得大。正是这场架,成为之后发生的一切的导火索。

进入"山海圣地"只是一试。一试成绩与士子从"山海圣地"所学、所得的言灵典籍挂钩。

祈善动弹不得地卧床休养了整整七日,直到一试放榜那日才勉强能爬起来。张挂榜文的街上,他见到晏城高中前十甲,还被不少人围着恭喜,春风满面,意气风发，眉梢眼底都写着"前程似锦"几个大字。

那一瞬，祈善内心的恨意如火山爆发时迸溅而出的岩浆，顷刻吞没所有理智：这人怎么还有脸活着？！为什么该死的人不死，不该死的人却惨死？

他双目猩红："晏城，把命赔来！"

祈善突然发难，晏城没来得及反应就被打了一拳。

虽说文心文士不如武胆武者那般有蛮力，也不能一拳下去将人打得脑浆晃荡、眼耳口鼻齐流血，但冷不丁被打中要害，晏城也痛得发出一声哀叫，重重地摔倒在地上。

附近参加考试的士子被这一幕吓了一跳，纷纷下场拉架，一拨人拦着发了疯的祈善，一拨人扶起鼻血横流的晏城。

百姓看到动静凑热闹围观。

众人心中几乎要抱头呐喊：这俩人打生打死无所谓，别牵连他们啊！

晏城忍下恶心感，抬手抹去脸上的血污："无事无事。"

晏城比谁都清楚祈善为何发难，或许是做贼心虚，或许是善于经营人前的形象，故作大度地摆手，善解人意宛若一朵白莲花："元良许是遭受太大的打击，发了癔症……大家散了吧，闹大了不好……啊——"

祈善猛地挣脱四五个文士的阻拦，扑向刚站定的晏城，将人压在地上，上拳头照脸打！

"你疯了吧，祈善！真当我不敢打你？"晏城心里那点儿愧疚被"哐哐"几拳头打散，直接还手。

其他文士上前劝架，嗓子喊哑了也劝不住，混乱之中又挨了拳头，暴脾气上来，秉持"拉不住就加入"的原则，也加入混战。

张挂榜文的长街上一伙文士混战干架。

听到消息前的辛国考官们：老夫经历大风大浪，什么场景没见过？

听到消息后的辛国考官们：这个还真没有见过！查！一定要彻查！

作为混战的罪魁祸首，祈善被提审。

一问，他交代是晏城在"书山"残害同年谭曲，他与谭曲情同手足，誓死要为手足报仇！

众人没想到此事居然还涉及人命，当即不敢松懈，又提审晏城。

晏城断然否认！

二者相持不下！

这事儿有点儿难办。祈善祖上清贵，连出数名名士，虽然从上一代落魄了，他的文心品阶也不高，可人缘极佳，连参与混战的几名文士也为其辩解、求情。而晏城虽出身普通，但此次在"书山"的表现极佳，打群架一事若不给个交代，恐考生不服气。

这事儿最后惊动了朝中一位大人物。

此人也就是祈善的克星，论关系还是他的座主呢。

此人一个照面儿便看穿了祈善的伪装，也是第一个知道此祈善已非彼"祈善"的人。

祈善苦笑道："正如晏城说的，我没直接的证据证明他害人，可也没证据证明我没害元良。"

特别是此时的他顶替了"祈善"，相较于"晏城谋害祈善、谭曲二人"，"谭曲谋害祈善，夺人身份，嫁祸给同年晏城"更有说服力。

沈棠疑惑："你没解释？"

祈善却反问一句："你觉得谁会听我的解释？因为真正的我不是祈善，而是谭曲！谭曲只是一个草鞋匠的儿子，身份低贱，世人皆以为仅凭这点他就有理由谋害挚友、鹊巢鸠占！"

哪怕彼时的"祈善"也很困难，但他还有祖上留下的底蕴和清名，让他区别于普通人。在世人看来，这俩人不可能会平等地交友，也不会视彼此如兄弟，更别说高贵的那个将唯一的生路留给低贱卑微的草鞋匠的儿子。他们甚至怀疑这个草鞋匠的儿子能走到今天这一步，其中必然用了什么卑鄙的手段蛊惑"祈善"，全然忽略了这个草鞋匠的儿子的苦学，以及他求学之路的艰辛……

沈棠觉得，这又是什么奇葩逻辑？

祈善又哂笑一声，说道："晏城在一试表现得不错，而我被困秘地，基本算交了白卷，你觉得我跟他谁的话更可信？"高贵和低贱，谁不偏向前者？优秀和平庸，谁不偏向前者？

沈棠道："王侯将相，宁有种乎？我只知道只有宠物才讲究血统、出身，挑剔样貌、声音、体形，活生生的人也要用这些论尊卑？这种言论最不该出现在世界上。"她又道，"一个国家最尊贵的应该就是王室了吧？不然怎么凌驾于万人之上？但他们既然如此尊贵，血统如此优越，为什么还会被灭？被灭国家的王室，大多还没好下场。按照血统尊贵的逻辑，不应该全族被圈禁起来，新旧王族联姻，使血统贵上加贵？由此可见，那不过是臭不要脸的给自己脸上贴金。"沈棠拍拍祈善的肩膀，十分仗义，"谁拿出身贬低你，你就告诉我，我帮你将他们的脑袋一个个踩碎！看看他们的脑子里装的是脑浆还是放反了的肠道！别人的脑子里装的是脑子，这些人的脑子里装的是屎！"

祈善无奈：倘若沈小郎君能斯文儒雅些，他大概会非常感动。

"总之，就是我当时太年轻，没考虑周全，行事不理智，不仅没将晏城怎么着，反让自己陷入危险。那位座主倒是没为难我，只是实事求是，将我伪装的事情如实写在奏折上，呈递给国主，一切交由国主定夺……"

不过，辛国国主是什么德行，外界还有不知的？

那时候辛国国主疯狂地迷恋郑乔，而晏城已经搭上郑乔这条路子，郑乔三言两语下祈善就成了炮灰。祈善是罪有应得还是蒙冤入狱？那不重要，正如他这条命在那些人眼中一样不重要。

因为事情发生在特试时期，为了起到杀鸡儆猴的效果，所以判罚格外重一些，凌迟！罪名则是"戕害同窗""夺人家财""诬陷同门"，跟这些罪名摆在一块儿，"长街斗殴"反而成了最轻的。

祈善不过是个没根基的白身文士，几乎是叫天天不应，叫地地不灵。

幸运的是他也碰见了贵人。

"是谁？"

这种局面谁还能将祈善捞出来？

祈善道："一位同年，曾经受过'元良'的资助。案件并未公开我顶替身份、捏造虚构的内情，他便以为我是被晏城陷害的。"

可那位同年也是无权无势、家境普通的白身，有心想救也无力回天……唯一能做的只是在他被行刑前见他最后一面，送送行、道个别。

那位同年无意间提及自己会收拾"祈善"和"谭曲"的行李，让二人能重归故里，以后再建个相邻的衣冠冢，希望他们兄弟俩黄泉之下还能喝喝酒，莫要再这么苦了。

然后那位同年提到了猫，那只叫"槐序"的老猫，说念在交情的分儿上，会帮忙养着那只老猫。

沈棠道："猫？"这是关键？

呵呵，这自然是关键。祈善受了启发，灵机一动，想到一个脱身、免除死罪的法子——他只要推翻座主的结论，便能盘活死局！因为那几项罪名都建立在"他不是祈善而是谭曲"的基础之上，而祈善至今也未露出本来的面貌。因为座主是靠着文士之道认出祈善的真实身份的，但没办法解除祈善的伪装，也就是说，只要他拿出绝对的证据，证明自己就是"祈善"，那几项重罪罪名便无法成立。至于证据确凿的长街斗殴？处罚顶天就是流放。一切的关键就在于"猫"！"祈善"

天生畏猫，与狸奴接触便会浑身起红疹，严重些甚至会休克断气，而谭曲没这些问题。只要他能证明自己也有同样的毛病，翻身的可能性极大……

事实证明，祈善赌对了，最后的结果是杖责、流放，所幸丹府文心没有事儿。

只是一通毒打下来，哪怕他是文心文士，有文气护体，也几乎丢了半条命，杖责的那点儿羞辱和刁难反而成了不重要的小事。

他流放上路那天，几个熟识的友人来送行，或帮忙打点，让他发配的路上少受苦，或给点儿盘缠……

谁知，晏城来了。

沈棠这会儿一听"晏城"这个名字就不舒服，总觉得这家伙一肚子坏水。

"他来做什么？看笑话？"

祈善冷笑道："不是，是'送礼'。"送一份让祈善"终生难忘"的"大礼"！

黄花梨的小盒子里装着一只精致的小坛子。打开竟是一堆骨灰。

在场的人都寒了脸：送骨灰是什么意思？

不待祈善和其他同年发作，晏城假惺惺地道："城深知你与谭乐徵是生死之交，还因为他的死遭受了极大的打击，险些酿成大错。如今这局面，城也不怪你……"

祈善道："废话少说，这是何物？！"

他隐隐有种不好的预感，抱着木盒的手在颤抖。

晏城道："是谭乐徵的遗物。"

祈善冷嗤一声，说道："阿曲连尸首都被困在了'书山'，何来他的骨灰当遗物？"时下也不兴火葬，那可是挫骨扬灰！

谁知晏城却说："骨灰自然不是谭乐徵的，是那只陪伴他多年的老猫的。"

祈善一听，如遭雷击。

"它的主子死了，你又畏猫还要被流放，想来也无法照顾它，那猫又上了年纪，一身病痛……城便想着长痛不如短痛，它又是忠心护主的好猫，便让它跟着谭乐徵一起去了，让它的骨灰伴你一程吧……"

沈棠感觉拳头硬了，忍不住破口大骂："这晏城难不成前生前世一直在畜生道轮回，这辈子第一次做人吗？"

但凡长点儿脸皮、有点儿廉耻、三观正常些的人，根本做不出这样"杀人诛心"的事情。晏城在"书山"做过什么自己心里没点儿数？哪怕晏城不知道眼前这人是谭曲而不是"祈善"，但被其谋杀的可是谭曲的老猫——一只老猫，用一辈子陪伴一个人的老猫，也是谭曲离开家乡参加特试也要带上的老猫！用脚趾想也

502

知道，老猫对谭曲而言早已是亲人般的存在。晏城却将其杀害，还将烧过的骨灰送给即将踏上流放之路的祈善……其中的恶意就跟秃子头顶的虱子一样明显！想法再阴暗一些，或许晏城盼着祈善拖着被杖责后的残躯，再被老猫的骨灰一刺激，气血上涌直接吐血暴毙，也未可知。

沈棠在溪边洗完脚，起身暴躁地来回踱步，怒气冲天："太便宜他了！真的太便宜这小犊子了！元良，你刚才干吗让我一下子搞死他？就应该将他吊起来丢进滚烫的开水里，烫开他这层皮，看看人皮下是什么品种的畜生！真是越想越气，血压飙升！"

当事人祈善默然。

过去这么多年，祈善每次回想这些往事都恨意滔天，恨不得让晏城在临死前，将他们在"书山"经历的一切都体验一遍，断粮绝水，求生无门，最后再把晏城扒皮抽筋、挫骨扬灰。哦，他最好能当着晏城的面毁掉其在意的一切，例如手足至亲，让晏城也尝尝诛心的滋味。

只是理智压下了冲动，他若将晏城折磨得面目全非再送下黄泉，自己倒是解气了，怕就怕黄泉之下的挚友和槐序认不出这就是仇人，也怕挚友会从面目全非的晏城身上看到他这些年的"判若两人"，倒不如直接将晏城杀了，一了百了。

只是听完沈小郎君的"骂人艺术"，他的第一反应不是赞同而是血压飙升，连大仇得报后的空虚也来不及体味，太阳穴"突突"跳个不停，还脱口而出一句："幼梨，用词文雅！"

沈棠道："这不是重点吧？"他究竟跟谁是一路的？她为他打抱不平，就换来这？

祈善脸色又青了一分。

沈棠道："行行，我文雅，我文雅……"

"还有，把裤腿放下，鞋穿好。"祈善已经没有多余的情绪给晏城了，听了沈棠没什么诚意的敷衍，看到沈棠高高挽起裤腿下一双白花花的腿，额头青筋猛跳，"全赖褚无晦！"

沈棠一脸的莫名其妙：这又跟无晦有什么关系？

祈善觉得关系大了去了，若非褚无晦哪儿哪儿都纵容着，沈小郎君肯定不会越来越上蹿下跳跟只泼猴儿似的……他就不信纠正不过来！

沈棠从祈善脸上读出他的内心想法，嘴角抽了抽，只是念在他刚刚揭开伤疤的分儿上，暂时不跟他计较。

沈棠准备动身跟褚曜和共叔武二人会合。晏城的尸体则被她丢入溪水里，鲜血在水中晕开，顺着流水往下漂去。

话分两头。

祈善这边顺利地解决旧仇，褚曜、共叔武二人的行动也算顺利。天色将暗的时候，二人终于看到满是斑驳血痕的孝城城墙。鲜血的腥味混合着皮肉烧焦的令人作呕的焦臭，顺着夜风灌满二人的鼻腔。

共叔武眉头都不皱一下，躲在暗中观察局势。

看情形，孝城不仅被叛军团团包围，还遭受过几次强攻，城墙下横七竖八地堆着数百具缺胳膊少腿的士兵尸体，城墙上则是纵横交错的巨大裂纹，多半是强横武气留下的。

往日一面面迎风招展的旗帜，在攻城方和守城方的交锋中残破不堪，在夕阳下投出一抹孤寂的影子，或挂着还未干涸的血液，或旗杆折断，孤零零地伫立在原地。

林间偶有鸟雀振翅飞过，那一声声短促的叫声，无端让人想起临终前的哀鸣。

共叔武道："先生，等入夜再潜入？"

城墙外有叛军重兵包围，城墙上有孝城驻军，二人这个时候闯进去，怕是要被双方的箭矢射成刺猬。待入夜，借着夜幕的掩护，他们再从防守薄弱的位置溜进去！

褚曜道："嗯，听你的。"

此时距离入夜不剩多少时间了。

二人等待了约半个时辰，天幕彻底暗下来。巧的是今日月黑风高，而共叔武的武铠也是一身黑，完美地与夜色融为一体，再加上褚曜以言灵辅助，潜入孝城并无难度。

一名兵卒正躲在角落里，靠着墙垛半眯着眼小憩。孝城兵马不足，叛军又来势汹汹，导致他许久没好好睡上一觉了，再不抓紧时间恢复，明日叛军再攻城，他怕是没命下战场。

一阵冷风吹过，激起一阵鸡皮疙瘩，他骤然惊醒，瞪大眼睛："啊——"

他蹬腿的动作吵醒了其他兵卒。

"叛军又来攻城了？"一名被吵醒的兵卒吓得几乎要原地蹦起来，抓起身边的枪——说是枪，其实枪头已经在白日的激战中丢失，如今只剩一根木棍——尽管是一根光秃秃的木棍，也好过两手空空。

"不……不是，刚刚刮了一阵风……"那名兵卒摸了摸脖子，手指微微用力一搓，搓下黏腻的汗水、灰尘与血水混合的"泥块"。

被吵醒的兵卒猛地松了口气，重新跌坐回去，说道："你吓死俺了！"

叛军先前是白天打，大晚上也打，根本不给人睡觉的机会。城内驻军兵力严重不足，几次险些被叛军攻上城墙，城门更是被撞得碎裂，收兵之后勉强用木头钉上……

那名兵卒咕哝："那风怪得很……"

另一个人啐道："风怪有什么奇怪的？睡吧，睡吧，这一觉睡了还不知道有没有下一觉呢……"

听了这话，那名兵卒愁眉苦脸，将刚才那阵怪风丢到脑后，暗暗嘀咕：要么是他睡蒙了产生了幻觉，要么是什么动物飞过……总之不可能是人啦，这么高的城墙，寻常人可上不来。

至于"不寻常的人"，他没想过这个可能，困乏迟钝的脑子也想不到这点，重新窝回原处，打着哈欠睡下了。

第三十章
高山流水遇知音

不同于以往的歌舞升平、纸醉金迷，现在的孝城似乎有了几分乱世的模样，家家户户门窗紧闭，整座城池仅有可怜的几点灯火。

整座城池静悄悄的，唯余零星的虫鸣和甲胄关节碰撞的声音。共叔武跟在褚曜身后，二人径直往屠夫家赶去。原先繁华的夜市不见人影，摊位东倒西歪地散落在路边，一派凄凉。

饶是冷硬如共叔武也忍不住感慨：这就是战争啊，哪怕敌人还未真正打进来。

不过，安静并不意味着这座城池就"死"了，看不见的角落时刻都有肮脏的事情发生，例如抢劫，例如杀人。通往屠夫家的小巷里就倒着两具死不瞑目的尸体，体温尚未完全散去。

共叔武踩过由两具尸体的鲜血汇聚而成的血洼，在泥泞发臭的路上留下一个个血脚印。

共叔武道："唉，来得迟了。"若他们能早些回来就好了，或许地上这一老一少能捡回小命。

褚曜神情波澜不惊，面无表情地吐出一句："来得再早也无用，早点儿见阎王是好事。"

这俩人应该是附近以乞讨为生的爷孙。叛军没来的时候，他们尚且饿得骨瘦如柴，而叛军攻城的大背景下，普通百姓自个儿都朝不保夕，更遑论匀出善心救济他们了。他们多活一天，不过是多受一天的罪。

共叔武闻言轻叹，内心是赞同的，明明是歪理，搁在当下却再适合不过，可见这世道如何……

剩下的一段路谁都没说话。

褚曜熟悉去屠夫家的路，刚接近屠夫家便感觉不妙。作为附近百姓中的"富裕人家"，屠夫的家比街坊的家修得都整齐、干净。屠夫的妻子和父母都是勤快爱干净的人，门前从不会堆积垃圾，谁往他家门前泼点儿脏水都要被指着鼻子臭骂半天。此时屠夫家门前却一片狼藉，空气中飘散着难言的恶臭。往日隔三岔五要洗一洗的木门被某种利器劈成两半，褚曜伸手一推，木门的残骸"哐当"一声散落在地。一串早已干涸的血迹顺着大门延伸向屋室，院子里晾晒衣物的麻绳断了一头。

褚曜心下一"咯噔"，由走改为疾行。

共叔武也急忙跟上。

二人内心闪过同一个念头——出事了！

屠夫家一共有四间屋子，不大，不一会儿就能搜一遍。除了被翻得乱七八糟的家具，屋内不剩多少东西了，也无活人。倘若没有屋外那一串血迹，他们还能宽慰自己，屠夫一家是收到消息急忙收拾行囊逃难了。

共叔武看着褚曜的背影，张了张口，似乎想说点儿什么宽慰褚曜，只是话到了嘴边又咽了回去：现在说什么都没用，一次性失去两个学生，哪怕相处的时间还不长，作为师长的褚曜心里如何好受得了？

空气几乎凝固，让人喘不过气来。

"唉，节哀吧……"共叔武道。

褚曜腮帮子绷紧，忍着怒火："节什么哀？"

若真遭了不测，杀人的人还会好心地给屠夫一家收尸？那一摊血也有可能是动物的……

总而言之，活要见人，死要见尸。

褚曜藏在袖中的手紧攥成拳，一阵子没修剪的指甲长出来不少，在手心上留下月牙形的印记。

说虽这么说，但褚曜不祥的预感越发强烈。

褚曜道："尽量在叛军攻入前找到人。"若是叛军打了进来，城中必定兵荒马乱，再想找到几个人无异于大海捞针，希望渺茫。

共叔武道："那去附近几家看看。"

不管屠夫一家是逃难了，还是遇害了，他们总能打听到点儿什么。

褚曜正欲点头，二人耳尖地听到一声极其小的动静，像是用指甲抓挠木门的声音。

他们对视一眼，循声找过去。

动静是从柴房的角落里传出来的。他们搬开堆砌起来的杂物，终于在夹缝中找到声源，一只脏乎乎的、团成一团的东西，黑夜中双眼发出诡异的光芒。

二人凑近一看，原来是一只猫。

褚曜一眼认出它，压低声音道："素商！"

许是听到了熟悉的声音，那只猫微弱地"喵呜"一声，乖顺地任由褚曜将它抱出来。

这只小猫就是素商。祈善担心劫税银之事会有变故，把它留在匪寨里不放心，带在身边怕误事……凑巧林风还挺喜欢它，于是让林风暂时代替自己照顾素商。

素商一到褚曜手上，便迫不及待地舔舐他的手指、掌心，口中发出委屈又虚弱的叫声。

被祈善捧在手心里的猫相较于其他狸奴更加黏人、爱撒娇，也不怕生。

饶是褚曜不怎么喜欢猫这种养不熟的小动物，也被素商的叫声叫得心软，给它倒了点儿水，又将干粮泡软了递给它吃。

共叔武也认出这是祈善养的宝贝猫，说道："找到这个小家伙也是个好兆头……"

褚曜心不在焉地"嗯"了一声。

不过，好消息就这么一个。他们发现附近的人家也跟屠夫家一个情况，有些屋内有血迹，有些干干净净的，有些还有扭打的痕迹，想打听也无从打听。

他们又将搜寻范围扩大，结果只在小巷里找到两个作奸犯科的混混儿。

这俩混混儿的地盘在孝城的另一头，不清楚附近的情况。

见问不出什么，褚曜冲共叔武使了个眼色。后者心领神会，手指猛地一用力。

只听两声短促的呜咽声后，尸体脖子呈现扭曲的角度，软倒在地上，没了丁点儿声息。

"这可如何是好……"

二人寻至后半夜还是没线索，正一筹莫展，共叔武发现城门方向的上空不知何时多了一点橘红，不过一会儿工夫，橘红慢慢扩大、晕染开来，愈来愈盛，隐约还有喊杀声传来。

共叔武心下一"咯噔"："城外的叛军又攻城了？"

褚曜摇了摇头："不太像……"

如果是叛军攻城，喊杀声应该会更清晰一些，橘红火光燃起的位置也不对，倒像是叛军大营的位置出了事儿！

正如褚曜判断的那样，孝城城墙没事儿。

不过此事也的确跟他们有点儿关系，准确来说是跟沈棠有关系。

沈棠、祈善二人解决完了晏城，本想第一时间跟褚曜他们会合，偏偏路上碰到了一点儿意外：二人看到一伙叛军押送一批粮草经过。他们原先是准备避开的，只是架不住敌人非要热情地送人头！

"嘿，你看那火红的太阳是烧饼……"沈棠是个闲不住嘴的人，来了兴致便会哼哼几句她自己都陌生的调子。

曲不成曲，调不成调，她还有个坏习惯就是瞎改词，唱不下去就含糊地哼哼，荒腔走板又难听，不过她唱得开心啊。

唯一不开心的大概就是祈善了。

"嘿，你就像春天的雨水、夏天的风、秋天的苹果、冬天的火，燃烧我心窝，嘿嘿——宝贝燃烧我心窝！"十一二岁的少年嗓音清越爽朗，干净剔透，比同龄的少年声音尖许多，声音不大，但极具穿透力。

每逢沈小郎君唱歌，祈善就抱怨自己听力太好，文心对五感有加成，导致他跟沈棠隔着六七丈远都能清楚地听到沈棠唱了什么。他又不可能彻底跑远，只能咬牙忍着被荼毒。

他也不是没试着禁言夺声沈棠。结果沈棠反手就报复回来，双倍禁言夺声，双倍唱歌跑调，歌词越发粗俗直白、热情奔放。这就成了赤裸裸的互相伤害。

杀敌一千自损两千的祈善无语：罢罢罢，他认输。

沈棠还越唱越起劲：祈善开不开心重要吗？不重要，重要的是她开心。

结果她乐极生悲了……他们刚下山没多久，迎面碰到一伙押送辎重的队伍，约莫千人。

尽管规模不大，但这显然是一伙精锐，士兵身上血气重，两侧的兵卒时刻警惕四周的情况，眼底时有精光闪过。

辎重车每一辆都载得满满当当。

沈棠垂下眼睑，准备跟祈善一块儿闪到路边，将路让出来。

结果她刚走没两步，有人骑马而来。看其穿着打扮，估计在军中还有个不大不小的职位，搁在军营里或许不够看，但对普通百姓重拳出击、颐指气使、摆足兵爷的派头够了。

沈棠只得停下脚步。

那人骑在马上，一边甩着马鞭，一边斜挑着眉头睨着沈棠："小娘子，刚才放声高歌的人是你？"

沈棠已经解除刀疤脸壮汉的伪装，恢复本来面貌。天色微黑，文心花押印又透明，极容易被忽视，于是她又变成了"小娘子"。

沈棠沉默了下，回答："是我。"

祈善见状，斜上前一步准备挡住沈棠。

谁料那兵头用鞭子指着祈善的鼻子，不耐烦又高傲地道："让开！小爷跟这位小娘子说话，跟你一个寒酸文士有什么关系？"

祈善无语。

沈棠"扑哧"一声笑了出来。

兵头说："还请小娘子跟我走一程。"

沈棠想了想，点头答应了。

她不答应也不行。孝城被叛军包围，孝城驻军显然不可能跑出来押送什么辎重的队伍，眼前这兵头的装扮跟上山搜寻郡守的叛军的装扮是一个风格，其身份、立场呼之欲出，她若是贸然拒绝，怕是不好收场。

不过，她有个条件。沈棠怯懦地抓住祈善的袖子，缩了缩肩，声音软软地道："兵爷，奴家阿兄可不可以也过去？"

祈善如遭雷击，恍恍惚惚。

沈棠刻意夹着嗓子说话时，声音少了几分清亮爽朗，多了几分吴侬软语的味道。若闭上眼睛不看人，他还真会以为说话的是个标致的姑娘家。但正是这一念头，将他雷得不轻。

兵头乜了一眼祈善，手一挥："可以，过去吧。"

为谨慎起见，二人都暗中收起了文心花押印，只要收敛好周身的文气，看着就是普通人。

他们被兵头带到负责押送辎重的顶头上司跟前。

沈棠起初还以为自己会看到一个肥头大耳或者尖嘴猴腮的中年男人，见到坐在辎重车上的青年才知自己想多了。这个世界虽然乱得很，但每个人长得是真好看，特别是文心文士和武胆武者，沈棠目前瞧见的这些人，最次也是五官端正，配上那一身气质，哪怕长得普通，但绝对不丑。

青年一袭深色劲装，长发扎成许许多多小辫子，拢到一块儿再以发冠束起。沈棠把视线上移，大概这青年很少熬夜，头发扎得也不紧，长发又多又黑，发际线看着并没有变高的危险。其穿着打扮不似辛国遗民，倒有几分异族的风格，袖子收得很窄，戴着一双有狰狞蛇纹的铁甲护腕，一侧的肩膀戴着肩甲，腰间挂着裙甲，其他的铠甲零件不知去了哪里。

此时青年正慵懒地坐在成堆的辎重上，嘴中叼着一根狗尾巴草，伸着脖子看向沈棠来的方向。他长得高，坐得也高。

兵头上前回复："头儿，人带来了，您看怎么处置？"

沈棠无语：不是吧，唱歌也犯法？

祈善暗暗翻了个白眼：看，叛军都招架不住沈小郎君的魔音荼毒，准备"主持正义"了。

青年的雅言带着浓重的口音，说得还不太熟练。他问沈棠："刚才是你唱的歌？"

沈棠道："是。"

祈善正准备听青年发飙，谁知青年不按常理出牌，那双乌黑有神的眸子蓦地亮起，真诚地赞道："天籁！'玛玛'，你唱得真好听！"

祈善彻底愣住。

"喜当妈"的沈棠也愣住了：她这是从天而降一个好大的儿子？

见面就被人喊"妈"，饶是沈棠喜欢给人当爹，这会儿也生出几分尴尬和无措。她尴尬而不失礼貌地笑道："哪里哪里……唱得马马虎虎，马马虎虎。你夸我就行，不用喊'妈妈'这么热情……"

祈善嘴角抽搐："人家是喊你'小娘子'。"人家不是初次见面就认妈。

祈善年少时，曾与友人游历四方，跋山涉水哪儿都钻。若祈善认得没错，青年应该来自庚国边陲附近的一个特殊群体，据闻是数百年前，先祖厌倦战争就率领族人入深山隐居，数百年的闭塞生活使得他们的生活习俗跟外界发展大不同，"玛玛"等于"小娘子"，是称呼小姑娘的。至于对唱歌的审美，这一族都有问题，不稀奇。

沈棠道："哦。"

青年热情地邀请沈棠同行，方便交流切磋歌艺。

青年身边一个属官欲言又止，似要上前劝说青年不要让陌生人接近押送辎重的队伍，但不知畏惧什么，又将迈出的步子收了回来。

青年热情地指着旁边那辆辎重车，说道："'玛玛'，你坐这儿。"

属官终于忍不住凑上前低声劝说："少将军，这不行的……"

青年登时不开心地拉下脸，不想在刚认识的"知己"面前没面子，于是拿出三分凶相，剑眉微拧，不悦地问属官："怎么不行？这也不行，那也不行，你是将军还是我是将军？"

属官被问得哑口无言。若是换作旁人，属官还能辩驳两句，但对面前的青年不行。属官也不知青年是什么来历，他虽看着蠢，但年纪轻轻已实力不凡，被惜才的主将收为义子。主将对这位半路认的义子相当纵容、宠溺，只要其不是犯了原则性的错误，受处置的都是别人。其受宠程度，甚至连主将的几个嫡亲儿子都要靠边站，谁看了不嘀咕句有鬼？

属官被派过来也不是辅佐青年的，更多是"盯着""陪着青年玩儿""一定要顺着少将军的心意"，甚至连押解粮草这个活儿也是青年嚷嚷无聊出来散心顺手接的。

得罪不起！属官当即就不敢再阻拦。

沈棠一个单手撑跳上辎重车。

青年笑道："'玛玛'，好俊俏的身手！"

沈棠道："这都算是俊俏？"

"我出来这么久，嘿嘿，只看到'玛玛'会这样，其他的……"青年叼着狗尾巴草，托腮沉思片刻，说道，"她们不是坐轿子就是坐车厢，要不就干脆见不到，柔柔弱弱的……"

说来很难相信，他见到最多的女性居然是院中洒扫的婆子，其次是义父身边养的那群歌舞乐姬，每次宴客喝酒都要让她们出来跳个舞，或者给参加宴席的将领斟个酒……

青年每每看得技痒，也想下去奏个乐、跳个舞或唱个歌。

但很可惜，此处的风俗与他的故乡不同，他作为义子不能离义父的女人太近，说是什么"避嫌"。话又说回来，真要避嫌，为什么又让那些歌舞乐姬出来表演、迎客？客人就不用避嫌了？他始终想不明白这个问题。

没有表演才艺的舞台，没有欣赏他歌舞的知音，让青年相当郁闷。要知道他十二岁之后，在故乡每年举办的歌会、舞会都能拔得头筹，上至八十岁的，下至三五岁的，无人不喜！

离开故乡后，他本以为能在辽阔的天地间找到更多知音，谁知把他憋坏了，只敢在四下无人的时候过过瘾。方才路过此地他听到林间传来宛若天籁的歌声，声音直击他的灵魂！啊，这就是他要找的人！

这大概就是义父时常挂在嘴边的"棋逢对手，将遇良才"。于是他二话不说发出了邀请！

沈棠道："唉，我想她们也不想这样。"若有更广阔的天地，谁甘心做一只受人摆布、被养废失去生存能力的金丝雀呢？

听了沈棠一席话，胜读十年书，一瞬间青年感觉灵感如岩浆喷涌，于是引吭高歌，以歌相和。

青年的歌都是即兴创作的。这是他们这一族特有的习俗，想到啥唱啥，不管粗俗或高雅，押韵或不押韵，调子千奇百怪，歌词五花八门。

祈善的脸扭曲了一瞬。这一瞬祈善非常想用"两耳不闻窗外事"言灵封闭听觉,但又怕失去听觉顾及不到突发状况,只能忍着狂跳的额角青筋,默念"清心咒",试图涤荡心灵,获得灵魂上的平静,奈何魔音入耳。

祈善觉得青年唱得狗屁不通、俗不可耐、放荡风骚,沈棠却觉得青年嗓音嘹亮清脆、质朴干净、澄澈透明,关键是歌的感情,那叫一个汹涌澎湃、热烈奔放、火辣真诚!

于是她也想到一首歌。

祈善无语:双倍的魔音!双倍的痛苦!

祈善暗暗用余光注意身边兵卒和伙夫的表情,见他们也时不时面皮抽搐,眉宇间写着"嫌弃"二字,便知道自己的审美还正常。

不过青年和沈棠都没这个自觉,关系快速地拉近。

沈棠请教青年:"欸,你的家乡怎么称呼'小郎君'?你喊我'玛玛',我也得礼尚往来啊。"

祈善闻言眉头细颤,唇角欲扬不扬。

果不其然,他便听青年操着一口方言,笑着回答:"是'嗲嗲'。"

沈棠此时的表情和心情无法用语言精确地描述。若不是青年神情认真且坦诚,不见戏谑,她都要以为对方是故意占她的便宜了。

沈棠迟疑地顿了下,说道:"这个啊,我想了想不太妥当。你用你的家乡话喊我,礼尚往来,我也应该用我的家乡话喊你……"

青年神情期待地看着沈棠。

沈棠想了一圈也想不起来自己有啥家乡话,这对记忆所剩无几的她而言太难了,于是她随便给自己安了一个家乡,叫道:"靓仔!"

"靓仔?"

沈棠睁着眼睛胡扯:"意思就是说你长得很俊俏、漂亮,是'俊俏、漂亮的小郎君'的意思。"

鬼晓得,她差点儿脱口而出"小兔崽子",幸好最后关头改掉了,不然这会儿就得打起来。

沈棠内心暗暗庆幸,带着无懈可击的笑容与青年说说笑笑,暗暗套他的话。

青年热情好客,对难得的"知音"更是没啥戒备。若不是一旁的属官时不时咳嗽两声或者搞出点儿动静,恐怕青年连自己今天穿什么颜色的犊鼻裈都能交代出来。

沈棠也把握好度,试探了一会儿就开始聊音乐、歌舞。

青年喜不自胜。

气氛看着非常和谐。

不过也只是看着而已。祈善已经暗中摸清楚这支押送粮草队伍的配置、布局，心里做着打算：若是能脱身，最好平安脱身；若是不能脱身，少不得用点儿血腥暴力的手段！

祈善还未决定好，接应押送队伍的人来了。打头的是个络腮胡子甲胄男子，年纪看着三十岁开外，虎背熊腰，马背上挂着两只大铁锤。

祈善见状，只能暂时按捺动手的想法。

叛军的营地就在孝城外不远处。

虽说是准备充分才动的手，但因为行动之前不能引起郑乔的兵马的怀疑，一些大的动作就不敢有，例如粮草调动，所以叛军在辎重方面比较缺，需要临时分派几支队伍去筹措。

青年押送的这一批粮草虽然不多，但考虑拿下孝城也用不了多久，勉强算够了，确实解了燃眉之急。见粮草安好，络腮胡子男人松开微皱的眉心："这二位是……？"

络腮胡子男人扫了一眼粮草，心下满意之余才有空闲注意其他的，敏锐地注意到青年身边多了两张没见过的生面孔，内心虽有不满，但并未表露出来。

青年笑着热情地介绍："给你介绍一下，这是我新认识的……"青年说到这里顿了一下。他似乎忘了问这位有着天籁之音的"玛玛"叫什么名字了。

幸好沈棠注意到他的窘迫，神情自然地冲络腮胡子男人行了一礼，主动介绍："奴家姓沈。"

"原来'玛玛'姓沈啊，好听。那'玛玛'叫什么？总不会只有姓氏，没有名字吧？"青年忍不住用"你好可怜啊"的眼神同情地望着沈棠。

沈棠正要回答，却听络腮胡子男人出声呵斥青年："哪有你这么放荡的？"

青年不满："我怎么就放荡了？"

络腮胡子男人翻了个白眼，说道："我们中原女儿家跟寻常蛮女不一样，名字是不能随意告知旁人的，至多告诉你一个姓。"

沈棠微微蹙眉：尽管络腮胡子男人用了比较平和的口吻，说出来的内容落在耳朵里却带着不小的恶意。

她暗中用余光注意青年的神情，发现他仍笑着，眉眼不见丝毫不快：这青年是二愣子吗？被人当着面骂他是"蛮子"也没生气？

青年露出一副"原来如此，我又增长了点儿知识"的神情，还跟沈棠道了个歉，说他事先不知道这个规矩，希望沈棠别觉得自己冒犯。

沈棠摆摆手："无妨无妨，名字取了不就是让人喊的吗？我一向不在意这些俗礼……"

络腮胡子男人几不可察地撇了撇嘴，语气不善地说道："都是你新认识的朋友又如何？那也不该随意带回来。军营重地可不是风花雪月、肆意玩闹的烟花柳巷，女子待着多有不便。你尽快安顿好他们的去处，小心点儿，别被阿父知道，否则，哼，又有人替你挨骂，你的新朋友也要遭殃。"

青年登时垮下一张脸，咕哝："义父才不会呢……"

见青年跟滚刀肉一样，络腮胡子男人也没有强硬地阻拦，毕竟多说多错。自家老头子对这野蛮子疼得很，亲儿子都没他的待遇——至少络腮胡子男人从小到大没享受过那种偏爱，说不羡慕、忌妒是不可能的。

世人都说"靠老大，疼老幺，最不待见是当腰"，以老头子对青年的疼宠劲儿，也难怪几乎所有人默认青年是其在外留下的"沧海遗珠"、宝贝幺儿。络腮胡子男人自然也不例外。

再加上青年屡次的行径衬得络腮胡子男人越发平庸无能，最近两年遭到的责骂比以往三十年都多，络腮胡子男人能对青年有好感就怪了，所以每次见面都要阴阳怪气两句。

最可气的是青年好似听不懂人话，一次都没有还嘴，还笑嘻嘻的，反而衬得络腮胡子男人小肚鸡肠。

"哼，你说不会就不会？回头别后悔就行。"络腮胡子男人抬手一挥，示意身后的兵卒接收这批辎重，将青年晾在一边。

青年也不失落，径直凑到沈棠跟前，热情地道："'玛玛'，我带你去看看我的营帐……"

祈善一听"营帐"二字，额头青筋狂跳，之前默念的"清心咒"瞬时白费，也不管身份什么的，抬手拦下青年。

青年疑惑地看着祈善。

祈善冷笑道："这位少将军说什么？带沈小郎……娘子去看你的营帐？"

祈善差点儿脱口而出"沈小郎君"，临时改口"小娘子"，拗口得差点儿舌头打结，神情也出现了一瞬的狰狞。

青年反应再迟钝也知道祈善是生气了，不由得解释道："是啊，看看啊，我的营帐里有好多乐谱呢。"说完他便眼神古怪地看着祈善，两只眼睛似乎在说"你这穷酸文士的思想可真肮脏，我跟沈'玛玛'是高山流水式的灵魂知音"。

祈善看得表情越发扭曲。

直到沈棠拍了拍祈善的手："一起去，阿兄给我们伴奏如何？"

祈善很想拒绝！

几个人远远就能看到叛军营地的大门。

这时候沈棠又瞧见有近百名兵卒赶着上百头牛、几十只羊回来，引起不小的轰动。

她刻意放慢脚步，竖起耳朵偷听。原来这一批牛、羊都是这些士兵外出募兵的时候"筹措"回来的，美其名曰：牛、羊的主人听闻叛军是天降神兵，降世解救万民于水火，于是"自愿"捐赠全部身家，希望能略尽绵薄之力。

沈棠嘴角抽了抽：倘若叛军的确是好的，有百姓愿意捐赠几头牛、几只羊是可能发生的，但叛军是郑乔的两个疯子兄弟帐下的兵马，是好是歹还不得而知，谁会发疯主动捐赠啊？强抢才是真的。这么多牛、羊，受害者还非富即贵。

事实与沈棠所想八九不离十了，剩下的一二出入便是⋯⋯

沈棠蓦地有感，总觉得有人在看自己，便循着直觉往那个方向看，正巧对上一双黑白分明的桃花眼。

那是个垂头缩肩，一身麻衣浆洗到微黄的牛倌儿，戴着一顶破斗笠，脸颊脏兮兮的。脏到什么程度呢？手指在上面搓一搓，估计能搓下好粗的泥条。

那个牛倌儿也没有一直看沈棠，跟沈棠的视线对上的瞬间便自然地错开了眼。牛倌儿身边的人比牛倌儿高点儿的，估计也是帮忙赶牛、赶羊的。

沈棠同样自然地移开视线，表面平静，内心忍不住呐喊：翟笑芳这家伙是怎么混进来的？

是的，翟笑芳！那双桃花眼过于具有标志性，哪怕他将脸涂得脏兮兮的，换上了一身臊味的牛倌儿装束，刻意弯腰塌背，跟先前的他判若两人，但沈棠仍能从他的眼睛认出他。这绝对是翟笑芳无疑！

翟乐也认出了沈棠，当然，不是靠沈棠那双杏眼——沈棠已经恢复原来的面貌，瞎子才认不出！

只是他和翟欢都没声张。一来他们是为自身的安全考虑，在人家的大本营跟前暴露身份，简直找死；二来，他们也吃不准沈棠的立场。

沈兄怎么跟庚国叛军混在一块儿了？二人倒不是有偏见，只是郑乔和他那两个兄弟哪个都是粪坑，谁也不比谁香，他们干架，百姓遭殃，沈兄帮助那两兄弟也是助纣为虐！

"愣什么神儿呢？快走快走！"兵卒催促翟乐，大有他再愣神儿就上脚踹的意思。

翟乐露出憨实的傻笑，连连道："兵爷莫气，兵爷莫气，这就来了！"

只见他手腕一转，手中赶牛的鞭子微晃，停下来的牛群、羊群乖顺地跟着指令走。翟乐以前就是个上蹿下跳什么都爱学一手的人，放牛、牧羊的招式学过不少，装牛倌儿也像模像样。

那些兵卒并未怀疑，将他们当作普通百姓吆喝、使唤。

他们顺利地混进叛军营地里，将牛、羊赶入目的地。

兵卒又使唤他们照顾好牛、羊，这些都是"粮草"，回头要杀了给士兵加餐的。

至于耕牛珍贵不能宰杀之类的规矩？嘿嘿，这又不是他们的牛，他们也不会耕地，杀了能吃进肚里，不杀还不知便宜谁呢。

待到四下无人盯着他们的时候，翟乐一边装作喂牛一边跟自家堂兄私下低语："阿兄，我方才看到沈兄了。"

翟欢"嗯"了一声，表示知道。

翟乐道："阿兄，你说沈兄为何会来？"

翟欢道："许是人各有志。"这话是直接暗示沈棠跟叛军混在一块儿了。

翟乐当即反驳："我相信沈兄不是那样的人！"

"不是那样的人为何又去劫税银？"翟欢反问。

翟乐被问得哑口无言，不知该如何回应，只得道："可沈兄没戳穿我们……"

翟欢问："他认出来了？"

翟乐笃定地说："嗯，肯定认出来了。"那眼神绝对是认出他们了！

若沈兄真的跟叛军一条心了，没道理认出他们俩不吭声，换而言之，沈兄要么有难言之隐、身不由己的难处，要么也像他们一样是带着某种目的接近叛军营地伺机搞事！

如此一想，他越发觉得猜测就是真相。

翟欢却没那么乐观，严肃地叮嘱道："不可掉以轻心。"

翟乐道："嗯。"

事关他们兄弟的身家性命，他自然不会大意。一想到这一路的经历，饶是生性乐观如翟乐也忍不住发出重重的长叹。他知道世事多变，但没想到会多变到这种"面目全非"的程度。

那日看到狼烟，他们兄弟随同杨都尉一起撤退，凑合着养了一天才完全恢复过来。这也就是高等级武胆武者，换作普通人，七八天下不来榻。

他们沿路的见闻可谓触目惊心。虽说税银一战，杨都尉帐下的兵马折损得不多，实力保存得还算完好，但有个很要命的问题摆在他们面前——水、粮不足！

准确来说是干粮不足，他们随身带的干粮勉强撑个一天！剩下的都在税银车上。

他们既不能折返回去取干粮，也不能继续急速行军——太消耗体力了！一旦碰上叛军的人马，敌方兵强马壮，我方人疲马乏，前者还有人数优势，我方去了只有送死的份儿！

这些顾虑使得人心涣散。他们回援路上休憩的工夫陆陆续续有士兵脱逃，累计百余人。哪怕杨都尉用铁血手段制止，也只能暂时压下浮动的人心，却无法挽回下滑的气势。

见此情形，翟欢趁机提了个建议，简单来说就是打劫小规模的叛军，从他们身上搜刮可用的军需物资，维持自身运作。

这一提议起初被杨都尉断然否决！杨都尉不是不知道这提议好，能让他们支撑得更久一些，但杨都尉现在需要的是快速回援！

若去得迟了，孝城一旦被攻破……杨都尉脸色铁青，完全不敢去想。当年郑乔率兵攻下四宝郡，烧杀劫掠，让原先繁荣的四宝郡一蹶不振，变成饿殍遍野的千里荒地，过了两三年才稍微缓过来半口气……

杨都尉的家眷还在孝城！若攻城之后又是屠杀……光是想想，杨都尉就气得想杀人，恨不得将郡守晏城抓来大卸八块！

翟欢冷冷地反问："按照杨都尉的办法，大家究竟是回援，还是回去送死？"

先前紧赶慢赶地押送税银，半路换道碰上大雨天，半夜鏖战劫税银的歹徒，之后又是疾行回援……整个过程众人连口气都没好好喘一喘。武胆武者还能扛住，普通士兵怎么办？放弃这些士兵的性命吗？若放弃，那他们怕死逃跑又有何错？

杨都尉冷厉地道："这不一样！受威胁的又不是你的故土、家眷！孝城多少百姓还在等着……或许我们多耽误一刻钟，死的就是……"

翟欢毫不客气地截断杨都尉的话："是，我们兄弟的确不是本地人士，是不用急。"

杨都尉瞪圆了那双铜铃大眼，气得鼻子发红，面颊肌肉乱颤。

翟欢继续道："但在场的士兵哪个不是孝城出来的？即便不是孝城本地人士，看他们的年纪，多半也成家了……杨都尉不妨去问问，谁没有心里急得上火？"

不是杨都尉一个人急，但再着急也不能贸然去送死！

杨都尉捏紧了拳头："可是……"

"没什么可是！"翟欢拿出发号施令的笃定语气，话中带着不容辩驳、不容拒绝的强硬，丝毫不惧杨都尉的怒视，"杨都尉的'回援'，不也是拖延敌方兵力，缓解我方压力？反正都是杀叛军，杀哪个不是杀？！"

保住性命的情况下才能杀敌，命都没有了，其他的就没有任何意义。

杨都尉脸色忽红忽青，拳头紧了又松，松了又紧。

翟欢知道杨都尉的迟疑毛病又犯了，于是暗中给自家堂弟使了个眼色。

翟乐心领神会，用气势压迫一众士兵。

这些士兵面有难色，但高等级武胆武者的气势不是那么好反抗的。他们会控制不住地生出想要臣服的念头，假使理智不强硬，直接就顺从了，直到那位武胆武者将气势收回才会摆脱影响。

杨都尉见状，只得闭眼采纳翟欢的建议。

或许是运气好，他们一路上碰见的叛军队伍规模都很小，所以一路上收获颇丰，低迷的气势也恢复了不少。

直到碰见那一伙名为"募兵"，实则打家劫舍的兵卒，翟欢忽然计上心头，准备玩一票大的！

翟欢打定主意搞一票大的，不过怎么也没想到这一票这么大。

暂且话分两头。

沈棠应青年的邀请去他的营帐参观。营帐面积极大，地上铺着厚厚几层毛毡兽皮，下脚触感柔软，由此也可看出他在叛军中的地位。

不同于他给人的爽利干净的印象，这窝相当乱，各种零碎的小东西被随意地丢在地上，用一个词似乎能完美地诠释：狗窝。

沈棠随意一扫，发现不少珍稀的玩意儿，角落里随处可见造型精致的金银玉石、珍宝古玩，桌上摆着一盘龙眼大小的莹润珍珠。

青年瞧也不瞧，随手一扫，珍珠"噼里啪啦"滚落在地上。

他伸手摸到矮桌下方，珍而重之地取出厚厚一沓写满鬼画符的纸，仰头招呼沈棠也坐下。

他不适应累腿的跽坐，加之私下只有他们，就怎么舒服怎么来，一条腿轻松惬意地放着，另一条腿支起当右臂的支架，累了便重心侧移。

他是舒服了，但有人怎么看他怎么不顺眼，例如祈善。

祈善端端正正地坐着，眼观鼻、鼻观心。

沈棠从来不知"客气"二字怎么写，也一屁股坐下，比青年还随意。

她问青年："没人给你收拾这些东西吗？"这么多钱随意地丢在地上，真是土豪！

"我不喜欢有人进入我的地盘……"青年头也不抬地翻找自己前几天的得意之作，"至于这些不值钱的破玩意儿，要多少有多少……嗯，找到了，'玛玛'，你瞧我作得如何？"

他双眸炯炯有神,嘴角上扬勾起漂亮的弧度,仿佛在等待沈棠被惊艳的一幕。

沈棠一脸疑惑:不值钱的……破玩意儿?

她道:"你这话伤到我了。"

青年大惊,惶恐又委屈:"伤你?何时的事情?我没有。"

"你有!"沈棠叹气,耷拉着眉头,似笑非笑地揶揄,"我是个穷人,身无分文的那种穷,穷得要研究如何喝西北风不会饿死。你在这么穷的人面前说这话,还说没伤到我?"

青年哑然,好半晌才明白这话是什么意思,便道:"你若喜欢,这些都可以给你,这样你不就不穷了?不不不,地上这些不行,我回头让人重新拿一些过来……要多少有多少。"

"要多少有多少……你义父不会有意见?"沈棠这话没挑拨离间的意思,只是纯粹的好奇:什么义父会纵容义子这般败家?

"义父?他不会说什么。"青年声音比先前淡了不少。

沈棠以为青年是不悦了,便识趣地不再提这茬儿,低头细看他给的乐谱。

或许与沈棠写字也龙飞凤舞有关,她看青年手写的曲谱毫无压力,口中轻哼起来,时不时还用手指轻敲桌面找拍子。

祈善觉得自己就不应该在这里,应该在外头!奈何祈善不放心沈小郎君跟一个不知底细的青年独处,只得忍着耳朵被荼毒的痛苦,尽量放空心神不去想那破调子。

这时,青年一只手支着下巴看向沈棠:"'玛玛',方才的事情……"

沈棠抬头看他:"什么事?"话说一半不厚道。

"我那位义兄无礼冒犯了'玛玛',我代他向你道个歉。"

他那位义兄迟早会在这上头吃个大亏。

沈棠怔了下才想起来青年指的什么,原来是说那个络腮胡子男人的"指桑骂槐"啊。不,不是"指桑骂槐",真正的"指桑骂槐"好歹有一层遮羞布,那个络腮胡子男人则是明晃晃的羞辱,先说"中原女儿家跟寻常蛮女不一样",不正是变着花样骂青年是"蛮子"?之后那一段话就更加下作,无端提及烟花柳巷,暗嘲沈棠,将她比作风尘女子,那将她带回来的青年又是什么身份?

她听那段话的时候,内心白眼都要翻上天灵盖了:如此小肚鸡肠,白瞎那副高大的身躯了。

只是这不是重点,沈棠"咦"了一声,说道:"你听得懂他是在……"他若听不懂也不会私下替人道歉了。

"自然听得懂。我自小就学习雅言,是下过苦功夫的,只是以往身边的人多讲

· 520 ·

家乡方言，因此雅言用得少，口音也重，听着就很蹩脚。"这句话虽是笑着说的，但青年眼底闪过一缕一闪而逝的冰冷之色。

若非祈善和沈棠一直关注他，怕是会忽略了。

沈棠挑眉：看样子这青年也不似表现的那么单纯、直率嘛。相较而言，果然还是笑芳好骗一点儿。

青年凑近问："'玛玛'，你看这乐谱如何？"

祈善内心翻白眼，时刻准备救场——哼，他倒要听听沈小郎君能说出什么点评。

谁知，沈棠像模像样地点评、赏析起来："前半阕思乡，后半阕忆人。起初还以为这是在怀念心上人，但细品曲中的感情，有种热泪盈眶的冲动，应当是浪子思乡、游子忆母……"

青年蓦地睁大了眼睛，唇瓣翕动，渐渐地，红色爬满眼眶周边，眼泪欲坠不坠。

祈善一时间有种怀疑人生的感觉：居然真的让沈小郎君说中了？

嘿，还真是。

这张乐谱创作的初时，他无意间吃到一道家乡风味的菜肴，那是他阿娘最擅长，也是唯一会的一道菜。

他吃着吃着就想起了阿娘，当天晚上辗转反侧，半夜披衣起身去东厨，灵感迸发，文思泉涌，谱下这张乐谱。

他没想到'玛玛'居然真的懂他。

祈善看着眼睛发红的青年，又看看乐谱上鬼画符一般的内容，陷入漫长的自我怀疑中。他实在想不明白，沈小郎君究竟是怎么从诸如"晚上不睡去吃菜""半夜偷菜被人抓"这种词句中品味出"浪子思乡、游子忆母"的核心感情的？究竟是他不对还是他们不对？

正在祈善怀疑人生的时候，沈棠的操作突破了他的下限：沈小郎君居然让他伴奏，三个人要"以乐会友"！

祈善表情瞬间扭曲，耗费莫大的理智才压下掀桌子离开的冲动：你们俩可别侮辱"以乐会友"四个字了！

只是当青年翻找出一支玉箫，期待地看着他，他忍了又忍，不断告诉自己这里是敌人的大本营……浅笑着接过那支造价不菲的玉箫。

青年敲鼓。沈棠拨琵琶。

祈善觉得，这是酷刑吧？

第三十一章
夜袭，火烧敌营

短短的一段时间，祈善已经怀疑自己好几次：沈小郎君跟青年是一个调子，他夹在其中显得格格不入，频频惹来二人"你究竟行不行"的眼神质问。他从未受过这种委屈！

祈善越想越气，恨不得将玉箫摔了。

最可气的是，一曲毕，青年放下鼓槌，真挚地看着沈棠，幽幽地感慨："千金易得，知音难求……"

果然，能直击他心灵的知音只有一个，其他人（特指夹杂其中很不和谐的祈善）都俗！

听懂青年这话的祈善很想掀桌子：他果然还是很讨厌这一族！

先前提过，祈善少年时曾与友人游历四方，其中也包括青年的故乡——一个隐蔽又与世隔绝的世外桃源。

虽说这一族避世不出，少与外界沟通，但人家的民风并不保守，相反还相当彪悍、热情开朗、火热奔放……族中的女子也是如此。

祈善和友人住了几天，被族中好几个女孩儿堵着门唱歌，内容直白劲爆，诸如"今晚儿郎去奴家""半夜酣战不下榻""公鸡啼鸣郎再走"……着实把年少的他和友人吓到了。

最可怕的是半夜三更真有女郎爬他们的窗户啊！这件事情给他当时幼小的心灵留下了极大的创伤。

来"夜袭"的女郎见他慌忙地找衣裳，竟抱着肚子大笑。这笑声还把其他人给招来了，一个个打趣地看着他。

"嗲嗲还小，肯定还不懂嘞。"

祈善完全不知道这种事情有什么好笑的，只觉得可怕，不过考虑到这是人家的风俗，也不好发作。

女郎来"夜袭"还好，这要是男的来……他光是想想脸就黑了好几个度。

几天后，二人屁股着火般落荒而逃，之后游历都要绕开那个地方，免得遭难。

除了这个风俗，他们随时随地能唱歌、跳舞也让人吃不消。那些粗俗直白、热情奔放的歌词和想怎么唱就怎么唱的调子……偏偏祈善略懂乐理，还有些不为人知的"洁癖"。

青年对知音是掏心掏肺地好，连带祈善也受了益处。"以乐会友"结束，青年又让人安顿他们今夜的住处。

由于青年亲自相送，给他们安排的帐篷的位置很靠近营地后方，非常安全，也不会受其他人打搅。

沈棠敏锐地嗅到空气中溢散的牛、羊臊气。

青年道："我与'玛玛'一见如故，你要不要跟我一起去庚国国都？那边更好玩儿。"

尽管青年热情相邀，沈棠仍摇头婉拒："我暂时走不了，手头还有不少事没处理完。"

"什么事？我也算有些人脉，'玛玛'不嫌弃的话可以告诉我，我找人帮你解决。"

沈棠指着孝城的位置，说道："我的亲人都在那里。"

青年问："'玛玛'是孝城人士？"

沈棠坦荡地回应："是啊。"

青年目光闪了下，又问沈棠那些亲人长什么样子，住在哪里，说他回头让帐下的士兵注意一下。

听青年这么说，沈棠面上"感激"不已，扭头便将所谓"亲人"的相貌特征说了出去，褚曜、共叔武、林风、屠荣……一个不落。

青年怕自己记性不太好，招来属官记录，麻烦沈棠又说了一遍，好一会儿才搞定。

将沈棠、祈善二人送到下榻的营帐后，青年依依不舍地道："'玛玛'晚上若是睡不着的话……"

祈善瞬时想起他们一族的风俗，神经被触动，急忙道："不会，沈小娘子一贯睡得死。"天打雷劈都醒不来！你小子别想打什么破主意！

青年依依不舍，三步一回头地跟沈棠告别，时不时还用谴责的眼神看祈善，仿佛祈善就是神话故事中不近人情的王母娘娘。

祈善倍觉离谱儿。

入了营帐，祈善布下一个小小的"法不传六耳"，防止有人偷听，才坐下来，一边给自己倒水一边问沈棠："沈小郎君感觉这个青年如何？善觉得他……"

祈善现在就怕听到沈棠嘴里蹦出来"知音"俩字，真以为这个青年是什么简单的人。

沈棠道："他很有意思。"

祈善被这话呛住了，问："有意思？"

"我感觉他跟叛军似乎不是一条心，但这猜测没什么根据。还有，这人是真的傻还是假的傻？"沈棠指了指脚下的营帐，说道，"他竟然将我们安顿在这里……"

牛、羊的气味这里都能闻到，可见辎重应该就在不远处。这些玩意儿对一支军队而言有多重要，自不必多言。一旦粮草出了问题，百万雄师也得铩羽而归，因为士兵饿着肚子根本打不了仗。

祈善道："或许是为了引蛇出洞……"刻意给予他们方便，再抓一个现行。

沈棠皱眉思索："我们要不要先联系笑芳？二人混入叛军，不可能没有打算。"他们或许可以和翟乐、翟欢兄弟合作。

祈善道："太冒险。"

他不怎么相信翟乐、翟欢兄弟。先前劫税银一案打得你死我活，双方有矛盾，现在怎么可能毫无芥蒂地合作？

而且他们不信任翟乐、翟欢兄弟，兄弟俩也不会信任他们。

再者，人少目标小，人多目标大，一旦暴露就可能被一锅端。

"谨慎考虑，各自行动为上。"

因为孝城还未被叛军攻破，他们也犯不着火急火燎地连夜潜入孝城，若是能在外部给叛军惹来麻烦，等于变相帮助孝城缓解守城的压力，也能为褚曜和共叔武争取更多的时间。

"那我们就这么待着？"沈棠双手抱在脑后，仰躺在兽皮毯子上，跷起二郎腿，盯着营帐上方。

闲下来的她又无聊了，说道："笑芳他们俩明显要搞事情，一旦叛军营地出了问题却没抓到罪魁祸首，那我们俩的嫌疑就最大……得背黑锅啊！所以元良，咱俩要不要先下手为强？"

祈善饶有兴趣地看着沈棠脸上的神情，问道："沈小郎君准备怎么个'先下手为强'？"

沈棠道："制造大乱子！这里离辎重这么近，不在上面做点儿文章，多可惜……"

祈善道："不怕这是陷阱？"

沈棠道："怕，所以要'借刀杀人'！"

"借翟笑芳、翟悦文兄弟的'刀'？"

沈棠连连摇头："不不不，我有更好的'刀'，只需要配合它们，或许真能搞个大新闻！"

祈善道："他们？"他仔细地琢磨这个词儿，突然露出一抹狡诈的笑意，"不，是它们，甚好！"

"你说那个野蛮子将两个来历不明的人安顿在哪儿？！"络腮胡子男人坐在自己的营帐中，在小兵的服侍下脱下沉重的甲胄，袒开衣襟，打着赤膊，身前摆着盛满清水的盆子。

传信的士兵弯腰回复："是……是少将军特地安排的。"

络腮胡子男人道："他可说了什么？"

传信的士兵道："少将军说那边清净些，即便有敌人夜袭也惊扰不到两位贵客，安全。"

络腮胡子男人蓦地发出一声嗤笑，轻蔑地道："蛮子就是蛮子，任性胡来没一点儿大局观，除了一身蛮力，还剩下什么？"

传信的士兵是络腮胡子男人的私属部曲，顺着络腮胡子男人的话说："将军说得极是，少将军此次实在胡闹，要不要告知……"

络腮胡子男人抬手制止："不用，老东西偏心这个野种也不是一天两天了，即便说了，最后被斥责的也是我。这件事情不用管，倘若出了事情，也正好让老家伙看看他宝贝的是什么玩意儿。"

传信的士兵抿了抿唇，低下头。

眼前这位将军口中的"老东西"不是旁人，正是其亲生父亲，也是不管不顾给予蛮子青年种种特权的罪魁祸首。只是传信的士兵是络腮胡子男人的私属部曲而非老将军的，对私下这些不敬的称呼只能过耳即忘，不敢泄露半个字，不然全家老小都要送掉小命。

络腮胡子男人看也不看传信的士兵低头缩肩的胆小模样，微微张开双臂。

扮作小兵模样的爱妾拧好布巾，半蹲着帮他擦拭闷臭的上身。

湿布巾所过之处，闷热、黏腻一扫而光。

小妾又取来活血化瘀的药膏，看着他的关节位置被细绳磨出的红痕，心疼地道："唉……将军何须这般受苦？立再大的功劳，最后还不是被那位抢去大半？"

虽说现在天气渐凉，但全天甲胄不离身也会闷出一身汗臭，甲胄系绳隔着内衬都能将肌肤勒破皮。那个野蛮子穿件肩甲、裙甲就当穿铠甲了，随意得像是来郊游、赴宴的。换作旁人，早被叱骂了，轮到青年却是屁事都没有。谁不知道老将军偏心偏到胳肢窝？

络腮胡子男人摸着爱妾细嫩柔滑的小手，闭着眼睛享受爱妾轻柔地上药的过程，嗤笑道："这又有什么法子？谁让老东西晚节不保，跟个蛮女搞出这么个野蛮子，人家天赋好啊……"

孝城攻下来了，功劳都是那个野蛮子的；孝城要是攻不下来，七八成的责任都是他的。

"他天赋好，您也不差。"她弯腰将解下来的甲胄一件件捡起来，逐一放在架子上，这一整套不算很重但也接近三十斤，"您不也能化出武铠吗？整日穿戴这大家伙，不累吗？"

络腮胡子男人将闷了一晚上的脚放入冰凉的水中，凉意顺着双足蔓延全身，后背的鸡皮疙瘩都冒出来了。他喟叹一声，脚心搓脚背，头也不抬地嗤笑道："一个妇人家懂什么？"

武胆武者能化铠，但武铠无法长时间维持，还要消耗不少武气。武气这玩意儿，没事的时候多少无所谓，关键时刻浪费一丝都不行。一般情况下，武将都是随时穿戴甲胄，以防突发情况。也就这些什么都不懂，只图轻便的妇人，还有那个野蛮子，会觉得有了武铠，甲胄就没必要穿戴了。

络腮胡子男人在爱妾的服侍下简单地洗了澡，心情好转不少，加之灯下看美人……

"美人，来！"他笑着舔了舔干燥的唇，猿臂一揽，将爱妾一把抱起转入屏风后。还别说，这身小兵的衣裳穿在爱妾身上，的确颇有一番味道。

不多会儿，营帐里响起让人面红耳赤、浮想联翩的动静。

爱妾还知羞耻，有心压制。络腮胡子男人则不管不顾，怎么开心怎么来。

帐外护卫的亲卫听得清清楚楚，眼观鼻、鼻观心。

哪怕老将军三番五次斥责这个儿子带着女人上战场寻欢作乐，这位也是过耳即忘，丝毫不将老父亲的话放在心上。亲卫们就更不敢提醒触其霉头了，这位可不是好说话的主儿。

随着时间的推移，他一路"攻城略地"，直打得"敌人"人疲马乏，连连讨饶。

他笑了笑，准备稍作休整直接进攻"敌人主营"，一举拿下此次"战役"的胜利。就在他吹奏最后的总攻号角时，帐外传来一声短促、尖锐、高亢的声音，将他惊得手一滑。

"放肆！"他恼火地起身离开"战场"，随意拢了拢衣襟，脸上还带着被惊吓后的铁青和愤怒，双目冒火地盯着打断他的人。

谁知，传信的士兵气喘吁吁地道："大……大事不好……后营……后营方向起火了！"

络腮胡子男人听清这话之后，蓦地瞪圆了铜铃大眼，一把抓起传信的士兵的衣领，将人提起来凑近斥问道："什么！你说什么起火了？"

传信的士兵手指着营帐外的方向，还未喘匀气息。

络腮胡子男人又气又急，一把将传信的士兵丢开，大步流星地走向帐外。

只见后营方向传来阵阵喧闹声，火势短短几息已成规模，隐约还能看到慌乱跑动的人影。

"发生了何事？"他随手抓了一名士兵咆哮道，"这是敌人夜袭？"

被抓的士兵不知道。

不只他，连守在主帐外的亲卫也不知道具体状况。这一切发生得太突然，若非传信的士兵急匆匆地跑过来，他们甚至还没反应过来呢。

敌人何时潜入的？何时偷袭的？人数多少？一概无人知道。

连后营附近的士兵都不清楚情况。他们只知道冷不防那群受惊吓的牛、羊身上燃着火，不管不顾地往四面八方横冲直撞，木栅栏跟纸一样被撞了个稀烂。

附近的营帐可遭了殃，一冲一个塌！

营帐中已经睡下的士兵发出短促的凄厉的惨叫，只来得及感觉到痛就丢了小命。

有士兵持着武器想将它们斩杀，却低估了这些牛、羊受到惊吓后狂奔的速度和力道。

那些不自量力的士兵被冲撞倒地，被牛蹄狠踩，肋骨断裂的声音清晰可闻。一脚裂胸骨，两脚上黄泉！

牛的战斗力不俗，那些羊的也不赖。它们的毛发比牛的旺盛茂密，身上火势更大，冲到哪里便将火苗带到哪里，被冲倒的营帐不多会儿就被点上了火。

叛军士兵手忙脚乱……既要救火还要控制这些畜生。

只是他们群龙无首，没能第一时间控制住这些受惊的牛、羊，导致它们真正散开了，如此结局注定会往不可控的方向一路狂奔。

络腮胡子男人穿着武铠赶来时，营中已是火光冲天，辎重全在火中！

看着这一幕，他目眦欲裂："何方宵小，犯我大营！"他气沉丹田，声如洪钟，武胆武者的威势如浪潮一般向四面八方散开。

他手中提枪，一枪刺中发疯奔来的牛！那么大的冲击力，他下盘扎根不动，大喝一声，手臂肌肉暴起，一枪将发出临死前哀鸣的牛举起，甩开。

那头牛鲜血如注，重重地摔在地上扬起尘土，四肢动了动，很快就没气儿了。

可络腮胡子男人这一招并不能制止其他发疯的牛、羊，火势随着它们的狂奔，以极快的速度蔓延开来。

"贼子！出来受死！"络腮胡子男人赤红着双目。

这一幕是他万万没想到的。

至于他口中"夜袭的贼子"更是连人影都没有，他在这里愤怒地咆哮，更像是无能的狂怒。

"这……这可真是……"暗中，翟乐目瞪口呆地看着这一幕。

他们是想用这些牛、羊做文章，但只是下毒啊！倒不是不想火攻引发叛军大乱，但他们没物资，执行上非常有难度。

他没想到不过打个盹儿的工夫，牛、羊集体被人点了火，漫天璀璨的星火从天而降，几个呼吸后局势就完全失控了。

这也意味着暗中有第二股势力！

翟乐道："阿兄，绝对是沈兄他们！"这也是他目前唯一能想到的人了。

翟欢拉着自家堂弟的手臂，准备趁乱混出叛军大营。不管放火的是不是沈棠二人，也不管二人是如何做到的，一旦等这些士兵控制住混乱的局势，回头被清算的就是他们兄弟。他们是来搞事情的，不是来送命的，趁着所有人没反应过来时先走为上！

"咚！"火光之中，一道墨绿武气激射而来！

翟乐反手将堂兄拉到身后，抬手化出一面一个人高的大盾。

孰料陌生的武气来势汹汹，力道之强劲迫使他倒退半步才勉强稳住身形。他心下骇然之余，下一秒也化出武铠，大盾化作武器，上前迎击！

"铛！"几乎是同一时刻，巨刀当头砍下！

翟欢与翟乐是配合默契的兄弟，几乎在被往后拉的同时，便出手催动文心。

二人合力，一击击退来人。

待来人站定，翟乐诧异："是你？"

来人只穿着一面肩甲、一半裙甲，手臂戴着蛇纹护腕，周身其他要害没有一丝保护措施，不正是不久前与沈兄相谈甚欢的青年？

青年虽被击退，仍神色淡定地问："是你们两个夜袭大营？"

翟乐不欲多言，只是神情凝重了许多。

青年还未化出武铠，甚至腰间连武胆虎符都没佩戴，但他从对方随意的站姿也感觉到一阵难言的压迫感。这种压迫感比杨都尉带来的压迫感还要强！要知道杨都尉已经是十等左庶长！

眼前这个比他大不了多少岁的青年，难道还在十等之上？他攥紧武器，心跳如擂鼓，深知今晚有一场恶战！

他道："是又如何？"

青年歪了歪头，扎成一束的小辫子随着动作晃了晃，看着似有几分俏皮，口中说出来的话跟"俏皮"二字毫无干系。

青年举起那柄錾刻着交缠双蛇纹的长刀，指着翟乐，冷笑了一声，说道："那就受死！"

话音落下，青年足尖点地，身形快得几乎要留下残影，手中的长刀携着磅礴的刀芒，一刀劈向翟乐。

巨浪一般当头砸下的巨力震得翟乐双手虎口发麻，武器也发出不堪重负的嗡鸣。

武器相交产生的巨大的气浪冲翻附近的营帐。

青年挑眉："呦，还不赖！"

青年轻描淡写，甚至连武铠都没有化出来。武胆武者对垒，武铠都不现身，不仅仅是一方对另一方的蔑视，也意味着交手的双方存在极大的实力差距。

这个认知让翟乐脸色冷硬。

他暗中吐气缓和隐隐作痛的虎口。青年的力量比先前跟他交过手的共叔武的力量还要强大！

翟乐心里也有一事不解：有这么一个武胆武者坐镇，这伙叛军为何还未拿下孝城？

翟欢面色淡定，抬手便是一道静心凝神、提振气势的文心言灵，顺便提剑抹了一名试图偷袭的士兵的脖子，沉声提醒："阿乐，莫慌，不要被他扰乱心神。"

翟乐自然也知道这个道理，运气抵挡青年施加的威势。

眨眼间，青年带着无可比拟的气势朝他杀来，周身涌动的墨绿武气隐隐凝聚成一条模糊的巨蟒，冲着他张开血盆大口，毒牙弹出。

翟乐暴起迎敌。

二人交战之激烈，武器火花四溅。

不多时，翟乐的武器便不堪重负地出现数道裂纹，只需要再来两下便会碎裂，肩头的甲胄裹着一道裂纹斑驳的黑白文气——便是这道文气护住了他，不然最轻也是个齐根断臂的下场。

青年"啧"了一声，撇嘴："这不公平啊。"

翟乐嘴角不受控制地扯了扯：这还要公平？

他开裂的虎口鲜血淋漓，染血了整个掌心，顺着武器缓缓地流淌，落在地上。

青年道："我也要找个文心文士。"

翟乐脸色一变。

这时候，却见青年扭头往一边大喊："'玛玛'，你来帮我！"

翟欢心下一"咯噔"，真怕青年喊来帮手。

只是当从那个角落走出来的人进入他们的视野里，翟乐和翟欢齐齐怔了一下。

青年口中的"玛玛"竟然是他们的熟人，也正是目前立场不明的沈棠，沈幼梨！

沈棠身侧还立着个存在感不太强的祈善。

一时间，翟欢、翟乐兄弟、沈棠、祈善，还有青年，三方站在三个角上，气氛凝重到极点。

翟乐看得心急，张口道："沈兄……"

不慎扯动胸口的伤口，他感觉些许铁锈味上涌。

沈棠面无表情，只是手中提着那柄雪亮的长剑，视线从翟乐、翟欢兄弟身上转到了青年身上。

翟乐心下觉得不妙：莫非沈兄真的……

"沈兄——"翟乐再次高声唤沈棠。

沈棠的反应让他的心逐渐沉底。莫非真让阿兄说对了，沈兄已经加入这一伙叛军？他不敢想那个后果。光一个青年已经让他捉襟见肘，倘若再来一个实力还未探底的沈兄……

听到翟乐对沈棠的称呼，青年面上无丝毫异动，只是笑容渐深，那双漂亮的眸子深沉了些许。青年看向沈棠："你们认识又如何？沈'玛玛'可是站在我这边的，对吧，'玛玛'？"

沈棠同样也没回应青年。

青年笑得张扬邪魅，立在原地转了两圈长刀玩儿，面对翟乐并无半点儿急迫。青年似惋惜地摇头："你这人还不错，如果跟我同岁，我大概是留不下你的，不过很可惜，"青年的声音猛地冷了下来，"谁让你晚生了那么几年？"

说完，青年脚下一蹬，刀锋直直地杀向翟乐。

若论个人天赋，青年跟翟乐应该在伯仲之间，只是其比翟乐年长好几岁，实力也正处于高速成长期，二者的差距根本不是外力能弥补的，即便翟乐有文心文士辅助也一样！

青年的速度比先前快了一倍不止。

看着在眼前急速放大的刀锋，翟乐咬牙奋起迎战。

谁知，青年竟然被迫在翟乐身前一丈远的地方停下。一道算不上高大的身影挡在青年冲杀的路上。

伴随着令人鼓膜不适、牙根发酸的声音，武器相击迸溅的橘色火花亮了一瞬，眨眼又归于黑暗。

翟乐诧异："沈兄？"

青年道："'玛玛'，你帮他？"问完，顿了一下，青年又道，"火是你放的。"

青年用的是陈述的语气、笃定的口吻。这把将后营搅得人仰马翻，辎重被烧掉大半的大火，幕后策划之人正是眼前这个身形矮小纤瘦的少年。

青年垂眸看着二人角力不相上下的场景，抿唇。青年刚才是准备一击劈死翟乐的，虽说没用全力，但也没手下留情，觉得这一刀即使砍不死翟乐，也能废掉翟乐。结果这一刀居然被眼前这位知己接住了，当真是意料之外！

"是又如何？这不也是你想看到的吗？"沈棠突然笑了笑，压低声音道。

沈棠表面上看着还算从容，但仔细地观察便会发现处境也不是很妙，虎口微裂溢出点点血珠，手腕颤抖不停，连额头也因为过度用力而溢出点点薄汗。

即使如此，她还有闲心调侃青年一句："还有，我不介意你喊我'嗲嗲'。"

青年手中加重力道，一刀挑飞沈棠。

翟乐见状不好，上前相护。

只是还未等翟乐接到，沈棠反手一剑插入泥土里，剑锋在地上划出六七尺长痕她才稳住身形。余光看到翟乐的裙甲，她哼笑一声，用大拇指抹去嘴角溢出的血丝，说道："一起！"

翟乐一怔，喝道："好！"

青年听闻此语不再急慢，笑容突然转冷，右脚踏步上前。仅一小步，周身涌动的稠密的武气就将青年包裹，眨眼化出一副完整的武铠。

青年身形偏精瘦，虽然不似共叔武那般魁梧壮硕如小山，但身高也不矮，化出武铠之后更添几分难言的神秘，无形间带给人极大的心理压迫！

不同于共叔武的甲胄的山字形甲片，青年的甲胄是几乎密不透风的蛇鳞甲片。青年双手戴着蛇纹护腕，披膊护肩，腰间的护腰好似一条口尾衔接的蛇，睁着一双令人胆战的蛇眸，裙甲长至小腿，脚踩一双黑色皂靴。

青年活动了一下手腕："行，那就玩玩。"

说完，青年手中的武器垂下，竟是一条造型奇特、女子手臂粗细、布满尖锐倒刺的长鞭。长鞭首端的造型酷似蛇头，口中有利齿。

要是被这玩意儿打一下，哪怕不死也要被刮下一层肉！

沈棠紧了紧手中的剑柄，心下掂量，对翟乐说道："笑芳，我挡他，你射箭。"

翟乐心下微惊："沈兄，可是……"让沈兄一个文心文士正面对上青年？他觉得不行。

沈棠道："四打一呢，没什么可是！"

她还以为翟乐打个架还要公平公正，忍不住在内心吐槽：兄弟，小命都要没了啊！讲什么君子之道！干他就完事了！

翟乐道："好。"

他还真没觉得以多欺少是不要脸的事儿，兵不厌诈，打仗、打架时要脸皮的早就死了。要说丢人，四打一还不能全身而退，才叫丢人呢。只是现在也不是解释这个的时候……

见翟乐微微后退，青年终于露出诧色，目光沉重地看着沈棠道："'玛玛'，你的眼睛不太好，选了这么个人，你应该选我。"至少他是不可能让别人挡在自己前面的。

沈棠抽了抽嘴角："现在是聊天的时候吗？"

沈棠心里却清楚，青年是在拖延时间。

敌不动，我先动，把主动权捏在自己手中！雪亮的长剑划破夜空，沈棠二话不说杀向青年。

青年手腕一抖，垂在地上的长鞭宛若灵活刁钻的毒蛇，吞吐着蛇芯将剑气绞碎，气势不减地袭向沈棠。

这时，三支箭矢杀来，精准地命中目标。

沈棠丝毫不顾箭矢的轨迹，几乎与箭矢擦身而过，迅速地拉近距离，逼向青年，长剑如臂使指。

作为喜欢抹人脖子的封喉爱好者，沈棠第一目标也是青年的脖颈。

这厮的蛇鳞武铠堪比乌龟壳，剑劈上去，火花四溅，连痕迹都留不下来，唯一的弱点便是脖子——这厮没有戴兜鍪，脑袋和脖子没有防护。她步步进逼，又有翟乐的箭矢相助，一时间压力不是很大。哦，还要算上翟欢和祈善二人的文心言灵辅助。交缠的黑白文气如无处不在的疯长的藤蔓，化作锁链将青年的双足牢牢地捆绑，这是祈善的言灵。翟欢则以言灵影响青年的情绪。武者之本，勇也，勇愈强，势愈强！

青年被多方联手骚扰，仍游刃有余，手中长鞭或挡或缠。

"铛"的一声巨响，沈棠用长剑将长鞭打飞，上面的倒刺摔打在地上，"刺啦"一声轻松地钩起数寸地皮，沙尘飞扬。

沈棠看得眼皮直跳。

"沈兄小心！"她身后传来翟乐的提醒。

背后袭来一阵冷风，沈棠头也不回，侧身翻滚躲开，余光看到在她背后的视觉死角，长鞭首端的蛇头从后面偷袭她。一旦被这玩意儿扎中……沈棠眼皮不受控制地跳了跳，不由得想起不久前被它击碎的石头……沈棠可不认为自己的身躯比岩石硬。

几个呼吸的工夫，青年已经与沈棠缠斗了几十招，周身武气仍旧凝实充沛，丝毫没有后继无力的意思。

青年看着沈棠，突然问："我有一点很好奇，'玛玛'是怎么放的火？"

沈棠被巨大的力道震得身躯倒飞数步，咬牙咽下喉间试图上涌的血沫，冷声问："你好奇这个做什么？"

青年道："好奇就是好奇，还需要理由吗？"

沈棠神色微黯，心中默算自己还有多少文气可以用：只用身体的力气和简单的文气加成，想打赢一个武铠附身的武胆武者，几乎没有可能。

奇怪的是，青年态度相当暧昧。她可以肯定，这厮迄今还未生出杀意。

是的，青年没有杀意。究竟是青年心太大，还是另有图谋？只是为了拖延时间？

看着青年将长鞭舞得密不透风，翟乐射出的数十支刁钻箭矢也奈何不得他，沈棠心下又凝重三分，说道："告诉你，有报酬？"

青年把右手的长鞭垂下，左手徒手接住翟乐的三支箭，微用力，箭矢被捏断，震碎成齑粉，他委屈地道："以你我的知己关系，还要报酬？"

沈棠暗中给祈善打了个手势，嘴上道："自然，做什么都是要报酬的。"

青年便问沈棠："'玛玛'要什么报酬？"

沈棠狮子大开口："放我们离开如何？"

青年摇了摇头，扫了一眼武气耗损大半，脸色微青的翟乐，关心堂弟的翟欢，以及面无表情地垂着眸子，不常出手，但每次出手都让他难受的祈善，想了想，说道："这可不行。"他解释，"放虎归山，后患无穷。"他又指着翟乐道，"这人现在打不过我，但等他年纪跟我差不多了，我一个人未必打得过他们两兄弟。'玛玛'这个要求，真是强人所难。再者，你们还烧了我的粮草……"

那可是他筹措好久的粮草啊，火势这么大，也不知道能抢救回来多少。大营里这么多兵马，每天吃的粮草就是个庞大的数字，没有粮草供应，军心自然涣散，莫说攻打孝城，别自乱阵脚就不错了。

沈棠冷冷地打断他的话："这不正是你想看到的吗？"

青年断然否认："不可能，这不可能，我没事想看到自家大军溃败做什么？"他冰冷的眸扫过沈棠的脖颈，"哦，'玛玛'倒是提醒我了。现在有不少人看到'玛玛'跟这俩人一伙，你又是我带进来的，我如果不砍你的首级，很难跟义兄交代，还会被军法处置……"

沈棠感觉到极淡但极其阴冷的杀气伴随着夜风向她扑来，激起无数鸡皮疙瘩。她可惜地道："看样子是谈崩了。"

说完，她气势突然一变，大喝道："翟欢，助我！"

至于祈元良，完全不用提醒。

翟欢初时不解，但远远地看到祈善唇瓣微动，通过口型便知道那是什么言灵，不假思索地跟上。至于心底那些疑惑，暂且不用关心，因为他们兄弟跟沈棠、祈善二人已经是绑在一根绳子上的蚂蚱，一荣俱荣，一损俱损！

祈善道："野火烧不尽，春风吹又生！"

紧跟着翟欢的言灵也落下。

沈棠快要见底的丹府文气瞬间充盈到溢出的程度。她道："三杯吐然诺，五岳倒为轻！"

沈棠欺身而上，眨眼连劈数十剑。

感受到重如山岳般的巨力，饶是青年也不得不暂避锋芒，长鞭的首端偷袭沈棠的要害，以围魏救赵之法迫使沈棠由攻击转为防守，自己则趁机将陷入泥地里的双足拔出，倏地后退。

青年还未站定，绵密的剑影再度袭来。

剑影之间，青年看到沈棠那双亮得惊人的眸子直直地看着他。

沈棠吐出一句话来:"你不是很想知道我是怎么放的火吗?"

辎重都怕火攻,可火攻也不是想用就能用的,速度要快,火势要猛,不给敌人救援的机会。

翟乐兄弟没用火攻,是因为他们缺乏工具,点火所用的油和柴不好弄,更别说辎重靠近后营,敌人的眼睛也不是当摆设的,或者没算好风向,敌人没烧死反而将自己赔进去。

青年不得不拿出真本事抵御沈棠一次比一次猛烈的攻击。

一时间"铮铮"之声不断,火花四溅。

沈棠猛地蓄力,磅礴的剑气将青年抽飞数丈。

此时她感觉丹府文气差不多了,突然剑指向天,轻吟:"东风夜放花千树……"

"轰"的一声,她脚下的地面开始轻颤,翻涌的黑白文气宛若苏醒的巨龙,躁动不安,气浪向四面八方扑去,沙石飞滚。

"咻——"黑白文气顺着剑锋直冲天际。

感受到急速消失的文气,沈棠忍着一拨强烈过一拨的眩晕感,艰难地吐出下半句言灵:"更吹落……星如雨。"

攀升至顶点的黑白文气在叛军营地上方"砰"的一声炸开,绚烂夺目的色彩将黑暗夺去了一瞬。五色光芒流转,照耀天际。

一时间,看到这一幕的人都忍不住抬首。

绚烂夺目!

高举着水盆灭火的士兵怔住了,乱成一锅粥的后营仿佛被神秘的力量禁言夺声。

天地安静!

下一瞬,无数拳头大小的火球从天而降。前不久刚被灭掉火的地方重新烧了起来。

还有些士兵比较倒霉,被火球烧了个正着,火势瞬间蔓延全身。剧痛让他们惨叫着乱跑,将火带到更多的地方。

"噗——"一名乱跑的士兵被络腮胡子男人一刀砍了脑袋,强劲的血柱从伤口喷涌而出。

那名士兵的身躯倒下,扬起的灰尘扑到附近的其他士兵脚上。

其他士兵如梦初醒,主营重新恢复喧闹,救火的,救人的,杀羊的,杀牛的……

无人注意，大半火花冲向同一个目标。

沈棠看也不看青年的方向，力竭地单膝跪地，以剑杵地，勉强支撑自己不倒下来，热汗不断流下，眼前的景物忽明忽暗。

她两次使用言灵，消耗的文气实在是太大了。第一次有祈善支持，她自己也刻意控制文心言灵的威力，这才保留大半战力；第二次是有两个文心文士全力相助。

"笑芳，撤！"

翟乐早有预料，上前抓住沈棠的臂膀将沈棠拉起扛在肩上。

翟欢看了一眼脸色奇差的祈善，也搭了一把手帮祈善分担压力。

四个人借着夜色和混乱，脚底抹油，撤！

第三十二章
营救孝城

这一夜注定是不平静的。

络腮胡子男人铁青着脸听属官回禀此次大火造成的损失。辎重损毁严重，十去八九，攻城器械几乎不剩——那些玩意儿木质的居多，一旦着火就无法再用了。相较之下，人员伤亡倒是不大，死亡两百余人，烧伤三百余人，被牛、羊踩踏致伤、致残约两百人，天降火球烧毁帐篷近百顶。

络腮胡子男人阴沉着脸："说完了？"

属官被他话中的冰碴子冻得发抖，期期艾艾地道："回……回禀完毕。"

属官的话音落下，络腮胡子男人愤怒地抬手掀飞身前的矮桌，面皮因为过于用力而颤抖，一双铜铃大眼死死地盯着大气不敢喘一下的属官，咆哮："回禀完毕？人呢？人跑哪儿去了？"

听着"噼里啪啦"的响声与咆哮的合奏，属官额上淌着热汗，一动不敢动。

主帐内肃杀的气氛凝重到了极点。

"卑职……卑职没拦住他们……"

络腮胡子男人随手抓起一个物件砸向属官的额头，叱骂："混账！他们才几个人！这都抓不到，要你们何用？军营重地，让一伙歹人不只来去自如，还烧了辎重，丢不丢人？！"

属官连闪躲都不敢，硬生生受了这一击。

"砰"的一声巨响在耳边炸开，额头淌下温热的血液，血液混杂着浊汗和草木灰，顺着额头往下流淌，一部分顺着面颊流至下颌，另一部分则流进眼里，属官眨了眨眼，不敢抬手抹去，任凭污物在眼球上横行。

属官抿了抿唇，咽下心里的话：若真计较责任，眼前这位公然在军营重地与爱妾打得火热，"酣战"不止，动静闹得邻近几个营帐都听得见的将军，也不是啥好东西。论渎职，大家半斤八两。

只是作为下属，属官不能抱怨，更不敢将心里话说出口。

属官脑中灵光一闪，忽然想起某人："卑……卑职实在是尽力了！只是四名歹人中有两名是少将军点名带进来的，卑职也不敢下死手抓人啊，万一被少将军……"属官说到这里顿了下，露出几分为难，"并非卑职害怕少将军，只是担心此事会影响您与少将军的感情，还有老将军那儿……"

属官只差明着告诉络腮胡子男人——不是我渎职！那些歹人就是野蛮子带回来的，他居心不良。回头他要来清算，我怎么扛得住？再加上你老子偏心，即便野蛮子犯了这么大的错，估计也是轻拿轻放。这次的黑锅应该让野蛮子背！

络腮胡子男人本来心里就堵着一口气，听了属官这番阴阳怪气的话，险些气个仰倒。他气得捏碎了手边的镇纸，后槽牙磨得"咯吱咯吱"响，问："那个孽种现在在哪里？"

属官道："在疗伤、上药。"

络腮胡子男人阴恻恻地冷笑两声，说："疗伤？上药？他还会受伤？怕是个苦肉计！"苦肉计用给谁看？还不是给那个脑子不清楚的老东西看！

他霍地起身，大步流星地往青年的营帐走去。他倒要看看野蛮子能受什么伤！

青年的确受伤了，伤势还不算轻。

沈棠那一句言灵将黑白文气化为星火，大部分落在了青年身上。青年也是第一次看到这一幕，没什么经验，全凭自身实力硬接。青年挑飞、击落、打碎不断涌来的火球，顾及不到的则凝气成盾，硬生生接下来！武气虽能抵御火球近身，一定程度上也能做到寒暑不侵，却不能完全隔绝骇人的热度，这也是青年受伤的主因——文气凝聚的火花温度高得吓人，持续时间再长一些能把他烤熟了。

青年虽未被烤熟，但后背起了大片水疱，手臂和前胸一片通红，活像煮熟的小龙虾。

他将上衣脱下，随意地堆在腰间。

身后，郎中小心翼翼地将水疱挑开，挤干净，再抹上薄荷色的膏药。

膏药涂抹之处，清凉驱散了灼烧的热意。青年用冰凉的布巾捂着脸，闷声道：

"哼，幸好这张脸还完好无损。"

在他族里，没一张俊脸是没有"玛玛"愿意跟他对歌的，这张脸跟他的嗓子一样重要！

"都什么时候了，您还关心您的脸？"属官站在一侧苦笑，"您还是想想待会儿怎么……"

青年撇嘴："想什么想？"

属官道："想想怎么交代啊……"

青年将焐热的布巾往盛满冷水的铜盆里一丢，毫不在意地道："没什么好交代的，他也不能拿我怎么样。若追究我不慎'引狼入室'，得先追究他'玩忽职守'，要罚一起罚……"

属官哑然无语。

青年一摊手，满不在乎地道："我又不知道那两个人有问题，这也能怪我？我也努力出手制止他们了，但一打四，其中两个还是实力不弱的文心文士，让我如何留下他们？"

他刚说完，帐外传来络腮胡子男人的咆哮声："孽畜！你还觉得自己没错？"

青年丝毫不意外络腮胡子男人在帐外偷听，无辜地道："我有错，但至多有三成错，更何况我还努力地'将功补过'了，拖了四个人多久的时间，但凡义兄及时派人来支援，也不会让那四个人逃了。"

络腮胡子男人气得胡子一抖一抖的。

等郎中包扎好，青年撑地起身，慵懒地将垂在腰间的上衣穿回去，正了正衣襟，神色无辜中带着令络腮胡子男人恼火的无惧无畏。

"这伙歹人中有两名是我带回来的，这不假！但还有两个人是义兄派出去的士兵带回来的。究竟是四个人中的哪两个动的手，尚未可知。"

络腮胡子男人气得目眦欲裂："尔敢……"

青年笑着眯了眯眼，直接顶了回去，嗤笑道："如何不敢？是非曲直，倒不如等义父来了再说，由他老人家定夺。若义父认定小弟要负全责，多少军杖小弟都受着。"

蓦地，络腮胡子男人眼睛睁圆了一圈，被青年死猪不怕开水烫的不要脸之语惊到了：这是吃准了不会有事？岂有此理！

"按脚程，义父还有六七日才到，而我军的粮草已经告罄，义兄不如召集帐下的兵马商量商量如何挨过这几日。拿不下孝城不算什么，要是被那伙虾兵蟹将灭了，才丢人！"

这一番挤对令络腮胡子男人气息重了许多，鼻孔微张，喷出带着愤怒的热气。

青年看也不看络腮胡子男人，垂眸送客。

络腮胡子男人咬牙切齿地道："你等着！本将军倒是要看看，你勾结外敌还怎么脱身！来人，盯着他，此刻起他不得踏出营帐半步！"

青年无所谓，一脚踢翻挡路的矮桌，连基本的送客礼仪都懒得维持了。

络腮胡子男人的属官心下暗道倒霉，匆匆一礼，急忙跟上，也不管络腮胡子男人是不是被气得一佛出世，二佛升天。

青年听着络腮胡子男人愤怒地摔布帘，脚步声渐渐远去，郁闷的心情好转了不少。他摸出一盒颜色不一的龙眼大小的珍珠，招呼属官过来，笑道："现在也没事儿了，陪我玩两局。"

属官无语。

青年又道："唉，可惜了。"

属官按捺不住好奇心："何物可惜了？"

青年道："我那位知音啊，可惜了。"

属官完全不明白有什么可惜的。虽然当时不在战场，也没看到沈棠与青年对垒的场景，但属官知道最后的结果：也正是因为这位知音，青年怕是要挨上一顿军棍，不然无法平息众怒……少将军还替那人可惜？

青年叹道："千金易得，知音难求……'玛玛'或许是世上唯一能与我对歌的人了……"

属官正要开口说什么，突然住了口。

跟在青年身边也有一段时间了，属官对青年的了解不算多，但也不算少，本想说少将军还有族人，但话到嘴边才想起，少将军的族人已经没了，他现在是全族上下唯一的苗苗。

属官道："那您还让人走了？"

青年似笑非笑地看着属官。

属官脸色骤变，意识到自己失言了，半跪下请罪："卑职不是这个意思，卑职是说……"属官心下想了一圈也想不到合适的借口，急得汗出如浆，很快打湿了盔甲内的内衫。

帐篷内的气氛凝重到极点。

就在属官想着自己会不会被灭口的时候，青年出了声："起来吧。"

属官诧异，劫后余生，暗暗松了口气，站起身才发现自己已经手脚虚软："谢少将军！"

青年道："不急，还会再见的。"

属官不敢再说话。多说多错，属官可不想莫名其妙地没了命。

至于青年是不是有心放人走，除了青年自己无人知道。

二人用珍珠打了一会儿弹珠，青年突然想起什么，问属官："以你对我义兄的了解，此次失利，他会不会撤兵？"

属官道："卑职不敢揣测。"

青年道："你说就是！"

属官道："应该会吧……辎重已经被烧干净，此事一旦被孝城的驻军知道，集合兵力出城讨伐我等，我方士气低迷，而他们背水一战……唉，倒不如暂时撤走，与老将军会合。"

青年笑道："我也是这么想的。"

属官一脸疑惑，莫名其妙地觉得此时的少将军心情极佳：他……似乎很想看到大军暂时撤退？

又打了一会儿弹珠后，青年拍了拍肚子喊饿，正要喊人去拿食物，才想起粮草已经被烧干净，于是讪讪地打消了加餐的主意。

没多大会儿，帐外响起一阵欢喜的喧闹声。

青年让人出去问问是什么情况。

小兵一脸喜色地回禀："少将军，好事情啊！"

青年无聊地捏碎一颗珍珠，看着粉末在指尖落下，随口问："哦？什么好事情？"

小兵道："大军来了！"

青年大惊，帐内紧跟着传来一阵摔东西的声音。

看守营帐的士兵不解地面面相觑：这……这不是好事情吗？

这个消息对被烧了辎重，士气大跌的叛军的确是好事，但对孝城内的百姓就不是啥好事了。青年一脸阴郁之色地看着帐外喧闹的方向，垂在身侧的拳头紧了又紧。

不知不觉日头高悬，帐外来了一名传信的士兵，说老将军要见见他。

青年紧抿着唇，心里虽不情愿，但还是收拾了仪容。迈出营帐，他脸上又挂上外人熟悉的爽朗单纯的笑容。

临近主帐位置时，他远眺孝城方向，隐约能看到高耸的城墙轮廓。

他内心暗叹：命中有此一劫，躲不过啊。

他弯腰掀起布帘，人还未进去，声音已经先一步传入帐内之人的耳朵里："义父，儿子来了。"

两名文士全力相助，翟乐一点儿不吝啬地挥霍武气，很快便将接近昏迷的沈棠带到安全的地方。

"噗——"刚刚停下脚步，沈棠扶着树干呕出一口黑红瘀血来，惨白的脸色好看不少。

翟乐紧张地道："沈兄，你这是……？"

沈棠摆了摆手，说道："我没事，小事！"

她坐下来调息了一会儿，将眩晕感勉强被压下去大半。

祈善一边注意沈棠的情况，一边警惕着四周。

霍地，祈善望向漆黑的密林深处，拔剑，喝道："谁？！滚出来！"

翟乐也进入戒备状态。

这时候密林方向发出"窸窸窣窣"的响声，走出来一道众人都很熟悉的身影——押送税银的杨都尉！

杨都尉回应道："是我！"

几日不见，杨都尉憔悴了许多。

祈善看看他，再看看放下戒备的翟乐，也跟着收回了佩剑，远远地作了一揖。

杨都尉对翟乐、翟欢二人道："你们二人久去不归，叛军大营方向又起了大火，料想是你们的计划成功了，便带人过来接应……"

祈善脸色好转了不少。

杨都尉注意到祈善和沈棠这两张陌生的面孔，迟疑不定地问："这二位是……？"

翟欢嘴角微微一抽：这该……怎么介绍呢？

翟乐心大，笑呵呵地引见："杨都尉，这位便是我时常提及的沈兄，他可厉害了。这次大火也多亏他和祈先生相助，这才一举成功！沈兄、祈先生，这位便是孝城驻军杨都尉。"

杨都尉听完，眼睛亮起，说道："原来是两位义士。"

沈棠勉强起身，脸上又是敬佩又是仰慕，回礼："义士不敢当，久闻杨都尉的大名，今日一见，名不虚传。"她脸上挂着公式化的笑容，无懈可击。

祈善垂下眼眸，也淡淡地寒暄一句。

二人的寒暄毫无诚意，但杨都尉不介意：只要是跟叛军对着干的人，那他们就是袍泽！

"此处不是久留之地，还请义士随我来。"

沈棠这回文气耗损得厉害，足足睡了三四个时辰才缓过劲来。

沈棠是闻着食物的香味醒来的，睁开眼，只见头顶遮着一片大叶子。

这是什么玩意儿？沈棠愣了一瞬，抬手将其拂开。没了叶子的阻挡，高悬头顶的绚烂金光洒向她，晃得人睁不开眼。沈棠单臂撑地起身，后知后觉地发现自己双臂虚软，肚子"咕噜咕噜"响。

这时头顶传来一个熟悉的男人的声音，隐约透着几分喜悦和松快："沈小郎君可算是醒了。"

翟乐笑着插科打诨："我说得没错吧？煮一锅香浓的肉糜，沈兄饿得难受自然会醒。"

沈棠听到这称呼，不用抬头也知道说话的是谁，半坐起身，问："我们现在在哪儿？"

她刚醒来，脑子还有些蒙。

"还在孝城外。"

沈棠问："可有无晦他们的消息？"

"暂时还无。"祈善遗憾地摇了摇头，旋即又宽慰道，"不过褚无晦和共叔半步都是战场老手，二人联手，便是昨夜那个武胆武者也留不住人，沈小郎君不用担心他们的安危。"

沈棠只得暂时按捺住担心。

"饿了没有？"

沈棠白着脸，看着就没什么精气神，有气无力地撇嘴道："饿，要饿死了，没什么力气。"

祈善转身用粗糙的木碗盛了一碗肉粥。

沈棠接过那碗肉粥，正要递到嘴边一饮而尽，脑中蓦地浮现出昨日叛军大营的场景，目之所及是混乱不堪的场景，被火焰包裹的牛、羊在后营乱窜，叛军士兵极力救火却为此丢了性命，凄厉的惨叫声在火光摇曳中冲天而起，空气中弥漫着木头、脂肪燃烧后混杂的古怪的气味。

一想起那气味，沈棠瞬间没了食欲，双手捧着温度适中的肉粥不吭声。

祈善问："可是不合胃口？"不合胃口也只能将就，他的厨艺就这个水准，沈小郎君想吃喜欢吃的，只能等褚曜那厮回来。

沈棠回答道："突然没胃口。"

祈善见沈棠将木碗放到一边，也不勉强沈棠喝下去，只是心里难免抱怨两句。他当然不是抱怨沈棠，是抱怨褚曜——以前的沈小郎君什么都吃得下，褚曜一来，学会挑食了！

所以呢？这都是褚曜的错！

沈棠虽不知他心中所想，但也不想产生误会："我突然想起昨夜，暂时不想碰荤腥。"说完她又觉得自己有些矫情：当下这个条件，有一口饭吃都是普通人求不到的奢侈，更别说满满一大碗肉粥，温度还刚刚好，多半是祈善特地温着的，保证她醒来就能尝到。

"原来如此，这是我考虑不周。"

肉粥也没浪费，最后进了翟乐的肚子里。

这时沈棠才有工夫观察周围的情况。

一行人正处于一处隐蔽的山坳，三面皆是悬崖峭壁，唯一的出口处还横着一条溪流，是个不错的藏身之处。不远处能看到忙碌的兵卒的身影，这些兵卒的穿着打扮还非常眼熟……沈棠蓦地想起什么。

这时，沈棠耳边响起杨都尉的大嗓门："义士终于醒了。"

沈棠忍下抽搐的嘴角，略不自然地道："这位兵爷好……"

她可算想起来了，自己昨夜文气耗尽，再加上作战打出来的伤势，疲累到了极点，刚到安全的地方就睡死过去，一觉无梦至天亮。接应他们的人正是被她劫了税银的倒霉蛋——孝城驻军杨都尉！

"兵爷什么的不敢当，义士喊我'老杨'即可。我已经从翟先生口中听说了义士的壮举，钦佩得很，当真是英雄出少年啊。"

杨都尉长了一张国字脸，络腮胡子，双眉粗浓，黑眸威严，瞳孔偏上，瞧着有几分不近人情的傲气。这一副外人看了就认为此人固执、凶悍的长相，此时却硬生生挤出几分和善，谁看了不说一句别扭？

若让沈棠评价，这笑容能吓哭一个班的小朋友。吓人归吓人，惊悚归惊悚，但人家释放的善意沈棠还是感受到了。沈棠摆出一副谦逊、乖顺的表情，满口道："不敢当，不敢当。"

杨都尉对沈棠的印象又拔高一大截！这样有能力、有气节、为民不为利、年轻却不骄傲、谦逊有礼的少年人，不多见了！

特别是当沈棠问杨都尉孝城以及叛军的情况，叛军辎重被烧会不会撤军时，他越发欣赏沈棠了。

杨都尉努力挤出和善的笑，轻抚胡须："我已经派人去探查，一旦叛军有撤军的迹象，便立刻向城内的驻军发出消息，届时里外夹击！"

其实杨都尉昨晚就想派兵夜袭，但考虑到己方人数太少，叛军营地情况不明，偷袭风险太大，便在翟欢的劝说下作罢。

沈棠道："里外夹击？但我以为，当务之急应是尽快转移百姓，以叛军的作风，待他们缓过劲儿来，等待百姓的许是雷霆报复。"

杨都尉也有这方面的担心，正欲开口，耳尖地听到一阵马蹄声在快速地接近。原来是派出去的斥候赶回来了。

看到斥候惨白的面色，杨都尉难得地缓和了脸色："不急，慢慢说。"

在杨都尉看来，此时传来的即便不是好消息，但也不会是坏消息，所以他唇角始终噙着几分轻松的笑意。

谁知斥候的情报宛若晴天霹雳，将杨都尉劈得脑袋一片空白。

两个多时辰前，叛军增兵两万！

杨都尉霍地起身，急得都破音了："增兵两万？何来的两万兵马？"

奈何斥候怕暴露身份，不敢打听得太多，此时也是一问三不知，急得额头直冒热汗，生怕杨都尉会暴起杀人。

祈善、沈棠、翟乐以及刚靠近的翟欢，四个人霎时铁青了脸：本以为夜袭烧了叛军后营的辎重能换取喘息的时机，再不济也能挤出几天时间，趁机转移孝城的百姓，偏偏在这个节骨眼儿敌方冒出来两万增兵，这两万兵马是从天而降的吗？

杨都尉比谁都清楚这两万兵马的分量，心慌得手脚冰凉："此前一直没动静……"

翟欢道："战局瞬息万变，倘若什么消息都尽在掌握中，叛军也不会形成如今的气候。"

沈棠忧心城内的百姓："我们……现在该怎么办？"

以叛军当下的阵容，哪怕是瞎子也看得出来孝城守不住了。乐观一些，明天破城；悲观一些，下午破城。横竖就是这两天了。如今只能指望叛军的主将不是啥嗜血之徒。

不过有时候是屠城还是不屠城，主将的意愿并不重要，重要的是主将的那位顶头上司的意愿。若人家想"杀鸡儆猴"，主将再仁慈也得下令。

再想想郑乔那一家子的神经病……希望渺茫。当年郑乔攻下四宝郡就用了极其血腥的手段，现在轮到被郑乔折磨多年的两个狠人兄弟……唉，正常人跟神经病的思维模式存在巨大的差别，前者极难预判后者会干出什么事情。

一时间，悲戚、凝重的气氛笼罩着众人：百姓真的只能自求多福吗？

杨都尉握紧了拳头，咬牙道："倘若孝城在劫难逃，吾誓死与叛贼战至最后一滴血！"杨都尉已经抱着必死的决心了。

翟乐神情微动，想劝说杨都尉再想想，但杨都尉的亲眷都在城内，这会儿说什么都是无用的，便干脆息声，保持沉默。

沈棠暗示："不如潜入城内救人？"

杨都尉知道沈棠的意思：以他十等左庶长的实力，不管是选择投降保全家人还是潜入城中救人，理论上都有极大的概率保住亲眷生命，再不济也能救出几个，不至于一家老小全部等死……

但是杨都尉看了一眼周围兵卒那一张张疲累又绝望的脸，悲恸间带着几分迟疑，但仍坚定地摇头，说道："此举不可行。"

沈棠问："为何？"

杨都尉苦笑着道："一人之力有限，能救三五人却不能救三五千人。士兵们选择了我，一路吃苦也没临阵脱逃，不只是担心家人，也是信任我。他们信我，我岂能背弃他们？"

沈棠怔然：不管是杨都尉的眼睛还是神情，都明明白白地写着他已经做好舍弃这条命的准备了。

翟乐见大家都闷闷不乐，说道："也不要如此悲观！兴许不会屠城。这般血腥、残暴的事情，也不是常发生……"

双方交战，一方胜利后对手无缚鸡之力的平民百姓下手，会遭人唾弃，引起公愤。只要胜利者还要脸，一般不会这么干。

与此同时，叛军大营的主帐换了主人。

先前趾高气扬的络腮胡子男人乖乖地坐在左首，正对面的右首坐着他看不惯的野蛮子。

主帐的上首坐着他口中的"老东西"，也就是他的亲爹。

只是，他这位亲爹自从来了就垮着一张脸，对他眼睛不是眼睛，鼻子不是鼻子，当着一众将领的面将他单独抓出来训斥了半个时辰。

训斥的内容包括但不限于昨晚的夜袭……还有翻旧账。一如络腮胡子男人猜测的那样，这口黑锅全部被甩到他身上，真正的罪魁祸首屁事儿没有，手中还把玩着几颗浑圆莹润的珍珠。

老将军见儿子脸上满是不忿之色，朝儿子丢了一串佛珠："你究竟听懂了没有？"

络腮胡子男人敷衍地道："听懂了。"至于老东西骂了什么玩意儿，他根本没记住，肯定又是换汤不换药的内容。

他应下来后，便看到对面的野蛮子脸上露出一抹诡谲、阴冷、嘲讽的笑容，瞬时心头火起："你笑什么？"

"没什么，就是可惜义兄的如花美眷。"

络腮胡子男人一听，差点儿炸了，叱骂道："畜生，你竟然觊觎兄妾？"

主帐内的其他将领都露出古怪的神情。

老将军气得又抓起东西丢向络腮胡子男人："你才是畜生！不孝不悌的东西，怎么跟你义弟说话呢？阿年一向自重自爱，能看上你那些莺莺燕燕？"

络腮胡子男人一听就不乐意了：什么叫那个野蛮子自重自爱？换而言之，他就是放荡轻浮了吗？他的莺莺燕燕怎么了？哪个男人后院没三五个女人？

青年道："义父。"青年看向老将军的眼神里带着几分哀求。

虽说在场的人不是老将军的私属部曲、属官，便是可信任的心腹，全是自己人，但自曝家丑也不是什么值得称道的好事。

老将军一看青年，火气立马降了大半，疲累地挥挥手："行，念在阿年求情的分儿上，不跟你这不孝子争吵。带下去！"

看着朝自己走来的父亲的心腹，络腮胡子男人脸色铁青："别抓我，本将军自己能走！"

他以为自己是被老爷子禁足警告，谁知被带到一片空地上。

空地上还留着昨夜的焚烧黑痕，士兵们在此架起柴火堆，放上一口超级大的陶瓮。

他不明白这葫芦里卖的什么药，问："这是作甚？"

没一会儿，他就知道了。他的爱妾被两个小兵像抓小鸡一样拖了过来。

小妾哪里看过这个阵仗，吓得花容失色，口中不断地向他呼救。

络腮胡子男人又急又气，叱骂："放开她！你们是不要命了吗？"敢动他的女人？

只是无人理会他。

他想上前将士兵们踹开，结果先一步被左右两旁的老东西的心腹架住了肩膀，登时动弹不得。

柴火烧起，陶瓮被灌上清水。

络腮胡子男人看傻了眼，脑袋放空。

他隐约意识到什么，猛地扭头望向主帐的方向，高声大呼。

他的声音顺利地传入主帐，但无人回应。

没一会儿，又响起女子高亢尖锐的求饶声，还有在水中扑腾的动静。

随着时间的推移，声音越发凄厉瘆人。

不知过去了多久，声音渐低直至消失。

青年始终端正地坐在右首。

只是无人注意，他垂在膝上的手慢慢地紧握成拳头，手背青筋绷起，指甲嵌入手心的软肉里，掐出颗颗血珠。

其他人也安静地听着。

没过多久，络腮胡子男人被架了进来。

他脸色煞白，额头上冒着虚汗，整个人像是被抽走了全身的骨头，无力地瘫坐在地上，垂着头，不知在想什么。

半响，他问父亲："为什么？"

从外表来看，老将军是个长相慈爱的男人，尽管年纪很大，但身材依旧魁梧，不见这个年纪的老人该有的佝偻。

"因为她是孝城贼子派出来的，潜伏在你身边的密探。"

络腮胡子男人下意识地回驳："她不是！"

他那爱妾明明是他奶兄的大女儿！家世清白得不能再清白，庚国人士！跟孝城没有一文钱关系！

"砰！"迎面飞来一个物件，正好砸中他的额头。

络腮胡子男人也是个倔脾气，不闪不躲地挨了这下，目光固执地看着坐在上首的老将军。

额头的伤口流淌出来的鲜血模糊了他的视线，一股无名怒火在胸腔里横冲直撞，他脱口而出："她不是密探！"

主帐内的气氛紧张到了极点。

一众兵将能感觉到老将军身上散发出来的森冷寒意。络腮胡子男人一时想不明白老将军的用意，但他们旁观者清，心里清楚老将军这是替儿子擦屁股呢。偏偏这儿子不领情。

青年更倾向于是义兄愚蠢：以义兄的脑子，多半想不到这层。

思及此，青年看向义兄的眼神里多了点儿讥嘲，连带对义父也生出三分同情：膝下几个儿子都是这样"孝顺"的好大儿，果真是天道好轮回！

青年垂眸，敛下眼底的些许波澜。

老将军道："你明白自己在说什么吗？"

络腮胡子男人梗着脖子，硬是跟他老子对上了："我知道！她是儿子奶兄的女儿，身份、家世再清白不过，什么密探全是栽赃陷害！"

老将军神色沉了下。

主帐内的气氛比先前还要冷。

二人又僵持了几息，老将军突然抬手一挥。

老将军身边的心腹见状心领神会，出去了一会儿。

不多会儿，心腹端着一碗东西进来，放在络腮胡子男人跟前。

络腮胡子男人一低头，看到碗中汤水混浊，漂着些许油花，油花下沉着两块散发着古怪酸味的肉，仅迷茫了一瞬，立时反应过来这是什么东西，整张脸剧烈地扭曲，厉声喝道："滚，拿开！"

老将军仍是那副慈爱和善的面孔，说出来的话却让在场的众人不寒而栗："你说'滚'？你老子还没死呢，轮不到你对他说这个字。"

说完老将军又对着心腹下令："将他的嘴掰开，硬塞进去！"

心腹内心叹了一声，依言照做。他跟随老将军多年，少时便是私属部曲的一员，亲得不能再亲的心腹。估计世上没几个人能比他更清楚老将军和善外皮下的冷酷和暴戾：眼前这个儿子再不识相点儿，真会死！

络腮胡子男人挣扎："不吃，能奈我何？"

老将军也很干脆，直接拔出腰间的刀，掷到他身前的地上，算是下了最后通牒。

络腮胡子男人难以置信地看着老将军。尽管他常常抱怨老东西偏宠青年，揣测青年是老东西跟哪个蛮女生的野种，抱怨自己受到不公正的待遇……但他心里清楚一点——偏心归偏心，这位父亲对待他们这些儿子都是轻拿轻放，未动过真格的，严厉也仅限于口头，即便真上手打骂，也不会太重。

哪个武胆武者不是一身伤成长的？那些打骂真算不上什么。

此时此刻父亲竟然对他动了杀心……

他眼前摆着两个选择，只能选取其一！他低头看看碗，又抬头看看冷酷无情的老父亲，最后手指哆哆嗦嗦地伸向心腹手中的碗。

心腹见状，内心也长松了口气。他抬手将那把刀拔出来，拿得远远的，生怕络腮胡子男人一时想不开寻了短见。

可很显然，心腹对老将军这个儿子的了解还不够多。

青年不意外义兄的选择：这位义兄啊，骨子里便是贪生畏死的人。他先前跟老将军犟嘴，也是吃准老将军不会真的杀儿子，退一万步说，不过是顶嘴而已，顶多被打军棍、禁足，他皮糙肉厚不怕！谁知老将军会一反常态，打了他一个措手不及！

眼睛一闭，心一横，络腮胡子男人忍着无尽的恶心将那两块肉吃了下去，又在老将军的注视下将汤水喝完。咸腥的滋味停留不散，喉头几度痉挛，强烈的恶心感让他双目泛起水雾。

老将军可算放过他了："下去，坐好。"

络腮胡子男人踉跄着起身，脸色煞白地坐回自己的位子，耳朵"嗡嗡"乱响，根本没注意身边的人又说了什么。

当他再度回过神，发现营帐内多了一道陌生的身影。

老将军对此人甚是恭敬。

络腮胡子男人抬头看了一眼，登时手脚冰凉：此人……他见过一面，据闻是诨号"夔王"的郑跖的幕僚使者。

哦，所谓"夔王"就是那个以母猪为妻、猪崽为子的郑乔的兄弟，民间戏称"猪王"，又因为其名字，被郑乔封为"夔王"。

夔王的心腹怎么也来了？福至心灵，他突然明白老东西为何突然逼迫他承认爱妾是密探，多半是因为这位夔王的心腹的存在，做戏给人看的。

他不仅不感觉暖心，懊悔自己误会了老父亲，心头反而"噌"地冒出强烈的恨意和杀意，后槽牙磨得"嘎吱"响。为何会如此？因为在他看来，自己是替野蛮子挡祸的。火烧辎重的内贼是野蛮子带来的，野蛮子才是罪魁祸首！结果老东西只拿自己开刀，对野蛮子的错误只字不提。他稍微一想，便猜测是老东西舍不得野蛮子受委屈，结果拿他的爱妾抵祸！

一想到惨死的爱妾，络腮胡子男人内心的恨意、杀意犹如沸腾的水，"咕嘟咕嘟"冒着泡。

只是在场的众人无人关心他的心思。

他也没听到青年领了八十军棍。

军棍也有分类，有针对普通士兵的，也有针对武胆武者的。后者力道非同一般，三五棍能把普通人打死，三五十棍能把武胆武者打得屁股开花，难以下地，更遑论八十军棍了！

老将军问青年："你可有不服？"

青年垂首，当着幕僚使者的面，神情恭敬地道："儿子无不服，全凭父亲决断。"

幕僚使者也知不能打压得太过，笑着对老将军道："大敌当前，少将军这顿军棍不如先延后？待拿下孝城，再上军棍也不迟……"

老将军给义子使了个眼色。青年起身谢过幕僚使者的说情。

出乎所有人的预料，此次指挥作战的竟然不是驰骋沙场多年的老将军，而是彘王派来的幕僚使者。

青年暗中观察——这位使者相貌不算年轻，看着三四十岁，鬓角已有些许灰色，身穿一袭漆黑暗纹儒衫，头戴方巾，腰悬一枚精巧的朱色文心花押印。

除了皮相端正，气质斯文，看着比普通人好看一些，这位使者似乎并无特殊之处。只是青年跟幕僚使者眼神相错的一瞬，发现自己的想法错了，此人的双眼黑得可怕，眼神无光，一派死寂，跟其对视一眼，便有种说不出的寒意自脚底板蔓延至全身，瘆人得很。

按照流程，接下来该商谈如何攻城。

在青年看来，孝城守卫薄弱，驻军防御松懈，若是倾尽全力攻打一门，一两个时辰就能破开。己方兵力已经是孝城的三四倍，辎重也随着增兵的抵达而补充完全，拿下孝城易如反掌！

但幕僚使者的话让众将疑惑：他的提议是只围不攻！

络腮胡子男人当即坐不住了，出声质疑："这是为何？我军兵力充足，给我三个时辰，不，一个时辰，若不能破开孝城，末将愿意提头来见！只围不攻得耗损多少粮草！"

这是打仗，不是过家家！兵贵神速不知道吗？能一天打完的仗绝不能拖到第二天！他也想借此立功，最好是将野蛮子压下去一头，让所有人都看看究竟谁更厉害一些。武胆武者又不是只能打就行，还需要头脑，论头脑，他相信自己绝对不会弱于野蛮子！

幕僚使者道："自有用意。"

这轻描淡写的四个字噎得络腮胡子男人说不出话来。他倒是想反驳——打仗用的是他们的兵又不是幕僚使者的，幕僚使者不心疼，他心疼！但他不敢，能在彘王身边稳坐第一把交椅的幕僚使者，用脚趾想也知道是个狠人！

老将军叹气道："全听使者吩咐。"

幕僚使者道："还有……"

老将军道："使者请吩咐。"

"带回来的那些人，送入孝城。"

老将军微怔。幕僚使者口中说的"那些人"他知道，都染了疫病，是彘王下令从发了瘟疫的村落里抓来的，特地叮嘱他一定要带着。

老将军起初也不愿意：开玩笑，带着一群身染疫病的人去前线打仗？还未抵达前线，自己人先病死了！他是疯了才会这么干！

但最后他还是拗不过蚍王。

蚍王已经不是以前那位博学多才、在外界名声极好的儒雅皇子，王储的有力竞争者，现在的蚍王阴鸷、多疑、暴戾，对于背叛、忤逆和质疑完全是零容忍。

幸好这位幕僚使者有特殊能力，似乎能将疫病的病气限制在某些个体身上，再加上士兵防范得当，这疫病才没有染到士兵身上。

老将军问："如何送入城？"孝城的各个出入口都已经关死。

幕僚使者道："如何都行。"

老将军噎住。

幕僚使者提了个冷漠的建议："或者将他们放入投石机，丢进城内。只要能送入城就行，不管是死是活。"

在场的众人听得眉头大皱。

青年面上没什么反应，内心却已经骇然：听幕僚使者的意思……是准备让孝城暴发一场瘟疫？让身上带着疫病的百姓的尸体传染其他人，人为制造一场瘟疫？

青年垂下头，敛下眸中的情绪。

幕僚使者问："可有问题？"

老将军道："并无。"

这时候，络腮胡子男人说道："孝城说大不大，说小不小，要让全城百姓死于瘟疫，那得多久！我军的粮草根本撑不了那么久！使者要让孝城变成死城，只需要攻破城门杀进去，少则一两天，多则三四天，也杀得干净……"

他想吐槽幕僚使者太磨叽，不懂打仗就别在这里瞎指挥，冲锋陷阵的事情有他们，一个文心文士指手画脚做什么？可他还未说完，突然无法发声了。

络腮胡子男人很快明白过来，铁青着脸，是禁言夺声！强烈的羞辱感让他双目怒睁！他好歹也算是年少成名的将军，打仗也打了好几年，居然在营帐里被一个默默无闻的文心文士禁言夺声了，这无异于当众掌掴他！

只是他的气愤无人共情、无人在意，连那个老东西也同意了幕僚使者荒谬的建议。

幕僚使者又道："将军倒是提醒了在下一事。"

青年眼皮狠狠地一跳。

幕僚使者面无表情地道："孝城是说大不大，说小不小，仅凭我们带来的这些人，还不够。"

老将军问："使者的意思……？"

幕僚使者笑道："麻烦老将军抓些人来。"

老将军心头"咯噔"一下："使者，这怕是……"

幕僚使者笑着解释："老将军误会了，在下说的抓人不是抓您帐下的兵卒，他们都是为我主开疆拓土的功臣，牺牲谁也不能牺牲他们啊，这会寒了将士们的心。在下是指，老将军可以派人抓些年迈老弱的普通百姓，这些人身子骨不如年轻人，极易沾染疫病……"幕僚使者在"年迈老弱"和"普通百姓"上特意咬了重音。

老将军内心忍不住骂骂咧咧。

青年坐在下首，越听越心寒。幕僚使者这话明摆着是威胁，不去抓普通人便用帐下的兵卒凑数。思及此，青年暗中吐出一口浊气：早知外界如此污秽，当年就该死守故土，守着大家的坟墓也比看这些魑魅魍魉好。

过了一会儿，青年被幕僚使者点名了。

幕僚使者笑着看向青年，问："此事便交由少将军去办，如何？也是个将功抵过的机会。"

青年现在只想唾骂幕僚使者全族！

"遵命。"青年顶着义兄杀人般忌妒的眼神，忍下掀桌杀人的冲动，硬着头皮接下"差事"。

坏消息一个接着一个，当听到叛军增兵的消息，褚曜、共叔武二人情绪沉到了谷底。

昨夜那场流星一般短暂的大火给孝城带来了希望，但天一亮，渺茫的希望就被现实碾碎。

二人还未找到林风和屠荣的下落，孝城城破又迫在眉睫，气氛压得人喘不过气。

只是现实远比想象魔幻。褚曜推测叛军下午或者傍晚就会攻城，谁知直到夜幕降临，叛军大营也没动静。叛军葫芦里卖的什么药呢？

驻军的士兵可不管这个，他们只知道自己又能苟延残喘一天，绷紧的神经得到了片刻的松缓。

他们却不知这是暴风雨前的宁静。

月上中天，哨塔上的士兵观察到叛军大营终于有了动静，即刻传信下去。城墙上的士兵一个个打起精神，或主动或被动，抱着必死的决心，等待最后一战！

（未完待续）